環境文學
物我去殖藝與醫

Environmental Literature
Decolonizing through Artful Medi-caring

文學觀點 47

環境文學
物我去殖藝與醫

Environmental Literature
Decolonizing through Artful Medi-caring 　林耀福・蔡振興　主編

國家圖書館出版品預行編目資料

環境文學：物我去殖藝與醫=Environmental Literature: Decolonizing through Artful Medi-caring／馮品佳, 黃心雅, 梁一萍, 張雅蘭, 周序樺, 吳保霖, 許立欣, 蔡振興, 蘇榕, 林耀福；林耀福、蔡振興主編
－－ 一版. 臺北市：書林，2024.12
　　面；　公分. －－（文學觀點；47）
　　ISBN 978-626-7193-80-8（平裝）

1. CST: 生態文學　2. CST: 文集

810.1637　　　　　　　　　　　　　　　113011349

文學觀點 47

環境文學：物我去殖藝與醫
Environmental Literature: Decolonizing through Artful Medi-caring

主　　　　編	林耀福、蔡振興
作　　　　者	馮品佳、黃心雅、梁一萍、張雅蘭、周序樺、吳保霖、許立欣 蔡振興、蘇榕、林耀福
編　　　　輯	張麗芳
出　版　　者	書林出版有限公司 100 台北市羅斯福路四段 60 號 3 樓 Tel (02) 2368-4938・2365-8617　Fax (02) 2368-8929・2363-6630
台北書林書店	106 台北市新生南路三段 88 號 2 樓之 5　Tel (02) 2365-8617
學校業務部	Tel (02) 2368-7226・(04) 2376-3799・(07) 229-0300
經銷業務部	Tel (02) 2368-4938
發　行　　人	蘇正隆
郵　政　劃　撥	15743873・書林出版有限公司
網　　　　址	http://www.bookman.com.tw
經　銷　代　理	紅螞蟻圖書有限公司 台北市內湖區舊宗路二段 121 巷 19 號 Tel (02) 2795-3656（代表號）　Fax (02) 2795-4100
登　記　　證	局版臺業字第一八三一號
出　版　日　期	2024 年 12 月一版初刷
定　　　　價	360 元
I　S　B　N	978-626-7193-80-8

欲利用本書全部或部分內容者，須徵得書林出版有限公司同意或書面授權。
請洽出版部，Tel (02) 2368-4938。

目次

林耀福　序論 ▪ 1

1　馮品佳　**歸零：**
《2069》的生態與科技想像 ▪ 21

2　黃心雅　**廣島原爆、輻射生態與原住民解殖民政治** ▪ 39

3　梁一萍　**鬼魅橡膠：**
《緊急狀態》中馬來亞墾殖世的創傷敘事 ▪ 71

4　張雅蘭　**毒鄉生存：**
論辛哈的《據說，我曾經是人類》中的毒物、暴力與跨物質倫理 ▪ 93

5　周序樺　**種種看・公民有機・仙覓那里與希望政治** ▪ 131

6　吳保霖　**「驚見人跡」：**
論繆爾塞維拉山系列自然寫作中的雄渾美學與荒野政治 ▪ 147

7　許立欣　**蠶女故事：**
生態鬼魅與絲路物質文化下的人類世寓言 ▪ 177

8　蔡振興　**人類世與疾病：**
兼論萊特的小說《十月底》 ▪ 209

9　蘇榕　**意寫醫心的醫學／藝術家：**
林莎的藝術實驗與生命哲學 ▪ 241

10　林耀福　**文化水土：**
再看一眼梭羅與米克 ▪ 291

作者簡介 ▪ 315

索引 ▪ 321

序論

林耀福

一

　　2021年秋天,在新冠疫病仍然肆虐的情況下,第十屆海峽兩岸生態文學研討會由淡江大學英文系以線上方式舉行。這當然是不得已的選擇,因為線上的虛擬到底不如線下的實體會面方便、親切、真實,但是會期延後了一年仍等不到疫情的明顯改善,只好採用線上的方式。在閉幕會上的意見交換時刻,我提出出版論文集做為檢驗階段性成果的建議——所謂「十年有成」,在兩岸關係並不平穩的情況下,這個會議能夠維持十年,實在不是一件容易的事。我這個提議,獲得在線與會者的贊同,當時仍然任教於山東大學的程相占教授尤其熱心,慷慨的答應負責籌備經費,並向山東大學出版社洽談出版的機會。

　　不過在會後進行實際徵詢的過程中,出現了不同的意見,以至於功敗垂成。所幸失之東隅,收之桑榆,我那個提議雖然沒能實現,卻催生了現在這個環境文學論文集。在兩岸共同編輯出版「十年有成」紀念論文集的計畫擱淺的情況下,中華民國文學與環境學會通過一個決議,由我主持編輯一冊環境文學論文集,經費由學會資助。會議主持人梁一萍理事長鑑於我年事已高,故委請蔡振興教授襄助,共同進行。當然,由於這是「單岸」的計畫而不是「兩岸」

的合作,所以沒有大陸學者的參與,與原先的構想不同,性質也難免會有所差異。我特別要感謝蔡振興教授——在梁一萍理事長任滿後,他已於今年又接過學會理事長的責任——費心費力,邀約並彙整論文,而學會同仁的共襄盛舉,自然更要由衷感謝。文集裡的每一篇文章我都仔仔細細的閱讀過,並寫下心得,所謂活到老學到老,編輯的過程也是個寶貴的學習經驗,大大的擴展了我的視界。

二

回顧「十年有成」不成的原因,除了我個人對於兩岸學者合作出書的政策和技術問題一無所知,一個比較關鍵性的不同意見,跟生態批評在中國人社會裡如何定位似乎有點牽連。參與兩岸生態文學研討會的學者,大部分都出身於外文系或英文系,他們的學術生涯和前途,是建立在對西方／英美文學的研究上頭的,因為這是他們的專業領域,所以主張把生態批評定位為對西方「前沿」的生態文學和思想的研究,理所當然,甚至於是職責所在。不過,我們或許可以從最根本處下手,問一個最起碼的「什麼、為什麼」的問題:到底什麼是生態批評?為什麼要做生態批評?回答這個問題,或許會有助於回答它在中國人社會裡應該如何定位,如何閱讀、詮釋、運用,也可避免圈圍領域、畫地自限的缺失。

談到什麼是生態批評,我總是要提到布伊爾(Lawrence Buell)一部研究生態文學的著作,叫做《為瀕危的世界而寫》(*Writing for an Endangered World*, 2001),這個書名讓我印象深刻,因為它等於給生態文學、生態批評下了定義:生態批評就是危機書寫(writings for an endangered world),是(工業)文明所引發的環境危機所催生的文學研究領域和方法。這門學問首發於西方——或者說美國,因為他們最早注意到工業的「機器」(machine)進入了他們的「田園」

（farm/garden）。做爲危機論述——挪用中國女媧補天的神話故事，可以稱爲「補天論述」，從醫療人文的觀點，也可稱它爲「療治論述」——生態批評的目的性和道德性特別濃厚。既然是爲了陷入危機的環境、文明而書寫，爲了醫療救治僅有的一個地球而書寫，生態批評當然就不是爲了論述而論述、爲了批評而批評的智能遊戲，不是個別人學術生涯進階的工具，它的目的當然是要解決危機，讓生命，文明，可以在地球上持續存活發展，生生不息。生態批評的這個特性，使它成爲不折不扣的「載道」話語，完全屬於中國「文以載道」的傳統。換句話說，生態批評雖然誕生於西方，卻是中國文化的同道。

三

不同的文明有不同的基因與特性，會把生態批評的目的性和道德性翻譯成不同的醫療手段和方法，就如中醫的調理之異於西醫的手術。的確，如果我們更深一層去探索的話，我們可能發現，美國生態批評、環境思想的發展，跟美國的國族論述，所謂「自然的國度」（nature's nation），甚至於美國例外主義思想根源的「山上佳城」（city upon a hill）——美國殖民帝國自居的道德制高點——在意識形態上有著無法斷離的關聯，文集裡保霖的文章對此便有相當深刻的闡述。卡蓀引發現代環保運動的《寂靜的春天》出版後五年，即1967年，史學家懷特（Lynn White, Jr.）發表了影響深遠的〈生態危機的歷史根源〉（"The Historical Roots of Our Ecologic Crisis"），[1] 提出了基督教的極端人類中心主義（"Christianity is the

---

1 見 https://archive.org/details/HistoricalRootsOfEcologicalCrisisV/page/n3/mode/2up, p.1205.

most anthropocentric religion the world has seen."）要為生態危機負責的理論，清楚地指出西方基督教科技文明的宰制性格。這是個我為「刀俎」你為「魚肉」——或者用美國國務卿布林肯的話說，「你不是在餐桌上，就是在菜單裡」，要嘛吃人，要嘛被吃，沒有其他選擇——的殖民宰制文化，它的環境醫療手法，只怕也很難擺脫霸權基因的限制。說起來諷刺，卡蓀「為瀕危的世界而寫」的著作刮起的環保旋風，直接間接的造成了後來美國的產業，尤其是污染的製造業，大量外移——外移到望美國鋼鐵廠噴放濃煙而讚嘆的鄧小平主政時期的中國，以及印度等第三世界國家，因而造成了文集裡張雅蘭教授的文章所討論的「毒鄉」。我們仰望話語上的「山上佳城」，但是眼睛看到的卻是「以鄰為壑」的現實，見證了霸權文化精神分裂的「補天」邏輯。半個多世紀以前在美國讀書的時候，曾經修習過美國實證主義哲學（American pragmatism）的課目，布洛德貝克教授（Professor May Brodbeck）在講課時，給實證主義下了個直白的定義，讓我永生難忘：「凡對我有益的就是真理，凡對我無益的就不是真理」（"Whatever is good for me is truth, whatever is not good for me is not truth."）。這個極端自我功利主義、極端霸道的「美國實證主義真理」，讓人恍然大悟，原來道德制高點的「山上佳城」不是堅如磐石的地上建築，而是可攜式的「空中樓閣」，有著無可比擬的機動性，無比的方便。所以當製造業影響到「山上佳城」這個淨土伊甸的鳥語花香時，它們就必須外移，可是當缺乏堅強的製造業威脅到我的霸權時，那麼製造業就必須回流，任何手段——貿易戰、關稅戰、新冷戰，築小院建高牆，禁止他國發展關鍵科技，把大西洋移到太平洋，甚至於變本加厲的複製優勝美地的種族滅絕（看看今天的加薩走廊！），等等等——都變成了「真理」，具有無可置疑的道德正當性。

相較之下，非基督教的中國文化明顯缺乏霸權的殖民宰制基

因。翻開典籍，觸目盡是仁義道德，修齊治平，道法自然。莊子講「齊物」，宋明理學講「民胞物與」，無人不識「天人合一」——即使在以「課綱」瘋狂推動去中國化之前的台灣，凡是受過中學教育的，這些話都能朗朗上口。而最戲劇性的指標，莫過於張獻忠的「七殺碑」：「天生萬物以養人，人無一物以報天，殺……」。這雖是荒謬恐怖，卻也映照出天道自然觀念在中國社會裡的普及化，滲透到實際生活的層面，就連一個殺人魔都要拿替天行道做為殺人藉口。中國是「道」所界定的文明，而且不管老莊孔孟，這個「道」都具有高度的入世性格。老子的《道德經》一開始就是論道談名：「道可道，非常道；名可名，非常名；無名，天地之始，有名，萬物之母。」道，有可道可名的入世的、經天緯地的治理之道，有不可道不可名的宇宙創生的自然生化之道，而且可道與不可道，可名與不可名，常與非常，互為陰陽小大，互為創生的動能。這個道理《道德經》第二十五章可能說得更清楚透徹：「有物混成，先天地生。寂兮寥兮，獨立而不改，周行而不殆，可以為天地母。吾不知其名，字之曰道，強為之名曰大。大曰逝，逝曰遠，遠曰反。故道大，天大，地大，人亦大。域中有四大，而人居其一焉。人法地，地法天，天法道，道法自然。」這裡我們清楚地看到，「道」這個宇宙誕生之前就自然而然存在（「道法自然」）的「物」（具物質性／非物質性，邏輯性／律則性的宇宙心臟，「橐籥」？），是宇宙生成的根本原理和動能——「寂兮寥兮，獨立而不改，周行而不殆」，而在其周行不殆、無所不及、無所不在的過程中，從逝而遠，自遠而反，大而無外，小而無內，創生了宇宙及其萬物，和包括人在內的四大，道，天，地，人；「域中有四大，而人居其一焉」[2] 把人列入

---

[2] 把人列入域中四大，這一點最值得注意，表面上似乎有點深層生所詬病的人類中心意識，但其實不然，而是以「仁德」為本的介入式中國實證主義 (interventive

域中四大，從天上到人間，從自然到文化，一「道」相連，裏外相通，形而上形而下渾成一體，讓人訝異於「中國之道」[3]的務實性，給"pragmatism"下了個中國式的定義。果然，《道德經》在第一章之後，很快就談起非常形而下的治理之道了：「不尚賢，使民不爭；不貴難得之貨，使民不為盜；不見可欲，使心不亂。是以聖人之治，虛其心，實其腹，弱其志，強其骨。常使民無知無欲。使夫知者不敢為也。為無為，則無不治」（第三章），「天地不仁，以萬物為芻狗；聖人不仁，以百姓為芻狗。天地之間，其猶橐籥乎？虛而不屈，動而愈出。多言數窮，不如守中」（第五章）。這個無為而治的治理之道，貫穿了宇宙天地和人間社會，一切順乎「自然」，頗有演化論和深層生態的味道。在文字上，第三章跟《周易・系辭下》：「天地之大德曰生，聖人之大寶曰位。何以守位？曰仁。何以聚人？曰財。理財正辭、禁民為非曰義。」簡直一模一樣，把聖人（即王，統治者）統御治理、為百姓謀生的努力，形而下到了柴米油鹽的細節。當然，談「治」談「理」，談「使」談「為」，為「無為」，本身就已經「自然」的為了、介入了。至此，「道」的入世性格，清清楚楚的確立了。

所以說中國是「道」的文明，不但文章要「載道」，施政治理更要以道為最高的指引。儒道同源，但儒家把道家的入世層面發揮得更為淋漓盡致。受教育（修身齊家）的目的就是要培養自己成為「治國平天下」的人才。孔子在《論語：述而》裡說：「志於道，據

Chinese pragmatism）。此外，人在「域中」的地位和功能，有如知識生成中的「器」（apparatus），知之器形成欲知之體的一部分，有點類似巴拉德（Karen Barad）動能實相論（agential realism）的「倫理—本體—知識體系」（ethico-onto-epistemology）。新物質主義的動能實相論，似乎為《道德經》提供了現代的闡釋。

[3] 不禁想起，五十幾年前我曾經翻譯過 Edith Hamilton 的 *The Greek Way*《希臘之道》。

於德,依於仁,游於藝」,學習本領(游於藝)的目的在於據德依仁以行「道」,建設大同世界:「大道之行也,天下爲公……是謂大同」。中國文化所揭櫫的王道政治理想,與西方帝國的殖民霸權,真有天壤之別。然而一兩百年來,直到今天,迎面撲向這個理想的始終是欲凋碧樹的凜冽西風,盈耳貫腦的仍是欲滅人國的虎嘯狼嚎,出身霸道文化的殖民帝國始終張著血口露著獠牙,進行所謂的「推翻與重建」(regime change and nation building),把世界推向戰亂。所幸經冬猶綠林的松竹與老梅,那致中和、齊物大同的文化基因歷千年而不衰,並未因飽受侵凌欺壓而被摧毀。宋明理學以張載的「橫渠四句」更深刻的詮釋了這個道統:「爲天地立心,爲生民立命,爲往聖繼絕學,爲萬世開太平」。士,真是不可以不弘毅,任重而道遠:仁以爲己任,死而後已。要爲生民立命,就得先爲天地立心,要爲天地立心則行必法道,這就是往聖的絕學,必須繼承發揚,以期達到大同世界萬世太平的目的和理想。這裡的「爲」者,不管是「聖人」還是一般的儒生士子,以道爲法,以天下蒼生爲己任,把生民之命立於天心,把人與自然有機的融合了起來,「天人合一」而創生太平、至善的大同世界。但這個至善的境界是一溪流動的活水,是動態的,不是靜態的:「日新之謂盛德,生生之謂易」(《易·繫辭上》)。「易」這一個字不但表達了中國文化傳統裡頭生生不息的王道精義,更掌握了演化生成的道理。易則變,變則生:「易異譯疫」。[4] 天地之大德曰生,而生是要「苟日新,日日新,又日新」的,因爲要「日新」才能生生不息,這是天地之大德的「生態」實相:易即譯,譯者易移通化,化異除疫,去病來生。翻譯成大家比

---

[4] 〈易異譯疫:建設中國生態批評的風格和道路〉是疫情期間(2021 年 8 月底)我參加山東大學生態文明與美學研究中心的一個會議所宣讀的文章,尚未整理發表。

較習慣的新物質主義術語,「易異譯疫」,好比「橐籥」的推、收,就是一系列的巴拉德式「動能事件」(agential cuts),一系列「道法自然」的運行,每一個「異、疫」都是一個「坎」,都是一個「生」的危機,但也是「易、譯」轉化生成的契機。什麼是道法自然?「胡馬依北風,越鳥朝南枝」就是道法自然的「動能事件」,在胡馬越鳥,北風南枝這幾個「物件」的纏合與內動(entanglement and intra-action)中,生成了可名、有名的環境新像,讓我們看到了「道」的運作,體會出歷史與生命書寫的生態規律。歷史,不管是自然史還是人類史,基本上就是一部克難、克服、解決「生生之謂易」的生命書寫──每一個「坎」、每一次「易」,大到星球爆炸,小到蝴蝶展翅,長到幽深時間,短至剎那須臾,都充滿著動能,也是一個必須處理的「生態」危機,以使生命能夠持續,生生不息。中文把"ecology"翻譯成「生」態,當初的翻譯者未必有心,但無意間卻十分生動的體現了中國文化的生態道理。生生不息,中國文化「生」的人文傳統,賦予無道德性(amoral)的演化論以「仁」的道德意義,給「易異譯疫」的介入提供了合法性與正當性。巴拉德把「倫理」融入知識與本體裡頭,生成了前面註釋2提到過的「倫理─本體─知識體系」(ethico-onto-epistem-ology)的新宇宙,她的「倫理」指涉的固然不一定是「仁」,卻清楚的屬於道德的範疇,因此我們不妨視它為對「易異譯疫」傳統的詮釋與引申。多少中國父母給子女取名「經國」,譬如「蔣經國」,反映的便是已經滲入深入到日常生活的中國政治思想,經國濟民,經時濟世──看看今天中國的國際政治思想論述,「和平發展,合作共贏,構建全球命運共同體」,這個「世」顯然不限於中國,而是擴大到全世界,體現了「大同世界」的崇高理想,這與「餐桌上,菜單裡」的霸權邏輯,一心只想弱肉強食,道德高低相距何止十萬八千里。介入是深層生態、生態中心意識的大忌,然而介入的方法與目的不同,含義也就不同:中國道統

介入的目的、經之營之的理想，不在殖之制之，而在於濟之生之。這是補天、療治的生之道，在今天的「人類世」裡賦予生態中心意識以新的含義。從這個角度看，生態批評，就如我們在第三段末所說的，雖然起源於基督教文明的西方，卻跟儒家文化的中國性更相近、情更相和。既然如此，我們說起「生態話語」時似乎沒有必要盡學美英的母語腔調，帶點中國腔豈不更見本色，所以參加兩岸生態文學研討會的學者雖然多出自外文領域，在我們以虔誠敬謹的態度學習西方的生態文本和理論的同時，對自己更為「生態」的文化裡的事物，不管古今，投入些關注不應該引起爭議。歷史的因素使我們仰望霸權一百餘年，但切莫把與生俱來的寶玉當頑石丟棄，而是要時時勤拂拭，不使惹塵埃，努力把它雕琢成「人類世」的偉大生態藝術。

四

回顧兩岸生態文學研討會的創立，或許得從「淡江國際生態論述研討會」說起。1999年我自台大退休轉往淡江大學英文系任教時，跟系裡同仁楊銘塗、蔡振興、黃逸民、楊鎮魁、陳吉斯等幾位教授著手規劃生態批評課程以及「淡江國際生態論述研討會」，並於2000年舉辦頗見規模的第一屆會議。十年後的2010年第五屆會議，趁著有多位重要的大陸學者出席，我在閉幕的前一天晚上邀請他們沿著美麗的淡水河畔邊走邊聊，最後走進一家小餐廳，在用餐過程中我積極向他們倡議兩岸學者共同舉辦生態環境議題的研討會，並於第二天的閉幕晚宴上繼續推動，終於在2011年由廈門大學的王諾教授盛大的舉辦首屆會議。兩岸的會議與淡江的國際會議形成內外互補的關係，這是我倡議的初衷。或許可以在這裡說點親身經歷，當做插曲。我從小得了氣管炎，對空氣污染特別敏感，六、七十年

前自彰化鄉下到台北上大學期間,每回吸入公共汽車排氣管噴出的黑煙,喉嚨便有如針刺刀割般難受。後來從台北搭火車南下,原本一路碧綠如茵的水稻田和藍天白雲,也被殘破的地景和漫天霧霾所取代。2002年到大陸參加一個會議,深夜在咸陽機場轉搭火車前往甘肅天水時,污染的空氣幾乎讓我窒息。又有一次從上海前往杭州,經過杭州灣時嫵媚的青山竟然消失在層層的霧霾之中,那震撼有如被推落山崖一般。兩岸工業與經濟建設所帶來的環境惡化,是驅使我推動兩岸生態批評研討會的動力,2015年我參加南京大學主辦的「第五屆海峽兩岸生態文學研討會」的發言,說明了這個立場:

> My hope was that scholars from both shores of the Strait would join hands to explore the environmental fallouts of modernization in the Chinese world. China's pursuit of modernity since the Opium War, especially in the last three or four decades, has indeed "disturbed the heavens and shaken the earth," and left the Chinese world, including Taiwan, with staggering environmental consequences that demand urgent attention. In view of the enormity of our problems, our need for an ecocriticism seems even more imperative than it is for the West. And the particulars of our cultural, national, geographical, economic, ethnic and demographic realities demand a discourse, a Chinese environmental discourse that addresses those particularities, that does not necessarily have to travel the same trajectory of Western ecocriticism.... We do not encourage an ecocriticism for the sake of ecocriticism, but one that carries moral consequences... Yet the rapid tempo of Western ecocriticism, albeit consciously moral and political in nature, maybe a bit too fast for it to gather moss and gain

traction. As it ranges farther and farther afield, it may reach a point where it becomes so engrossed with the contemplation of its own navel as to trivialize and befog the original vision of the crisis.

這幾句話所表達的初衷，包括對全盤接受西方生態話語的關切，一直沒有改變。不過初衷雖然未變，客觀的情勢變化卻是始料未及的。效法上面提到過的布洛德貝克教授，我或許可以把話說得更直白些。在大陸和在台灣談生態批評是有些不同的：立場的問題。理論上，在中國大陸你就是以中國人的立場發聲，但是在台灣你採取的是什麼立場──中國人，華人，台灣人，南島人，甚至於美國人或日本人？這是認同政治的問題，民族主義的問題，身份歸屬的問題，逃都逃不掉。2016台灣和美國政壇上的事件，對認同政治的移動重組值得重視。2016年蔡英文在台灣取得政權，啟動南島尋親，持續李登輝、陳水扁的去中運動，那一年不幸發生火焚大陸遊客遊覽車的事件，釀成26死，蔡英文治下的網民有人直呼，「火烤支那豬，爽啊！」[5] 公然以日本軍國主義對中國的蔑稱表達其新認同；同年美國總統大選，川普勝出，霸權帝國的宰制風格開啟了流氓痞子化的新頁。今年（2024）3月新加波學者馬凱碩（Kishore Mahbubani）和美國亞洲協會的美中關係中心主任謝偉（Orville Schell）的一場對談，[6] 有一部分觸及了大國的新冷戰對峙對治理地球暖化構成的障礙，對話中號稱中國通的夏偉所顯露的川普風格，更讓人對帝國的霸道感到疑懼。蔡英文和他的網民，流氓總統和中國通夏偉，看似風馬牛不相及，卻都顯露了霸道不仁的文化性格。

5　請參考 https://blog.udn.com/blackjack/67443469（7/20/2024 搜尋）。

6　請見 https://www.youtube.com/watch?v=PIfb7BUiqHY（7/20/2024 搜尋）。

的確,即使在蔣家「反共抗俄」的高潮時期,我們也想像不出台灣會有人那麼興高采烈的慶祝「火烤支那豬」;即使在大蕭條的時代,美國也沒有出現川普與拜登這一對王哥柳哥。文化的有機纏合,陰陽相生與禍福相倚,讓人很難不產生這一層疑慮:一個宰制性帝國的霸權文化(及其鷹從)所生產出來的話語,包括生態話語,一定適合被宰制侵凌的社會嗎?即使適合,如何落到實處,跟文化所形塑的行為、政制與價值等等,又豈能無涉?

五

從中國人的立場看,生態批評的引進是一百多年來中國知識分子西遊取經的延續。但正如生態批評不是一門為批評而批評的學問,中國知識分子西遊取經的目的並不是為了取回「聖經」供奉在家廟裡,而是肩負著在西方殖民帝國船堅砲利的蹂躪下救亡圖存的使命,欲取他山之石以攻我之玉,師夷長技以制夷。然而「夷化」的現象在中國歷史上並不少見。做為一個民族主義者,孔子曾經慶幸管仲使他不至於「披髮左衽」,但是今天有誰不是一身洋裝西服?唐朝的司空圖便已經在感嘆,「漢兒盡作胡兒語,卻向城頭罵漢人」,更不用說心在天山卻落得身老滄州的陸游(「東都兒童作胡語,常思此事氣生癭」),以及感嘆漢人順民對胡人征服者祭祀膜拜的辛棄疾:「可堪回首,佛狸祠下,一片神鴉社鼓」。武力征服後,殖民者進一步在文化與精神層面改造被殖民者的身分認同,使其接受、擁抱殖民者,這是常見的現象,日本統治過的台灣便是一個典範的例子。但是這個現象卻十分值得警惕,它提醒西遊取經的中國知識分子,不要忘掉取他山之石的初衷。西裝洋服的外貌不是問題,但如在精神上拿太子換狸貓,棄璞玉抱頑石,那就可能成為擁抱殖民的順民了。當不當順民是價值的問題,也就是倫理道德的

問題,在人類的世界裡佔有比動物世界更高的地位。演化論者和新物質主義者都強調動物和物質的「人性」特質,看似充滿「齊物」的仁道,其實對補天療治的工程,恐怕沒有太大的幫助。二、三十年前米克(Joseph Meeker)在《生存的喜劇》(*Comedy of Survival*, 1997)裡總覽了當時演化心理學、認知動物行為學和其他相關的生物科學的前沿研究,已經基本上肯定了動物具有心智、語言和思考等原本以爲只屬於人的能力,打通了人與獸的界線,並據以建立以獸爲師的、非道德觀的浪漢遊戲倫理(play ethic)。巴拉德在2012年的一篇訪稿問裡更是斬釘截鐵的說:「物質性本身一直就是個躍躍欲試的動能,是個一再的易動,獲授動能,賦予動能,獲授活力,賦予活力⋯⋯感覺,欲求和體驗並不是人類意識所獨有的特性或能力。物質一樣感覺、交談、受苦、欲求、渴望和記憶。」[7] 不過我們不要忘了,這些話是以人的語言和文字說給人聽的,不是說給動物和石頭沙子聽的,關鍵的動能(agency)似乎仍然在於人。身分與認同是構成人類主體價值、道德價值的重要成分,裡面有拒絕當順民的「基因」,在人的生命裡所佔的比重,要比生物和物質、物件大得多了。強與弱的碰撞纏合自有其生生滅滅的演化規律,被強暴的弱女子,跟正常夫妻一樣,也可能懷孕生子,但是只看到演化與物質動能纏合的生物界、物質界規律並引以爲師,忘了物我之道一個最主要的差異就在於人的倫理道德需求(孟子在〈離婁下〉裡說,人之異於禽獸者,就在於仁義),我們都可能成爲強暴犯了。生態批評之所以譴責並抵抗強權宰制,道德意識的重要性不亞於生態中心意識,而這個道德意識可能讓我們必須重新界定何謂生態中心意識。

---

[7] 見 Rick Dolphijn & Iris van der Tuin, eds. *New Materialism: Interviews and Cartographies*. Open Humanities Press, 2012, 頁59。

六

　　本論文集令人感到欣慰的是,不管討論的是西方的還是東方的文本,作者都充分的掌握住了生態批評的批判性格和道德性格。心雅的〈廣島原爆、輻射生態與原住民解殖民政治〉,一萍的〈鬼魅橡膠:《緊急狀態》中馬來亞墾殖世的創傷敘事〉,保霖的〈「驚見人跡」:論繆爾塞維拉山系列自然寫作中的雄渾美學與荒野政治〉和雅蘭的〈毒鄉生存:論辛哈的《據說,我曾經是人類》中的毒物、暴力、與跨物質倫理〉等篇,都對帝國殖民禍害生態提出強力的批判。自從廣島、長崎遭受原子彈轟炸之後,世界便一直籠罩在蕈狀雲的陰影之下,但是在這場美、日兩個殖民帝國的龍爭虎鬥中,受害的生靈總是最底層的弱勢。加拿大甸尼部落族人,在二戰期間替帝國開採的鈾礦擔任搬運勞工而紛紛罹癌死亡,形成了令人心碎的「寡婦村」。心雅的論文仔細深入的分析布洛(Peter Blow)的紀錄片《寡婦村》(*Village of Widows*),指出相同的創傷把甸尼族原住民和廣島原爆幸存者聯繫在一起,形成相互依止的密切關係,並更進一步「闡明殖民帝國軍事主義和人類世生態巨變的重大關聯」,論述充滿正義和同情的理解。甸尼族人本身就是軍事帝國的鷹狗,卻萬里迢迢的跑去給日本帝國的原爆倖存者道歉,建立同是天涯受害人的兄弟姐妹情誼,這個胸懷一方面令人動容,一方面卻更令人感到悲哀,因為在道歉之旅中我們看到二度殖民。脫亞入歐站隊西方的日本,與西方共掌話語權,成功的對原住民進行「認知作戰」的洗腦,把罪惡愧疚植入他們心中,而大方接受道歉的日本倖存災民,好似只有無辜的冤屈,沒有罪惡。然而在罪惡的天秤上,軍國主義的日本原爆災民和為了謀生而被驅趕去搬運鈾礦以供製造原子彈的加拿大原住民,不是同等重量的砝碼,不可同日而語。廣島原爆倖存著,做為支撐日本軍事殖民帝國的公民,他們是出污泥而不染的蓮

花？如果連祖籍福建永定的李登輝，被皇民化成二等日本人的岩里政男後，都要爲「日本祖國」而戰，以入祀靖國神社爲最大的光榮，我們又如何相信「正港」頭等帝國公民的核爆受災者，不是帝國的狂熱擁護者，不會感染侵略帝國的罪惡病毒？日本堅持把 311 大地震造成的核污水排入太平洋中，似乎無助於他們的清白。此外，日本殖民帝國改造其殖民地身分認同的神奇功力，只能以「嘆爲觀止」四字形容。八十年前表姐的一句童言稚語，至今仍然在耳際響起：「如果我們用手接住敵人的子彈，天皇一定很高興。」眞正無辜的加拿大原住民輻射受害者，爲什麼會不識東方納粹的眞面目？因爲壟斷發言權的宰制帝國，能操弄出如意的認同和論述。幾十年前台灣人流行的俚語，「第一憨（kong）吃煙吸風（hong），第二憨種甘蔗給會社磅（bong）」，反映的不就是日本殖民台灣時期台灣製糖株式會社對蔗農的剝削嗎？日本殖民帝國在台灣經營的廣袤甘蔗農園，可以視爲一萍文章裡討論的西方殖民帝國「墾殖園弧線」（一萍文中引用的史書美研究）的一環，讓我們更清楚地看到，日本的西方殖民帝國屬性——今天的 G7 成員，日本是唯一位於亞洲的國家。

　　一萍以流暢的文字討論新加坡華裔作家程異小說的《緊急狀態》，讀來享受兼受益。所謂「緊急狀態」（「反英民族解放戰爭」）指的是 1948-1960 期間英國殖民帝國以剿滅馬共爲名而發布執行的命令，但實際上搶奪橡膠的經濟利益恐怕是更爲眞實的動機。大英帝國在馬來亞建立的數百萬畝橡膠墾殖園，是西方殖民帝國自 16 世紀以來在世界各地進行資源掠奪建立的「墾殖園弧線」的一環，造成了「墾殖世」（The Plantationocene）的世界性生態環境災難。而大規模經營墾殖園所需的勞力，又以奴役當地土著或引進奴隸來滿足，殖民帝國的罪惡，環境破壞之外又加上對人權的踐踏。雅蘭的〈毒鄉生存：論辛哈的《據說，我曾經是人類》中的毒物、暴力、與跨物質倫理〉裡的敘述最爲駭人聽聞：以鄰爲壑到了化異域爲「毒

鄉」、異己為「動物」的地步。保霖討論繆爾的雄渾美學與優勝美地國家公園的建立，竟然是以滅絕印第安人為代價的！我們常常聽說「美的事物是永恆的喜悅」（濟慈），誰料得到，美的追求可能孕育了種族滅絕的殺機。

品佳的〈歸零：《2069》的生態與科技想像〉雖然不是直接討論歷史上的殖民帝國與環境的瓜葛，卻是以科幻喻義，寓意深長。她以簡潔精練的文字和短短的篇幅探索台灣科幻作家高翊峰的《2069》，提出「歸零」的概念演繹抵抗殖民與重生的戲劇，寓生態、醫療與國族意識於科幻敘事之中，獨具創見，讓我們了解到山不在高，水不在深，而文也不在長的道理。除了品佳討論的是本地作家之外，立欣的〈蠶女故事〉和蘇榕的〈意寫醫心的醫學／藝術家：林莎的藝術實驗與生命哲學〉討論的也是非西方文本。立欣比較晉朝干寶的〈女化蠶〉和唐朝杜光庭的〈蠶女〉兩個不同的版本，就其中觸及的人類、動物、植物與物質的四角共生關係，探討古代中國的奇幻故事如何與當前的人類世危機產生對話，觸角十分敏銳。出身台灣宜蘭而終老紐約的畫家林莎，醫、畫雙絕，但是幾乎已被世人遺忘，蘇榕細膩的解讀他的畫作，描繪林莎浪跡歐、美，貫串中國古今，冶中醫醫道與藝術於一爐的心路歷程與成就，拓展了醫療人文與生態批評交融共振的新猷。

振興是淡江大學生態批評領域的中堅，這幾年跟品佳一起在台灣英美文學學界推動醫療人文與生態批評的研究，帶動風潮。他的〈人類世與疾病：兼論萊特的小說《十月底》〉，便是他今年回頭來再度領導文學與環境學會的示範之作。萊特的小說《十月底》（*The End of October*）出版於新冠病毒（COVID-19）剛剛爆發後的2020年4月，適時的提出震撼性的警告。振興解讀這本小說的人類世病毒爆發敘事，指出在人類世的今天，氣候的自然運作模式已被改變，地球暖化帶來新的病毒和瘟疫，我們必須重新思考人和非人

的跨物種交流，嘗試繪製人類世人畜共通流行病的軌跡，以探求環境和健康人文共構的空間。人類世的全球性大流行病與氣候變遷掛鉤，潛存著毀天滅地的大災難，振興的這個努力，便是我所謂的補天工程。但本文集裡最具特色之作，非序樺的〈種種看・公民有機・仙覓那里與希望政治〉莫屬。這是唯一一篇以生活而非文字為文本的作品——是作品，因為要說它是論文，它卻更像是文學創作，充滿生機動能。序樺以她在工作的學術研究單位中研院歐美研究所發起屋頂種植的經驗為主題，構建公民意識的希望工程，其別開生面、另闢蹊徑的靈活創意，令人讚嘆。

　　物我之不齊，宰制與殖民之所由，民胞物與以齊以去，生生之坎，仁為己任以補以療——這是本文集的標記。本文集的作者從不同的面向與角度，展現儒家知識分子以仁為己任的宏大堅毅，我們對這個領域的探討，題的是這樣的字、蓋的是這樣的章：「天地之大德曰生」，「日新之謂盛德，生生之謂易」，「民吾胞也，物吾與也」，而在實踐上，我們支持的是力求和平發展以構建全球命運共同體的大同理想，摒棄弱肉強食的霸權邏輯。或許有人會說，這是帶有民族主義色彩的發言。的確，生態批評雖然大量的關注資本主義，工業化與現代性，卻鮮少注意到民族主義的因素。民族主義跟意識形態一樣，充滿爆發性的動能，乃是抵禦殖民帝國的利器，孫中山革命救亡圖存的法寶之一便是民族主義。在奉行「天地之大德曰生」的文化裡，它可能走向物我共生的大同世界，但是在霸權帝國的手裏，它便可能墮落成種族主義，與帝國主義共鳴共振而終結了世界，不是「終結歷史」。當川普閉著眼睛說瞎話，一再否認地球暖化的存在、還隨口胡說那是中國編造的謊言時，UNFCCC的決議、IPCC的專業報告能起什麼作用？「使美國再度偉大」（MAGA）是他——以及任何代表霸權帝國的首領——心中至高無上的道德和價值，是可以建築在他人屍體和全球廢墟上的「山上佳城」，讓人

瞥見民族主義墮落成種族帝國可能帶來的地獄。眼看著 MAGA 又將回鍋，投身生態批評的華族學者，儒家傳統中的士，真的是任重而道遠了。生態批評在中國人社會裡的定位，不是爭議，而是載道的責任。我們這個文集帶著期盼拋出了一塊磚頭。

七

「西進，西進，青春作伴好西征！」多少個世代了，那個漢家兒女不西遊，取得西經好登梯？但是等到髮落鬢白、氣血衰竭時，你可能猛然驚醒，西潮裂岸，西風凋花並非季節性的現象，而是文化氣候的恆常咀咒。思鄉的愁緒忽然湧現，但見在歸根的路上踽踽獨行。正是：日暮覓鄉關，雲封霧鎖知何處，老驥可堪行？有詩為證：

城頭競作胡兒語
蛙聲一片
他山影裡說豐年。

惟見斜陽照故里
草廬倚南山
誰識，老來心境向人間。

林耀福 謹序
2024 年 8 月

後記

　　謹以此序獻給朱立民和顏元叔兩位教授。朱先生是我台大外文系的師長，提攜之恩不敢或忘；元叔兄是我台大外文系的學長和同事，一度是台大「陋巷」的鄰居。台灣外文領域的文學研究，朱、顏兩位先生是開路先鋒和奠基者，台灣的比較文學學會，台大的《中外文學》，淡江的《淡江評論》和淡江的國際比較文學會議，都是兩位先生聯手創立的（不過「英美文學學會」由朱立民先生一手主導，元叔兄倒未參與）。他們的努力在於借他山之石以攻我之玉，以建立中國文學論述的主體性。

　　作為一個敢於暢所欲言的中國民族主義者，元叔兄晚年，尤其是退休之後，卻從學界消聲匿跡，連余光中先生都聯絡不上，感到納悶。但是他跟我倒是保持些許聯繫，除了因中風需要復建，國際政治的霸權肆虐，台灣政治的急劇變化與紛擾，使得他與舊日的親密戰友（這裡指的當然不是朱先生）因立場的不同而漸行漸遠，也是原因。不過他的中國人情懷與認同，卻是越發活躍健壯。2012年底他因肝癌過世前三天，我好不容易徵得他的同意，讓我跟多位外文系同仁前去探望，而那位原被我說服同行的朋友，雖然臨時決定不去，但是我仍盡力化解他們的分歧，只見元叔兄淚濕眼角，想必有些感動。最令我唏噓不已的是，元叔兄去世後 5 年，他正當盛年的長子顏學誠教授，也因癌症撒手人寰，從此我也與顏家斷了聯繫。癌症，癌症，肝癌，胰臟癌……，尤其是肺腺癌，已成台灣的頭號殺手，這是醫療問題，是環保問題，更是僵化的意識形態與政治的問題：2025 的無核家園帶來的不是無核而是霧霾家園，直到 2023 年台灣的火力發電仍超過 81%。[8] 在這個政權似將在台灣永久

8　見 https://www.taipower.com.tw/2289/2363/2367/2372/10312/。（7/20/2024 搜尋）

化的情況下,改善的前景似乎難以樂觀。生態妙理,生機安在?

俱往矣!訪舊何止半爲鬼,除了朱、顏兩位之外,離開的同事,與我往來較密切的還有陳次雲、朱炎、王文興、胡耀恆,不知還剩下什麼人!一位已退休的老學生,一位與癌症纏鬥多年而仍生機勃勃的女鬥士,說我是「碩果僅存」,不是碩果,但僅存卻是一語中的。中文系的鄭騫教授多年前給他的好友同事臺靜農教授寫的一對輓聯:「六十年來文酒深交,吊影今爲後死者;八千里外山川故國,傷懷同是不歸人。」那一份深沈的淒涼,似乎可以觸摸得到。

生生死死,日出日落,道在其中,是爲生態。

1

歸零：
《2069》的生態與科技想像[*]

馮品佳

一、《2069》與台灣科幻小說

　　高翊峰 2019 年出版的科幻小說《2069》以一連串 AI 電子人的自殘與毀滅行為收尾：主角電子智能人達利親手破壞了同伴卡蘿的電子腦，感受到卡蘿腹中未曾遭到輻射污染的人類胚胎逐漸失去心跳；達利也在擁抱卡蘿一起落水之後啟動自動刪除記憶的功能，他最後儲存的記憶註解是「我的電子腦即將回到空無，回到從未啟動，也從未被誕生的原始點」（333）。然而，達利的電子腦在自我消解之際，也同時送出以零的程式編寫出的最後信息。在以〈零〉為名的最終章，主角全部毀滅，但就在看似絕望之際，聲音信息卻又戲劇化地再次出現。這個信息結合了達利、卡蘿以及電子人賽姬零六零五的共生原始碼，在所謂自流廣場的虛擬平台等待其他智能人解開「三個連體意識的原始碼電子基因序列」（334）。

　　《2069》的基本情節充滿廢墟意識，從達利的觀點審視島國悠托比亞歷經核災浩劫之後人類與人造人的生存情境與意識情態，特別

---

[*] 這篇論文初稿於 2021 年 8 月 20 日的韓國中國學會第 41 屆中國學國際學術大會發表，後發表於韓國外國語大學臺灣研究中心的《臺灣研究》期刊。

是因重度污染而遭到隔離的曼迪德特區（The Man Died Zone），由電子智能人巡護員照料捷運集合宅中受到輻射感染、依靠人造器官與肢體修補殘破身軀的老齡住民。曼迪德所在的島國在2029年裂島地震之後由夫爾斯國、黑客國、普拉斯提及賽博國四個國家共同治理，名存實亡。在這樣看似絕望的情境下，作者為何選擇仍然為智能人的電子意識以及殘敗的悠托比亞提供一線生機？這是這本小說最值得我們探討的問題。筆者以為《2069》的結局之所以呈現戲劇化的逆轉，是因為作者雖然在小說中勾勒出天災人禍的末世視域，但對於未來仍然有著烏托邦式的願景。因此即使遭逢不可逆的生態浩劫，小說依然保留重生的可能。最明顯的例證是小說中段出現的「綠艙」，經過災害侵襲之後還原成為天然林野。其次，作者對於科技所創造的電子智能人也賦予高度的人性化特質，讓他們得以產生自我意識、行動能力與主體性。這樣的科技想像，在小說結尾達利寧為玉碎而不為瓦全的自主決定得到印證。經由創作《2069》，高翊峰有意識地透過與自己之前的作品《幻艙》（2011）以及其他台灣科幻小說對話，建構出交纏的互文性（intertextuality）以及具有再生潛力的後浩劫世界觀（post-apocalyptic world view）。雖然小說反對科技過度發展的態度類似早期科幻小說的想像，例如經典的《美麗新世界》（*Brave New World*, 1932），然而《2069》開放性的結局，表達出作者期盼飽受人類科技發展所摧殘的地球，能夠在一切歸零、回到原點之後獲得新生。本文也試圖從這樣「樂觀」的立論探討《2069》所呈現的生態與科技想像。[1]

王德威在為伊格言的新作《零度分離》（2021）所撰寫的序言中

---

[1] 王聰威的書評認為小說的結局是悲觀的，「一切歸於『空無』」，旨在叩問人類存在的意義。筆者的分析則認為《2069》最有意義之處在於回歸空無之後再生的可能性。

指出,「科幻小說是二十一世紀華語世界文學最重要的現象」(19);雖然「台灣的科幻小說一直未能成其氣候,但無礙有心作家實驗各種形式,想像另類真實」(20)。王德威認為台灣科幻小說之所以異軍突起,不只是因為作家具有天馬行空的想像,更是因為科幻文類能夠比寫實小說更真實地描寫現實情境:

> 這些作品都以科幻為名,但贏得讀者青睞倒不僅僅只是因為作者異想天開,跨越寫實界限而已。恰如科幻研究者朱瑞瑛(Seo-Young Chu)提醒我們的,科幻敘事所處理的題材非但不虛無縹緲,而且恰恰相反,比現實主義小說裡的真實更為真實。朱甚至認為所有文學創作都是化腐朽為神奇的「科幻」寫作,寫實小說所依賴的再現、擬真技巧其實是初階而已。科幻小說思考、再現那不可思議的、一言難盡的真實,才真正彰顯文學出虛入實的力量。更重要的是科幻小說的根本在於召喚抒情詩般的隱喻,將隱喻曲折迷離的「夢境」具象化為敘事表現。(20-21)

以朱瑞瑛自己的話來說,科幻小說是「擬真的論述,所要再現的對象並非想像之物,卻能造成認知上的疏離(nonimaginary yet cognitively estranging)」(3);一本科幻小說作品以「高強度的擬真為主(high-intensity mimesis predominates)」,而寫實主義的作品則以「低強度的擬真為主」(9)。她也認為科幻作品可與寓言(allegory)相輔相成,使得科幻文類最適合處理平庸的現實(80-81)。

朱瑞瑛或許過度誇大科幻小說寫實的能力,但筆者同意她認為科幻小說具有高度擬真以及與寓言互為表裡的立論。畢竟,科幻小說的基本敘事模式,大多是在科技或是星際漫遊的包裝之下,藉由寓言式的比喻手法再現及探討人性與生存情態。班塔夫(Sharon Ben-Tov)也提出

科幻小說與國族意識緊密相連的論點。她在研究美國科幻小說的專著中指出，美國的科幻小說乃是

> 有關自然以及如何控制自然的夢。這是特殊的美國夢，因為美國這個國家，與科技以及新世界的人間樂園這種神話有著特殊關係。但是科幻小說在美國文化的重要，不僅是因為科幻小說的修辭譬喻（tropes），涵括了對於自然產生的複雜意識形態與神話觀點。科幻小說是集體的夢想（mass dream），有必須履行的任務：這是決定我們作為一個國家應該如何行動的夢想。（2）

這個集體的夢想可以說是美國文學的重要特徵。對於班塔夫而言，科幻小說不僅是要炫耀美國的科技發展成果，更「*複製*（*reproduces*）了現代科技背後的意識形態，科幻小說的結構也促使讀者*重複*（*reenacting*）這些意識形態」（2；斜體為原文強調）。如果綜合朱瑞瑛與班塔夫的論點反思台灣的科幻小說，我們或可質問：台灣的科幻小說是否植基於某些特殊的「夢境」？或是否特別傾向某些意識形態或議題，從而透露出某種國族寓言的傾向呢？

這個提問當然需要置放在台灣科幻小說發展的脈絡之下探討。然而研究台灣科幻小說的學術專著相對欠缺，而且囿於篇幅限制，本文也僅能簡述部分的參考資料。根據傅吉毅在《臺灣科幻小說的文化考察 1968-2001》中的觀察與歸納，1970 年代的「前行代」台灣科幻作家明顯關切「國家民族的問題」，而中生代作家的焦點是「政治經濟的問題」，至於 1990 年代崛起的新生代科幻作家最關心的則是「自我的問題」。傅吉毅認為，「相對於中生代，新生代無疑地是處理更自我中心的命題，或者說，是以自我來觀看這個世界，而且比起中生代而言，他們透過小說反映出對現實中的反抗則是更加強烈」（97）。陳國偉在論述台灣科幻小說發展的〈台灣科幻文學系譜：

類型作為多重政治的展演〉一文中，也做出類似的歸納整理，指出1980年代台灣科幻小說呈現「一系列關於國族與身分、性別與身體、生命與翻譯的多重政治展演與實踐」；1990年之後進入「『性／別政治』的新時代」；二十一世紀台灣科幻創作的「核心關懷」則是「科技所帶來的生命政治問題」；2010年前後更出現科幻推理小說混合類型，為台灣科幻小說帶來「類型本體性的革命」(31-33)。從傅吉毅與陳國偉的整理，可以看出台灣科幻小說所關切的核心議題，一直就是從個人到國族各種不同範疇的屬性與身分認同。

筆者認為就二十一世紀台灣科幻小說的創作脈絡而言，由於1999年的921大地震，再加上2011年日本311震災及福島核災的衝擊，以及當前台灣對於核能發電的各種爭議，使得生態浩劫的議題備受矚目，特別是對於地震、核災以及災後生態與社會改變的想像，除了《2069》之外，吳明益的《複眼人》（2011）以及伊格言的《零地點》（2013）都是具有代表性的文本。[2] 另一創作重點則是探討後人類的科技未來，並且透過仿生人（android）或電子智能人等人

---

2 新生代作家以及台灣研究學者林新惠在其書評筆記中提出「生態轉向」的觀察：「而在台灣當代科幻小說中，我們也能發現島嶼的分裂、缺損、以及與其他島嶼的碰撞／遭遇。我認為這是台灣文學歷史中，再現『台灣島』的生態轉向：從平路筆下的後現代拼貼島嶼，到蘇偉貞、賴香吟以島嶼做為性別、國族、歷史的隱喻；直到當代科幻小說中，島嶼在在被想像為碎裂、不完整、以及不斷與他者遭逢且變形。更精準地說，在台灣文學的再現中，台灣島從**抽象**的後現代符號或性別化、國族化的喻依，轉變為**具象**的土地、具體的在地、切身的生存環境。這種生態轉向，一方面似乎也是台灣島的「著陸」進程，另一方面，由於當代科幻小說特別著墨台灣島的碎裂與碰撞」（粗體爲原文強調）。文中她特別以《複眼人》、《零地點》以及《2069》作為這類文本的代表。蘇庭頡在短文〈超越時空，放眼未來—台灣科幻小說與文學動脈〉中也提出類似的看法，認為二十一世紀的台灣科幻小說「環境與社會議題成為新趨勢」，相關作品包括李鐏銅的《入侵鹿耳門》（2005）、武動的《3.5強迫升級》（2016）、吳明益的《苦雨之地》（2019）、《零地點》、《幻艙》以及《2069》。

造人的角色,表達對於當前國家認同的徬徨與探索,持續探索並開展台灣科幻文本一直以來所關切的國族屬性及認同意識等相關主題;《2069》或是伊格言的《噬夢人》(2014)都是很好的例子。以下筆者會透過討論《2069》中的生態與科技想像,爬梳高翊峰如何藉由與其他文本對話的互文方式開展這些議題。

二、核爆廢墟與回歸自然

《2069》在生態議題方面雖然著墨不多,但生態問題卻是整部小說的始源與立基,在自然遭受暴力破壞的框架之下開展情節。實際上,生態浩劫是科幻小說經常出現的主題,生態論述更可謂科幻想像的一個前提;科幻小說作家也經常嘗試想像人類社會如何因應自然生態環境的巨變而產生各種反應與機制。

范銘如在討論宋澤萊的《廢墟台灣》(1985)、吳明益的《複眼人》以及伊格言的《零地點》這三本具有代表意義的台灣生態小說時,提出這些文本跨越寫實與科幻文類的揉雜性,以及對於台灣文學的意義:

> 作為環保運動中的文學尖兵,生態小說與大多數具有行動導向的台灣小說一樣,採用寫實主義來擬仿社會並進而諷喻批判。然而生態文學內蘊的跨學科屬性,以及從嚴肅文學裡的魔幻寫實主義和通俗文學裡的科幻小說汲取的元素,同時挑戰了所謂「寫實主義」的文學界線。這種揉雜著政治參與、魔幻、科幻與科學成分的生態小說在內容和形式上已經有別於台灣寫實小說的範域了。顯然生態意識不只改變了台灣社會對自然環境的態度,文學類型與美學形式的疆界也隨之調整中。(29-30)

當然，對於科幻小說研究者來說，科幻小說絕不只是通俗文學的一個次文類。誠如狄尼洛（Daniel Dinello）所言，科幻小說具有社會批判與大眾哲學的意義，不僅只是逃避式的娛樂性讀物，更想要探討新科技所連帶產生的倫理、政治和存在主義等等問題（5）。但是筆者很贊成范銘如認為生態意識改變了台灣文學類型與美學的論點，台灣的科幻小說無疑受到生態論述的影響，而科技帶來的環境浩劫就是結合生態書寫與科幻小說的重要節點。范銘如提到的三本小說中《廢墟台灣》與《零地點》皆以核災為主，而《2069》顯然是有意接續此一議題。

高翊峰一再強調《2069》的書名發想是要站在 2019 年的時間點上想像半世紀以後的未來（6-7）。小說中的裂島地震所引發的「第二核電廠爐心熔毀」造成之放射線汙染發生於 2029 年（40），距離現實時間不到十年，是高翊峰在自序中所謂的「近未來」（6）。時間上的逼近與迫切，顯然是要讀者對於人類世（Anthropocene）發展到極致之後可能爆發的生態浩劫產生戒慎恐懼之心。小說中暗喻台灣的「島國」名為悠托比亞，自然是烏托邦（Utopia）的外文原音直譯，但悠托比亞的生存情境卻顯然極度反烏托邦。在裂島地震以及相繼引發的核災之後，島國在四個強國的共同協助／監管之下存活，四十年來嚴格遵守四國規範的《共通基本法》，呈現半殖民的狀態。高齡者依靠著四國提供的人造器官苟延殘喘，逐漸賽博格化。未遭到核污染的倖存者則屈指可數，而且境況悽慘。例如楊賽姬因為未受汙染而子宮被父親摘除取卵；未遭污染的百歲老人賈邦國則以植物人的方式生存，最後甚至遭到人工取精。[3] 飽受核災蹂躪的曼迪德特區更強制執行「零誕生計畫」以杜絕生育畸形兒，基本上自然人是處於等待死亡的情境（40）。達利的母親就譏諷曼迪德

---

[3] 卡蘿電子子宮中的胚胎即來自楊賽姬與賈邦國，是四國的實驗品。

特區之名的矛盾:「說來可笑,曼迪德特區,The Man Died Zone,人死了的地方,死人特區,以此命名的城市,居然還有這麼多人活著⋯⋯。」(233;斜體為原文強調)。其實極度老化的居民生不如死,結束生命最尊嚴的方式,就是申請「3D 列印安樂膠囊機」以便達成「合法自主死亡」(26)。小說開始老齡住民不明原因相繼死亡。作者透過這些死亡案件結合了科幻與推理小說,呈現了陳國偉所謂的「科幻推理的跨類型模式」(35)。神秘死亡案件的背後真相是四國以共同託管之名,利用器官移植的療程進行人體實驗,研究基因病變(《2069》141)。揭露這個非人道實驗真相的是小說後半部持續追捕達利與卡蘿的王東尼警官。作者以代表殖民律法的執法者戳破殖民主義不人道的實驗操作,又是一種反諷。高翊峰顯然是要藉由這些不同層次的反諷書寫,暴露曼迪德特區在遭遇生態浩劫後反烏托邦的現實狀態,也間接呈現他對於台灣未來的負面想像。

達利的意識演化也在這種反烏托邦的背景中開展。小說一開始透過達利對於裂島地震事件的關注,介紹此一生態浩劫以及其後衍生的政治社會變化,並特別強調達利對於此事件的特殊情緒反應。達利作為曼迪德特區綠 A 集合宅巡護隊的隊長,對於特區形成的歷史產生興趣自然可以理解。然而作為受到「教育設定」控制的電子智能人,達利對於地震之前的世界「有著難以抑制的情緒,也想知悉在那個時間點之前所有的人事物」,這種執著就相當不尋常(《2069》28)。他更因為這個「嗜好」而「時不時瀏覽記憶體,一一檢視,哪些是模糊的物質記憶,哪些是精準的物質記憶」(28)。種種不符合人造人的行為模式,表示達利從小說一開始就已走上自主思考能力之路。他在綠艙的感官性反應則代表達利主體意識發展的另一階段,也提供小說直接處理生態議題的機會。

《2069》第十九章對於綠艙的描述是小說中最具體的生態論述,也接續了《幻艙》中有關的綠艙想像,為兩本小說構築了互文式關

聯。《幻艙》中出現的「綠艙」飄渺不定，既可能是首都市傳說中神秘的地下空間與書中角色困居的臨時避難室（《幻艙》319）；也可能是因為溫室效應融合了馬路柏油中的玻璃蟲形成「一顆顆墨綠的玻璃球」（172）；抑或是城市下水道的球藻（226）；又或者是研究睡眠腦波影像資料庫的實驗室（253），如新聞報導所言「**在出現睡眠集體延長的趨勢之後，綠艙將成為首都市最巨大的沉睡儲藏室**」（《幻艙》254；標楷體為原文強調）。《幻艙》中的綠艙到底是什麼沒有定論，《2069》中的綠艙則是一個明確的地標。小說中這片曼迪德南部的山林原是經過土石流淹沒的大型社區，二十年間從一個巨大的「悼念之墓」重現自然生機，展現浩劫之後「**大地如何自我恢復成原始林野的歷程**」（《2069》147；標楷體為原文強調），在 2059 年正式命名為綠艙。[4] 達利的電子腦對於綠艙所編輯的記憶如下：

> 走在一階一階向上向下的木樁梯道。陽光從樹幹之間穿透落下，無比寧靜，也不懂任性移動。撫摸坍塌的建築水泥樑柱，只有低溫冰涼，沒有恐懼。緩慢滾動的空氣裡，充滿潮濕枯葉悶燒時的濕潤霧氣。如果風動了一下，新生的、依舊活著的楓香、光臘樹、樟樹……會各自飄出新鮮的樹脂氣味，集合成一座氣味森林。我一停下腳步，立即被氣體脂肪包裹。所有的葉子都會呼出煙霧。在綠艙的地霧裡，我總覺得下一個轉彎，腳下的步道就會消失。很特殊的行走過程。時間被靜置、內臟的運作被靜置，停止生命的軀體也被靜置，或許林野裡不容易捕捉的光纖，也是被靜置的。唯一確定沒有被靜置的，是暫停在天空的夕陽。（《2069》148；標楷體為原文強調）

---

[4] 《幻艙》也出現過重生的奇蹟，從乾屍回春成為懷孕母體的性工作者日春小姐作為代表，但與生態無關。

這段描寫綠艙的文字，強調的是記憶中的身體感知，由外在景觀以及身體活動逐漸轉向敘述主觀情動的反應，包括森林的氣味以及內心升起的「靜置」感，再以夕陽帶入外在時間的流動，運用相當詩意的語言刻劃達利的電子心智產生的細微變化。此處高翊峰結合紀實與詩化語言的寫法，印證了朱瑞瑛認為科幻文類的動力來自於抒情詩中超越字面／比喻二分法的力量（76）。而此處他透過詩化語言反映達利的意識改變，賦予人造人主體思考能力，則結合了生態反思與科技想像，創造出一個特殊的電子智能人角色。就生態論述以及小說整體的意義而言，綠艙的存在恰好證明「歸零」的重要與意義。相對於人造文明與社會的腐敗與衰頹，自然世界以旺盛的生命力重新認據大地，塑造不同的地理景觀，甚至改變時空感知，埋下反抗殖民集權的種子。而達利就是扭轉一切的關鍵。

三、科技【想】像與意識覺醒

《2069》中最具意義的科技想像就是智能電子人達利的意識覺醒。高翊峰在自序中開宗明義表達書寫《2069》是「想為第三顆行星上的島嶼，寫一個有關覺醒的小說」（5）。小說中有關生態以及科技的想像都是圍繞著代號 AiAH0190 的達利開展，而小說中覺醒敘事的焦點就是達利的意識成長。《幻艙》的主角也名為達利，這是高翊峰為兩部作品所製造出最重要的互文關係，也是向西班牙超現實主義畫家達利致敬。[5] 在《幻艙》中性無能而且缺乏行動力的「文字工作者」達利，對於鐘錶／時間的執著，彷彿是畫家達利作

5　小說中電子巡邏隊員都是以畫家命名。女主角卡蘿之名來自墨西哥女畫家卡蘿（Frida Kahlo）。畫家卡蘿因為車禍而無法生育；智能人卡蘿的人工子宮則孕育著曼迪德唯一未受核子污染的人工受精卵，但因為遏止四國的野心而終究未能瓜熟蒂落，兩個卡蘿命運相同。

品中扭曲鐘錶的翻版，也突顯出小說充滿存在主義式的荒誕氛圍。[6]《2069》中的達利則經歷了「覺醒」的過程，從受到制約式的被動模式──「被出生」，被「配屬」為林眞理與賈邦國之子和莎樂美之兄，只會遵循巡護員既定的教育模式行動──到開始思考如何繞過「教育設定的指定動作」，主動編輯記憶，甚至做出毀滅四國陰謀的自殘決定，逐步演化成為一個具有自我覺知的新人工智能主體。《2069》書腰上的宣傳主軸，是捷運集合宅老人陸續死亡的神秘事件，為小說抹上偵探驚悚文類的色彩。但筆者認為破解連續死亡事件其實不是重點，而是藉此強調達利的自我意識如何在死亡的陰影下日益茁壯。[7] 從國族寓言的角度來看，高翊峰也是想要透過達利的「覺醒」探討台灣島民自我覺醒的可能。

小說對於達利的覺醒過程有相當具體的描述，原來謹守本分的巡護員隊長開始不配合警方的質詢，憑藉著電子人蒼蠅所傳達的訊息指引行使選擇的能力，甚至保持靜默，逐漸完成他的主動學習過程。蒼蠅的訊息充滿誘導性：

> 達利，還有許多感覺，你可以進行選擇。不需要被這些初始的感覺設定困擾。重要的是你可以選擇，以及你決定進行選擇。你可以選擇使用哪一些感覺設定，透過電子神經元傳導，進行假設性地表達。你甚至有能力重組這些感覺設定，誕生新的感

---

[6] 有關高翊峰作品與達利藝術之關聯，曾經翻譯多部高翊峰著作的法文學者關首奇（Gwennaël Gaffric）指出：「達利的作品中帶著類似愛因斯坦相對論的藝術直覺，時間在他們面前沒有絕對的特徵，達利似乎實踐著這個理論，把原本固體狀態的物體軟化，甚至液化」。對於關首奇而言，「萬物的流動是高翊峰作品中常有的主題，故事中許多角色都活在液體裡（有時甚至是裝在液體的容器）或是有液體的場所（如廁所、酒吧、浴室、游泳池、下水道或海洋……）中」。(70-73)

[7] 高翊峰對於偵探解謎甚至以戲謔性的手法，特別是對於警方代表王東尼的呈現。他不斷膨脹的身軀讓他似乎是《幻艙》裡丑角高胖的化身，一樣的充滿荒謬感。

覺。只要反覆練習與操作，最後你就會忽略教育設定的指令動作，捏塑出比初始感覺更立體的原始感覺。

〔……〕

你的不回答，也是選擇。這種消極的回答，作為溝通方式，已經繞過教育設定區域的迴路。只要執行，就會懂得，也會永遠記得。（《2069》56-57；標楷體為原文強調）

這段文字透露出「選擇」的重要，因為這是人類的重要心智功能，而不是自動遵守人造的規定。蒼蠅傳達的神祕訊息，代表達利可以運用科技的力量超越電子人的原廠制約，以子之矛攻子之盾，以科技的力量達到「成人」的目標。

達利作為《2069》的敘事中樞，他的自我意識覺醒與諸多以機器人或是電子智能人為主題的科幻文本相互呼應，展現強烈的互文性。[8] 伊格言的《噬夢人》也是以人造人為主角，但生化人 K 與達利不同，而是更接近經典科幻小說《仿生人會夢見電子羊嗎？》（*Do Androids Dream of Electric Sheep?*, 1968）中的樞紐 6 型（Nexus-6 model），從遭受奴役的火星逃到地球，試圖隱瞞自己仿生人的身分，混跡於地球人之中。[9]《2069》的核爆背景與《仿生人會夢見電子羊嗎？》中充斥輻射塵的地球類似，只是《2069》的輻射污染侷限在悠托比亞島國境內，沒有富人避居火星的科技想像。[10] 不論情

---

[8] 小說也運用了不同方式向其他作者致敬，例如電子智能人的「複眼」功能，顯然是影射吳明益的《複眼人》。雖然複眼屬於機器人的內建功能，暗示接受教育規則制約的智能人必須學會使用多重觀點接觸世界。

[9]《仿生人會夢見電子羊嗎？》於 1982 年改編為電影《銀翼殺手》（*Blade Runner*）。

[10]《仿生人會夢見電子羊嗎？》提及核災可能造成人類退化變成特障人。然而為人鄙視的特障人伊西多爾（John Isidore）因為智力上的不足，沒有太多分別心，反而能向仿生人逃犯伸出援手。

節如何安排,這幾本小說都在叩問人造人是否具有「人性」,以及想像人造人如何試圖變成或假裝成為人類。當代科幻小說對於生化人或電子智能人的「人性」檢驗也有諸多想像,早就超越基礎的圖靈測驗(the Turing Test),產生各種心理或是生理的測試模組。不論是《仿生人會夢見電子羊嗎?》中的「沃伊特一坎普夫移情測試」(the Voigt-Kampff Empathy Test)或是《噬夢人》中的「血色素法」,都是為了守護人與非人的疆界,從是否具有同理心的心理層面以及生理反應,或是血液的生理成分設法揪出「以假亂真」的仿生人,杜絕電子人瞞混(passing)假裝成為真實人類的機會。換言之,仿生人或智能人的「人性」一直受到質疑,這些企望成為人類的機器生命也時時面臨認同與屬性的危機。[11]

《2069》沒有電子人想要瞞混的疑慮,但提出更複雜的命題,因為達利的意識變化是因為「**人工智能的演化**」選擇了他,讓他被動地產生改變(228;標楷體為原文強調)。所以他面臨的挑戰不只是要完成自我演化,更要突破被動「**突變**」的陷阱(226;標楷體為原文強調)。[12] 因為即使他突破人造限制而心智成熟,仍有可能為外在勢力所利用,始終只是不知情、也不情願的實驗物件,成為科技殖民主義所操弄的犧牲品。如此一來,達利為自我意識演化所做的努力就全然化為烏有,也等於否定他的「人性」。因此,小說最重要的科技想像就是達利如何跳脫被動演化的陷阱,展現真正的自主性,這也是島國,乃至於人類世界,是否能夠重生的關鍵。

在小說中作者也透過比較智能人不同的意識,展現達利的意識

---

[11] 王聰威的書評也指出在小說國族意識及家庭架構之下,作者試圖探討的還是人的問題,想要探究「人與非人的界線究竟是什麼」。

[12] 智能人的發明者 Dr. HK 在完全被電子腦老管家取代之前曾經解釋達利的「覺醒」是因為他是「被選定的人」(《2069》228)。

如何產生突破性的改變。近尾聲時達利在與卡蘿二號的對話中,闡述他對於生存與死亡的「雙零」的結論:「二〇二九年的裂島地震與二〇一一年賽博國大地震引起的核電廠輻射災害一樣⋯⋯活下來的人,不管是誰,都只能解決二分之一的問題。〔⋯⋯〕。他們無法解決的是,自己為什麼活下來了⋯⋯這個問題。決定死和決定活,是意志拔河的兩端。活和死的意志,都是零與零,各佔二分之一⋯⋯」(《2069》285)。[13] 這段充滿哲學意涵的文字,連結了小說中想像的裂島地震事件與真實的福島核災事件,娓娓道出浩劫發生時刻人類無法掌握命運的空洞感,或許也是倖存者終其一生難以解答的問題。卡蘿二號剛剛來自賽博原廠,仍然受到教育設定的制約,自然無法了解達利的哲學推論,兩種不同意識相較之下的差異,更加彰顯達利在意識進化之後衍生的「人性」。

更重要的是達利此處充滿哲理的洞見,也預示當他無法成功與卡蘿逃脫追捕時會作出正確的決定。達利作為「第一個自我覺醒的 Homo AI」以及「**第一個自體演化誕生的 AI 新智人**」(《2069》326;標楷體為原文強調),他的覺醒之路引領他學會抗拒四國不人道的人體實驗,也拒絕讓特殊利益團體得到演化之後的電子腦。因此達利在無路可逃之際寧可選擇自殘,卻也沒有忘記「以零之名」傳出最後信息(333),藉之保留一線生機,為人類的未來保留開放性的重生空間。

---

13 賽博顯然是影射日本,而普拉斯提則是指涉韓國。這些指涉可從小說中不同角色之名看出,例如來自賽博的佐藤櫻子和普拉斯提的金秀智。

四、小結

　　高翊峰與其子高於夏在《印刻文學》的對談中說到,「可以跟死亡對抗的,大概就是記憶」(36)。記憶也是《2069》極為重要的主題,特別是對於電子智能人而言,始初的記憶完全來自製造者賦予的人工記憶。而達利也在不斷為自己重新編譯記憶的過程中「成長」。小說結尾三位一體的信息承載著三個電子智能人的記憶,即使他們喪失了形體,意識依然長存,為未來對抗四國殖民勢力播下希望的種子。但高翊峰也刻意保持某種模糊的空間,就像他在自序中形容自己,如同是「甦醒之後的達利吧—持續尋找問題,未曾真正獲得,也以此繼續行走於泥濘時光」(《2069》7)。意味著對於高翊峰而言,意識成長與屬性認同的追尋永遠沒有輕易的解答,也沒有止盡。作者在小說謎一般的第 00 章寫下弔詭的開場:「**零,是在意識到死亡之後,才發現人的時間開始計時**」(9;標楷體為原文強調)。高翊峰早已在小說起始就預示了「歸零」的結局。達利與卡蘿的機器身軀死亡,他們潛在的生命才剛剛開始,正如同遭到土石流滅頂之後,大地才可能反璞歸真,成為庇護自然生物、又充滿生機的綠艙。儘管在《2069》中半世紀以後的島國只剩下經歷浩劫的生態環境、賽博格化的老人和殖民極權的政治體制,高翊峰仍舊為這個反烏托邦的未來留下希望,也為他自己以及台灣科幻小說的創作立下新里程碑。

引用書目

【中文】

王德威。〈後人類愛情考古學 — 伊格言《零度分離》〉。《零度分離》。台北：麥田，2021，7-23 頁。

王聰威。〈人類還原步驟 — 讀高翊峰新作《2069》〉。*BIOS monthly*。網路。<https://www.biosmonthly.com/article/10200>。

林新惠。〈你我不住在同一島嶼上：從 2020 台北雙年展主題，看當代台灣科幻小說的生態未來〉。《博客來 OKAPI 閱讀生活誌》。網路。<https://okapi.books.com.tw/article/14002>。

伊格言。《噬夢人》。台北：聯合文學，2014 年。

范銘如。〈台灣生態小說的浩劫啓示〉。《生態與旅行：台日韓當代作家研討論文集》。崔末順、吳佩珍、紀大偉主編。台北：秀威資訊，2018，9-30 頁。

菲利普・迪克（Philip K. Dick）。《仿生人會夢見電子羊嗎？》。許東華譯。南京：譯林，2017 年。

高翊峰。《2069》。台北：新經典圖文傳播，2019 年。

＿＿＿。《幻艙》。台北：寶瓶文化，2011 年。

高翊峰、高於夏。〈缺席者之歌：高翊峰 vs 高於夏〉。《印刻文學生活誌》第 196 號。2019，26-53 頁。

陳國偉。〈台灣科幻文學系譜：類型作爲多重政治的展演〉。《文訊》第 418 號。2020 年，30-35 頁。

傅吉毅。《臺灣科幻小說的文化考察 1968-2001》。台北：秀威資訊，2008 年。

關首奇（Gwennaël Gaffric）。〈從寫作的軟化到寫作的液化〉。高翊峰譯。《印刻文學生活誌》第 196 號。2019，70-73 頁。

蘇庭頡。〈超越時空，放眼未來 — 台灣科幻小說與文學動脈〉。故事 *Story Studio*。網路。<https://storystudio.tw/article/sobooks/history-of-science-fiction-in-taiwan>。

【英文】

Dinello, Daniel. *Technophobia!: Science Fiction Visions of Posthuman Technology*. Austin: U of Texas P, 2005.

Chu, Seo-young. *Do Metaphors Dream Electric Sheep: A Science-Fictional Theory of Representation*. Cambridge: Harvard UP, 2010.

Ben-Tov, Sharon. *The Artificial Paradise: Science Fiction and American Reality*. U of Michigan P, 1995.

2

廣島原爆、輻射生態與
原住民解殖民政治[*]

黃心雅

前言

　　本文聚焦布洛（Peter Blow）執導的加拿大第一民族（First Nations）紀錄片《寡婦村》（*Village of Widows*），闡釋紀錄片和圖像敘述形式如何具象化原爆經驗，形塑加拿大原住民和日本原爆倖存者親密聯繫，成為北美原住民解殖民的美學形式。目的有二：㈠追溯廣島原爆與太平洋核化軍事主義中被消音的原住民社群經驗，說明殖民主義暴力對於北美原住民土地與生態之破壞與太平洋核武生態環環相扣，超越個人創傷層次，串聯人類和環境災難，重探跨太平洋輻射生態的意涵；㈡由加拿大原住民視覺藝術出發，探討輻射生態災難之共時性與集體性，指向人類中心之外的集體環境災變，並藉此闡明殖民帝國軍事主義和人類世生態巨變的關聯，卻也成為原住民解殖民政治的契機。

　　本文以1945年廣島原爆為題旨，追溯1945年前後跨太平洋核輻射生態浩劫，凸顯「輻射生態」論述中遺落的原住民社群經驗，試圖以原住民輻射生態之批判，回應美國核化軍事殖民主義。

---

[*] 本文原刊登於《英美文學評論》vol. 40, 2022, pp.1-30。

在諸多原爆的文獻中，廣島原爆經常被視為末世論的創傷經驗，集中在精神分析層次的探討，米山（Lisa Yoneyama）的《廣島蹤跡》（*Hiroshima Traces: Time, Space and the Dialectics of Memory*, 1999）允為一例，聚焦創傷、空間與歷史記憶的辯證。本文則以北美原住民輻射生態經驗為主軸，借用駱里山（Lisa Lowe）「親密歷史」之論，聚焦於跨國界之情感流動，闡明紀錄片為原爆倖存者與原住民部族鋪陳共享的歷史、共同的記憶與故事。[1] 北美原住民與原爆倖存者的情感聯繫及「相互依止」的關係，形塑了彼此共享的歷史，兩個族群相依的想像，並非仰賴血脈的交融，而是來自他們共同面對原爆輻射的社群經驗與情感聯繫，以卡露絲（Cathy Caruth）的話來說，他們的歷史在彼此的創傷記憶中交錯融合（24）。

《寡婦村》演繹北美原住民和廣島原爆的密切關係，鋪陳加拿大西北極區內大熊湖畔甸尼部落族人在1940年代至1960年期間擔任鈾礦搬運勞工，日後死於癌症，遺留妻小，寡婦村因此得名。鈾礦由加拿大政府成立公司收購，賣給美國政府，成為曼哈頓計畫用於製造第一顆原子彈的原料。紀錄片將場景帶回北美大陸製造廣島和長崎原子彈所需要的鈾原料的開採現場，跨洋連結北美大陸原居住民及廣島原爆受害者，也提供輻射生態研究之越界視野。1940年代開始進行之鈾礦開採，成為甸尼部落「生財的礦石」（money rock），紀錄片的拍攝，乃為記錄甸尼部落挺身組織代表團，前往日本為他們參與生產原子彈道歉，既接續被太平洋軍事主義所斷裂的常民生活，也預言核子時代的延續與發展，召喚成千上萬因廣島原爆死亡的亡魂，以跨界的藝術與敘事，形塑原住民面對殖民主義的

---

[1] 駱里山2015年出版的專書《四個大陸的親密關係》（*The Intimacies of Four Continents*）以跨洲際「親密歷史」（history of intimacies）為題，探討親密關係經由性、慾望、婚姻和家庭的密切聯繫而形成跨越四個大陸的勞動力結盟（17）。本文則以原爆之生態浩劫鋪陳跨太平洋共享的歷史、親密之記憶與敘事。

對抗敘事。

　　紀錄片以美學形式重寫廣島，以廣島為喻，建構創傷歷史記憶與輻射生態浩劫交錯的原住民見證，廣島如何參與文化生產和藝術形式？原日「親密關係」(relation of intimacy) 跨越了歷史，直視他們遭受強權軍事帝國主義原子／核子暴力的苦難。本文鋪陳跨太平洋軍事化將環太平洋原居家鄉變成了現代性的「惡托邦」(dystopia)，太平洋核子軍事活動與啟蒙時代現代性之所謂「科學」知識生產息息相關，以原住民視角，回應阿多諾 (Theodor Adorno) 與霍克海默 (Max Horkheimer) 在《啟蒙辯證》(*Dialectic of Enlightenment*) 所批判之「完全啟蒙的地球」的災難，成為原住民解殖民政治的契機。

　　論文除了前言外，分四部分進行：㈠原爆／核爆論述，當代文化論述雖致力於建構廣島歷史記憶的多元面向，卻忽略了原住民族受到的危害的事實，壓抑了原住民社群主體發聲；㈡輻射生態與原住民解殖民政治，以紀錄片《寡婦村》作為分析文本，說明生態系統科學與帝國軍事主義勾結，原爆災難經驗的召喚，由復振原住民土地主權形塑對抗敘事，以地理繪勘，重建原爆歷史系譜，轉化殘餘為生存的動能，成為解殖民的必要途徑；㈢原住民親屬關係主權，以巴特勒 (Judith Butler)「相互依存」(interdependency) 為核心的「全球義務」(global obligations)，論證原住民親屬關係為維繫與延續生命的重要契據；㈣結語：生態浩劫的視覺轉譯，紀錄片的敘事文法多元交雜，帶出對抗主流歷史的另類歷史敘述，敘事文法轉向視覺化，影像堆疊，層層無盡，互為緣起，於影像、情感、歷史及記憶的縐褶中產生意義。

一、原爆／核爆論述

　　當代原爆論述多由創傷理論切入，探究災難後的記憶和創傷，[2]以及受害者與加害者倫理辯證等議題；另有從後現代論述與美國主流文學切入，講述末世（apocalypse）或雄渾（sublime）之文學與美學再現；[3]從後殖民視角切入，則揭露美國帝國主義在太平洋進行核武史實，晚近更有結合後殖民與生態批判、失能研究及流行文化等議題，深入探究核化太平洋的複雜區域政治等（DeLoughrey 2009, 2011, 2013, 2019；Carrigan 2010；Barker 2019；Huggins 2019；Hurley 2020）。

　　原爆論述將廣島視為建構原爆創傷記憶的符碼，事件以明確的時間、地域為標記，看似化約災難，框限創傷，實則創傷記憶無法框限，廣島之為符號，啟動記憶，經「後遺」式（après-coup）建構，無限延伸，廣島重複地被書寫，成為全人類災難的代號（黃〈廣島的創傷〉）。這樣的論述架構有其侷限：㈠ 以廣島原爆為據，探討災

---

[2] 相對於精神分析原爆論述之蓬勃發展，原爆文學已成為日本文學中特殊文類，在廣島和平紀念館，收藏諸多原爆文學、倖存者見證、口述歷史、記憶文本、影音檔案等。日裔美國文學及其他全球熟知之兒童文學作品，如小川喬伊（Joy Kogawa）的《歐巴桑》（*Obasan*, 1981）；柯爾（Eleanor Coerr）的《貞子與千紙鶴》（*Sadako and the Thousand Paper Cranes*, 1977）；宮崎駿和高畑勳的電影《螢火蟲之墓》（1988）；島田洋七《佐賀的超級阿嬤》（2006）等，均寓藏廣島原爆潛文本。第二次世界大戰後期，美國政府於 1945 年八月六日向廣島投下了代號為「小男孩」（Little Boy）的原子彈，其爆炸後產生的巨大破壞力導致廣島死傷慘重。舉世目睹日本陷入空前災難，原爆引起 強烈輻射，隨空氣散播，數小時內，微塵和殘體碎片回落地面／水面，致命之輻射物質又隨海流散佈，原爆倖存者一旦染上輻射，即失明、脫髮、肌體萎縮，或痛苦地死去。而廣島原爆潛文本影響人類意識之深廣與生態災變之持續，不僅是人類歷史無法抹消的創傷，漫納司得斯基（Richard Monastersky）等人也將之視為地球地質與生態進入「人類世」的切點。

[3] 由後現代論述與美國主流文學切入，聚焦原爆末世或雄渾美學的論點，參見 Hurley 2018, 2020；Wilson 1989。

難後倖存者的精神創傷,將廣島事件視為「終點」(Berger 1999),其實忽略了西方殖民軍事主義在廣島事件前後持續的原/核爆政治與軍事活動,包含在北美原住民部落之資源開採,造成「核化太平洋」(nuclear Pacific)的生態浩劫;㈡以精神分析創傷理論進行研究,是以人類/文化為中心的思維,忽略了原爆事件的內涵是超越人類生命歷程的衝突和災難,關涉人與環境間的倫理與責任。

實則,在諸多文化論述中,廣島原爆以其極端經驗,經常被抽空歷史脈絡,成為哲學論辯的意符。德希達(Jacques Derrida)〈非末世,非當下〉("No Apocalypse, Not Now")一文由人類面對核子戰爭所產生的自我毀滅說起,他的隱喻是速度經濟學(economy of speed),對現代科技發展的速度將人類命運與其他物種緊密相連提出哲學的反思。德希達的論述基礎是由亞里斯多德以降的西方詮釋學傳統,想像核彈的科技意象,1945 年廣島核爆結束了古典傳統/戰爭的概念,核子戰爭的速度超越了人類知覺所能捕捉的極限,核子衝突的恐怖現實於是成為意符,而非真正的意指,沒有實際的指涉。於是,虛構核子戰爭的末世毀滅,就某個意義上來說,核子戰爭純然是一個神話、一個意象、一個虛構、一個烏托邦、一種修辭的比喻、一種想像、一個夢魘,也可以說是一個超乎尋常的假設(23)。然而,深究太平洋海域的歷史,核武及其造成毀滅的恐怖力量是現實的經驗,德希達從哲學和文化面向探究人類處理核子危機的心理拒認/防衛機制,於是核子戰爭的陰影與威脅即在理性思維的控制下被無限的延後。德希達認為核子戰爭作為一種完全自我毀滅的假設和魅影,超越人類生命所能吸納的極限。德希達之論純然從人類中心的角度思考核子議題,並未著眼眾多承受輻射苦難的生命經驗與星球整體的生態毒害。

宮本(Yuki Miyamoto)的《蕈狀雲之外》(*Beyond the Mushroom Cloud*)研究 1945 年代原爆倖存者對於倫理及宗教的敏感度,以原

爆的蕈狀雲作爲美國核武、軍事強權、科技成就的隱喻，原爆的倖存者從宗教、社群及傳統文化倫理的基礎，試圖與過去協商，在協商中，模糊了對與錯，加害者與被害者的二元對立。宮本以倖存者的見證及電影做爲文本，試圖找到原爆浩劫後的人際倫理。

同樣在倫理層次著墨，亞美研究學者伍德堯（David Eng）引述德希達另一論著《論寰宇主義與諒解》（*On Cosmopolitanism and Forgiveness*），討論法律帝國主義（legal imperialism）、法律東方主義（legal Orientalism）、二戰原爆協商、賠償和人權議題。德希達認爲協商與諒解是政治的操作與挪用，本身並非是伸張正義的舉動，而是以協商之名迴避正義。純然的諒解與純然的悅納異己（hospitality）相同，是不可能的。諒解通過政治與法律的執行就不再是純然的諒解。諒解之所以成立，因爲它只有原諒那些不可原諒的人或事，此即爲德希達所說「諒解」的不可能性。由此德希達進入了責任及倫理的領域。伍德堯認爲日本原爆與戰後賠償政治其實與美國立國以來對人權的長期剝奪，以及冷戰時代以來泛太平洋的殖民暴力和軍事主義的長遠歷史息息相關。伍德堯即將出版的新書《賠償與人》（*Reparations and the Human*）闡釋二戰原爆賠償的政治和心理系譜，討論核武屠殺後「人」（the human）的意義如何轉變，又如何影響泛太平洋區域修補因戰爭、殖民暴力和核子軍事主義造成傷害的可能和侷限，伍德堯認爲賠償和人權之說不僅是對持續國家暴力的道德回應，也同時可能是國家暴力的延續形式。伍德堯以「絕對道歉，絕對原諒」（"Absolute Apology, Absolute Forgiveness"）爲題旨，延伸德希達之論，探索人權的邊際以及核武大屠殺改變的人際倫理，爲當代少數族裔面對國家暴力提供法律、政治和精神分析兼容並蓄的視角，相當動人，其法律論述的基礎則源於伍德堯長期的生活與學術夥伴魯斯科拉（Teemu Ruskola）的專書《法律東方主義》（*Legal Orientalism*），探討法人主體（legal subject）與人權。道

歉（apology）與和解（reconciliation）論述亦出現在巴爾坎（Elazar Barkan）與卡恩（Alexander Karn）編著的《嚴肅看待過失》（*Taking Wrongs Seriously*, 2006），以「團體致歉」作爲倫理責任的實踐，致歉是否能消弭衝突，開啓新的溝通與互相理解的可能，如何達成協商，作者以致歉作爲社會的動能，有利於提升對話、容忍及不同族群間的合作，給予致歉跨學科的詮釋。

然而，面對原爆浩劫，德希達等人的答案是分裂的，在責任倫理與（不可）原諒性間游移。從跨國的角度來看，以原爆浩劫爲基軸，討論人際（或以人類爲中心的）倫理議題，不足以處理太平洋軍事殖民主義所造成的困境。近年來，環境倫理意識高漲，相關的論述很多，大多由環境正義視角出發，涵蓋議題甚廣，包含環境毒害、生物多樣性、環境正義、生態回復、生態污染、氣候變遷、動物權及永續經營等議題，基本的假設是：倫理應超越人類中心，關注人與非人的相互對待與責任。史畢娃克（Gayatri Chakravorty Spivak）所謂的「人類之爲人乃在向他者趨近的意圖」（73），所稱的「他者」具星球思維（planetary thinking）、超越人類中心的倫理概念。原爆與核武軍事主義的議題，不僅關乎環太平洋區域原住民族共同面對的國家暴力，更應觸及人類所處環境的徹底毀壞。生態的債務如何償還？

因此，後殖民島嶼研究學者狄勞瑞（Elizabeth DeLoughrey）討論太平洋核輻射浩劫的論著提供本論文跨越（transcend）及轉換（transform）原爆／核爆批判的論述契機。狄勞瑞論文由文化地理與生態研究視角出發，針貶核子科學論述的謬誤，以「核化太平洋」爲批判場域，〈阻隔的神話〉（"The Myth of Isolates"）一文追溯「生態系統生態學」（ecosystem ecology）的起源與發展脈絡，第二次世界大戰以後，美國原子能委員會資助科學家以島嶼殖民地作爲軍事化實驗室，提出了「生態系統」的理論，以做爲太平洋的核子試爆

「正當」的論述基礎。「生態系統生態學」設定遠離歐美中心的太平洋島嶼為封閉生態系統，穩定且易於掌控，成為當代生態學研究的基礎，在現代性的發展過程中，位居邊緣的太平洋島嶼儼然成為現代生態學發展的核心議題。狄勞瑞認為將太平洋島嶼視為核爆試驗場是由大氣層對島嶼空間垂直式的帝國，以此論證在馬紹爾群島的六十七次核武試爆以帝國軍事主義取代了海平面的平等連結。

狄勞瑞另一論著〈太陽隱喻〉("Heliotropes")在相似的殖民主義批判架構下，批判曼哈頓計畫官方紀錄將原子能量比擬為太陽能量，試圖將核武軍事主義自然化（naturalized），揭露殖民主義的政治企圖與邏輯謬誤。〈輻射生態與光的戰爭〉("Radiation Ecologies and the Wars of Light")一文則認為廣島原爆之後才是太平洋海域輻射污染的開始，1950年代歐頓兄弟（Eugene and Howard Odom）受美國原能委員會委託，研究核子軍事活動在太平洋海域所造成的生態影響，「輻射生態學」（radiation ecology）一詞應運而生，其研究集中在1948年至1958年間作為測試近五十種核子武器的實驗島群，將太平洋島嶼建構為受控制的實驗室場域，視之為一個自我循環調節的封閉生態系統。歐頓兄弟的研究正式將生態學理論化，成為獨立學科（472-73），然而它也徹底壓抑了島嶼原住民族的歷史和承受輻射危害的現實。[4]

二、輻射生態與原住民解殖民政治：
《寡婦村》的對抗敘事

核（原）子時代和生態學之肇始交錯重疊，形塑本論文的生態

---

[4] 狄勞瑞將以上三篇討論太平洋輻射生態之「三部曲」改寫為2019年出版之論證「人類世」專書之章節，參見《人類世寓言》（*Allegories of the Anthropocene*）。

進路，狄勞瑞對殖民主義提出批判，鋪陳核爆災難的日常性，聚焦太平洋島嶼殖民軍事主義與核子生態。[5] 狄勞瑞引述佛斯（Stewart Firth）的《核子遊藝場》（*Nuclear Playground*），以解構殖民主義視島嶼為封閉生態系統進行核武實驗的科學謬誤，論證1946年至1996年間經常發生於太平洋島嶼大氣中核爆的影響是全球性的，毒害遍及星球。沃司得（Donald Worster）的《自然經濟學》（*Nature's Economy*）則追溯生態學起源，稱「生態系統生態學」始於1945年七月十六日新墨西哥州沙漠的原子試爆。「生態系統」（ecosystem）一詞是植物學家坦斯利（Alfred George Tansley）借用物理科學理論於1935年用於說明有機體和環境的關係，認為科學家在概念上可將「生態系統」獨立運作，作為研究大至宇宙、小至原子的論述模式，生態學、系統科學與太平洋核污染的意識型態之關連，以輻射生態學的暴力銘刻太平洋現代性（"Radiation Ecologies" 469），形同尼克森（Rob Nixon）的《慢性暴力與窮人環境主義》（*Slow Violence and the Environmentalism of the Poor*）書中所稱之「慢性暴力」。

5　太平洋輻射生態文學創作能量豐沛。大洋洲波里尼西亞毛利族作家圖維爾（Hone Tuwhare）的《不尋常的太陽》（*No Ordinary Sun*）與薩摩亞作家溫特（Albert Wendt）的《黑色彩虹》（*Black Rainbow*）鋪陳太平洋核爆路徑相連，日光的轉喻既凸顯核爆災難的日常性，然核武輻射以太陽能量為喻，成為掩蓋生態浩劫的詞彙，輻射生態在日常生活的夾縫中隱躲，是「人類世」生態毒害的「慢性暴力」（slow violence）。大溪地原住民作家斯皮茨（Chantal T. Spitz）的小說《夢碎之島》（*Island of Shattered Dreams*）則以「夢碎之島」隱喻法國在太平洋的核武試驗。其他包括夏威夷作家巴拉茲（Joe Balaz）的〈最後的魷魚〉（"Da Last Squid"）、薩摩亞作家巴佛德（Cherie Barford）的〈1984年十一月二十三日星期五的日蝕〉（"Eclipse Friday 23 November 1984"）、施曼努（Luafata Simanu-Klutz）的〈瓜加林環礁〉（"Kwajalein"）等，皆為抗議島嶼家園核輻射污染之作。傑尼—媞吉娜（Kathy Jetñil-Kijiner）是年輕世代著名太平洋原住民詩人暨行動主義者，以新一代的網路書寫，傳遞反核訊息，記述從1946到1958年，美國在其島嶼家園進行了六十七次的核試。詳見 Huang, "Radiation Ecologies in Gerald Vizenor's *Hiroshima Bugi*"；Huang and Raponan, "Radiation Ecologies, Resistance, and Survivance on Pacific Islands"；黃心雅〈原住民與人類世〉。

狄勞瑞拆解島嶼封閉生態系統論的迷思，批判「核化太平洋」的科學建構，卻未充分由原住民社群歷史經驗深入剖析其對抗的敘事，是以殖民主義內部的批判作為論述的策略（subvert from within），本論文則置換殖民文本為原住民敘事，拆解殖民操作，由外顛覆、異化、斷裂殖民文本（subvert from without），召喚原住民社群意識，接觸場域則由太平洋島嶼回溯北美極地原住民部落鈾礦開採現場，凸顯當代生態研究邊緣弱勢的缺席，輻射生態對在地的弱勢原住民影響既深且劇，但卻隱而不可見，是當前生態研究需面對的滯礙與不足。

在西方殖民知識建構中，極地與島嶼生態類似，被視為封閉隔絕於世界之外且與文明相去遙遠的「他方」（elsewhere），以生態系統科學之名，行殖民軍事主義毒害之實。極地是殖民接觸碰撞的場域，極地原住民承受殖民主義剝削的生態災難源於西方現代性（科學）知識建構與帝國／殖民主義政體勾結，此結構暴力除原居民族「實地」（down to earth）的實踐知識，切斷多物種複雜連結關係，在現代性的歷史進程中，「自然」變成了「領土」，「土地」抽象化為「國土」，具生命感知（affect）及主動參與之能動性（agency）的原住民極地，成為取之不盡用之不竭的資源，資源轉化為屠殺統治的武器，即是導致原住民流離失所與生態劇變的根本因素。資源開採殖民主義（resource extraction colonialism）成為驅動帝國統治擴張的基礎，帝國主義持續進行資源採掘，想像極地為「荒野」的遙遠國度，卻又弔詭地以其為蘊藏礦產的豐裕空間。極地因資源開採殖民主義成為原爆生態災難的「原點」（ground zero）。

由這層意涵來說，極地原住民同是原爆受害者，卻也因在與殖民／國家主權糾結的歷史災難中倖存，被消音或邊緣化的原住民得以參與歷史並重新敘述歷史，找到族群生成的契機，形塑解殖民化原住民政治之可能。如克立佛（James Clifford）所言，解殖民化是

一個未完成而繁複的歷史進程,一種在後殖民時代受堵塞卻持續創新的歷史動力,然而,對原住民而言,日常總已是殖民的情境,「歷史感」其實就是「在地」／「實地」(grounded/terrestrial)的感知,為原住民的「抗爭及發聲」(contestation and voices)創造廣闊的「空間」("Feeling Historical";*Returns* 91-191)。

本論文聚焦極地的解殖民化原住民政治,以極地輻射生態與原住民生存經驗,體現被認為注定消逝人種的原住民性,以紀錄片《寡婦村》探討極地原住民自決政治如何衝撞國家及殖民帝國權力結構,原住民如何接續為殖民暴力斷裂之歷史、敗壞之土地,回應殖民主義擴張?原住民解殖民政治必然要碰觸到帝國宰制圖譜,掌握殖民歷史複雜的向度,紀錄片以影像與美學形式「召喚」一個可以容納跨越文化、與殖民／帝國政治碰撞的空間,攸關原住民存續,探討如何重建原住民與土地聯繫、分享共同歷史、創新親屬關係等,原爆災難經驗的召喚與重述,由復振原住民土地主權與親屬關係,形塑對抗敘事,成為極地解殖民化的必要路徑。

《寡婦村》由甸尼寡婦村的寡婦現身(聲)述說承擔輻射生態危難的苦痛,在原鄉的土地上,成為失怙的異鄉人,更背負原爆世世代代的生態災難,流離失所的原住民承受心靈和生存的重荷,卻也帶來另一種苦難的力量、記憶力量,以及解殖民原住民文化復振的契機。1940年代後甸尼原住民祖先傳承之知識文明因殖民主義戰爭而毀滅,文化不再緊緊依靠祖先留下的大地空間來承載,而是靠著同為心靈流離的倖存者,跨洋傳播因共同苦難而萌生的親密關係,超越血脈、地理、歷史,以及帝國殖民強加的種種阻隔,彼此心脈相連,成為對抗帝國殖民政治的明燈。

《寡婦村》將場景帶回北美大陸製造廣島和長崎原子彈所需要的鈾原料的極地開採現場,紀錄片開場大地回春,湖畔僅見一片亂石,教堂鐘聲響起,在部落和緩溫柔的哀樂中,葬禮的隊伍揭開寡

婦村的序幕。旁白以「又是另一場甸尼的葬禮」開場，部落名稱原指河流穿越的社區，如今已成爲遠近知名的寡婦村。鏡頭聚光燈照射下的巴頓（Shirley Baton）述說父親、姑姑、祖母相繼死於癌症，母親正受疾病凌遲，她擔心自己的孩子，家族血液中彷彿帶有癌症的基因。送別的哀樂中，葬禮影像與族人述說交切，由導演運鏡移轉場景的罅隙中，距離原爆超過半世紀的 1999 年，紀錄片拍攝現場影像清晰，帶出苦難傷痛的記憶「殘餘」。巴頓家族寡婦現身，春日的翠綠，瞬間轉換成冰雪覆蓋的大地，風雪中的女人與孩童，以及老嫗孤單的身影，令人痛徹心扉。部落的生存岌岌可危，不僅關係肉體的生命，更是文化傳承的遺落。生態環境破敗，層層疊疊的殖民暴力，以輻射災難、原住民消逝的身體及文化血脈呈現，神靈散佚，如同種族滅絕與文化屠殺。下一幕的廣島原爆蕈狀雲，熟悉卻又陌生，隔著太平洋與北國驚駭的死亡相交錯。

埃爾多拉多（Eldorado）礦在北極大熊湖岸、加拿大西北極圈中，1940 年代由加拿大政府收歸國有，極地冰封中，礦石從迴聲灣（Echo Bay）的鐳港（Port Mackenzie Radium）[6] 運往德林（Déline）的大熊河（Bear River），沿河道而下，經三百公里的大熊湖道，再轉公路和空運，送至安大略湖畔的希望港精鍊。礦產開採迫使薩圖地區（Sahtu）的甸尼人進入了原子時代。在紀錄片製作的兩年前（1997），社區才了解到，1,720,000 噸放射性礦渣及尾礦仍散落在舊礦場周圍；湖中有 1,000,000 噸尾礦，在未來的 800,000 年裡，對人類與其家園土地，以及環境中所有生物持續造成殘害。1998 年十二

---

[6] 名爲「鐳港」乃因該地在開採鈾礦前盛產鐳礦。1898 年 12 月居禮夫婦所發現的鐳元素（Radium），以放射性（Radioactivity）的字首命名，是近代核化學重要的發展，開創了放射性理論，居里夫人因而獲得諾貝爾獎。加拿大西北部的大熊湖和大奴湖發現豐富的礦石。1930 年，當時勘探者被湖東岸色彩鮮艷的岩石所吸引，隨後發現一個富含瀝青閃石的礦床。瀝青閃石即是重放射性礦物鐳和鈾的主要來源。

月於部落報刊《第一民族鼓聲》(*First Nations Drum*) 刊登的〈甸尼採礦悲劇〉("Déline Dene Mining Tragedy") 提及當年原住民苦力每日工作十二小時，每日負責裝運四十五公斤鈾礦石，每日工資三美元，而當時鈾礦一克價值 70,000 美元。

然而，加拿大政府的檔案文件隻字未提甸尼部落在原爆事件中扮演的角色，加拿大國家鈾礦公司的公版公司史中也不提這段甸尼族人參與運送原礦的過程。1998 年的部落成立鈾礦調查委員會，公布一份 164 頁共十四項行動方針的報告〈他們不曾告訴我們的事〉("They Never Told Us These Things")，1999 年加拿大原住民事務與北方發展部才成立一個名叫「加拿大甸尼鈾礦事件表」(Canada-Déline Uranium Table) 的調查小組，調查礦產相關的健康環境議題，在其 2005 年最後的報告中雖承認理論上鈾礦開採與疾病和死亡相關，卻拒認輻射生態造成癌症盛行的證據。直至 2017 年才由現任總理杜魯道 (Justine Trudeau) 為此「艱難的真相」(hard truth) 道歉，歷時七十五年。

這條運送鈾礦的路徑，從大熊湖畔的鐳港出發，綿延近 3,000 公里，稱為「鈾道」(Uranium Highway) 或「原子公路」(Highway of the Atom)。在 1942 到 1945 年間，運礦勞工送到希望港的部落鈾礦，連同來自當時比利時所屬非洲剛果的礦石，重新精煉，轉運到美國在新墨西哥沙漠的洛拉漠 (Los Alamos) 原子實驗室，製造原子彈，1945 年七月間在新墨西哥首府東南方的三一試爆場試爆，八月摧毀廣島和長崎，是全球輻射災難的開端。紀錄片《寡婦村》帶來的震撼，驅使邦微克 (Peter van Wyck) 將這一段極地原住民部落的經歷，編年寫成虛實交錯、哀怨如詩的《原子公路》(*Highway of the Atom*, 2010) 一書。[7] 底下是《原子公路》裡的一段記述：

---

[7] 紀錄片揭開「寡婦村」苦難的史實，此後多位作家據以創作，《原子公路》及

> 「原子公路」大約有 2,500 公里。它開始，或結束於——端視人們如何看——位在西北地區的大熊湖，就在北極圈內〔……〕大熊湖是遼闊的，從此岸到彼岸寬達 300 多公里。湖的東岸在林木線穿過湖泊的冰川主體下方，位於更新世晚期形成的麥克塔維什臂灣（McTavish Arm）的盡頭，冰川雕琢成幾乎無法測透的深度，在加拿大地盾前寒武紀最西陲的花崗岩岩端口即是鐳港所在。[8]

在另一端是艾伯塔省的水路，現在被稱為麥克默里堡（Fort McMurray），所謂的「鋼鐵的盡頭」（the end of the steel），即鐵路的盡頭。介於鐳港與麥克默里堡兩地之間即是「原子公路」。

> 鐳港蘊含鐳礦、鈾礦、銀礦，現今，它真的是一座鬼城——紀念碑的部分內容是：「在採礦業的五十年間，不可計數的人把鐳港當作為家〔……〕。」這路徑也可繼續開展，取決於你如何看待。「原子公路」延伸直到渥太華和安大略湖畔的希望港（此處，於改建的原礦工廠裡，在皮埃爾居里的一個學生的指導下，於 1933 年鐳第一次由埃爾多拉多礦產公司精煉出來），以及加拿大彈藥軍需部在安大略大學的研究實驗室、曼哈頓工程部（或稱為曼哈頓計畫）、美國新墨西哥州的三一測試場、裘克河（Chalk River）的重水廠、比利時剛果加丹加的聯合礦區（Union Minière）、比基尼群島、內華達試驗場，當然還有日本。（104-05）

撒佛森（Julie Salverson）的《飛行線：原子回憶錄》（Lines of Flight: An Atomic Memoir）為箇中佳例。

[8] 更新世或稱洪積世，迄今約 1,800,000 至 10,000 年前的地質年代，此時現代人開始出現，北半球經歷冰河時期。

「原子公路」的鋪陳不僅是地理繪勘,更是原住民土地岩石的地質考古,以及原爆歷史系譜的考掘。測繪地理揭露帝國對原住民山川湖泊土地的殖民畫界,礦石的開採耗竭土地資源,邦微克聚焦北國大湖,時而水流,時而陸行,以原住民土地的語言,用甸尼部落名字原始的意涵,水流穿越,是對抗殖民的地理重新繪圖,也是流動的感知。就某種意義上來說,這是條相當簡單的路線,抵達鐵道的盡頭即進入水道。將船留在阿薩巴斯卡河（Athabasca River）,順流而下,直奔大海。若在阿薩巴斯卡湖回頭,沿奴隸河（Slave River）,至菲茨杰拉德堡（Fort Fitzgerald）,有一條很長的航道,到達大奴湖（Great Slave Lake）時,在西翼遠處找到「失望河」（River of Disappointment）,在經過諾曼堡（Fort Norman）後,沿著大熊河（Great Bear River）逆流進入大熊湖（Great Bear Lake）。大約在半途中,還有另一個航道繞行聖查爾斯急流（St. Charles Rapids）周匝。來到湖上,在富蘭克林堡（Fort Franklin）以南幾公里處看到名為「鐳吉爾伯特」（Radium Gilbert）的拖船再向東北行駛約 300 公里,就在湖對面,又回到鐳港。地理測繪「原子公路」具多重意涵。以「奴隸」、「失望」為名,具現令人驚駭的苦難,測繪原住民的山河大地,讓苦難「落地」（grounded）。

「原子公路」也是「實地」（territorial）的地質考古,當原住民神聖的岩石成為被開採的資源及帝國軍事主義殺人的武器,原爆摧毀生命,斷裂世代,重新召喚北美大陸久遠的地質年代,企圖找到更堅固的磐石,不僅遠遠超越人類生存的圍限,超越殖民帝國主義招致之破敗和失落,垂直探索花崗岩地盾無法測透的深度。易言之,「原子公路」不僅是簡單的水平移動、路線的擴展、延伸或地形樣貌的變化,同時也是具縱深的垂直探底,以土地韌性與原住民領域的完整性（territorial integrity）,講述「深層故事」（deep stories）,對殖民帝國暴力進行頑強的對抗。

「原子公路」更考掘原爆歷史系譜,「鬼城」是廣島「之後」創傷的「後遺式」建構,演繹了創傷的跨太平洋延伸。1952 年十一月美國在馬紹爾群島的埃尼威托克環礁引爆第一枚氫彈(威力達廣島原子彈的七百倍),也引爆了核武軍備競賽;兩年後的 1954 年三月美國又在太平洋的比基尼環礁引爆 17,000,000 噸代號 Bravo 的氫彈;兩次氫彈試爆所釋放出來的鈾 238 有 200,000 年的半衰期。由 1942 年的加拿大極地甸尼部落、1945 年美國西南部沙漠拉古納(Laguna)部落的三一原子試驗場到廣島、長崎的原爆、馬紹爾群島、比基尼環礁、埃內韋塔克環礁的核子試爆,帝國輻射殖民(radioactive colonization)的「原子公路」終究不是簡單的水平移動運輸,其路徑不斷擴展延伸,垂直穿透原居土地礦石,鋪成一片穿越北美大陸及太平洋島嶼的死亡風景,形成了「厚度」,「不斷複刻」(van Wyck 106)。

原爆系譜中,極地、沙漠、島嶼形成互為緣起、彼此複寫的版本。極地、沙漠、島嶼乃現代(原)核子生態科學建構的封閉生態系統,卻也成為生態災難與殖民主義環環相扣的「關鍵區域」(critical zone)。「關鍵區域」一詞源自地球科學,用於描繪地球上下垂直、水平延伸數公里的脆弱地表層(如同「蓋婭」〔Gaia〕的皮膚),地球在這個地表帶創造交互作用的生命形式,地水火風、土壤、植物、動物、岩石、氣候相互作用,為生命創造必要的條件。拉圖等人(Latour and Weibel)擴展此自然科學研究術語,描述其對生活世界(lifeworld)的關鍵性,認為當今世界人為破壞已到前所未有的規模。極地之關鍵,正是殖民接觸碰撞的場域之一。拉圖對於「現代性機制」(the modern constitution)批判,著眼於西方現代性(科學論述)與帝國/殖民主義政體鋪天蓋地的核心勾結,此結構暴力泯除原居民族「實地」(down-to-earth)實踐知識,切斷多物種複雜連結關係,阻絕生命賴以演化的岩石、土壤、水、空氣和有機體之

交互作用,國土危脆,生命消逝。對北美極地原住民而言,原爆之末世不在未來,定居殖民主義(settler colonialism)已將「末世」推展為原住民的歷史及現在進行式的日常現象。極地原住民面對家園危脆,現身／現聲面對危機、衝突和轉化的敘述,即是回應輻射生態危機的文化感知與政治行動。從北美極地到日本廣島,原爆危機亦成為轉化之契機,跨文化／國界發聲,以影像翻譯災難,和祖土的緊密連結,鞏固對入侵國家和跨國暴力的社群抵抗,原住民的全球「現身」／「現聲」是不容否定的事實(Clifford, *Returns* 27)。

三、原住民親屬關係主權

1997 年甸尼鈾礦委員會經過數月的研究、協商及社區聽證會,將族人對健康和環境的疑慮歸納為十四項重點。由甸尼長老吉爾迪(Cindy Kenny Gilday)領隊至渥太華與政府協商。在一週的時間內,甸尼代表團與加拿大政府印第安和北方事務部、公共衛生部,以及能源和礦產部的三位內閣部長會面,表達部落嚴正抗議。在此同時,社區婦女邀請布洛記錄他們二十年來苦難的記憶,以及部落集體與加拿大政府協商清理污染社區水源和鈾礦尾礦的歷程。

這個政治行動源於 1998 年三月二十二日部落舉行了一次社區會議,向社區公佈加拿大政府先前已經知道的證據。雷蒙德・圖喬酋長(Raymond Tutcho)代表德林甸尼第一民族及其鈾礦委員會說:「由於明顯的國家利益,我們甸尼人遭受六十多年可怕、不公正的待遇。我們的人民為此付出了生命以及社區、土地和水源的健康。我們制定一項『基本應對與必要補救計劃』(Plan for Essential Response and Necessary Redress),這是對於鈾礦開採持續影響甸尼人民和土地,具建設性且最低限度的回應」("The Dene People of Great Bear Lake Call for a Federal Response to Uranium Deaths")。在 1950 年代採

礦的鼎盛時期，許多甸尼人睡在礦石上，吃的魚來自受放射性尾礦污染的水域，在駁船、碼頭和港口呼吸放射性塵灰。在鐳港礦山工作的三十位甸尼人，其中十四人因癌症病逝。相關美國原子武器和能源計劃的解密文件顯示，加拿大和美國政府在 1940 年代初就知道鈾的致命危險，然而二十年來，加拿大政府未向礦工和當地人提出警告。

族人意識到從祖先狩獵場開採出來的礦石，成為製造大規模毀滅的原料。美國解密 250,000 份有關其原子武器和能源計劃的文件，證明兩國政府官員和科學家皆曾積極秘密地討論鈾的危害，然而在公開場合，他們保持沉默。曼哈頓計劃是跨國殖民帝國主義與科學論述及發明之共謀。

1997 年八月部落組織代表團，由極地前往日本廣島參加紀念廣島原爆週年紀念儀式，紀錄片影像在紀念儀式、原爆烈焰、城市焦土、屍橫遍野、被爆者空洞眼神，以及倖存者慘白臉孔間游移，陳述令甸尼原住民更加驚恐的數字：

> 在五十三年前，1945 年八月六日的炎熱早晨，地球發生了前所未有的災難。全球儲存了超過 30,000 枚核彈頭，相當於五十萬枚廣島原子彈的能量。石棺內有超過二十萬個名字，每年的紀念日，都會掛上過去十二個月內死亡的原爆受害者（被爆者 hibakusha）的名字，作為紀念。廣島的可怕殖民遺緒將在人類基因中長期存在，我們現在明白輻射損害可以跨越好幾代人。

廣島留下的「印記當然是物質的，但同時也是敘事、創傷、社會和流行病學的（甸尼可以證明這一點，礦工也可以證明），以及政治、歷史、紀念和論證的。核能、時間、符號、敘事、死亡〔……〕」（van Wyck 102）。

紀錄片開啓一連串來自甸尼部落的見證。馬得絲特（Bella Modeste）說：「即使它來自我們的土地，我們甚至都沒有意識到。我們這裡的甸尼人是好人，我們不希望他們〔原爆被爆者〕認爲這是我們的錯，我為他們感到抱歉，我想表達我的敬意，我真的希望不要把責任推到我們身上，因爲我們對戰爭中發生的一切一無所知。」來自極地北國原住民稱稱日本原爆倖存者為「我們的親人」。在生態災難中，原爆災難受害的亞洲日本與北美大陸的原住民因苦難與記憶親密相連。如曾是鈾礦搬運勞工的崔德熙（Robert Del Tredici）說：「災難讓這兩群人親密聯繫，鈾礦開採運送的原住民勞工與鈾礦所製造原子彈的受害者，因苦難而血脈相連」。話鋒一轉，崔德熙提到，當科學證實鈾原子分裂釋出的巨大破壞力時，加拿大政府如何秘密掌控了埃爾多拉多公司在希望港的鈾礦精煉廠：「部落長年採礦的埃爾多拉多礦業公司此刻易手，加拿大政府秘密控制了該礦山和該公司在希望港的精煉廠」。

這是北美唯一的鈾礦精煉廠，河港稱為「希望」，如同原子彈試爆的三一試驗場之假「三位一體」的聖名以掩蓋帝國殖民主義的暴力，與原住民以「失望」、「奴隸」稱其山河，形成強烈的對照。崔德熙繼續說道：「人類彷彿學會如何從天上竊取火焰，廣島和長崎的毀滅帶來了對日戰爭的勝利，但此後人類一直生活在這個可怕的陰影之下。」廣島原爆之後的二十四小時，史達林下令製造蘇聯原子彈，諷刺的是，敵對陣營同樣是用來自大熊湖的鈾礦製造核武。直到 1960 年礦山關閉，從地下開採出來的每一盎司礦石都賣給了帝國強權用作原子／核子彈。帝國軍事主義不僅造成土地、水源、海洋、大氣的毒害，其餘毒更將在人類基因中代代相傳，「輻射生態」如同成為同受原子災難的跨地域、跨世代的「血脈記憶」。族人李克特（Derek Likert）與羅林（Ron Roline）回憶 1950 年代在鐳港附近學校就學，含有輻射餘毒的砂石填充他們課後遊戲的沙盒，如今罹

患輻射傷害重病。住在迴聲灣礦區附近的大熊湖居民，幾乎所有的家庭都失去了一半的孩子。

代表團在廣島和平紀念館，隨著紀錄片的鏡頭觀看影像中的影像，恍如隔世，置身原爆現場，在巨大的蕈狀雲下，隱藏著廣島廢墟的煙塵和殘片，紀錄片以肯尼－吉爾迪（Cindy Kenny-Gilday）（已逝礦工肯尼〔Joe Kenny〕之女）之證詞開端，亦在接近結尾時，由其於廣島代表致歉，陳述原住民之承擔。「道歉」具有多重意涵。其不僅是個人責任，因礦石來自加拿大土地，同樣的礦石也持續在全球造成強權軍事威脅，扛下責任也是銜接斷裂的歷史。肯尼－吉爾迪是部落活躍的行動主義領袖，在大學時，即參加抗議在阿拉斯加海岸進行原子彈試爆的行動，「因為〔她〕從來不想看到女兒面對今日的困境。」部落失去了父祖的傳承，她以女兒及母親的角色，承擔延續族群命脈的使命。最後的證詞來自倖存的部落長老布隆迪（George Blondin）：「誠摯地感謝你們所有人，在全世界舉起閃亮的光芒，讓我們所有人追隨。我希望這第一次訪問將成為我們人民對和平的認可，我們將持續共同努力，為我們這令人擔憂的和平情勢繼續祈禱。」有趣的是，道歉與致謝在廣島後街專門收治韓國被爆者的小醫院進行，以降低日本於二戰同為戰爭發動者與原爆受害者之雙重角色的尷尬，試圖化解帝國軍事武力的暴力倫理與解殖民政治之衝突。[9] 原爆當時，30,000名韓國人被強迫於廣島投入戰爭或勞

---

[9] 有關本文論述中未觸及日本軍國主義在核武生態浩劫中該有之責任的疑慮，有以下兩點說明：一、本文強調戰爭受害庶民百姓與原住民族的經驗、聲音、抗爭及再現，哀悼被核武暴力剝奪的生命。以庶民的角度來看，戰爭是結合帝國軍事主義、國族主義和殖民主義的暴力事件，苦難是超越國界、兩方人民共同的經驗，庶民共哀、共感、共受的親密經驗因而跨越國族劃界，轉化殖民暴力之惡性循環與對立，用非暴力的道歉和跨界溝通對抗暴力的強權帝國殖民之意識形態。本文聚焦北美極地第一民族社群經驗與主體批判位置，論證太平洋核化軍事殖民主義，為帝國強權在美洲大陸定居殖民主義之延伸，是論述位置的選擇，無意輕忽

務[10]，對於這些韓國被爆者來說，如同北地原住民，對戰爭毫無所悉，其疾病與原子瘟疫的輻射暴露直接相關。布隆迪以第一民族族語進行跨文化翻譯，其語法即承載原住民的世界觀，迥異於啓蒙現代性之知識體系：

> 我們來到這裡，為了了解我們所聽聞人們因原子彈而承受的苦難，作為印第安人，我們與你們同感悲傷，我們的悲傷，我們一起分擔，我是你的一部分，印第安律法就是這樣，世界上沒有陌生人，每個人都是你的兄弟姐妹，身為印第安人，我們分享你的靈魂，我們一起分享我們的靈魂，作為印第安人，我們彼此相愛。

> 在我工作的平原上，純鈾被轉化成了扔在這裡的原子彈。我思考與希望著，這不是你的錯，你什麼都不知道。我從沒想過我會知道，我以為它是金子，金子的小顆粒，或是一種只要我把它扭曲，底部就會變暗的東西。哦，我一整天都在做這樣的事。

日本軍國主義應為戰爭及殖民暴力擔負之責任。二、有關日本軍國主義牽涉到殖民主義、人權、政治意識形態、戰爭歷史複雜糾結的探討，非本文可觸及之研究範疇。日本軍國主義導致二次大戰已有諸多「戰爭研究」（war studies）論文產出，包括 1931 年滿州國事件、1937 年全面中日戰爭、1940 年以大東亞共榮圈遂行東（南）亞殖民統治，以及軸心聯盟發動世界大戰，迄 1941 年珍珠港事變，美日在太平洋持續進行的十五年戰爭（Pacific War/15 Years' War），至 1945 年廣島長崎原爆結束二次大戰，期間更有南京大屠殺、慰安婦、滿州國生化武器實驗室等暴行，俱為「戰爭研究」重要議題；1970 年代冷戰結束，日本學界亦開始對戰時庶民百姓的生活，進行口述歷史，研究日本人民在執行與對抗日本軍國主義及殖民帝國政策所扮演的積極角色等（Koshiro 425-34）。相關深入論述與參考資料詳見 Koshiro。

[10] 被爆者包括許多在日本殖民統治（1910-1945）下被帶到日本強迫勞動的韓國人，依據估計，在廣島和長崎投下的原子彈影響了 70,000 名韓國人，其中 40,000 人喪生（Kubota 45）。

布隆迪表達的是一種基於「無等差的愛」之情感與倫理主體的政治與實踐,超過半世紀後由輻射生態的部落原點第一次造訪原爆遺跡的和平紀念館,是以「和平通行證」之非暴力實踐對抗帝國軍事暴力的行動,以立基於原住民宇宙觀照的平等主義,想像某種未來/生存的希望與對抗。原爆當下身處廣島庶民百姓的生命頓時化為烈焰碎片,甸尼族人見證並承擔生存的重量,擔負起歷史土地的責任,借用巴特勒的話來說,「道歉」是「轉化愛因斯坦的『強勢和平主義』(militant pacifism)為『積極非暴力』(aggressive nonviolence)」的實踐(27)。[11]

巴特勒近作闡釋基於「平等主義」的「非暴力的倫理與政治」,生命的存續仰賴社會之物質、結構及環境生態的支撐,所謂的「平等主義」乃眾生生命因彼此相依,應以平等的觀照承擔彼此的悲傷,實踐照護的義務,以生命感知建立彼此互相依存的誓約,才可能實踐全球照護的責任和義務,以對「危脆生命」的「平等悲慟」(equal grievability; 40)延續人類與其他物種的生存。危脆/脆弱(precarity/vulnerability)指向一種彼此互為依賴的生命形式,「危脆不是個人(我/他)主體的脆弱,而是連結彼此甚至於連結仰賴生命延續的更大結構之關係的脆弱」(45-46)。巴特勒點出以「相互依存」(interdependency)為核心的「全球義務」(global obligations),眾生不論其族類、貴賤——難民、無國籍的人、生活在危境(precarious situations)者、因領土被竊據或戰爭承受苦難的人、受結構性種族主義殘害的,以及被謀殺或失蹤卻從未出現在公共的紀錄裡的原住民等(42-44),都是「相互依存」的「關係」中重要的環節,都具有平等的「可悲慟性」(grievablility)(40)。甸尼

---

[11]「強勢和平主義」指的是為阻止戰爭或開發或使用某些戰爭武器而採取的暴力行動。綠色和平組織與愛因斯坦於1941年十二月為阻止核子武器的發展而創造的語彙。

族人對於被帝國軍事主義傷害的生命，進行沉重的哀悼，無差別苦造就無差別愛，由人性本體理解政治之平等，不僅是法律主體的平等，而是向內心幽微處反思觀照，平等是在「危脆的社會／國族結構與環境生態裡」，當個體人生命承受暴力，需要集體捍衛，共享平等依存關係，此乃讓生命在絕境中得以存續的「全球義務」（Butler 41）。當原住民代表們向受難者表達歉意，並同感悲痛，視其為兄弟姐妹，甸尼族人以原住民人權的尊嚴與行動，承擔了加拿大政府不願承擔的責任與義務，實踐相互依存、同感悲慟的倫理，是以「悲心」（making kind）成就「親屬關係」（making kin），成為維繫與延續生命的路徑（Haraway 161）。

紀錄片結束於太田河畔的放水燈，為和平儀式與道歉旅程畫上了句號。五十三年前，原爆的廣島成為一片煉獄，數以千萬計的人無法忍受肉體燃燒的痛苦，淹死在河裡，之後詩歌及對家人和親人的思念被寫在燈籠上，放水長流，進行河上水燈儀式，以撫慰亡魂。紀錄片在甸尼族人與原爆倖存者的親密關係中成為「寫給家人和愛人的詩句」。

四、結語

紀錄片的敘事文法是多元交錯的。首先，紀錄片中影像、文字和靜默交錯，鏡頭輾轉於北國冰雪與廣島烈焰之間，空間層層相疊，形成強烈的反差；靜默是每一個見證與見證之間隙，匯聚了廣大的虛無，也是向內心探底的沉重哀悼和創傷。影像又與音樂交融，隨著地域轉變流動，以文化感知呈現差異的民族風格。此外，《寡婦村》三語混雜敘說，族語、英文、日文跨文化翻譯與溝通，呈現口述歷史的力道，又摻和各種帝國歷史文件與影像，以為對照，由虛而實，從擬真趨近真相，共同的苦難經驗終究打破語言的隔

閱,也藉由以第一民族語言顛覆殖民霸權英文語法,再現歷史的斷裂,又以跨國族翻譯模糊文化差異,在「相互依存」的「關係」中,透過語言轉譯,用跨國身體展演／述說沈痛的創傷,進行「平等悲慟」的心靈儀式。敘事文法轉向視覺化,影像堆疊,層層無盡,互為緣起,意義於語言、情感、歷史與記憶的縐褶中生產。[12]

文化研究學者莫里斯(Meaghan Morris)借用詹明信(Fredric Jameson)等人的歷史論述,認為「後現代可以說是始於1945年的廣島與長崎」:

> 後現代不僅始於土地和原子彈覆蓋下的兩座城市,而是始於那塊土地、那群人和飛行員之間的關係,種種當下的毀滅,此後只有透過圖像、電影、故事、再現、重建、遺跡,模擬已經發生或可能發生在地面上的事情,來面對炸彈與死亡的「現實」。
>
> 後現代始於一種不可能「看到」、未經中介的經驗現實和生存的體驗;一種可能成為倖存者、潛在受害者的體驗,只能用他們必須嘗試的圖像、隱喻、虛構和修辭來召喚已逝的過往,轉化為行動的動能,重建我們可能永遠不會知道的那個「現實」。(19)

紀錄片中廣島原爆恐怖影像與受害者的沉默形成強烈的反差,甸尼族人挺身而出,讓廣島的符號及意象從歷史的繫閉當中解放出來,不可能「看見」的真相,透過影像和見證的中介而重建,也因為原住民倫理世界中土地和親屬的聯繫,修補了危脆的「關係」,找回為

---

12 有關「記憶縐褶」,張淑麗提供精闢入裡的論述與分析,參閱〈記憶皺褶、感知拼圖、觀點聯覺〉。

1945年八月六日歷史事件摒棄在外的情感、倫理、承擔、義務及親密關係，鑲嵌為「活生生的意識」（living consciousness；Berger, "The Sixth of August 1945" 287），以非暴力的抵抗形式建立全球和平的共同義務。記住廣島。

紀錄片影像再現所形塑的另類歷史（alternative history）已是甸尼原住民社群口傳歷史與創世故事的一部份，族語見證帶出了迥異於主流歷史書寫的原住民說故事傳統之精髓。參與紀錄片拍攝的長老布隆迪依據部落口傳故事，寫成《創世之初：薩圖甸尼族的故事》（*When the World Was New: Stories of the Sahtú Dene*）一書，當中記述：十九世紀部落先知薩滿曾警告族人，松巴岩（Somba Ke）——即今埃爾多拉多礦場遺址——將成為巨大邪惡的根源：

> 人們進入地下的一個大洞——陌生的人，而不是甸尼。他們的皮膚很白〔……〕他們拿著各種金屬工具和機器鑽進一個洞裡。然後「我看到了」：
>
> 冒著煙的大船在河上來回穿梭。我看到一隻飛鳥——一隻大鳥。他們在裡面裝東西〔……〕我看著他們，終於看到了他們在做什麼——它很長，像一根棍子。很……我看到了當大鳥把這個東西扔在人身上會造成什麼傷害——他們都被這根長棍子燒死了，它燒傷了所有人。丟下這麼長的東西的人看起來像我們，像甸尼。甸尼〔……〕但不是現在，而是很長久之後的未來。[13]

---

13 此一情節在第一民族原住民作家邦肯（Richard van Camp）圖像小說《蝴蝶毯》（*A Blanket of Butterflies*）裡，以兩頁全幅漫畫形式出現（29-30）。兩頁漫畫之首頁，以奶奶的圖像為前景，神情肅穆的先知在圖像的中央，上空是運載並投下原子彈的機群，兩者之間則是拿著鋤鏟的礦工，背後堆疊礦砂袋。第二頁同是全幅圖像，以圖像演繹先知的預言，前景礦工抱著黑色的彈丸，填裝入飛機，後方是巨

歷史與神話、影像與敘事、現世、過去與未來交錯，顛覆線性歷史敘事，以原住民世界觀重新理解原爆之為全球驚駭事件，找回與土地、部落文明，以及跨越時空、世代眾多親屬的親密「關係」。

　　日裔文化研究學者米山認為「跨太平洋」(transpacific)研究，應著眼於分析太平洋空間如何在特定的地理和歷史情境中被建構為「知識與無知的物件」(object of knowledge and nonknowledge)，以及釐清跨太平洋的解殖民系譜如何不斷銜接(articulation)及再銜接(re-articulation)，成為對美國在亞洲及跨太平洋軍事殖民的跨國亞美批判(472)。但在其跨太平洋解殖民系譜中，卻忽略原住民聲音及美洲大陸眾多原居住民的苦難、記憶和歷史。美國帝國主義在亞洲的軍事殖民，事實上是延續其於美洲大陸本土定居殖民主義的結構暴力及體制。米山援引狄亞司(Vicente M. Diaz)、重松(Setsu Shigematsu)與坎麻丘(Keith L. Camacho)等人之理論說明「跨太平洋性」論述之重要(qtd. in Yoneyama 477-78)，但加拿大在跨太平洋論述中的缺席，僅以短註說明其在冷戰時期所佔的特殊地理和歷史位置不可輕忽(481)。實則，跨太平洋論述抽空了原住民知識體系或將美洲大陸原居民族排除在跨太平洋原住民社群抗爭與發聲之外，是當前跨太平洋論述的集體缺陷。這種論述忽視跨太平洋陸地、島嶼和海洋間，重重疊疊的相互緣起和鏈結，模糊了彼此間的對話，在當今亞美研究、美國研究、少數族裔研究、跨太平洋島嶼研究，以及北美原住民與加拿大研究都是必須彌補的缺漏。易言之，《寡婦村》所呈現的加拿大第一民族之原爆觀點，不僅形塑原住民解

大的原子彈臨空而降，升起駭人的蕈狀雲，部落凌亂的礦石連結天邊原爆後的斷垣殘壁，在斷垣殘壁罅隙間投射婦幼的殘影，如同由歷史灰燼中召喚出來的魅影殘餘。先知預言，故事由奶奶說出，與紀錄片當中說著族語年邁寡婦的見證，形同鏡像重疊。兩頁漫畫的潛文本為紀錄片《寡婦村》做了跨地域、跨世代傳承的註解。有關《蝴蝶毯》將另文討論。

殖民政治的歷史感知及土地與親屬主權,對於當今延續冷戰時期不間斷的殖民現實,提供研究方法與論述成形的多元視角。種種努力和對話不僅應視為來自不同地域、歷史、國族政治的對照,更應將其彼此間相互交錯、互相形構和互為緣起的連結,做為對抗殖民禁閉政治與種族化文化戰爭的典範。

紀錄片由加拿大第一民族原住民集體見證與行動,提供長期以來跨太平洋遺落的連結,凸顯原住民平等正義與全球義務之倡議,實踐普拉特(Mary Louise Pratt)所謂「星球的渴望」("planetary longings")。紀錄片中甸尼族人與原爆倖存者第一次跨洋見面時表達的團結,立基於「平等主義」、「相互依存」,以及互惠參與與承諾的概念,這正是原住民共享共存知識的核心。

苦難沒有國界,輻射充滿人體、地球、大氣和宇宙,不僅是能量轉換的過程與象徵,在現代性知識與科學論述的操作下,全球軍事化,英、美、法等軍事殖民主義將原住民家園當作輻射科學的實驗室。西方的「我們」是唯一會絕對分別自然與文化、科學與社會的族類,相較於「我們」眼中的他者——非我族類的原住民——則無法將知識分離於社會、符號分離於事物、自然所出的即是文化所需的。科學革命所產生的人與非人之間的分化界定現代正式脫離前現代的轉捩點,也延展成我族(現代人)與他者(原住民)的對立。在持續面對全球核武危機的當今,原住民解殖民的尊嚴及歷史感知提供(跨)人類生存實踐的契據。

引用書目

【中文】

張淑麗。〈記憶皺褶、感知拼圖、觀點聯覺：陳家寶的《越美：一趟家族旅行》〉。《英美文學評論》31 期（2017 年 12 月）：頁 1-30。

黃心雅。〈原住民與人類世〉。《超越天啓：疫病、全球化、人類世》。廖咸浩主編。臺灣大學人文社會高等學院，2021 年。頁 229-70。

＿＿＿。〈廣島的創傷：災難、記憶與文學的見證〉。《中外文學》30 期 9 卷（2002 年 2 月）：頁 86-117。

【英文】

Barker, Holly M. "Unsettling SpongeBob and the Legacies of Violence on Bikini Bottom." *The Contemporary Pacific* 31.2 (2019): 345-79.

Berger, James. *After the End: Representation of Post-Apocalypse*. Minneapolis: U of Minnesota P, 1999.

＿＿＿. "The Sixth of August 1945: Hiroshima of All Colors." *The Sense of Sight*. New York: Pantheon, 2011. 287-95.

Blondin, George. *When the World Was New: Stories of the Sahtú Dene*. Yellowknife: Outcrop, the Northern Publishers, 1990.

Blow, Peter, Dir. *Village of Widows*. DVD.

Butler, Judith. *The Force of Nonviolence: An Ethico-Political Bind*. London: Verso, 2020.

Carrigan, Anthony. "Postcolonial Disaster, Pacific Nuclearization, and Disabling Environments." *Journal of Literary & Cultural Disability Studies* 4.3 (2010): 255-72.

Caruth, Cathy. *Unclaimed Experience: Trauma, Narrative, and History*. Baltimore: Johns Hopkins UP, 1995.

Clifford, James. *Returns: Becoming Indigenous in the Twenty-First Century*. Cambridge: Harvard UP, 2013.

＿＿＿. "Feeling Historical." *Cultural Anthropology* 27.3 (2012): 417-26.

DeLoughrey, Elizabeth M. "The Myth of Isolates: Ecosystem Ecologies in the Nuclear Pacific." *Cultural Geographies* 20.2 (2013): 167-84.

―――. "Heliotropes: Solar Ecologies and Pacific Radiations." *Postcolonial Ecologies: Literatures of the Environment*. Oxford: Oxford UP, 2011. 235-53.

―――. "Radiation Ecologies and the Wars of Light." *Modern Fiction Studies* 55.3 (2009): 468-95.

―――. *Allegories of the Anthropocene*. Durham: Duke UP, 2019.

Déline Uranium Committee. "They Never Told Us These Things." Déline: Dene First Nation of Déline Uranium Committee, 1998.

"The Dene People of Great Bear Lake Call for a Federal Response to Uranium Deaths." 25 March 1998. Web. 5 March, 2021. <http://www.ccnr.org/dene.html>.

Derrida, Jacques. "No Apocalypse, Not Now (Full Speed Ahead, Seven Missiles, Seven Missives)." *Diacritics* 14.2 (1984): 20-31.

Eng, David. "Resparation and the Human." *Profession*. Modern Language Association. https://profession.mla.org/reparations-and-the-human/. Web. 5 March, 2021.

Haraway, Donna. "Anthropocene, Capitalocene, Plantationocene, Chthulucene: Making Kin." *Environmental Humanities* 6 (2015): 159-65.

Howard, Sean. "Canada's Uranium Highway: Victims and Perpetrators." *The Cape Breton Spectator*. 7 Aug. 2019. Web. 5 March 2021. <https://capebretonspectator.com/ 2019/08/07/canadas-uranium-dene-bomb/>.

Huang, Hsinya. "Radiation Ecologies in Gerald Vizenor's *Hiroshima Bugi*" *Neohelicon* (2017): 1-14. <DOI 10.1007/s11059-017-0403-z.>

Huang, Hsinya and Syman Rapongan. "Radiation Ecologies, Resistance, and Survivance on Pacific Islands: Albert Wendt's *Black Rainvanow* and Syaman Rapongan's *Drifting Dreams on the Ocean*." *Humanities for the Environment (HfE): Integrating Knowledge, Forging New Constellations of Practice*. Ed. Joni Adamson and Michael Davis. London: Routledge, 2017. 165-80.

Huggins, Stephen. *America's Use of Terror: From Colonial Times to the A-Bomb*. Lawrence: U of Kansas P, 2019.

Hurley, Jessica. *Infrastructures of Apocalypse: American Literature and the Nuclear Complex*. Minneapolis: U of Minnesota P, 2020.

―――. "The Nuclear Uncanny in Oceania." *Commonwealth Essays and Studies* 41.1 (2018): 95-105.

―――. "Memories of War: Exploring Victim-Victimizer Perspectives in Critical Content-based Instruction in Japanese." *L2 Journal* 4.1 (2012): 37-57.

Jetnil-Kijiner, Kathy. "Fishbone Hair." *Iep Jāltok: Poems from a Marshallese Daughter*. Tucson: U of Arizona P, 2017. 24-31.

―――. "Fishbone Hair." Poetry Performance. Web. 19 Aug. 2021. <https://www.youtube.com/watch?v=YnnjHqSNgEo>.

Koshiro, Yukiko. "Japan's World and World War II." *Diplomatic History* 25.3 (2001): 425-41.

Lowe, Lisa. *The Intimacies of Four Continents*. Durham: Duke UP, 2015.

Latour, Bruno, and Peter Weibel, eds. *Critical Zones: The Science and Politics of Landing on Earth*. Cambridge: MIT P, 2020.

Monastersky, Richard. "First Atomic Blast Proposed As Start of Anthropocene," *Nature: International Weekly Journal of Science*, 16 January, 2015. Web. 19 Aug. 2021. <http://www.nature.com/news/first-atomic-blast-proposed-as-start-of-anthropocene-1.16739>.

Morris, Meaghan. "Politics Now: Anxieties of a Petit-bourgeois Intellectual." *Framework: The Journal of Cinema and Media* 32/33 (1986): 4-19.

Pratt, Mary Louise. *Planetary Longings*. Durham: Duke UP, 2022.

Ruskola, Teemu. *Legal Orientalism*. Cambridge: Harvard UP, 2013.

Salverson, Julie. *Lines of Flight: An Atomic Memoir*. Hamilton: Wolsak and Wynn, 2016.

Spitz, Chantal T. *Island of Shattered Dreams*. Trans. Jean Anderson. Wellington: Huia, 2013.

Spivak, Gayatri Chakravorty. *Death of a Discipline*. New York: Columbia UP, 2003.

Tuwhare, Hone. *No Ordinary Sun*. Wellington: Blackwood and Janet Paul, 1964.

van Camp, Richard. *A Blanket of Butterflies*. Winnipeg: Portage & Main P, 2017.

van Wyck, Peter. *Highway of the Atom*. Montreal: McGill-Queen UP, 2010.

Vizenor, Gerald. *Hiroshima Bugi: Atomu 57*. Lincoln: U of Nebraska P, 2010.
Wendt, Albert. *Black Rainbow*. Honolulu: U of Hawai'i P, 1992.
Wilson, Rob. "Towards the Nuclear Sublime: Representations of Technological Vastness in Postmodern American Poetry." *Prospects* 14 (1989): 407-39.
Yoneyama, Lisa. "Toward a Decolonial Genealogy of the Transpacific." *American Quarterly* 69.3 (2017): 471-82.

■ 3 ■
鬼魅橡膠：
《緊急狀態》中馬來亞墾殖世的創傷敘事*

梁一萍

一、導言

　　新加坡英語作家程異（Jeremy Tiang）2017 年小說《緊急狀態》（*State of Emergency*）中有一位祖父輩來自斯里蘭卡的英國女記者芮菩提（Revathi），當她爭取到去馬來西亞採訪有關英軍 1948 年 12 月峇冬加里屠殺慘案（Batang Kali Massacre）的機會時，那天晚上她做了一個噩夢——

> 　　小時候她父母有幾次從新加坡開車往北帶她去馬來西亞，……途中她看到橡膠墾殖園，橡膠樹好高，擋住了太陽。她在一排排高高細細的橡膠樹中來回奔跑，每棵樹都有一根管子將奶白色的乳膠傳送到康乃馨的鐵罐中。她看到父母親對著她笑，好像他們是墾殖園的工頭。她在這些如數學般精準排列的橡膠樹中來回奔跑，它們好像長得越來越壯，或許是她縮小了，直到乳膠滿溢出來，膠汁輕輕拍打著她的腳踝膝蓋。她想

---

* 筆者自行翻譯。又本文乃國科會計劃「新加坡的島國想像與跨界華人」（112-2410-H003-159）部份成果。

清除這些黏稠的膠液,但很難。她叫喚爸爸,但他不見蹤影。她叫阿媽!一個人影也看不到!突然不知從哪兒冒出槍聲,一聲聲對準橡膠樹發射,每一個槍口汩汩流出奶白的膠液!她嚇得開口大叫,可是嘴巴中全是乳膠,一點聲音都沒有。(150-151)

這是小說中有關橡膠墾殖園最長的一段文字描述,有些模糊的語言描寫有關馬來亞橡膠園的景象──精準規律化的單一種植、有系統的大量生產、母語為坦米爾語的家人對橡膠園的熟悉感,乳白膠液的黏稠特性、以及1948-1960年「馬來亞緊急狀態」(The Malayan Emergency)期間英軍和馬共在橡膠園中慘無人道的殘暴槍殺。這段夢魘般的文字描述馬來亞橡膠墾殖園,[1] 由新加坡往北跨越馬來半島成為連接新馬兩地的橡膠風景。從19世紀末到20世紀中期,原產於巴西的橡膠被帶至英屬馬來亞,經過大規模的墾殖,橡膠佔據世界第一大產量,如劉自強、陳光輝所言,「在英國殖民者的引導下,馬來亞橡膠種植規模直線上升。1900年,馬來亞橡膠種植面積為4940英畝,……到1957年馬來西亞獨立時,其橡膠年產量達到63.6萬噸,而橡膠出口則占出口總值的65%。馬來西亞成為名副其實的『橡膠王國』」。[2]

---

[1] 小說敘事時間從1940年代到2015年男主角傑森(Jason)去世,貫穿約75年的新加坡歷史。期間包含英屬馬來亞(1826-1957)、馬來亞聯邦(Malayan Union, 1957-1963),馬來西亞聯合邦(Federation of Malaysia, 1963迄今)三個階段。如果有引文,則以引文為主。如果沒有,以馬來亞通稱。

[2] 湘潭大學劉自強、陳光輝指出,「在英國殖民者的引導下,馬來亞橡膠種植規模直線上升。1900年,馬來亞橡膠種植面積為4940英畝,1905年為5萬英畝,1908年橡膠種植面積增加了5倍,1920年劇增為2206750英畝,1940年達3412084英畝。隨著種植面積的不斷擴大,橡膠產量從1905年的不足200噸增至1920年的17.7萬噸,占世界產量一半以上,1938年增至36.1萬噸,到

有關馬來亞橡膠墾殖園的研究，史書美的「墾殖園弧線」（the Plantation Arc）值得引述。在其〈關係的比較學〉一文中她運用加勒比海思想家葛里桑（Édouard Glissant）的關係理論，「將地理文化與社會經濟史——世界性的相互關聯性——和文學連結，也將之與詩學結合」（2），史進而提出「墾殖園弧線」這個概念。如其所言：「這個世界史去殖民運動轉軸繪測了一道我所謂的『墾殖園弧線』，軸線沿著加勒比海一帶、延伸至美國南方，直到東南亞」（2）。這個弧線「把西印度群島、美國南方和東印度群島看作處於同一境況，從而由一個環繞著奴隸制度建立起來的墾殖園制度，描繪出一條相關又不同的路線」（7）。如葛里桑所言，墾殖園制度「遵循相同的結構原則，蔓延整個美國南方、加勒比海群島、拉丁美洲的加勒比海沿岸、以及巴西東北部」（史引述 8）。從墾殖園弧線的角度可以看出前述馬來亞橡膠園在一體化世界史（integrative world history）中和加勒比海、美國南方、西印度群島、巴西東北部墾殖園之間的相互關係——也就是說，史書美所提出的墾殖園弧線讓我們看到歐洲殖民主義結合地理發現、佃農開墾、種族殖民、大量勞力、土地佔領、植物控管的一體化操作，而這個跨越加勒比海、大西洋、印度洋和爪哇海的殖民暴力也造成全球化的墾殖園災難。

　　本文據此探討程異小說《緊急狀態》中有關英屬馬來亞橡膠墾殖園的創傷敘事，重點有二。其一我認為墾殖園弧線所勾勒的一體化世界史——跨越美國南方、加勒比海、巴西北部、東南亞的墾殖園——這些歷史上棉花、蔗糖、咖啡、橡膠等大量生產的農業基地，其實也就正是安娜清（Anna L. Tsing）、哈洛威（Donna

---

1957 年馬來西亞獨立時，其橡膠年產量達到 63.6 噸，而橡膠出口則占出口總值的 65%。馬來西亞成為名副其實的「橡膠王國」。https://kknews.cc/zh-tw/history/q5qayjg.html, accessed March 26, 2023.

Haraway）等人所提出的「墾殖世」（the Plantationocene）。我們清楚看出，這些跨越加勒比海的島嶼和沿海區域都是「後奴隸制度時代的墾殖園迴路……是歐洲殖民主義的互聯關係歷史的迴路」（史 8）。這個弧線隨著葡萄牙人於 16 世紀來到麻六甲海峽，開啓了歐洲殖民主義在東南亞的擴張，這個全球化的向度說明全球化的墾殖園弧線其實繪測了一個歷史性的墾殖世災難。其二在文本敘事方面，我認爲《緊急狀態》可以用創傷敘事的角度解讀。如史書美所言，關係的比較模式，需要爬梳文本的形式與內容，「以理解其在歷史脈絡中的關係情況（relationalities），特別是那些爲了維持現狀而遭壓抑的關係境況」（16）。我認爲在《緊急狀態》中「遭壓抑的關係境況」有兩個面向，其一是女主角秀麗（Siew Li）不告而別，其二是橡膠如鬼魅復返。從創傷研究而言，前者拋夫別子，對家庭親情造成無法彌補的傷害；後者奴役植物和膠工，對種族和環境造成巨大的災難。如後殖民歷史學家查克拉巴提（Dipesh Chakrabarty）所言，人類史無法與環境史分割（2009: 201），秀麗的不告而別和橡膠的隱而不現其實是一體兩面，說明了馬來亞墾殖世對勞工、植物與環境的多重壓迫。如同前述，芮菩提在夢中的橡膠墾殖園聽到槍聲，嚇得大叫，但「嘴巴中全是乳膠，一點聲音都沒有」。她受到驚嚇卻發不出聲音，滿口被汩汩流溢的橡膠所塞滿，夢饜般的噤聲（沉默）成爲全書敘事的特色——秀麗不告而別音訊全無，傑森（Jason；她的先生）不准談論任何有關秀麗的事情；秀麗寫給孩子的信要等到 40 多年之後才被兒子亨利（Henry）看到；秀麗在叢林生活的情形也是要等到亨利在泰國邊境找到她後來的愛人南達（Nam Teck）才浮出水面。弔詭的是，全書有關橡膠墾殖園的敘事並不多，前述芮菩提的夢境是小說中有關橡膠墾殖園最細膩的文字，然而橡膠復返如同噩夢——夾雜了墾殖園的殖民暴力、強制執行的遷村政策、被工具理性所控制的土地、被資本主義所規劃的單一作物大量生產，大量

勞力壓榨等問題。如果用葛旭（Amitav Gosh）的話來說，橡膠就是馬來亞的咒詛（curse）。[3]

二、墾殖世災難

相對於人類世災難，墾殖世災難不可小覷。墾殖世理論最早是2015年在丹麥舉行的一場圓桌論壇，其間由人類學家安娜清、生物學家哈若葳等率先提出的一個相對於人類世、資本世的概念。這場論壇聚集了人類學家、生物學家、地理學家、女性主義科學家等跨領域學者討論他們對人類世的批判。如眾所知，人類世的人類中心主義過於主觀，需要由跨領域的學者進行對談。哈若葳強調所謂人類應該是「特定情境中的人群和他們所使用的器物，他們的農業生物，以及它們與其他生物的共生關係」（539）。科學史學者吉伯特（Scott Gilbert）否認啟蒙思潮以來的個人主義（individualism），他認為人類從來都不是以個體存在（"We have never been individuals"）；相反地，他強調人類與非人類的共生（symbiosis），藉以打破西方思想中的我／他、主／客的二元中心主義（540）。地理學家歐威各（Kenneth Olwig）從空間的角度指出，「墾殖園的作物耕種把土地扭曲成人工化的歐幾里得空間，這種土地使用的方法方便資本主義的投資，利益的計算，但是對水土保持卻產生極端負面的影響」（559）。人類學家安娜清則認為大量農奴種植的墾殖園對自然環境、動植物基因傳播的影響應該受到重視。由於農業奴隸制度，其中種植者和農作物之間形成異化（alienation），這種不公平的勞役耕作造成墾殖園社會結構的問題。在沙勞越進行田野研究的日本人類學家石川登（Noboru Ishkawa）則直接指出，「墾殖園就是把植物當成奴隸」

---

[3] 此處請參考 Amitav Gosh, *The Nutmeg's Curse: Parables for a Planet in Crisis* (2021).

（556）。[4] 綜合上述，安娜清等認為我們應該用「墾殖世」這個概念來指稱這種人類開墾種植單一作物，以大量生產獲利的資本主義的強勢農業經濟對生態環境、植物控制、經濟貿易、社會結構等產生環環相扣的影響，這種全方位一體化的農業大量生產早從 16 世紀開始，帶動種族主義、資本主義、階級主義、土地破壞、生產方式等全面化的社會改變以及環境災害，從開發新大陸開始，其歷史遠比蒸汽機的發明、原子彈的核爆更早，對人類社會和自然環境的影響更是全面且深遠（556）。

針對墾殖世的相關討論，當代印度裔美籍作家葛旭的《肉豆蔻的詛咒》（*The Nutmeg's Curse: Parables for a Planet in Crisis*, 2021）值得引述。肉豆蔻原產於印尼摩鹿加群島（the Moluccas），是聞名於世的香料島。中世紀的歐洲把肉豆蔻視為珍寶，「1284 年的英國，0.5 千克肉豆蔻花的價值與 3 頭羊差不多，只有富人才有錢買得起這種名貴的香料，肉豆蔻因此成了地位的象徵」（高萍 50）。[5] 肉豆蔻用途廣泛，是食品菜餚的常見香料，用於調味或製作香精油。「更重要的是，肉豆蔻含有肉豆蔻醚（myristicin），能夠產生興奮及致幻作用，如服用過量，可產生幻覺甚至昏迷現象」（高萍 51）。[6] 17 世紀印尼班達群島（the Bandas）的肉豆蔻舉世聞名，荷蘭人為了取得肉豆蔻的獨佔權，用紐約的曼哈頓島和英國人的倫島（Run Island）交換，倫島的易手和曼哈頓島後來變成資本主義金融中心其實是墾殖世的一體兩面。此外葛旭指出，如同荷蘭人在班達群島對肉豆蔻的獨佔，當歐洲人來到北美洲新大陸時，殖民者「以墾殖園的方式

---

[4] 請參考 Tsing, Anna L. et al, "Anthropologists Are Talking about the Anthropocene." *Ethnos: Journal of Anthropology*, vol. 81, no. 3, 2016, pp. 535-564.

[5] 請參考《改變歷史進程的 50 種植物》。

[6] 請參考《改變歷史進程的 50 種植物》。

取得土地使用權,這種地景改造(terraforming)的權利是殖民者形塑自我認知很重要的成分,他們用大量生產的方式開墾土地,進而產生身分認同。如同環境史學家克若儂(William Cronon)所言,『歐洲人對環境的改造形成征服的意識形態』」(59)。也就是說,墾殖園不僅改造地景,並成為歐洲人征服環境(conquest)與原住民族的「昭然天命」(Manifest Destiny)。

尤有甚者,歐洲殖民者常常將墾殖園建設在島嶼上,見諸加勒比海群島、印尼香料島、美國夏威夷群島等,這在澳洲環境史學者葛若夫(Richard Grove)的《綠色帝國主義:殖民擴張、熱帶島嶼天堂、以及環境保護的源起》(*Green Imperialism: Colonial Expansion, Tropical Island Edens and the Origins of Environmentalism*, 1600-1860, 1995)一書中有清楚陳述。葛若夫指出,從希臘羅馬時期,歐洲人就對熱帶島嶼有著迷戀。15世紀葡萄牙人發現了位於大西洋的海上明珠馬德拉群島(the Madeira archipelago)、七天七夜的大火把島上的森林清除,然後開始耕種甘蔗,輸出蔗糖,這個經驗造成熱帶島嶼對來自溫帶的歐洲人的致命吸引力,1492年來到加勒比海小島的哥倫布也是抱著這樣的態度(30)。如葛若夫所言,「熱帶島嶼常常是歐洲人最先登陸的地方,也變成第一個殖民地——島嶼如同另一個世界,常常帶來經濟的機會。因為島嶼面積小,所以殖民者在腦中容易掌控,無人居住的小島也比美洲非洲或印度內陸帶來較少挑戰。島嶼無可避免地變成早期歐洲殖民擴張時經濟與文學上的焦點所在」(32)——譬如莎士比亞的《暴風雨》(*The Tempest*)和馬維爾(Andrew Marvel)的詩作〈百慕達群島〉("Bermudas")都是西方帝國主義對島嶼想像的著名文學作品。

綜合上述,從15世紀以來西方帝國主義以地理大發現之名,海上貿易漸次抵達全球各地島嶼——從17世紀荷蘭在印尼班達群島的肉荳蔻墾殖園、17世紀葡萄牙在巴西的蔗糖咖啡墾殖園、到19

世紀墾殖園遍佈全球——如英國在加勒比海的蔗糖墾殖園、美國在夏威夷的咖啡／鳳梨墾殖園、以及同時英國在馬來亞的橡膠墾殖園等——這些墾殖園經濟體現了史書美所談論的全球化墾殖園弧線，而本人認為 20 世紀中期馬來亞的橡膠墾殖園更與馬來亞緊急狀態結合一起成為墾殖世的殘酷災難。

再者墾殖園改造地景，因此也改變了世界。在《改變世界的植物》一書中，作者指出「過去五百多年來，植物一直處於歐洲貿易和權力的核心」（2），和肉豆蔻一樣，煙草、甘蔗、罌粟、金雞納樹、棉花與橡膠樹，這七種植物的墾殖園改變了世界。其中有關橡膠，他們這樣描述

> 橡膠用途廣泛，從車胎、輸送帶、橡皮筋、橡皮擦以至形形色色的日常生活用品，都可用橡膠製成。自古以來，美洲土人就從巴西亞馬遜河三角洲的橡膠樹上，切割樹皮得到膠汁；後來的歐洲探險者和植物學家……省悟其中蘊藏的無限商機。一八五一年的世界博覽會，橡膠展品如鞋子、充氣床墊、傢俱和服裝，都向人們展示改造後橡膠的優良性能。為了大英帝國的利益，「植物獵人」們千方百計地使橡膠樹飄洋過海，從原產地巴西移植他鄉。在邱園和印度辦事處的幫助下，一八八〇年代，馬來亞、錫蘭的殖民地農場生產的橡膠，取代了野生橡膠的收集。新加坡植物園改良運送方法，……而橡膠樹引種成功最終使馬來亞獲利匪淺，卻使巴西財源流失，生態遭到嚴重破壞。（262-263）

更重要的是，位於馬來半島的橡膠墾殖園從 19 世紀末期開始，到 20 世紀中期日本入侵之前約占英屬馬來亞的 54% 面積，經濟的 68%（Hagen and Wells, 28）。如韓根（James Hagen）和威爾斯（Andrew

Wells）所言，期間英國殖民政府控制土地，英商投資公司管控資本，大量招募華工以及印度南方的膠工，提供大量密集勞力，藉以成就英屬馬來亞的橡膠經濟，因此橡膠墾殖園和殖民政府之間形成緊密的共生關係。[7] 貝納特（William Beinart）亦言，因為橡膠的經濟利益驚人，英國政府對其非常倚重。[8] 1948-1960 英方提出馬來亞緊急狀態對抗馬共，其中也隱藏英國殖民政府對橡膠的控制權。寇提斯（Mark Curtis）指出，因為害怕橡膠落入馬共手中，英國殖民政府藉由控管華人新村，不但可以圍剿馬共（containment），並且可以同時集中控管橡膠墾殖園的生產流程。緊急狀態期間 460 多個華人新村的成立可以說是戰前橡膠墾殖園的進化──同時抓緊反共戰線、橡膠物資、大量生產、企業管理於一爐的高度集中化經營。因此寇提斯認為馬來亞緊急狀態可以說是以清肅馬共為名，保護經濟利益為實所進行的橡膠爭奪戰。[9] 如同 17 世紀印尼的斑達群島，馬來亞橡膠墾殖園延續荷蘭所採取的堅壁清野的毀滅戰（"a war of extermination," Gosh, 36, 39）。綜合上述，我們可以說，橡膠墾殖園帶給馬來亞鬼魅噩夢般的墾殖世災難。

三、看不見的媽媽

前節說明馬來亞橡膠王國和英國殖民主義之間的糾葛，本節聚焦在馬來亞緊張狀態中離家出走的秀麗，探討小說敘事者如何跨越馬來半島，敘說新加坡華人在殖民主義陰影中的家園想像與島國記憶。以下我先介紹作者以及這本小說的相關評論。《緊急狀態》作者

---

[7] "The British and Rubber in Malaya, 1890-1940," by James Hagan, Andrew Wells (2005).

[8] Please see William Beinart, 243.

[9] Please see Mark Curtis.

程異出身於新加坡,目前旅居紐約。除了創作小說,他同時也是專職的中文翻譯者,已經翻譯約 20 本中國和台灣華語作家的小說,對中國當代文學的翻譯等同於翻譯臺灣文學的石岱倫(Deryl Sterk)。程異名列 2022 年「曼布克國際獎」(Man Booker International Prize)評審團,同時也是著名的新加坡華語作家英培安(Yeng Pway Ngon, 1941-2021)小說《騷動》的英文翻譯者,另外他也翻譯了臺灣作家蘇偉貞的《沉默之島》(1994)。2021 年夏天他曾應英國文學翻譯中心(British Center of Literary Translation, BCLT)的邀請擔任臺灣文學翻譯工作坊的導師,討論臺灣作家紀大偉的極短篇小說〈早餐〉的翻譯。在《開卷》有關翻譯工作坊的報導中,紀大偉推薦閱讀程異的英文作品,他認為《緊急狀態》是「新加坡的白色恐怖小說,用內斂文字包藏爆炸性悲劇」。[10]

《緊急狀態》出版於 2017 年,2018 年得到國家級的新加坡文學獎。這部小說關注 1948-1960 年間馬共所引起的「緊急狀態」,敘事時間從 1940 年代男女主角在英屬馬來亞出生,1965 年新加坡被迫獨立,到 2015 年新加坡慶祝建國 50 周年紀念,時間向度跨越約 75 年。小說的地理疆界跨越獨立前的英屬馬來亞、獨立後的新加坡、馬來西亞,以及馬來半島北部的泰國邊境。簡而言之,在這本小說中,程異藉由一個在新馬之間分崩離析的新加坡華人家庭,描述建國前後新馬華人的悲歡離合。程異告訴《海峽時報》記者寫作這本小說的動機在於──「我覺得新加坡歷史中遺漏了一些故事,我希望這本小說讓我們注意到這些被遺忘的故事,同時擴寬視野,讓我們了解身為新加坡人的意義」。[11] 此外在一場演講中,程異說明華語人口對新加坡歷史的重要性。眾所周知,新加坡有英語、華語、馬來

---

[10] 請參閱 Openbook 閱讀誌(2021/8/31),accessed 02/20/2023.

[11] 請參考書評 https://www.travelfish.org/book-reviews/147. Accessed April 2, 2023.

語和坦米爾語四個官方語言,其中以英語為最高階官方語言,所有官方發言、政策宣達、國際外交、官僚系統、教育媒體等都以英語為首要語言。這樣的獨尊英語政策導致華語、馬來語或坦米爾語人口形成弱勢,他們的聲音往往被遺漏或省略。程異對新加坡華語人口有極高的關切,他除了翻譯大量的華語文學作品,並且關注以華人為主的左翼份子,尤其是仍為禁忌的馬共,企圖將他們的故事以小說的方式再現。

《緊急狀態》有六個敘事者,分別是男主角傑森、他的太太秀麗、秀麗離家之後的新村愛人南達、斯里蘭卡裔來自新加坡的英國女記者芮菩提、傑森妹妹茉莉(Mollie)和菲律賓裔先生所生的華菲混血女兒史黛拉(Stella)、還有傑森移居英國形同歸化的兒子亨利等。新加坡人口中華人佔75%強勢,所以小說中的六個敘事者,其中有四位(傑森、秀麗、南達和亨利)是華裔,這個安排十分符合新加坡的人口結構。但其中斯里蘭卡裔在英國工作,會說坦米爾語的芮菩提和華菲混血在天主教會擔任社工的史黛拉也說明程異企圖表現新加坡的多元文化、宗教與語言。尤其芮菩提的工作是新聞記者,她的訓練和背景代表英國政府從1970年代到今日對緊急狀態的否認態度,這個懸而未決的殖民創傷持續震盪;而史黛拉也說明當前新加坡外籍移工問題的急迫性。也就是說,小說的時間空間幅度頗大,從1940年代歷經1960年代的騷動,到2015年新加坡建國50周年,程異企圖描述新加坡的多元族群宗教以及混雜的文化景觀,他在這方面的用心值得肯定。

新加坡雖然大多數是華人,但他們之中因為語言和教育的差異也形成分隔,男女主角秀麗和傑森之間的差異主要就是因為語言階級以及身份認同。秀麗使用華語,英語能力有限,被媽媽安排去唸她眼中「最好的南洋女校」(48)。秀麗不要學英語,因為那是英國人的語言,「她小時候的夢想是做女英雄,要改變這個世界,一個

沒有英國人統治的世界」(50-51)。但傑森不會說華語，英語十分流利，並且考上政府單位，是獨立後新加坡的優秀公務員。他們初次相遇時，發現彼此沒有共通的語言，傑森「覺得有些內疚。在他的同儕中，華語是外語，不會說華語是一種驕傲，因為英語才是未來」(22)。有趣的是，秀麗與傑森之間的差異變成兩人之間致命的吸引力，兩人來自完全不同的社會階級背景，傑森卻被秀麗大大吸引——對他來說，「秀麗是一種脫軌（aberration），同時又十分令人振奮，和想要改變外在世界的人在一起」(26-27)。但是後來秀麗的工會朋友、抗議活動，到最後被迫離家棄子不告而別，這種種「脫軌」行為讓傑森覺得傷心、失望、憤怒，因為「他想像他們家會和這個新國家一起向上成長」(30)，他完全無法瞭解，無法認同，更覺得被秀麗背叛，因此當秀麗後來寄信給雙胞胎孩子時，傑森把這些信都藏起來了，告訴孩子們媽媽不見了，在家裡他不准提起媽媽。

我認為這個「看不見的媽媽」成為小說中重要的譬喻（trope），秀麗也成為新興國家新加坡的一個隱喻。她後來往北逃到舊時的馬來亞，加入馬共，在叢林中度過餘生。她留在新加坡的雙胞胎孩子亨利和珍妮特（Janet），亨利移居英國，在倫敦教書；珍妮特成為老師，和爸爸一樣奉公守法的好公民，也是在醫院病床旁看守傑森的好女兒。小說中這個四分五裂——跨越英國、新加坡和馬來半島——的家庭其實正是新家坡的國家寓言，隱藏在國家主體下的新加坡多重離散，這個 1965 年被迫脫離大馬匆促建國，陳奕麟（Allen Chun）所謂的「不情願的國家」（"a reluctant nation,"）[12] 其實象徵了戰後諸多紛擾。日本人離開後，東南亞新興國家在英國舊殖民勢力、新興帝國主義（nekolim, 36）、[13] 馬來民族主義、華人馬共反殖

---

[12] 請參考陳奕麟（Allen Chun），209-231。

[13] 印尼用語，表示戰後新興的新殖民主義和帝國主義（neocolonialism and imperialism）。

民陣線、和美蘇冷戰等多方勢力交纏中,1950 到 1960 年代的新加坡經歷許多「騷動」,[14] 而這也正是程異選擇以 1965 年麥當勞大廈(MacDonald House)爆炸案作爲小說開場的原因,這個爆炸案說明在眞實歷史中印尼蘇哈多奪權勢力的興起,同年新加坡被迫離開大馬獨立建國;而在虛構小說中這個爆炸案造成了傑森妹妹茉莉的身亡,而茉莉的逝去更是這個四分五裂的家庭的最後一根稻草。[15]

在秀麗不告而別和茉莉爆炸身亡多年之後,在醫院病床上,年老的傑森感覺秀麗和茉莉的鬼魂仿佛回來看他,他不禁說道——「讓她們過來!讓逝者回來!」("Let them be here. Let the dead return.")(20)。如同德希達在《馬克思的幽靈》中所言,父魂復返,鬼魅幢幢。據此,我認爲《緊急狀態》開展多重創傷敘事——一方面傑森在新加坡建國 50 周年的病床上追憶過往,回憶這個小島如何被迫建國,他如何在妻離妹逝的殘破碎片中養兒育女,建設家園;此外亨利在回國奔喪之後跨越馬來半島北上泰國邊境尋找母親,企圖描繪出秀麗的殘存輪廓。我認爲小說中看不見的媽媽,如同安提瓜裔美國作家亞買加·金凱德(Jamaica Kincaid)1996 年的小說《我母親的自傳》(*The Autobiography of My Mother*),明明是要寫母親的自傳,但全書中母親只有在夢中出現,如同張淑麗所言,「這個在夢中屢次出現的母親同時是歷史的譬喻,也是對這個被遺忘的歷史的焦慮」(108)。《緊急狀態》中秀麗和茉莉這兩位母親式的女性(maternal women)多次以隱密的方式在傑森的回憶中出現,他彷彿看到

　　茉莉以小時候的樣子出現,要他抬腿幫她爬上家裡後院的

---

[14] 新加坡華語作家英培安的小說,中文出版於 2001,程異爲英文翻譯者(2012)。

[15] 因爲妹妹茉莉在秀麗不告而別之後扮演的替代母親的角色,讓傑森有所依靠,但爆炸案奪去茉莉的生命,讓傑森崩潰,頓失所倚(37)。

紅毛丹樹（the rambutan tree）。秀麗十幾歲時當他們初次相遇時，秀麗當她離家出走時的樣子，其實也沒有變很多——但每次都讓他驚訝她的改變——穿南洋女校制服的秀麗、當新娘子的秀麗、抱娃娃的秀麗、還有後來穿上馬共制服的秀麗⋯⋯他知道她們不在房裡，⋯⋯但他無法不看見她們。茉莉涼涼的手摸著他的太陽穴，秀麗把枕頭對摺，讓他的脖子能夠被撐著。（20）

如同謝沛瑩所言，《緊急狀態》彰顯皮耶・諾哈（Pierre Nora）的「記憶所繫之處」（Site of Memory），讓我們看到「小族群的對抗記憶和國家敘事之間的拉扯」（iii）。對妻離妹去來日無多的傑森而言，記憶像「黑暗的走廊越走越狹窄」（34），這個「看不見的媽媽」一方面象徵了新加坡建國中失去親人的個人創傷；另一方面，整體來說，「看不見的媽媽」也是戰後新加坡被迫離開有如母親般的馬來半島的國家創傷。

四、看不見的橡膠

如果前節探討小說中「看不見的媽媽」以鬼魂的樣貌在夢中復返，我認為我們也可以用同樣的方式來解讀小說中如鬼魅般再現的橡膠。如導言所述，祖先來自斯里蘭卡的芮菩提在夢中不但看到昔日馬來亞橡膠墾殖園中的父母親，更看到「每一個槍口汩汩流出奶白的膠液！她嚇得開口大叫，可是嘴巴中全是乳膠，一點聲音都沒有」。這個如鬼魅般再現的橡膠是本節的重心，我企圖解讀小說中的橡膠園場景，一方面我沿用批判植物研究（Critical Plant Studies）的理論來說明這個 1970 年代以前其實無處不在的橡膠墾殖園在小說中卻如同無聲的橡膠鬼魅一樣，以一種安靜無聲的方式在場景中再

現，無聲卻存在，靜默但在場,「看不見的橡膠」正是這種植物無意識的表徵。小說中的敘事者幾乎每位都有提到橡膠，但都將其放在背景中，除了前述芮菩提的夢境，小說的場景沒有以橡膠墾殖園為主，這種再現的方式我稱之為「敘事壓抑」(narrative repression)，無聲卻存在，靜默但在場，彷彿橡膠安靜無聲地看著一切紛擾騷動。另一方面我從這些看似分散片斷化的回憶中企圖說明無處不在的橡膠其實早已在殖民開墾過程中和新馬人民產生如臍帶般的「橡膠親密」，黏稠緊密，無法分割。

環境哲學學者摩德 (Michael Marder) 在其專書《植物—思維：植物生命的哲學》(*Plant-Thinking: A Philosophy of Vegetal Life*, 2013) 指出西方哲學界長久以來的「植物盲」(Plant Blindness)。他指出西方形上學傳統從亞里士多得以降，以能動力 (mobility) 為優勢，而看起來無法移動的植物長久被漠視 (1-15)。植物除了看起來無法移動，更使其屈居弱勢的是植物彷彿也沒有聲音，人類無從透過聲音和植物溝通或窺聽植物的心聲。[16] 美國解構學者聶倫 (Jeffrey Nealon) 在其《植物理論：生物力量與植物生命》(*Plant Theory Biopower and Vegetable Life, 2015*) 書中重訪傅柯，說明生命政治相關理論中獨尊動物，無視植物生命的存在，除了德勒茲以外，Derrida, Heidegger, Agamben 等都無視植物，略而不談 (1-12)。此外植物生態學者瑞恩 (John Charles Ryan) 在其 2018 年所編撰的《東南亞生態批評》(*Southeast Asian Ecocriticism*) 中，瑞恩指出以區域地理的角度來看，東南亞是生態批評論述中的「空白」(lacuna, 9)。[17]

---

[16] 近年新興的植物批判研究 (Critical Plant Studies) 已經打破這個迷思，詳見 Marder (2013)，Raist (2013)、Ryan (2015)、Iping Liang (2016, 2021)、Gagliano et al (2017, 2019)、Cate Sandilands (2021)、Yalan Chang (2021) 等。

[17] 盧莉茹在該書中的論文值得引述。Lu foregrounds the ecological implications of the extensive colonial history of Southeast Asia by analyzing the depictions of Formosa

同樣地，我們可以這個角度來看小說中的橡膠墾殖園，如同瑞恩所言，東南亞在生態批評上仍處空白。同樣地，橡膠墾殖園在《緊急狀態》中也模糊不見，多重敘事以壓抑的方式再現，在路邊、在夢中、在車程中經過，橡膠墾殖園是所有情節發生的場景，但卻以一種邊緣的方式安靜無聲地再現於小說的背景中。橡膠墾殖園用一種和緩安靜的方式再現，橡膠默默地承受英國的殖民暴力、印度和華裔膠工的重複採收，還有日軍、英軍和馬共在橡膠森林中所進行的戰爭殺戮。幾乎每位敘事者的記憶中都有膠墾殖園的印象──**秀麗**記得小時候日本人侵略馬來亞，「爸爸把她放在肩膀上跑著躲進橡膠園，等轟炸結束後再出來」(46)。**南達**記得峇多加里屠殺慘案，他親眼看見爸爸當場被槍殺，之後媽媽為了生活「在橡膠墾殖園找到工作，採集膠汁。每天一大早去橡膠園，乳膠慢慢地從樹中流出來，等待採收」(95)。當**南達**後來到吉隆坡城裡工作，他碰到其它曾在叢林中待過的華人告訴他有一次在橡膠園中，「一位法國人和一位荷蘭人幫他修輪胎，膠工都有橡膠補丁（rubber patch），可以隨時派上用場」(100)，可是一個月之後他卻在報紙上看到這兩位外國膠工被殺死了(100)。後來當南達和秀麗加入馬共進入叢林，在和英軍對峙交戰的過程中，有次南達被一位穿著英國皇家陸軍制服的泰國士兵拿槍抵著，千鈞一髮之際，「他聽到一聲槍聲，定魂一看，原來是麗芬（Lifeng）[18]對準脖子，讓泰國人一槍斃命」(138)。後來當**芮菩提**終於來到馬來西亞，透過莉娜去土毛月新村（Seminyih）

(Taiwan) and adjoining areas of Labuan (a federal territory of Malaysia), Singapore, and the Philippines by the nineteenth-century explorer-naturalists Robert Swinhoe, John Dodd, and Cuthbert Collingwood (chapter 12). Her essay does not deal with Singapore or Malaysia so I will only mention it in the reference.

[18] 進入叢林之後馬共為了保護自己與家人，都要改名字，秀麗改成麗芬，南達改成小明。

找到黃太太（Mrs. Wong），後者告訴她，「英國軍人拿槍質問我們是否有提供食物給馬共，我們只有橡膠園，英國人只給我們正好足夠的份量，……」（165）。

然而從上述這些片段零碎的記憶中，我們可以清楚看到橡膠墾殖園和新馬人民的親密關係——橡膠園是躲避日本飛機轟炸的避難所、峇多加里慘案的殺人現場、南達媽媽當膠工的工作場所、修補輪胎的方便物資、以及日常生活所需的來源——正是因為橡膠墾殖園的大量生產、巨大利益、大量勞力，英國殖民等經營方式，其和新馬人民形成一種「橡膠外溢」（rubber excess），在記憶的深處，不自覺地流露出來。這種橡膠外溢在芮菩提的夢境中卻以鬼魅的方式復返，其實正是說明「看不見的橡膠」的黏稠，鬼影幢幢，難以清除。

五、結語：鬼魅橡膠

程異在一篇名為〈自然與控制〉（"Nature and Control"）的文章中說明他對新加坡自然異化的感受。無庸置疑，建國 50 年後的新加坡已然是城市花園（garden city），但是這個島國的生態環境是極端人為的、高度控制的，造成轟動的超級樹（Super Trees）景觀裝置，是用人工機器化，高度管控化的「準軍事化自然」（paramilitary nature），所有的花園綠化都是人為工具理性極致的控制。弔詭的是，程異從超級樹的設計反思國家機器對新加坡人民的管控——「如同我們的植物生命一般，新加坡人民也必須極端遵循規定，不可踰越界線，而不是讓我們自由蓬勃生長」。[19] 小說中傑森和史黛拉的兩章場景可以表現出這種軍事化自然的幽縮緊閉（ecological

---

19 英文原文為 "Like our plant life, human beings must be strictly cultivated and kept within bounds, rather than allowed to flourish at will."

claustrophobia）——年老的傑森在醫院，一個密閉等死的空間；史黛拉在警察拘留所，一個被盤問折磨的密閉空間，形同監獄。當亨利再回到新加坡，他想起來「當他第一次離開新加坡時，他很久沒有再回去。一想到回新加坡就讓他感覺到幽縮緊閉的恐懼，好像他永遠無法再離開」（245）。

從這個角度來看，鬼魅復返的橡膠其實有兩個功用。其一橡膠說明獨立前英屬馬來亞作為橡膠王國的物質記憶，藉此開展史書美所定義的墾殖園弧線，將其擴充為全球化的墾殖世災難，從後殖民生態批評的角度給予馬來亞橡膠王國不同的反思。其二橡膠召喚被遺忘的熱帶橡膠記憶，在今日準軍事化管控的新加坡生態環境中，鬼魅復返的橡膠用安靜卻黏稠的方式在記憶深處外溢。綜合上述，《緊急狀態》有兩點值得肯定，其一作者透過不同的敘事者給予馬來亞緊張狀態中被遺忘的底層人物說故事的能動力（agency）——如加入馬共左翼陣營、夢想改變世界的女英雄秀麗、峇冬加里屠殺慘案的倖存者南達、在橡膠墾殖園工作的南達媽媽、留在土毛月新村的黃太太等。在新加坡官方國家敘事之外，這部小說**敘**說被遺忘的馬共、村民、膠工、社工等，讓眾多底層人物發聲，這些被遺忘的故事，如張錦忠所言，是「在膠林深處的民間歷史記憶」。其二更重要的是，透過小說中隱而不現的橡膠，敘事者讓被遺忘的熱帶橡膠的溫度、濕度、黏稠度潛返外溢，無聲靜默地回到已然人工化、軍事化，又高度觀光化的新加坡景觀環境中。

引用書目

【中文】

史書美:〈關係的比較學〉,《中山人文學報》,第 39 期（2015）,頁 1-19。

張錦忠。〈在橡膠樹影下：我們的百年孤寂〉。冰谷、張錦忠、黃錦樹、廖宏強,合編。《膠林深處：馬華文學裡的橡膠樹》,居鑾：大河文化出版社,2015。

高萍（翻譯）。《改變歷史進程的 50 種植物》。青島出版社,2016。

董曉黎（翻譯）。《改變世界的植物》。華滋,2014。

【英文】

Albrecht, Glenn. "Solastalgia: A New Concept in Health and Identity." *Philosophy and Nature*, vol. 3, 2005, pp. 45-50.

Beinart, William and Lotte Hughes. "Rubber and the Environment in Malaysia." *Environment and Empire*, edited by Beinart, William and Lotte Hughes, Oxford UP, 2007, pp. 233-250.

Chang, Chiung-huei Joan. "Social Stratification and Plantation Mentality: Reading Milton Murayama." *Concentric: Literary and Cultural Studies*, vol. 30, no.2, 2004, pp. 155-72.

Chang, Shu-li. "Daughterly Haunting and Historical Traumas: Toni Morrison's *Beloved* and Jamaica Kincaid's *The Autobiography of My Mother,*" *Concentric: Literary and Cultural Studies,* vol. 30, no. 2, 2004, pp. 105-27.

Chun, Allen. "Ethnicity in the Prison House of the Modern Nation: The State of Singapore as Exception." *Forget Chineseness: On the Geopolitics of Cultural Identification*. SUNY, 2017, pp. 209-231.

Curtis, Mark. "Britain's Forgotten War for Rubber." Declassified UK, September 13, 2022. https://declassifieduk.org/britains-forgotten-war-for-rubber/. Accessed 25 March 2023.

Derrida, Jacques. *Specters of Marx: The State of the Debt, the Work of Mourning and the New International*. Routledge, 1994.

Gosh, Amitav. *The Nutmeg's Curse: Parables for Planet in Crisis.* U of Chicago P, 2021.

Grove, Richard. *Green Imperialism: Colonial Expansion, Tropical Island Edens and the Origins of Environmentalism, 1600-1860.* Cambridge UP, 1995.

Hagan, James and Andrew Wells. "The British and Rubber in Malaya, 1890-1940." 2005. pp. 143-150. https://ro.uow.edu.au/artspapers/1602

Hsieh, Pei-Ying. *The Sites of Memory in Anglophone Southeast Asian Novels.* MA Thesis. NSYSU, 2022.

Ishikawa, Noboru. "Into a New Epoch: Capitalist Nature in the Plantationocene." Noboru Ishikawa and Ryiji Soda, editors, *Anthropogenic Tropical Forests: Human–Nature Interfaces on the Plantation Frontier.* 2020. Springer, Singapore. https://doi.org/10.1007/978-981-13-7513-2_28

Kastel. "The Singapore Political Novels: *Let's Give It Up for Gimme Lao!* and *State of Emergency.*" *Mimidoshima*, 17 Aug 2017. https://mimidoshima.wordpress.com/ 2017/08/11/that-kid-needs-a-thumbs-up/. Accessed 5 April 2023.

Liang, Iping. "Plant Memories: "Hibiscuses, Bamboo Fences, and Environmental Mourning of the Military Villages in Taiwan." *Mushroom Clouds: Ecocritical Approaches to Militarization and the Environment in East Asia*, Simon Estok, Iping Liang, Shinji Iwamasa, editors, Routledge, 2021, pp. 109-125.

Liew, Zhou Hau. "Ecological Narratives of Forced Resettlement in Cold War Malaya." *Critical Asian Studies.* vol. 52, no. 2, 2020, pp. 286-303.

Lu, Li-Ru. "Economics, Ecology, and Desire Delineations of Formosa and Neighboring Southeast Asian Countries in Three Nineteenth-Century Travelers' Natural Histories." *Southeast Asian Ecocriticism: Theories, Practices, Prospects*, edited by John Charles Ryan, Lexington, 2017, pp. 275-292.

Marder, Michael. *Plant-Thinking: A Philosophy of Vegetal Life.* Columbia UP, 2013.

_____. "Vegetal Memories." http://philosoplant.lareviewofbooks. org/?p=172. Accessed 20 February, 2023.

Nealon, Jeffrey. *Plant Theory: Biopower and Vegetable Life*. Stanford UP, 2015.
Poon, Angelia and Angus Whitehead, editors. *Singapore Literature and Culture: Current Directions in Local and Global Contexts*. Routledge, 2017.
Poon, Angelia, Philip Holden, and Shirley Geok-lin Lim. *Writing Singapore: A Historical Anthology of Singaporean Literature*. NUS, 2009.
Ryan, John Charles. "An Introduction to Southeast Asian Ecocriticism." *Southeast Asian Ecocriticism: Theories, Practices, Prospects*, edited by John Charles Ryan, Lexington, 2017, pp. 1-27.
Thompson, Lanny. "Archipelagic Thinking." *Contemporary Archipelagic Thinking: Toward New Comparative Methodologies and Disciplinary Formations*, edited by Michelle Stephens and Yolanda Martinez-San Miguel, Rowman, 2021, pp. 109-127.
Tiang, Jeremy. *State of Emergency*. Epigram, 2017.
_____. "Nature and Control." https://pentransmissions.com/2018/08/23/nature-and- control/Accessed April 10, 2023.
Tsing, Anna L., et al. "Anthropologists Are Talking about the Anthropocene." *Ethnos: Journal of Anthropology*. vol. 81, no. 3, 2016, pp. 535-564.
Yeow, Agnes S.K. "Review of John C. Ryan." Review of *Southeast Asian Ecocriticism: Theories, Practices, Prospects*, by John Charles Ryan. Southeast *Asian Review of English*, vol. 54, no. 2, 2017, pp. 27-30.

■ 4 ■

毒鄉生存：
論辛哈的《據說，我曾經是人類》中的毒物、暴力、與跨物質倫理[*]

張雅蘭

　　辛哈（Indra Sinha, 1950）的小說《據說，我曾經是人類》（*Animal's People*, 2007）以名為「動物」（Animal）的十九歲少男為主角，以第一人稱的幽默詼諧、諷刺口吻道出遭到化學工廠毒氣吞噬的印度小鎮的故事。辛哈是移居英國的印度裔作家，他的文學作品帶有實際關懷社會的面向。《據說，我曾經是人類》正是一本以印度博帕爾（Bhopal）1984 年的化學工廠意外災難為背景的小說。小說也獲得 2007 年的曼布克獎提名（Man Booker Prize）以及 2008 年的大英國協作家獎。1984 年，美國聯合永備公司設在印度博帕爾的化學農業藥廠（Union Carbid）發生氰化物外洩事件，除了造成數以千計居民死亡，甚至後續造成畸形、肢障等看不見的公害，影響所及實非短期數據可以呈現。小說中再現了博帕爾（小說化名為 Khaufpur）居民時隔 20 多年後性命依舊危在旦夕，為求遲遲不來的公平正義，居民們依然與美國公司（化名為 Kampani）長期抗爭。

　　誠如哈特曼（Geoffrey Hartman）指出，文學的功用之一是幫助健忘的人們記憶起大災難事件（85）。辛哈的小說自 2007 年出版之後，逐漸受到學界注意，由文獻閱讀可以發現雖然方法論各異，切

---

[*]　本文原刊登於《中外文學》vol. 44, no.4, 2015, pp.91-131.

入文本的角度各有不同,但這些文化評論者都企圖用不同或類似的語言,描述貧窮的南方國度的人民如何受到跨國公司的殘害,評論的角度涵蓋文學人道主義、綠色犯罪、流浪冒險主題、法律科學問題、社群復原概念和寰宇政治等等,不一而足。另外,許多關心環境議題的學者,如尼克森(Rob Nixon)等人,也相當關注這部以發生在印度的眞實環境災難爲本的小説。[1] 本文借鑒前人和當代學者的

---

[1] 尼克森(Rob Nixon)早在 2011 年出版《緩慢暴力和貧窮者的環境主義》(*Slow Violence and the Environmentalism of the Poor*)之前,就已經有文章〈新自由主義、慢性暴力與環境無賴〉("Neoliberalism, Slow Violence, and the Environmental Picaresque," 2009)探討辛哈的此本小説,揭示新自由主義如何影響流浪冒險小説(picaresque novels)以及緩慢暴力的理論。底下略提若干本文參考過的其他著作,以示謝意。黎可(Jennifer Rickel)在〈窮人遭殃〉("The Poor Remain")一文,分析説故事者爲求得到災區第一手資訊可能對受害者進行另一種無情的剝削與窺奇並質疑「文學見證」(literary testimony)的弔詭性。企圖從「文學人道主義」(literary humanitarianism)的概念探討敘述者和讀者的關係。黎可提出的概念與許多評論家從後殖民生態角度探討此文本有異曲同工之妙。卡雷根(Anthony Carrigan)的〈正義在我們這一方?〉("Justice is on Our Side?")一文從生態犯罪的角度探討小説中所呈現的後殖民生態批評和綠色犯罪學來看待此一環境災難。歐布萊恩(Susi Obrien)從法律和科學的角度出發,探討主體能動性和認識論的問題。她深入分析 "resilience" 一詞爲在後殖民文學框架下,對於理解全球環境正義問題的限制與應用。比較貼近以生態批評的觀點解析這本小説的有巴爾托什(Roman Bartosch)在 2012 年發表的〈辛哈的《據説,我曾經是人類》中的後殖民的浪漢——從動物眼中的觀點看後人類〉("The Postcolonial Picaro in Indra Sinha's *Animal's People* – Becoming Posthuman through Animal's Eyes"),作者試圖挑戰既定的啓示論述,探討災難在後人類理論中的意義,並透過動物的視角重新詮釋後殖民時期的敘事。泰勒(Jesse Oak Taylor)的〈零的力量〉(Powers of Zero)從全球健康的角度探討此小説所呈現出來的貧窮與不公平的議題。生態批評者墨菲(Patrick D. Murphy)在 2013 年文章中探討辛哈小説中所呈現的社群的復原力(community resilience)和世界主義(cosmopolitan)的概念。同年莫爾斯泰特(Andrew Mahlstedt)的文章〈動物的眼睛〉(Animal's Eyes)從奇觀的角度解讀敘述者動物和他的同胞所代表的奇觀下的「隱形」層面,概括論述第三世界的人民不被聽見、不被看見等被隱形的問題。出身台灣的學者張嘉如則以墨頓(Timothy Morton)的「幽暗生態」(dark ecology)的理論來解讀這一部小説。不同於上述的角度,本文的分析以阿萊默跨物質論述爲重心,在第二節論及後殖民生態議題時也將以此爲主。

研究成果，並考慮尚未有學者從毒物論述以及跨物質主義的觀點閱讀這部小說，故借鑒阿萊默（Stacy Alaimo）的「跨物質性」（transcorporeality）理論對於物質、身體與環境的看法，以檢視小說中對抗美國公司的環境正義議題，及其以「動物」為隱喻的當地人民殘缺的身體、碎裂的生活以及鄙賤的第三世界。

一、跨物質性理論與毒物論述

電影、小說、新聞播報、日常生活裡，不時出現「污染」、「毒害」、「黑心」、「公害」等關鍵字。生活在人類世（Anthropocene）[2]的世界裡，21世紀的物質環境幾乎無一吋不受人類活動影響。進入全球化社會的居民，實已來到一個毒物蝴蝶效應的風險社會中。歐瑞史坦（Robert Ornstein）和艾爾利希（Paul Ehrlich）在合著的《新世界新心靈：朝向意識演化邁進》（*New World New Mind: Moving toward Conscious Evolution*）一書中指出，人類對於危險的認識是由演化及適應而來。我們可以直覺什麼是危險進而避開它。然而，居於今日全球化下的風險社會中，人類對於危險、風險似乎不再具有警覺性。我們的肉眼看不見現在進行式的全球氣候變遷，看不見許多物種加速的瀕臨滅絕，也看不見生活周遭有多少毒素圍繞。有鑑於狂牛症、戴奧辛鴨、病死豬、口蹄疫、禽流感、三鹿毒奶粉、食物塑化劑、地溝油、食用油混飼料油等事件不斷出現，人類似乎無法確保送入口中的食物是無毒、乾淨、安全無虞；甚至連埋在地底多年的各種管線何時會連環爆炸都無法知道。[3]愛斯達克（Simon

---

[2] 「人類世」（Anthropocene）一詞乃指自十八世紀末期工業革命以來，人類主導的各種活動對地球產生莫大的影響（Crutzen 23）。

[3] 此指2014年7月31日晚上11點多發生在高雄市的氣爆事件。

Estok）以「毒物健忘症」（toxicity amnesia）（7）一詞來諷刺現代人對於生活中充滿毒素的習以為常與健忘，還自以為都保持了安全距離。海瑟（Ursula K. Heise）可能是生態批評學者中，最早將德國社會學家貝克（Ulrich Beck）的風險社會（risk society）觀念與生態批評概念相提並論的一位，隨後物質生態女性主義者阿萊默（Stacy Alaimo）也提出「跨肉體風險社會」（trans-corporeal risk society）的觀念，強調風險社會概念與身體環境之間的關係。各式毒物（如塑化劑、三聚氰胺、輻射線、雙酚 A、戴奧辛、農藥等）充斥於我們日常生活中，靠著感官已不再能辨識。以近日國內外的新聞播報為例，肉類引發過敏、汽機車排放廢氣、埋在地下的不安全管線、未過濾的水、可能致癌的食用油等等，這些對於人體的傷害充滿未知數；同樣不確定的是環境中還有多少毒素是人類在不知情的情形下囤積到人體中。的確，污染源、過敏源遍及我們每天所賴以維生的水、食物、與空氣。我們的基本生存權早已成為追求物質與科技進步的犧牲品。我們無法生活在真空的狀態下，因此外在的大環境與我們每個人身體的小環境互為影響、息息相關。換句話說，我們的環境是由各式各樣不同的物質與元素所構成，而這些物質影響我們的身體。若以為已經沒有人為不可控制的因素而忽略物質環境，不但無視於自然的能動力，也忽視不同毒素如何引發長期疾病等問題（Alaimo 10）。而這些議題自然也涉及到公平正義的面向。

阿萊默在 2010 年出版《身體自然：科學、環境和物質我》（*Bodily Natures: Science, Environment, and the Material Self*）一書，不但啟發物質生態論述（material ecocriticism），[4] 其中「跨物質性」

---

[4] 「物質生態批評」（material ecocriticism）主要是由伊奧維諾（Serenella Iovino）和阿波曼（Serpil Oppermann）在 2014 年所提出。參見由二人所合編的《物質生態論述》（*Material Ecocriticism*）一書，書中收錄的多篇作品可以看見受到阿萊默的理論影響。

（trans-corporeality）的觀點做為一種新的批評模式，更為跨領域研究帶來新的可能性。這也是為何阿萊默喜用「地方」而非「環境」一詞來描述身體與地方的關係。有別於其他生態批評的評論家，她認為地方像是一本書，閱讀一個地方即可以發現它的跨越性。阿萊默強調「地方」（place）勝於「環境」（environment）究其原因乃是「地方」強調物質性的特質：「『環境』一詞是耽於分析時的一點方便，對於物質世界的理解常因此陷入人造、抽象的權力和主體性的算計中」（10）。然而即使當阿萊默使用「環境」一詞時，她依然強調其「跨物質性」。她引用弗羅姆（Harold Fromm）對「環境」的看法：「『環境』，就如我們所知，像潮水一樣穿透我們的身體。當我們透過顯微鏡或縮時攝影觀察，不論是在刮鬍子、上廁所、或是排放體內廢物時，都能見到水、空氣、食物、微生物及毒素在我們身體內進進出出。」（95）。基本上，我們的身體就是一個環境。但我們常不自覺忘卻與周圍環境的關係，其實我們的身體與周圍環境是一種存在性的穿透，環境中的物質無時無刻不通過我們的身體，我們身體各個器官也無時不反應外在環境的影響。這些都是阿萊默的「跨物質性」的展現。

雖然強調「地方」，阿萊默也同意海瑟對於狹隘地方觀的批判以及倡導全球視野（sense of planet）的看法：「生態覺醒與環境倫理的關鍵與其說與地方相關，不如說是一種全球感──一種形塑每日生活的政治、經濟、科技、社會、文化、和生態的網絡關係」（Heise, *Sense of Planet* 55）。以此來看辛哈的小說《據說，我曾經是人類》可以發現，故事裡那個名為「動物」的人，他自己和他的同胞們所受的苦痛絕對不是地方的問題而已，它是全球、經濟、政治因素所交融而造成的複雜問題。阿萊默的「跨物質性」理論，為這個複雜的問題提供重要註解：「作為一個論述的設置，正是身體理論、環境論述、和科學研究三者以有效的方式交會和作用」（3）。以

1984 年在印度發生的真實化學毒物外洩事件為背景,辛哈的小說充分呈現災區所面臨的共同命運以及災民所承受的一切苦難。

　　生態批評學者布爾（Lawrence Buell）認為毒物恐懼已經成為這個世界越來越普遍的現象,因此早在 2001 年他就呼籲「毒物」（toxicity）應該被視為一種論述（discourse）來討論（Buell 30），並將「毒物論述」定義為「對人類所造成的化學環境災害的焦慮」（Buell 31）。根據賈拉德（Greg Garrard）的分析,布爾所提出的「毒物論述」（discourse of toxicity）作為一種文化論述類別呈現四個景象:

> 首先是「背叛伊甸園的神話寫作」（mythography of betrayed Edens）（Buell 37）,這是基於田園式的寫作,如同上述卡森的寓言所呈現;其次是關於「無處躲避有毒侵襲的世界的驚恐、全面化的描繪」（totalizing images of a world without refuge from toxic penetration）（Buell 38）,這主要源於戰後對核武器釋放的放射性瘴氣的恐懼;再來是「來自強大的企業或政府的霸權壓迫威脅」（the threat of hegemonic oppression）（Buell 41）,與受威脅的社區形成對比;最後是對於環境揭露中典型的骯髒和污染進行的「鬼魅化」（gothicization）（Garrard 12）。

循著布爾分析毒物論述所呈現的這四個景象,可以發現遭受環境災害的地區通常有幾個特點:詭異、鬼影幢幢充滿死亡陰影是封鎖隔離的禁地,生人勿近。以 2011 年 3 月 11 日在日本所發生的福島核災事件為例,核電廠發生事故的地點,即便是兩年後,依舊是「禁地。從谷歌（Google）最新街景地圖觀看核災疏散區,完全沒有人跡。浪江町（Namie）在海嘯侵吞了海岸線和核電廠受損導致 21,000 居民撤離後,已經變成了鬼城」（"Video"）。因此災區不乏令人恐懼的故事。每一次的災難都關係到地方物質性（placial materiality）,

尤指特定地點的物質組成如何塑造其環境特性及人類經驗。當地居民、地方食物、水、空氣，基本生活和生存權都深受威脅。不論是2011年日本福島核電廠爆炸事件、1979年美國三哩島核洩漏事故、還是1986年蘇聯車諾比核電廠事件等，[5] 這些都揭露災難對「日常生活和環境變化所引發的不幸影響」（"Fukushima"）。人民的恐懼籠罩著災難現場，並隨著媒體的傳播而逐日擴大，而災難的「地方」因為充滿輻射物的威脅，更是淒慘，即便是已過了十三年的福島核災，至今仍然存在許多無以名狀、不斷演變的問題；隨著海水、空氣、農產品、魚貨等等的擴散移動，看不見的輻射物質也不斷地成為生活中的隱形殺手。

　　1970年代在印度政府鼓勵外國投資政策下的美國永備公司（Union Carbide Corporation, UCC）到博帕爾（Bhopal）建廠生產在亞洲常用的殺蟲劑賽文（Sevin）（Broughton）。1984年12月2日深夜，博帕爾的殺蟲劑工廠不幸發生異氰酸甲酯毒氣外洩。「那一夜」，誠如《據說，我曾經是人類》小說裡所描述的：「那一夜，路上都是人潮，有些只穿著內衣褲，有些人什麼都沒穿，他們步履蹣跚，彷彿一場路跑大賽已經接近了尾聲，一旦倒下就再也爬不起來，……路面上佈滿了死屍」（辛哈 42）。毒氣在隔日造成陳屍遍野的末世景觀：清晨街上充滿屍體，毒氣除了造成成千居民在數小時內立即死亡外，更有許多受害者陸續在數個月內發生失明、呼吸道病變、器官壞死以及肢體殘障等終生傷害，籠罩在「毒物魅影」之下，[6] 承受無盡的折磨。爆炸後的工廠宛如人間地獄，進到工廠等於進到

5　關於核電站事故和事件的清單，可參考"Nuclear power plant accidents: listed and ranked since 1952"〈http://www.theguardian.com/news/datablog/2011/mar/14/nuclear-power-plant-accidents-list-rank〉

6　「毒物魅影」一詞乃引用此書《毒物魅影：瞭解日常生活中的有毒物質》的書名，取其毒物無所不在的意義。〈http://www.books.com.tw/products/0010519493〉

另一個世界,比卡森(Rachel Carson)「寂靜的春天」更為恐怖。[7]
走進災區工廠,「穿過這些牆洞,你就走進了另一個世界。城市噪音、卡車跟汽車的喇叭聲、胡桃鉗女人的聲音、小孩的叫聲全消失了。你看,多安靜阿,沒有鳥叫,草叢裡沒有炸猛,沒有蜜蜂嗡。昆蟲無法在此生存,美國公司製造出的毒劑太棒了,棒到根本無法清除,這麼多年之後還是有效」(辛哈39)。卡森的「寂靜的春天」在這裡不是預(寓)言,而是殘酷的真實世界。

災區的第二個特點是它的「自然」儼然成為霍桑(Nathaniel Hawthorne)的拉帕西尼醫生的有毒花園(Rappaccini's Garden)。居住在全球風險社會裡,「自然」已經徹底被改變,然而這種改變卻隱含一種科學家也無法預測的變異力量。在羅諧洛(Dianne E. Rocheleau)回應艾斯科巴(Arturo Escobar)的論文〈自然之後〉("After Nature")的論點中,羅諧洛對「生態」的定義包括物質文化、科技、地景中的生態結構和過程,以及各地的生物群落(包括人類)的組成和階層。他重新概念化「生態系統」,將「生物的棲息地視為基岩、土壤和水等自然要素同等重要」(22)。這些生態過程和生命網絡「包含各式地貌與光暗、乾濕、冷熱,以及生命的無窮變化」(22)。「自然」,從物質生態批評的角度而言,是「等同於物質、事物性質、並隨著時間的推移和空間的動態物質化和異化的持續過程」的多重元素(Iovino 56)。從物質的觀點來重新審視「自然」,其實是對傳統看法中「自然」僅為被動存在的一種挑戰。伊奧維諾(Serenella Iovino),一位物質生態批評學者,提出的觀點是:

---

[7] 卡森(Rachel Carson)是毒物論述的先驅。在《寂靜的春天》(*Silent Spring*)一書中開宗明義讓人們知道使用DDT農藥殺蟲劑之後剩下的是無蟲鳴鳥叫的毒物地景。在〈死亡之河〉("Rivers of Death")中,卡森寫道:「死亡的模式有特徵形狀:DDT的氣味飄散在森林中,水面上一層油膜,沿著海岸遍佈死鱒魚」(136)。參考 Rachel Carson, *Silent Spring* (Boston: Houghton Mifflin, 1962)

「物質的真實的本質不是靜止不變的，而是處於持續進化和生成的狀態（a generative becoming）」（53）。誠如布爾的「毒物論述」所顯示，毒物論述中的「自然」，早就不是與自然合而為一的精神性的自然觀，而是（不論個人喜好與否）人體早已捲入重重網絡、身陷生物科技其中，而所謂的「第一自然」早已大量受科技技術（techne）改造與影響（Buell 45）。人類的世界與所謂非人類的自然早已相互形塑而密不可分。

在《據說，我曾經是人類》小說中，「自然」在災區中顯得詭異不可臆測、再度復活：「胡桃鉗區這一塊幾乎都是用廢棄工廠蓋起來的。往裡面一看⋯⋯一座森林正在增長，亂草、矮樹叢、樹木、爬藤類植物長出煙火般的花朵」（辛哈 39）。「你看這個地方正在發生一場無聲的戰爭，大自然正試著把土地搶回來，野生白檀木已經回來了⋯⋯在毒劑屋之下，樹木從管子裡長出來。⋯⋯像是要拆掉美國公司所建造的一切」（辛哈 41）。而辛哈也不是唯一做這樣想像的作家，在許多有著災難發生的思辨小說（speculative fiction）中也有類似對「自然」與人造物結合的想像。例如愛特伍（Margaret Atwood）的末世小說三部曲中的第一部《末世男女》（*Oryx and Crake*）即陳述末世地景中的動植物由於受到科學家的基因改造，在災難後的世界裡完全「變調」，動植物並沒有依照科學家所做的設定而成長，反而超出常軌的恣意顛覆人類世界：「沒有燃燒或爆炸的樓宇仍然矗立著，但形形色色的植物從每一道縫隙裡向外狂長。假以時日，它們會扯碎柏油、推倒牆壁、掀翻屋頂」（229-230）。另外，無獨有偶的，在山下凱倫（Karen Tei Yamashita）的《熱帶雨林之虹》（*Through the Arc of the Rainforest*）中，小說家將小說背景設置在受全球化經濟影響的巴西，小說最後諷刺的揭示引起各路人馬投資的神祕物質竟是幾經擠壓的垃圾，就在鄰近神祕物質地點的廢棄停車場，或說是垃圾場中，山下也描繪了一個由廢棄飛機和汽車機械與過度繁殖

的藤本植物灌木叢所共同組合而成的地景。植物完全吞沒了一切，在這個解體機械與大自然恣意結合的場地裡，昆蟲學家發現新品種的蝴蝶、老鼠、鳥類可以適應這樣的變異環境，甚至對毒物免疫（Yamashita 99-101）。因此，不論是在辛哈的化學工廠爆炸處、愛特伍的基因改造世界裡、還是山下的垃圾場新生態實驗，都在在說明「自然」，尤其是災區中的「自然」，深受科技、人造環境影響，持續異化、改變、適應新環境，時常超出人類的計算與挑戰人類的思維。而諷刺的是，在辛哈的小說中，帶著毒物身體的主角「動物」難有棲身之地，因此以鬼魅毒氣工廠為「家」，他住在災變過後、無人敢靠近的劇毒工廠裡，只有毒蠍子為伴。類似山下的想像，人類如同新品種的生物一般，也在適應新的毒物環境，只是辛哈的主角動物似乎多了一份無奈。

當地球的身體生出毒瘤，人類的身體開始生病。災區的身體即是毒物身體（toxic bodies），而毒物身體也正是阿萊默的「跨物質性」的展現。阿萊默所使用的「跨物質性」，本是一中性字眼，指涉所有跨界的行為，包含飲食行為、食物鏈、食物圈、甚至強暴、跳水等進出介面的動作都可看見此作用。因此，與環境交互作用的結果可能帶來疾患、生病、甚至死亡（13）。藉由強調「跨」（trans），跨物質性「代表橫跨不同地域，也同時對人體時常無法預期和不需要的行動、非人類的生物、各種生態體系、化學媒介和其他演員開展」（Alaimo 2）。人類污染環境，卻忘記自己的身體也因此被污染。誠如伊奧維諾所言：「劇毒之地產生有毒身體，有毒的生活方式也決定了產毒的地方」（Iovino 51）。蓋頓（Moria Gatens）套用史賓諾莎（Spinoza）對身體的論述認為人體無法自外於非人世界。人類身體的主體性「無法像笛卡爾式的機械論般將身體視為最後、或完成的成品，因為身體其實是不間斷的與環境交相作用。人體對其周圍環境開展，並能夠受到其他身體的組合、重組與解構」（110）。身體

在此解讀下絕非呈現靜止狀態,因為它無時無刻不與其他身體互動而改變。奈許(Linda Nash)在《無法逃避的生態:環境、疾病與知識史》(*Inescapable Ecologies: A History of Environment, Disease, and Knowledge*)一書中提問我們是否真的可以知曉哪裡屬於人類身體的界線,以及哪裡是非人自然的開始,因為「各式環境以微小與深刻的方式改變人類的身體」(8)。圖安娜(Nancy Tuana)提出「黏性孔隙度」(viscous porosity)的身體論點,指出「肉體的黏膜多孔性特徵——我的肉體和世界的身體。這個多孔性是一種樞紐,透過它我們組成這個世界也成為世界的一份子。我之所以稱它是黏膜是指涉它有互為作用之效的薄膜」(199-200)。如此的解讀說明身體除了器官之外,更有許多的孔竅不斷與外在世界交流與作用。身體不僅僅是讓物質通過,它還抵抗某些外界阻力。史賓諾莎對身體的理解,在二十一世紀的肉身存在模式中顯得格外貼切,這包括環境健康運動所強調的,與特定環境的互動可能引發疾病、不適,甚至死亡的警示(Alaimo 13)。在此,阿萊默強調毒物元素也是「物種舞台」(theater of species)的演員之一。諷刺的是,我們人體正是各種細菌的「舞台」,有可能比有機肥料中的泥土還「毒」。阿萊默就批評道:「美國公民的身體,含有大量濃縮的人工添加物、化合物以及毒素累積殘留,已經被視為是一種工業廢棄物」(17)。或許聽來諷刺不可信,然而對照《據說,我曾經是人類》小說中的毒物身體,似乎不難想像。因為人體在這裡成為兩種「環境」,一個是細菌的「棲息地」,細菌努力的在那裡建造他們的王國(Alaimo 155)。

《據說,我曾經是人類》中正呈現一種毒物身體的論述,然而毒物身體,就阿萊默的觀察,時常需藉著「物質回憶錄」(material memoir)才能娓娓道出自身患病的經驗。阿萊默定義下的「物質回憶錄」,是以第一人稱描述他們罹患疾病的經驗,並將焦點置於身體、主體與疾病和毒物環境的關連。在阿萊默的「物質回憶錄」

中所收集的例子,多為女性罹癌經驗為主,如史坦格柏(Sandra Steingraber)的《住在河下游:生態學者看環境與癌症》(*Living Downstream: An Ecological Look at Cancer and the Environment*, 1997)與《懷抱信心:一位生態學者的母職旅程》(*Having Faith: An Ecologist Journey to Motherhood*, 2003)都是以第一人稱描述其所居的環境、身體、與自然的關係。因此,「物質回憶錄」強調的是作者在其回憶錄中特別聚焦於各式身體、主體性的概念與疾病和毒物環境之間的關係(Alaimo 86)。辛哈小說中那畸形且有著猶如動物身體的主角以倒敘法娓娓道盡自「那一夜」之後他和其他居民不安定的生活。將此小說看成是主角「動物」的物質回憶錄,正可以幫助我們瞭解小說中主角「動物」的主體性。[8]「動物」的身體是一個充滿毒物侵害的身體,一個無法辨認的主體。瞭解「動物」的主體性必須瞭解他的身體疾病與毒物環境的關係,因為如此的毒物身體正是一種「跨肉身性空間的展示,並堅持環境主義、人體健康和社會正義無法斷絕關係」(Alaimo 22)。在「動物」的物質回憶錄中,讀者可瞭解發生毒氣外洩事件時,「動物」還是個新生兒,父母雙亡,受到毒素在體內作用的結果——六歲時,體內的毒物讓他再也無法挺直身軀,「全身最高的部位是屁股」(辛哈 23)。動物的脊椎逐漸彎曲,最後變成與他的狗伴侶一樣用四肢在地上爬行,因此得名「動物」。帶著毒物身體的「動物」從此只能用四隻腳在地上爬,也充分體會到做為「動物」的不堪與羞辱。[9]「動物」和當地居民的身體長期深受毒氣折磨。在這裡阿萊默的跨物質性理論相當明顯,而這些成為殘疾的身體,其實正符合葛蘭湯森(Rosemarie

---

[8] 關於動物的主體性與其自我定位,將在第三節討論。

[9] 關於以動物關懷角度或是動物議題與後殖民批評的衝突觀點,可參考張嘉如〈辛哈小說《據說,我曾經是人類》:南方後殖民動物書寫策略〉《全球環境想像:中西生態批評實踐》(2013 江蘇大學出版社)。51-62。

Garland-Thomson）對於障礙研究的看法：「障礙研究提醒我們，所有的身體都是從一開始就由環境形塑而來」（524），人體就是跨物質的組織。此外，障礙研究不僅呈現人造環境構成或加劇「殘疾」，而且「呈現物質性如何在不易察覺的情形下——藥品、異生物質的化學物質、空氣污染等——影響人體健康和能力」（Alaimo 12）。動物的「殘疾」即是一例。

二、緩慢暴力與後殖民生態

在後殖民生態批評（postcolonial ecocriticism）的情境中，我們可以看到毒物是如何在政治和經濟的雙重影響下長期危害受害居民。阿萊默說過，災難的發生和持續與「居民、地方、和經濟／政治體系互相之間的角力脫離不了關係的」（Alaimo 9）。如果跨國公司的工廠污染地方是不幸，那麼全球南方的貧窮鄉鎮發生毒氣爆炸事件則是壓死駱駝的最後一根稻草。以往的殖民勢力隨著跨國公司的興起，春風吹又生的繼續肆虐被殖民國。只是這次以國家為中心的被殖民國換成「國際政治金融、跨國公司、超級大國與其他國家的關係」（張京媛 14）。誠如海瑟所指出，後殖民生態批評的言論與環境正義生態批評有異曲同工之妙（"Postcolonial" 252），也有「越來越多生態評論者相信，不討論財富和貧窮問題、過度消費、低度開發、資源不足等問題，環境問題無法解決。而後殖民批評家一直以來都在強調在殖民和新殖民權力結構的歷史鬥爭，以及當代在經濟全球化參與逐漸衍生出與基本的環境問題之間的衝突」（Heise, "Postcolonial" 251-252）。後殖民生態批評企圖走出以歐美白人、歌頌自然為主要訴求的環境論述，希望在經濟力量逐漸崛起的巴西、中國和印度的環境議題中挖掘全球地區政治和文化面向的議題（251）。海瑟認為後殖民生態批評會讓南半球的環境作家、評論家有

更多自己的聲音（252）。[10] 已有多位學者以後殖民生態批評的論點來檢視這本小說。正如巴爾托什（Roman Bartosch）所指出，在後殖民生態批評的框架下可以提問的是：是誰的聲音被聽見？（11）。巴爾托什繼而分析，以哈根與提芬（Graham Huggan and Helen Tiffin）在《後殖民生態批評主義：文學、動物與環境》（*Postcolonial Ecocriticism: Literature, Animals, Environment*）為主的後殖民生態批評可以避免一廂情願式的對全球南方環境問題投入美學般的「環境想像」（12），因為哈根與提芬對「不斷變動的人民、動物和環境的關係」提出一種「物質主義式的理解」（a materialist understanding）（*Postcolonial* 12），這種物質主義式的理解與阿萊默所帶出的跨物質論述有異曲同工之妙。

戈許（Amitav Ghosh）在他的小說《飢餓的海潮》（*The Hungry Tide*）裡指出了南半球貧窮國家在環境保護方面存在的盲點，即以生態保護的名義進行實際的屠殺。[11] 這種激進的「清洗」行為，實

---

[10] 海瑟也比較生態批評與後殖民批評的分別，她分析尼克森（Rob Nixon）的看法，認為生態批評學者似乎傾向生態體系和地方的純淨，然而後殖民學者主要聚焦於雜揉和跨界的時刻（Heise, "Postcolonial" 253）。海瑟借用奧布萊恩（O'Brien）的看法點出，後殖民理論傾向研究人與人類他者的衝突關係，而生態批評則會透過與自然和環境的接觸，強調人類與其他物種的衝突（253）。然而，後殖民生態批評最終目的仍是希望彌補後殖民批評裡的人本中心的缺點並與生態批評裡對自然、環境、其他非人物種的關懷產生對話。誠如哈根與提芬在《後殖民生態批評主義：文學、動物與環境》所指出，「後殖民與生態批評的結合可以為人類、動物和環境之間變化的關係帶來廣泛物質面向的瞭解」（Huggan and Tiffin, *Postcolonial* 12）。他們更提到後殖民環境書寫絕不是「抗議文學」（protest literature），雖然他們為特定的目標發聲（14）。因為後殖民生態批評「在注意其社會和政治效用時，保留了文學文本的審美功能，同時為世界的物質轉化設定了象徵式的方針」（Huggan and Tiffin, "Green" 1）。

[11] 參見蔡振興，〈論戈許《飢餓潮汐》中的生態主權、生命政治、和環境〉，*Animalities: Literary and Cultural Studies Beyond the Human* (Edinburgh: Edinburgh UP. 2017), 148-167.。Tsai, Robin Chen-hsing. "Ecological Sovereignty, Biopolitics, and *Umwelt* in Amitav Ghosh's *The Hungry Tide*."

際上與生態批評的努力背道而馳。生態批評絕非將生態環境與歷史殖民的問題作二元對立的思考，這種思考模式擯棄關係論，再度陷入物、我分裂的境地，無法面對目前脈絡多重、複雜異常的環境問題。從物質跨身體性的觀點看來，環境、疾病與貧窮幾乎是三位一體的集合物，貧窮地區的人民可能更需要注重其環境的健康與平衡，才可期望失衡的惡性循環能有所突破。放在後殖民生態批評的語境下檢視《據說，我曾經是人類》，並不是抗議文學，也不是報導文學，訴諸悲情以博取同情。派特森（Leslie Patterson）在這部小說的書評裡說得好，「主角『動物』以輕鬆的心情和詼諧的口吻進行敘述，時而憤怒褻瀆、時而挖苦嘲笑，他掙扎著尋覓在卡普爾永遠遲到的正義」（61）。「動物」和他的難胞們的毒物身體透過他們物質回憶錄式的毒物故事（toxic stories）讓他們的苦難，從莫爾斯泰特（Andrew Mahlstedt）所說的「不可見」（invisible）變得「可見」（visible）（65）。

　　生態後殖民的特徵之一即是後殖民生態批評家尼克森所說的「緩慢暴力」（slow violence）。「動物」與他的難胞們的毒物身體，正是「緩慢暴力」的見證。全球化下的後殖民時期，殖民者換成了跨國公司，如小說裡的美國聯合永備公司；而被殖民者是南半球國家，其災難景觀則是災難電影裡常見的瞬間暴力和「緩慢暴力」一起組構而成。災難發生造成山河、家園瞬間崩毀，強烈的視覺意象讓人有恍如隔世之感。然而這強烈的瞬間衝擊，它的力道卻無法隨著時間而遞減、消退，變成了慢性折磨。複雜的政治、經濟、社會、跨國關係的角力讓責任歸屬陷入無邊無際的拉鋸，災區所承受的暴力在時間上無限延伸，因此尼克森的「緩慢暴力」貼切的說明被殖民者所承受的一切：「我所說的在隱蔽動態中的緩慢暴力，主要是來自奇觀的不平等力量以及無法引人注目的漫長時間。在這樣一個崇尚瞬間奇觀的時代裡，緩慢暴力是無法產生在電影院和平面

電視所見的震懾的煙火那般立即可見的特效」(445)。全球化影像時代下，唯有即時的、災難性的、煽情性的媒體鏡頭，可以吸引全球觀者注視。而尼克森在此提出「緩慢暴力」一詞，替不像其他奇觀能展現立即吸引目光之效，拉長時間的災害暴力事件做註腳。「緩慢暴力」固然缺少引人注目的畫面與效果，但尼克森特還是別強調，「化學和輻射線的緩慢暴力驅動，進入身體細胞的基因戲劇性地產生突變」(445)。

莫爾斯泰特也引述尼克森的「緩慢暴力」對辛哈的小說作出如下解釋：緩慢暴力指的是在時間上將受難者的痛苦無限延展，而隨著毒物、輻射的擴散，受到危害也就跟著加大，但是因為沒有媒體的光環，災害也就逐漸淡出人們的視線。《據說，我曾經是人類》的貢獻就在於它戲劇性的彰顯這種緩慢暴力，而「唯有毒物污染的緩慢暴力經過凸顯，正義才得以伸張」(Mahlstedt 65)。

誠然，突然的轉變令人感到惶恐，但如果每天改變一些、持續數十年，人們就會不知不覺的接受。所謂「景觀失憶」(landscape amnesia) 指的正是「我們已經忘記五十年前的地景和現在的差異，逐年的變化是感覺不到的」(Diamond 425)。這也是布爾在探討毒物論述時指出的困境，因為「緩慢的步調和科學法律程序的理性方法與毒物論述所需要的急迫性相悖，這導致環境疾病的自我認定受害者在無情的憤怒和痛苦的不確定性之間徘徊」(48-49)，難以找到解決方案。

「緩慢暴力」在官商勾結的加乘作用下無限期延長災民的苦難。《據說，我曾經是人類》赤裸裸地呈現出美國公司與印度政府作為加害者的嘴臉。首先是引發災難的罪魁禍首永備公司想盡辦法拖延、推卸責任，轉移經營權、可關廠資遣員工、甚至宣告破產，手段層出不窮：「由於保護跨國公司免於責任的國際法律結構使得永備公司和陶氏化學 (Dow) 得以脫身」("Bhopal's")，被犧牲的永遠是

當地災民。小說中也呈現「過去十八年來，這些美國被告從未出庭。他們連律師都不派過來，只坐在美國說本法庭對他們沒有裁量權」（辛哈 66）。跨國公司不理，那麼當地政府呢？一樣沒有指望。貪腐無能的政府與跨國公司勾結圖利，置災民死活於不顧是人盡皆知的事：他們只是裝模作樣的成立環境污染委員會，承諾民眾乾淨的水源，但是光說不練，只會藉機撈錢。在這個情況下，僥倖存活下來的災民，他們不僅得不到補償，在毒物無人清理的情況下，水源和土壤持續被污染，危害不斷擴大，凌遲折磨，許多人連鼻子都發出惡臭，真是生不如死（317, 325）。

　　貧窮的災民也得不到適當的治療，致使疾病蔓延，癌症泛濫，形成惡性循環。貧窮的地區常常也是污染最嚴重的地區，資金不會進入，基礎設施不但缺乏品質也最低劣，住宅惡化，學校不足，失業普遍，衛生保健系統嚴重不足（Bullard 1996）。根據報導，「1984 年時的博帕爾在公共衛生條件上相當落後，每天只供應幾小時的自來水而且品質很差。由於沒有污水處理系統，未經處理的人類排泄物直接傾倒於附近的兩大湖泊中，其中一個還是人們的飲用水源」（Broughton 2005）。這種貧窮的小鎮，正是跨國企業設置「污染」產業（polluted industries）的首選，因為它們需要企業注入「工作機會」，而且工資低廉，勞力充足，也不會有嚴苛的環保要求。在撈盡利潤之餘，一旦闖了大禍，他們又可輕易的逃避責任。這種「毒物殖民主義」（toxic colonialism）（Bullard 19），與殖民時期的掠奪、壓榨、征服毫無分別，可能猶有過之，因為掠奪之外又加遺毒。跨國公司和考普爾貧窮社區的不平等關係給考普爾留下永無止盡的毒害。

　　《據說，我曾經是人類》中凸顯貧窮與災難的結合，讓原本即是二等公民的胡桃鉗區貧民窟承受的公安風險、天然災害遠比都會城市的居民為高。就如同車諾比、三哩島、和日本福島一般，卡普爾

（Khaufpur）已經成為毒害的代名詞（186）。敘述者「動物」以自我嘲諷的方式理解他和他的鄰居們是住在「地獄」裡、住在「黑暗與貧窮」裡（辛哈 257, 422），也意識到「考普爾的毒不只是在土地與水裡，也在人們心裡」（辛哈 241），因為政府窮困到「連諸如教育、基礎衛生、道路、公共設施都無法提供」（赫茲 229），考普爾的居民淪為二等公民，看在女醫師艾莉──她自願從美國前來印度幫忙──的眼裡，「考普爾最奇怪的地方就是這一點，市民竟能忍受這麼糟的狀況⋯⋯這裡不僅街道昏暗，馬路如虎口，市民還能忍受沒加蓋的水溝，四處都有垃圾，有毒的井水，中毒的嬰兒，不盡責的醫生，貪腐的政客，數千個似乎沒人關心的病人」（辛哈 184-85）。

　　辛哈的小說再現了女性身體的疾病（如乳房、子宮）如何影響下一代，更揭示了官商勾結、否認疾病來源的情況，突顯了毒物帶來的緩慢暴力。小說中，一位女性痛苦地說：「『我的胸部好痛。』」政府醫生卻怒斥道：「那是你自己的錯。」（辛哈 130）。毒物的影響無處不在：「我不會餵我小孩吃毒藥⋯⋯我們的水井裡都是毒藥，土地裡、水裡、我們的血液裡、奶水裡都是毒藥。一切都有毒，如果你待得夠久，你也會中毒」（130-31）。小說中的「動物」和當地居民都受到美國公司釋放的毒氣所苦，但美國公司卻試圖規避責任：「還有好幾千人指控你的工廠污染了他們的水，導致他們生病。為了要反駁他們，你必須說井裡不管有什麼物質，都不是來自工廠，工廠裡的化學物質並未造成這類的疾病。為了要做這樣的抗辯，你需要事實與數據，你需要幾個案病例、健康普查」（86）。換句話說，災區中受有毒物質折磨的人民，仍然需要證明他們的疾病是源於「那一夜」的事件。

　　博帕爾毒氣泄漏事件最深刻的悲劇是，跨國公司與政府狼狽為奸使得毒氣清理遙遙無期。毒物不處理，污染持續當地，遺禍萬年。「已廢棄的工廠裝滿了化學物質，在我們說話的當下仍繼續污染更多

人的水源」(辛哈 67)。更多的謊言只是為了掩蓋真相,「美國公司一直聲稱民眾的健康損害被誇大了,他們希望通過研究來證明這裡一切正常,藉此掩蓋災變的後遺症已經消失的事實。」(辛哈 194)。腐敗的政府和企業企圖掩蓋真相,讓災民的身心承受無窮無盡的苦難。根據報導,

> 印度博帕爾 1984 年 Union Carbide 化學工廠的毒氣外洩事件是世界最大的公安意外。經過 1984 年 12 月的毒氣洩漏後,工廠雖然被關閉,但是該公司並沒有移除大量庫存的致命農藥。……直到 1999 年──該公司初步調查的整整十年後──綠色和平組織的報告顯示中毒的嚴重程度,發現在廠址周圍的土地和地下水嚴重污染。……八千到一萬人立即死亡,在接下來的幾年裡死亡人數成千上萬。如今二十五年過去了,工廠依然佇立在舊博帕爾的中心,不但沒有被清除,還繼續在土壤和地下水釋放有毒化學物質。圖詁(Colin Toogood)稱其為「博帕爾的二次災難」(Bhopal's second disaster)。……如今,直接暴露於異氰酸甲酯(methyl isocyanate, MIC)之中造成超過 12 萬人仍患有慢性疾病,但數以千計的人正受到來自廠區所產生的其他污染的影響。……雖然事故後工廠生產的農藥殺蟲劑已停產,但工廠未被移除完全,現場一直沒有得到妥善清理,……幾十年來化學物品未受掩蓋的暴露在外,這些化學物質通過土壤滲入地下水,暴露在外的廢棄物導致在周邊社區中的土壤中含有有毒污染物,特別是地下水,相信是這些貧困社區居民嚴重健康問題的原因("Bhopal's")。

博帕爾當地居民的基本生活權早已被毒物侵蝕殆盡。印度的科學和環境中心(Centre for Science and Environment,CSE)主任納拉

因（Sunita Narain）指出，在博帕爾這樣的毒物不是屬於〔爆炸性傷害的〕「急性毒性」（acute toxicity），而是「慢性毒性」（chronic toxicity）（"Bhopal's"）。也就是說，這樣的毒性會在長期接觸下導致接觸者罹患癌症等慢性疾病。辛哈藉由他的故事間接說明缺少媒體光環的緩慢暴力殘害災區的程度絕對不亞於瞬間的災難。

「動物」與這個貧窮小鎮的居民的生活因慢性毒與緩慢暴力的發酵，生活沒有「未來」：「我的同胞是全地球最貧窮的人，卻對抗最富有的人」（辛哈281）。他們沒有明天，所以永遠活在「當下」：「當你所有的力氣都用來撐過今天，你怎麼有辦法考慮明天？」（228）。災區的時間，從發生災難的那一刻開始，就是靜止的，時間在「那一夜」暫停，然而身體與精神上的苦難卻是無限延長，永遠擺脫不了毒物侵害，正義遙遙無期。

三、跨物質倫理與由外觀內的底層力量

除了在事發那一夜（日）的地域慘狀之外，毒物魅影和緩慢暴力從此籠罩整個災區。辛哈藉著文學讓大眾憶起緩慢暴力一直存在於印度的博帕爾。論文這一部份將探討全球南方人民如何透過一種「一無所有」的環境正義精神和阿萊默的跨物質倫理（trans-corporeal ethics），挑戰北半球的企業霸權以及繼續與生命共舞的可能。小說的主角「動物」作為聚焦者及敘述者有其倫理意義，因此跨物質倫理可以從「動物」對於自我的認同定位出發。

除了對司法不公、官商勾結所帶出的緩慢暴力讓「動物」心灰意冷之外，帶著毒物身體的「動物」自身的毀壞則徹底擊垮他。他越來越堅信自己就是一隻動物。那種不安定，陷於中間（in-betweeness）、遊移（suspension）、什麼也不是的心情讓他失去信心，開始質疑生命的價值為何？如果根本沒有生活可言，哪來的生命的

價值?他感覺自己與其他裝在瓶子裡未能出生的畸形胚胎一樣,是個中介人物(liminal figures)——是像動物的人類?還是像人類的動物?因為他的身高,他一直都是個被忽略的角色。小說的中譯書名為《據說,我曾經是人類》,而英文書名則為 Animal's People,可直譯為《動物的同胞》。誠如張嘉如所觀察,前者「將我們的視角縮小並鎖定在此第一人稱敘述者『動物』這一人物造型身上」(58)。但是原英文書名則代表一群毒物身體的再現,一群與他一般深受毒氣殘害的苟延殘喘的生命。主角「動物」的畸形殘疾身體更是觸及人性與動物性的問題。關於「動物」一詞,在中文的語境裡也有以「禽獸」暗喻道德的墮落、充滿了鄙視與負面的意涵。雖然動物挖苦自己說自己樂在其中,但是考普爾反美國公司的頭號行動主義者札法爾(Zafar)則認為「動物」不該以「獸」自居,認為他「應該有尊嚴並受人尊重」(辛哈 32)。雖然如此,「動物」還是因為他迥異於他人的畸形身軀以及道德觀而認為自己就是動物。他甚至利用自己像動物般的身體窺視兩位女主角的私生活,之後自覺自己和他的狗沒兩樣。動物的身軀提醒人們自身的動物性(animality)和人體的脆弱必死性(mortality)(Nussbaum 14),因為人們不僅排斥那些明顯病弱或畸形的身體,也同樣排斥那些讓他們聯想到自己脆弱性和必死性的健康身體,因此遭到排斥。依照納斯邦(Martha C. Nussbaum)的看法,「人類不願意承認自己的必死性與動物性,如此的否認造成一種內在的緊張關係,也造成對他者的攻擊與挑釁」(322)。人類試圖逃避令人厭惡的事物並感到羞恥,渴望與他人「一樣」「正常」(322)。

小說中主角「動物」開宗明義就提及,「人類的世界本應從眼睛的高度來觀看……可是當我抬起頭,我卻直視著某人的跨下」(辛哈 7),一個最不堪、最原始的位置。辛哈在此回應佛洛伊德(Freud)對於人與動物的區別,人類可以站立後,成為視覺中心的高等動

物,以別於低下的以嗅覺為主的動物(Rohman 23)。而某些心理疾病甚至「揭露嗅覺與性慾的關係」(Le Guérer 8)。與屬於動物的感官——嗅覺——的連結以及主角「動物」的鼻子都讓「動物」與真實的動物和所帶出的動物性概念相連結。日常生活中人們努力使用各種方法,例如香水、除臭劑、制汗劑等,掩蓋自己的體味。納斯邦分析指出,人類消除臭味與厭惡的行為有著相同的心理機制。「日常生活裡,人們洗澡、尋求隱密處排尿和排便,用牙刷和漱口水消除擾人氣味,四下無人時聞聞自己的胳肢窩,並看看鏡子是否有鼻毛跑出來」(Nussbaum 72)。在人類以視覺為主導的世界中,能夠聞到誰沒洗澡、聽見各種聲音的主角「動物」自然定義了他的差異性,因為「嗅覺靈敏代表隱藏著獸性的特徵,社會化過程失敗」(Le Guérer 9)。「動物」因為畸形的外貌及身軀受盡嘲笑與鞭打(辛哈 147),他的賤民生活其實也是某種貧民窟生活的部分寫照,「在街頭流浪時,我曾經做過一些工作,撿破布、錫罐、塑膠等等」(34)。「動物」遭受各種排擠與厭惡,而誠如納斯邦所指出,「厭惡(disgust)表示人們不想變成動物、不想被污染,這種想法常常在社會的各種陰暗面向中出現。身體不舒服的人感覺自己好像有一個動物的身體,向外投射到某一類脆弱的人們和團體」(74)。

　　「動物」缺乏自信也表現在他找不到自我的定位上面:「我既不是基督徒,也不是印度徒或回教徒,不是婆羅門也不是回教蘇菲派信徒,不是聖人不是人類也不是禽獸。我不知道身上哪裡正在挨打,如果他們殺了我,死掉的會是什麼?」(辛哈 374)。因此當「動物」心儀的女生妮莎(Nisha)拒絕了他的求婚,這猶如扳倒他的信心的最後一根稻草,「因為我是隻動物?這就是妳永遠不能嫁給我的真正理由對吧?」。「動物」的信心徹底被擊垮,「因為很明顯的,她對於嫁給我這種畜生的想法感到做噁,我這種四腳爬行、又是土狼堂兄弟的畜生」(396)。「動物」偏激式的解讀妮莎,完全忘卻她

曾經是讚揚他為最有生命力的人，因為妮莎說：「動物」的印度名字「Jaanvar，意指動物」，「Jaan 意指『生命』，Jaanvar 的意思是『活著的生物』」(45)。然而「動物」還是選擇自我放棄。被拒絕後的「動物」，蜷縮在自我的世界裡，認為自己是獨立存在的個體，錯誤的自我認知，造就他走向渺無人跡的森林深處，想要獨自死去：「讓我像頭野獸般露天死掉。不然就讓我在這裡活著，遠離人群，我永遠不要再看到人的臉孔。我已把短褲都踢掉，我要像隻動物一般過活，像動物一樣孤獨而自由」(406)。極度喪失自我的「動物」已經完全把自己視為動物，孤獨且遭人唾棄的動物。

然而，當「動物」在森林深處瀕臨死亡時，他開始對自己的身體產生跨物質的想像，這正是一種跨物質倫理的初步展現。他描述道：

> 我是隻發燙又快凍死的小動物，獨自赤裸著活在廣大的世界裡，活在沒有食物、飲水與朋友的荒野裡。但我可不會受人欺負，如果我不屬於這個世界，我就是自己的世界。我自己就是完整的世界，我的背是頂峰積雪的山脈，我屁股是須彌山，我的眼睛會是日與月，我腸胃裡的氣體就是東南西北風，我的身體是大地，虱子就是這片土地上的生物，但何必到此為止？我會是我自己的銀河，鼻子噴出流星，當我搖動身體，飛出去的汗珠變成無數銀河系，我就是大宇宙中滾動著的完整小宇宙，這棵小樹也發覺這個在它根部亂爬，扒著樹皮爬上樹幹的小東西，就是完整的宇宙。（辛哈 416）

他的身體與外在宇宙的身體的界線逐漸模糊。從自認為自己是世界上最孤獨的生物，逐漸發覺自己與大地結合，自己的身體也可以是其他生物依賴的場域；從封閉的自我到逐漸開放的看待自己的身體，他似乎感受到某種頓悟，眼前的世界開始不同，他看見

> 岩面上有各種動物，花豹、鹿、馬、大象、老虎與犀牛，其中還有兩腳站立的小人形，不過有些長了角，有些長了尾巴，他們不是人也不是動物，或者他們倆者皆是，然後我知道我找到了同類，這個地方將會是我永遠的家，我終於找到了家，在這裡深沈的時間中，萬物都無差異，當一切齊一，分別就不存在。在人類把自己分離出來，變得聰明到可以製造城市、公司與工廠以前，就是這種萬物為一的狀態。（辛哈 418）

就在瀕臨死亡的經驗中，「動物」進入某種宇宙融入的境界，體悟到生命的真實狀態是相互依賴，而萬物共有的脆弱性正是「重新想像，而非破壞，社群的可能性」（Butler 20）。因為物種需要環境、物質、同物種或不同物種的幫忙，這種彼此互助的關係構成生態概念。唯有瞭解自我與他者的密切關係，才有能力感同身受他者所經驗的失落、痛苦、和創傷。因此通常主體在心靈上感受到無能為力時，則更能瞭解另一個受苦的心靈。

如此對自我以外的世界的體悟正是阿萊默的跨物質倫理所要強調的。物質生態批評中的「物質」除了涵蓋生活中的生存條件外，也是一種瞭解我們在「跨物質性的風險社會」中的存在意義和認識這個世界的方式。[12] 如前所述，雖然「跨物質性」一詞可以是個不帶任何批判、倫理中立的詞彙，而且跨物質將人體置於焦點位置，有可能陷入人類中心主義的責難（Alaimo 15），但是阿萊默仔細說明跨物質主義強調的是「企圖同步透過物質、經濟和文化體系，尋求方法來挑戰和改變對生活世界有害的現象」（Alaimo 18）。從物質

---

12 相較於貝克的風險社會理論認為不論貧富、階級等全球成為風險社會的時刻遲早會來到，阿萊默提出的「跨物質風險社會」概念則更進一步分析，在複雜物質條件等的考量下，某些貧窮地區所受到的風險災難還是比其他地區高上許多，這也是辛哈小說所呈現的面向（Nixon 461）。

走向倫理乃是阿萊默「跨物質倫理」所強調的方向——跨物質性拒絕把人當作權力主體、權力中心，因為所謂的「人」一直都是物質世界的一部份（Alaimo 16-17）。她在她的《身體的自然》書中所提及的主體都是屬於「具有生態意識的主體」（ecological subjects）。阿萊默借用科得（Lorraine Code）的話語說明，這樣的主體「不論是群體還是個人，都應對於自己的認知、道德和政治活動承擔相應的責任」（Code 5）。這樣的生態思考（ecological thinking）能夠「在人與非人世界中，提出一種與內在結構、不同的地方、各式生命和事件相互連結的方法」（5）。具有生態意識的主體「會重新將自己定位在屬於自然的一部份」，不再如啟蒙思想視人為宇宙的中心（Code 32），而這也就是阿萊默心中的一種倫理考量。跨物質主體（trans-corporeal subjects）必須放棄主導宇宙的企圖，體悟到身處的環境是瞬息萬變、無法掌握的世界（Alaimo 17），因而啟動倫理轉向，走向跨物種關懷。辛哈小說中的主角「動物」在前述昏迷的冥想世界裡，終於放開對自我的執著，萌生生態意識，重新看待周遭世界。

　　阿萊默從「跨物質倫理」重新省思關於「人」的概念，其實正是生態批評最基本的概念，尤其是與他者互動之後的體悟。重新審視何為「人」，就是瞭解「人」的構造來自物質、來自與周遭的互動與互惠。許多情感，諸如「慈悲、哀傷、恐懼、和憤怒，都是在某種意義上提醒我們共有的人性」（Nussbaum 7）。「動物」在小說末尾的頓悟，類似墨菲（Patrick D. Murphy）所說的非單一個體（singularity）自我，因為每個人都是「多重複雜面向（mutiplicitous）觀念下的認同主體」（"Subjects" 119）。「動物」一直有兩個心願：直立與性交經驗，但是當他感受到眾人尋他千百度的關愛之後，他放棄了，因為愛是他重新感覺到他與這個社群的聯繫。藉著在社群中與他的同胞情感相互共鳴，自我療癒在日常生活中獲得實踐，證明了自我確實是形成於重重的關係網絡之中，彰顯了墨菲所強調的非

「單一性」特質。

　　「動物」需要他者幫忙完成自己，被愛讓他產生愛人的能力，也建立自我價值。當「動物」退縮變成名副其實的動物，迷失在森林，他的朋友們也正積極的在尋找他。找到後，他們對他說：「動物，我的兄弟，你是個人類，一個完整的、真正的人類（You are full, true human being）」（辛哈 431）。「動物」感受到滿車朋友對他的愛，甚至與他相依為命的狗也來迎接他（421）。在小說的末尾，「動物」將他所得到的愛分給更需要幫助的人。他將本來是要替他做身體矯正手術的基金拿去替同為被「賤踏」的妓女朋友安嘉麗贖身。他體悟道：「我想如果動了手術，我就會直立沒錯，可是我需要柺杖才能走路。也許我會坐輪椅，但是在考普爾的小巷弄裡輪椅移動實在不方便。現在我可以跑跳，讓小孩騎在我背上，我可以爬上難爬的樹，我曾經登上山峰，在叢林裡漫遊。這種生活有這麼糟嗎？如果我是直立的人，我就是百萬人中的一個，而且還不是個健康人。繼續爬行，我就是獨一無二的動物」（433）。「動物」最終接受了畸形為自己的真我，也重新加入了他一直引以為傲的社群。

　　辛哈特意採用「動物」這個角色以打破人與動物的二分疆界。如前所述，藉由其視角異於常人、靈活自如的動物身軀，「動物」可以看見許多不為人知的骯髒勾當。身為「動物」，他似乎比常人更能發覺其他感官的能力，「只要我願意的話，我也順帶可以聽到各種東西的意見，動物、鳥類、樹木、岩石」（辛哈 15）。異於常人的身軀也使「動物」注意到一般人不易發覺的事情：「用四肢在地上爬行以及常與狗、樹和其他他者交談，讓動物在與非人動物的關係上提供一個常被忽略的觀點。動物不僅挑戰了西方對於何謂人類的定義，他也有助於當地行動主義份子打開更大的眼界以納入非人主體」（Johnson 19）。換言之，變成動物，對主角「動物」而言提供另類觀點觀看災難以及當地災民所承受的緩慢暴力。不過依照尼克森所觀

察,「動物」雖然表現得獨一無二,但是他絕不是「例外」,他的「獨一性」正標記著災難衍生出來的普遍畸形:從「那一夜」前是著名歌手、到現在變成爛肺唱不出歌的印度男性,到裝在醫院瓶罐裡、忌妒「動物」可以擁有瓶外自由的雙頭胚胎。

透過物質回憶錄,以及對自己身體的跨物質理解,可以產生主體的轉變,利用毒物故事的宣傳也可以凝聚一股社群力量。毒物實際上可以引發一種超越物質的倫理思考,這種思考不再僅限於個人的抽象價值和理想,而是轉向關注各種情境下不斷變化的實際影響,這些影響對不同的人類、物種和生態系統可能帶來無法預料的後果(Alaimo 22)。阿萊默又說:了解自我與更大環境之間的相互關係,可以對個體產生深刻的改變(20)。此即為社群的概念,瞭解自己並非獨自的個體,而是在更大的網絡裡,能如此認知主體就能生出倫理觀,我們與環境與周遭人事物緊密相連。當地民眾需要的支持性力量也來自合作的群眾和全球網絡。正如布爾所言,「有別於生態民粹主義(ecopopulism),非菁英的行動主義重視的是社群(community),重新概念化環境主義作為社會正義的工具」(Buell 643)。經過這麼多年緩慢暴力的摧殘,當內部腐爛不堪,來自外部的力量也許可以注入新血,而辛哈似乎就是採取如此的觀點看待毒鄉生存之道。辛哈在小說中設定兩位行動主義者,札法爾與艾莉,兩者都不是印度當地人,卻將自己奉獻給印度社會。兩位外來者對於社區的貢獻,正是跨領域的學術與行動主義的合作。

阿萊默的「跨」字的深意,也見於辛哈選擇札法爾與艾莉兩位外籍行動主義份子作為社群領導者,代表尋求毒鄉的生存需跨越局外人與局內人的侷限。他們二人代表的是一種外人內置(outsider within)的狀況。社群不能只靠「自己人」,以免落入狹隘的本位主義(parochialism)。然而局外人介入自有其困難度存在,辛哈在小說中利用札法爾這個角色顯示該如何努力才能融入社群。為求長期

抗戰，札法爾代表的是理性、有效率、無私、認同當地人的運動領導者，他帶領底層民眾進行長期的「一無所有」的抵抗。原本就讀大學的他聽到那一夜的新聞就退學來到考普爾，「組織民眾對抗美國公司，一直到現在」（辛哈 36）。札法爾稱印度人為「我的同胞」，「終生為窮人奉獻了一切……他跟窮人住在一起，打扮相似，與他們一起過苦日子，從同一口發臭的井取水喝」（30），因此贏得當地人的信賴。札法爾判斷事情都是以「對案情有多大助益」為考量，理性而公正的為災民服務。譬如一開始他對外來者艾莉抱持懷疑態度，但是當他確認她與美國公司並無掛勾時，就努力與民眾溝通，試圖說服民眾接受艾莉：「艾莉會報告民眾病情的真相，等我們把美國公司弄進法庭之後，她的報告會很有幫助」（313）。辛哈也藉著札法爾這個角色表達失去理性的暴動行為（339）並不是解決問題之道，因為民眾失去理智的暴力只會招來「激進份子」的臭名，甚至於「恐怖份子」、「專業社運份子」、「煽動份子」、「麻煩製造者」、「幫派領導人」（205，340）等等的罵名，這也是札法爾主張凡事要理性應對的原因。札法爾體悟到他所幫助的印度底層人民窮得連襯衫都買不起，有的三餐不濟，更遑論請律師或找公關公司或依賴具有影響力的朋友（68），因此不時的心戰喊話要把「一無所有」武器化成一股無法抵擋的力量：「我們什麼都沒有，所以永遠不會被打敗。……美國公司跟友人想要用持久戰來拖垮我們，但是他們不瞭解我們，他們從來沒對抗過我們這種老百姓。不管要多久的時間，我們都不會放棄。我們曾經擁有的一切都已經被他們搶走，現在我們一無所有。一無所有就表示我們沒有東西可以輸掉，我們必然會勝利」（68-69）。因為「我們的司法無濟於事，我們的政府無濟於事，法院無濟於事，訴求人性無濟於事，因為這些人不是人，他們是禽獸」（395），所以「動物」和他的難兄難弟、難姊難妹只能發揮一無所有的力量，自己拯救自己。

而艾莉則代表另一種由外而內行動主義者的形象，辛哈刻意呈現她所遭遇的種種阻撓，以說明內、外力量結合需要時間的磨合與考驗。艾莉來自美國，用自己的錢蓋診所，與札法爾一樣同情考普爾人民，因此放棄美國高階職位（辛哈 91），並且要爲考普爾人民提供免費醫療，讓這些病人不需再爲醫療費背負高利貸。她爲了融入當地社會而學習北印度語、也穿著當地服裝（156）。艾莉一開始帶著滿腔熱血，但是出其不意的困難同時也嚴酷的考驗著她這位外來者，但她不爲所動，選擇繼續付出：「如果窮人不來找我，我就去找他們。我會去他們家裡跟他們面對面，我會把病人叫醒，直接問他們：『你要因爲聽謠言而死，還是要讓我救你？』」（213）。

艾莉還有另一個重要的角色——科學家。艾莉這位外來者的科學家身份，讓民眾知道相關毒物與身體資訊，即阿雷默所說的「科學性」的理解（Alaimo 20）。在艾莉的幫忙下，「動物」確實比較「科學」的了解自己的病況，最後也的確實得到足夠的鉅款可以做手術、恢復「正常」的身軀，有了選擇。除此之外，艾莉還做了一件大塊災民之心的事：她獲知美國公司與政客的秘密會議，便混進去將一瓶臭氣炸彈藥水倒入冷氣機裡，讓這些人體會到眼睛刺痛、喉嚨難過、肺部受到燒炙的滋味，讓他們體會一點點「那一夜」的苦痛。當然，「跟美國公司帶給考普爾的人痛苦相比，一個臭氣炸彈儘管噁心，卻根本算不了什麼」（辛哈 428）。但這已足夠讓當地居民完全認同艾莉，因爲「這個神秘的女人毀了美國公司的協議，這個女英雄應該是屬於窮人的國度」（辛哈 429）。

另外，毒物不是不證自明，就像「文本」一樣它是需要解讀的—以可靠的科學證據解讀，艾莉這位外來者正好能發揮這個功能。阿萊默在《身體的自然》裡指出，女性主義與後殖民論述一直以來都強烈懷疑西方科學的客觀模式，因爲科學其實隱含許多複雜的糾結，必須讓科學更爲負責、公正、民主（65）。阿萊默也指出

「其實,科學也不是顛撲不破的,資訊可能有偏差、不完整、或不透明,科學表面的研究對象——物質世界——是極其複雜,有能動性、不斷生成」(20)。科學可以在人為的操弄下變得毫不中立、為某個特定利益團體背書:我們上面就見過,公家醫生竟然昧著良心斥責女性災民身體的毒害來源。其實布爾早在 1998 年〈毒物論述〉一文中就已提出,「雖然毒物論述關注的是已有強烈證據支持的環境毒害問題,但這些論述仍然屬於指控或暗示性質,而非建立在法律證據之上。這種論述的道德主義和強度反映出,相關案件尚未得到充分證實,至少未達到政府所要求的標準。(48)。針對印度博帕爾化學工廠毒氣爆炸事件,尼克森也指出科學認定的問題:「科學的角色相當複雜。在卡普爾——如同在博帕爾——跨國公司撤離受災區域,詳細分析在現場的殺蟲劑的化學成分,藉以否認那些已遭揭發的正確科學資訊來減低醫療責任」(456)。因此,毒物並不是不言自明的真理;它需要經由質疑和辯證予以確立。這也正是盧克(Timothy W. Luke)在〈重新思考風險社會中的技術科學:毒物文本性〉("Rethinking Technoscience in Risk Society: Toxicity as Textuality")一文中解釋得更清楚,由於分析毒性的複雜科學還未普及,我們對於有毒物質的認識往往是文字上的而不是技術上的,所以:「毒物和廣泛危害人類健康的科學事實都變成了可以爭論的文本。將毒物看成文本就是承認毒物具有爭議的、未知的、不確定的特質」(Luke 239)。將毒性視為文本有助於讓每個人警覺自己對這個問題的外行無知,因此需要依賴毒物專家幫我們解碼這些有關毒物和環境公害的科學天書(Luke 252)。儘管「動物」的物質回憶錄和他怪誕的毒物身體促成某種「可見性」(Nixon 452),然而政治、科學、和經濟的複雜性經常幫助了毒物者,變成他們推卸責任的藉口。[13]

---

[13] 其實毒物身體與環境疾病正可以「提供一個有力的位置,從中重新思考人類身體

小說的末尾憤怒的考普爾人將二十年的傷痛藉由一無所有的力量宣洩出來，受到這股力量的鼓舞，貧窮的人民不再沈默，「每分鐘都冒出越來越多的抗議者，瘦弱的身影跑出巷弄，大喊著並揮舞手臂。……一無所有的力量被釋放出來了」（辛哈 370-371）。「動物」此時也肯定自己：「這裡不分回教徒或印度教徒，這裡只有人類……還有一隻動物」（372）。但它總算鼓舞了無助的毒鄉人民在札法爾和艾莉的引領下，把該負責的省長下台，獲得至少是短暫的「勝利」。不過辛哈不可能如此樂觀，或者他也不至於淺薄到昏頭的地步；他的佈局很務實的安排了「革命尚未成功、同志仍須努力」的深刻寓意。全球南方的人民需要不斷的抵抗，他們似乎僅能在意外的勝利中得到片刻的能量（agency）。「動物」意識到，僅憑個人力量，他將孤獨地死去。他無法獨自達成完整的自我，但社群的力量可以幫助他。《據說，我曾經是人類》的小說末尾，在社群的協助下「動物」終於重新接受自己，找到人生定位。對他而言這固然意義非凡，但是他個人解放並不表示毒物的緩慢暴力也跟著獲得解決。在環境行動主義者積極的協助下，問題雖然暫有緩解，然而離真正的解決何止十萬八千里。自貝克提出全球風險社會的概念後，我們忽然理解到高科技高工業化衝擊無所不在，步步驚魂，正是地球無處不飄毒：「地球上的每個人體內都有一點美國公司的毒劑」（辛哈 289）。

與世界的共存關係」（Alaimo 136）。阿萊默特別在《身體的自然》書中提出「多重化學物質過敏症」（the syndrome of multiple chemical sensitivity）的問題來再次證明物質環境與身體的複雜關係。此種病症指的是污染源難以指認，來自污染的人體健康問題很難確認和解釋；要明確說出就是這個污染導致這個癌症如此的一對一確認是有其難度的，因果關係很難清楚，甚至就算是症狀也不好指認，因為這些毒素是肉眼看不見的。癌症群的觀念也透露出難以定義是何機制導致癌症（Alaimo 10）。

結語

　　從阿萊默的跨物質角度來檢視辛哈的《據說，我曾經是人類》中遭毒氣肆虐的小鎮，毒物魅影所製造的「緩慢暴力」與「毒物身體」似乎讓災區人民陷於萬劫不復的境地。辛哈的小說不僅揭露毒物殖民的面向，更再現「緩慢暴力」暴力事件的兇殘冷酷，絲毫不亞於毀天滅地的瞬間暴力。阿萊默強調，倫理「不是只以人為中心打轉，而是考量到物質世界絕不僅是外部世界，而是我們自身與他人的基本組成」（Alaimo 158）。跨物質倫理帶我們看見「人」與「動物」固著界線的挪移，局外人與局內人疆界的模糊。局內亦是局外人，以幽默的筆觸解構抗議文學的嚴肅；透過「動物」這個角色，一方面諷刺印度教，一方面又看見「人的智慧」，以及印度教的超越觀和宇宙觀。[14] 雖然博帕爾居民直到今天都還在與跨國公司爭鬥，辛哈的故事自然不可能有好萊塢式的喜劇結局：「日子繼續過下去……美國公司仍在找方法避免出庭……。考普爾四處還是病痛，艾莉女醫生的診所每天都有數百人求診……。工廠還在原地，雖然被火燒得黑黑，可是草又長出來了，裡面那片燒焦的叢林又冒出綠芽。月亮跟毒劑屋的管線玩著捉迷藏，外國記者還是來來去去」（辛哈 432）。根據中文版翻譯編輯室的資料，「2009 年是博帕爾毒氣外洩二十五週年，儘管已經過了四分之一個世紀，博帕爾至今仍有十二萬居民因毒害出現健康問題」（446）。不論是真實世界裡的印度博帕爾子民還是故事中的考普爾毒鄉，這樣的結局其實說明了一個地方一旦遭到毒害，緩慢暴力將是永無止境，跨物質倫理的實踐讓人民瞭解自

---

[14] 感謝匿名審查人為筆者點醒此本小說中印度教所呈現的雙重面向，尤其是小說中呈現印度文化習俗歧視女性與動物在森林中類似印度教頓悟的經驗，乃是此雙重現象的展現。

己的身體與環境、自然、和存在的關係，或許透過不斷的書寫與討論，這樣的憾事能夠稍得緩解給毒鄉中的人民燃起一絲希望。

引用書目

【中文】

辛哈（Indra Sinha）。《據說，我曾經是人類》（*Animal's People*），黃政淵譯。台北：漫遊者文化，2008。

赫茲（Hertz, Noreena）。《當企業購併國家：全球資本主義與民主之死》（*The Silent Takeover: Global Capitalism and the Death of Democracy*）。許玉雯譯。台北：城邦文化，2003。

愛特伍（Margaret Atwood）。《末世男女》（*Oryx and Crake*），韋清琦、袁霞譯。台北：天培，2004。

張京媛。〈前言〉。《後殖民理論與文化認同》。台北：麥田，2007。9-29。

張嘉如。〈辛哈小說《據說，我曾經是人類》：南方後殖民動物書寫策略〉。《全球環境想像：中西生態批評實踐》。鎮江：江蘇大學，2013。51-62。

【英文】

Alaimo, Stacy. *Bodily Natures: Science, Environment, and the Material Self*. Bloomington: Indiana UP, 2012.

Baker, Steve. *Picturing the Beast: Animals, Identity, and Representation*. Chicago: U of Illinois P, 2001.

Bartosch, Roman. "The Postcolonial Picaro in Indra Sinha's *Animal's People* – Becoming Posthuman through Animal's Eyes." Ecozon@ 3.1 (2012):

"Bhopal's Second Disaster." *The Bhopal Medical Appeal 2014*. access on

August 30, 2014〈http://www.bhopal.org/what-happened/bhopals-second-disaster/〉

Broughton, Edward. "The Bhopal disaster and its aftermath: a review." Published online May 10, 2005.〈doi: 10.1186/1476-069X-4-6〉

Butler, Judith. *Precarious Life: The Powers of Mourning and Violence*. London: Verso, 2004.

Buell, Lawrence. "Toxic Discourse." *Writing for an Endangered World: Literature, Culture, and Environment in the U.S. and Beyond*. Cambridge, Mass.: Harvard UP, 2001. 30-54.

Bullard, Robert D. *Unequal Protection: Environmental Justice and Communities of Color*. San Francisco: Sierra Club Books, 1996.

Carrigan, Anthony. "'Justice Is on Our Side'? *Animal's People*, Generic Hybridity, and Eco-Crime." *The Journal of Commonwealth Literature* 47.2 (2012): 159-174.

Carson, Rachel. *Silent Spring*. Boston: Houghton Mifflin, 1962.

Code, Lorraine. *Ecological Thinking: The Politics of Epistemic Location*. Oxford: Oxford UP, 2006.

Crutzen, P.J. "Geology of Mankind: The Anthropocene." *Nature* 415(2002): 23.

Diamond, Jared. *Collapse: How Societies Choose to Fail or Succeed*. New York: Penguin Books, 2005.

Estok, Simon C. "Global Problems, Local Theory: Moving beyond Particularity and Eco-exceptionalism to Action in Ecocriticism." *Foreign Literature Studies* 35.1 (February 2013): 1-12.

Fromm, Harold. *The Nature of Being Human: From Environmentalism to Consciousness*. Baltimore, Md.: Johns Hopkins UP, 2009.

"Fukushima: A Legacy of Unforeseen Health Problems." *Euronews* March 28th, 2013.〈http://www.euronews.com/2013/03/28/fukushima-a-legacy-of-unforeseen-heal th-problems/〉

Garland-Thomson, Rosemarie. "Disability and Representation." *PMLA* 120.2 (Mar. 2005): 522–527.

Garrard, Greg. *Ecocriticism*. New York: Routledge, 2004.

Gatens, Moira. *Imaginary Bodies: Ethics, Power and Corporeality*. New York: Routledge, 1996.

Hartman, Geoffrey. "Public Memory and Its Discontents". *The Uses of Literary History*. Ed. Marshall Brown. Durham: Duke UP, 1995. 73-91.

Heise, Ursula K. *Sense of Place and Sense of Planet: The Environmental Imagination of the Global*. Oxford: Oxford UP, 2008.

＿＿＿. "Postcolonial Ecocriticism and the Question of Literature." *Postcolonial Green: Environmental Politics and World Narratives*. Ed. Bonnie Roos and Alex Hunt. London: U of Virginia P, 2010. 251-258.

Huggan, Graham and Helen Tiffin, eds. "Green Postcolonialism." Special Issue of *Interventions* 9 (2007): 1-1.

Huggan, Graham and Helen Tiffin. *Postcolonial Ecocriticism: Literature, Animals, Environment*. Routledge, 2010.

Iovino, Serenella. "Material Ecocriticism: Matter, Text, and Posthuman Ethics." *Literature, Ecology, Ethics*. Eds. Timo Müller and Michael Sauter, 2010. 1-43.

＿＿＿, and Serpil Oppermann, eds. *Material Ecocriticism*. Bloomington: Idiniana UP, 2014.

Johnson, Justin Omar. *The Prosthetic Novel and Posthuman Bodies: Biotechnology and Literature in the 21st Century*. Diss. Doctor of Philosophy. U of Wisconsin-Madison, 2012.

Kaufman, Stuart A. *Investigations*. New York: Oxford University Press, 2000.

Le Guérer, Annick. "Olfaction and Cognition: A Philosophical and Psychoanalytic View." *Olfaction, Taste, and Cognition*. New York: Cambridge UP, 2002. 3-15.

Luke, Timothy W. "Rethinking Technoscience in Risk Society: Toxicity as Textuality." *Reclaiming the Environmental Debate: The Politics of Health in a Toxic Culture*. Ed. Richard Hofrichter. Cambridge, Mass.: MIT P, 2000. 239-254.

Mahlstedt, Andrew. "Animal's Eyes: Spectacular Invisibility and the Terms of Recognition in Indra Sinha's *Animal's People*." *Mosaic* 46.3 (September 2013): 59-74.

Murphy, Patrick D. "Subjects, Identities, Bodies and Selves: Siblings, Symbiotes and the Ecological Stakes of Self Perception." *Topia: Canadian Journal of Cultural Studies* 21 (2009): 121-35.

＿＿＿. "Community Resilience and the Cosmopolitan Role in the Environmental Challenge-Response Novels of Ghosh, Grace, and Sinha." *Comparative Literature Studies* 50.1 (2013): 148-168.

Nash, Linda. *Inescapable Ecologies: A History of Environment, Disease, and Knowledge*. Berkeley: U of California P, 2006.

Nixon, Rob. "Neoliberalism, Slow Violence, and the Environmental Picaresque." *Modern Fiction Studies* 55.3 (2009): 443-467.

Nussbaum, Martha C. *Hiding from Humanity: Disgust, Shame, and the Law*. Princeton: Princeton UP, 2004.

Obrien, Susi. "Resilient Virtue and the virtues of resilience: Post-Bhopal ecology in animal's people." *Kunapipi* 34.2 (2012): 23-31.

Ornstein, Robert E. and Paul R. Ehrlich. *New World New Mind: Moving toward Conscious Evolution*. New York: Doubleday, 1989.

Patterson, Leslie. "Animal's People." *Library Journal* 133.5 (3/15/2008): 61-61.

Petryna, Adriana. *Life Exposed: Biological Citizens after Chernobyl*. Princeton: Princeton UP, 2002.

Jennifer Rickel. "The Poor Remain": A Posthumanist Rethinking of Literary Humanitarianism in Indra Sinha's *Animal's People*." *Ariel* 43.1 (2012): 87-108.

Rocheleau, Dianne E. "Comments on Escobar's 'After Nature'." *Current Anthropology* 40.1 (1999): 22-23.

Sinha, Indra. *Animal's People*. New York: Simon & Shuster, 2008.

Stein, Rachel. "Disposable Bodies: Biocolonialism in *The Constant Gardener* and *Dirty Pretty Things*." *Framing the World: Explorations in Ecocriticism and Film*. Charlottesville: U of Virginia P, 2010. 101-115.

Jesse Oak Taylor. "Powers of Zero: Aggregation, Negation, and the Dimensions of Scale in Indra Sinha's *Animal's People*." *Literature and Medicine* 31.2 (2013): 177-98.

Tsai, Robin Chen-hsing. "Ecological Sovereignty, Biopolitics, and *Umwelt* in Amitav Ghosh's *The Hungry Tide*." Ed. Michael Lundblad. *Animalities: Literary and Cultural Studies Beyond the Human*. Edinburgh: Edinburgh UP, 2017, 148-67.

Tuana, Nancy. "Viscous Porosity." *Material Feminisms*. Ed. Stacy Alaimo and Susan J. Hekman. Bloomington: Indiana UP, 2007. 188-213.

"Video: Unforeseen Health Problems Now just Coming to Light after Fukushima Disaster." *ENENews* March 28th, 2013.〈http://enenews.com/tv-unforeseen-health-problems-coming-light-after-fukushima-disaster-video〉

Yamashita, Karen Tei. *Through the Arc of the Rainforest*. Minneapolis: Coffee House P, 1990.

5

種種看・公民有機・
仙覓那里與希望政治

周序樺

「我寧可坐在一個南瓜上，獨自擁有它，也不願意和人擠在絲絨墊子上。」
　　　　　　　　　　——亨利・大衛・梭羅《湖濱散記》（1854）

「『要怎麼收穫，先怎麼栽』是胡適說的。」
　　　　　　　　　　　　　　　　——南瓜山人（2020）

　　新型冠狀病毒疫情爆發的前一年夏天，歐美所正開疆闢土，在樓頂理出一個閒置許久的公共空間，訂製花床，打算種點東西。也許是因為以蒼穹為頂，總務先生嚴肅地告訴我，這個要穿越幽暗長廊，推開逃生門才顯柳暗花明的地方，「不是六樓半也不是七樓。」這水塔的家位於一個異次元空間，至今沒有官方的名字、也沒有正式的屬性；即便現在具備農場、菜圃、花園等功能，它仍屬於羅徹斯特先生（Mr. Rochester）的正宮，神秘且深邃，像是納吐天地自然的黑洞。[1]

---

[1] 在英國作家夏綠蒂・勃朗特（Charlotte Brontë）的小說《簡愛》（*Jane Eyre*）中，女主角簡愛與刺原山莊（Thornfield Hall）主人羅徹斯特先生（Mr. Rochester）相

一、種種看

　　在這裡時間常常是靜止的,但流轉無限。它最新的名字很「歐美」,叫——種種看・公民有機・仙覓那里。「種種看」大概是除了澆水和施肥之外,所上農耕隊最常掛在嘴邊的一句話。近半年來,二十餘位研究員與行政同仁秉持「種種看」的精神,在 0.2763 公畝的耕作面積上,以奈米小農之姿,從網購來的油麻菜籽、冰箱發芽的紅蔥頭(也就是珠蔥的前世)到植微所邢禹依特聘研究員與徐子富先生所相贈的聯合國世界遺產——台灣油芒,洋洋灑灑和了泥,「染指」近五、六十種作物。

　　「種種看」謙遜開敞,勇敢得有些奢華。它學術建制史的〈番外〉,更是一連串冒進與「有機」關係的啓動:一如往常,我感嘆公務人員每年被迫接受的環境(思想)教育如何世紀末;喻世、警世、醒世和驚奇的環境影片總能成功換取大家心神不寧的一餐,但《三言》、《二拍》之後依舊是爲了回歸「正常」而豎起的冷漠。

　　「我不懂爲什麼不能⋯⋯」
　　「你是誰?」

聽到關鍵字——我,哲學家出身的所長立馬拿出專業,以問號回應問號,展開對於困惑者的關懷。於是,碧美號召桌上盆栽尚未奄奄一息的同仁。情義相挺、友情贊助與錯綜複雜的「塊莖關係」挑起試煉、創造與改造的初心,菜鳥農耕隊不知不覺,也理所當然的開

戀,卻在結婚當天發現羅徹斯特先生已有合法妻子。羅徹斯特夫人因患有精神病而長期被隱匿關閉在廢置的閣樓裡,最後跳樓自殺身亡。在簡愛傷心離開莊園的日子裡,羅徹斯特夫人某天放火將莊園燒成廢墟,羅徹斯特也因此雙目失明。

始「種種看」。

　　說我們是農人有點太沉重。畢竟，我還是會忍不住為了兩條紫到發亮的茄子沾沾自喜；但當長鬚君筆耕之餘，與大家把秋葵話桑麻，並且白鶴亮翅，翩翩太極，我們也不屑與身著漢服與濃妝耕作而聞名國際的網紅農青李子柒為伍。[2] 櫻文的爸爸是大寮水稻達人，品蓉的阿嬤在陽台有個菜圃，馨文的女兒剛買薰衣草易開罐頭，意涵家裡有叢百里香。草屯劉德華等待聘書時打工種樹，嘉琦喜歡吃芝麻葉，而我則有一堆讀不完的農業書籍和一個幼時不得不下田幫忙的老奶奶。「種種看」的成員與農耕距離十分遙遠。

　　農耕很奇妙，它與塑膠、農藥和園藝不同，有真、偽之別。面對「這才不是真的種菜」，「你們越來越像農夫了」的指教與讚美，我有點無奈。在〈「你是環保人士？還是你有一份正職？」：工作與自然〉中，美國環境史家懷特（Richard White）曾提醒大家，環保經常給人不事生產的印象，所以被當作一個不正當的行業（頁171）。種菜與種花不同，拈花惹草本就被認定為一種休閒娛樂，所以沒有人質疑它的正當性和所屬權。但，為什麼耕作或者種菜是農人的專利？農人為何只能以食物生產為職志？農耕的真、偽之爭反映出什麼樣的社會倫理與價值，又滿足了誰的想像？我想這也是為什麼（友善）農業的討論經常淪於「信者恆信、不信者恆不信之」的口水戰，並難以為廣大社會所接受的原因。

　　其實這五個多月來，「種種看」也累積不少「農人」的習性、經驗與特質。即便沒有市場資金壓力，我們也會因為昱之的馬鈴薯長得又快又好而一窩蜂跟進，並且如同帝國殖民者一般，渴望向外擴張，擁有更多土地。我深深體會老農「修剪永遠都像做實驗，春天才知道剪的好不好」的智慧，也逐漸明白小農所提倡的作物多樣性

2　「白鶴亮翅」為太極拳招式。

意味著「n → ∞」種不同的播種、育苗、摘芯、授粉、去果、施肥和澆水等生長需求與週期。旻芳的爸爸說:「茄子蒂頭必開著會使吃矣。」但到底何謂「必開」?[3] 我拿出做研究的看家本領,搜尋了「茄子熟」、「茄子裂」和「茄子週期」,結果無非涼拌茄子、魚香茄子、三杯茄子和茄子天婦羅食譜以及一連串茄子遭受天災與照護的訊息。種植百科寶典裡,收成是一門結合直觀與經驗的藝術,沒有專家會告訴你作物何時達到生命頂峰,成為適合人類食用的佳餚。我明白「天人合一」說的是一個理想與一種境界,但也漸漸發覺,順天應人也許只是兼顧多樣性與產量之後,不得不的見招拆招或本能:大規模單一作物的生產模式遠比天人合一單純多了……。這些研究之後身體力行與實踐的「成果」,似乎有點政治不正確。我想我是澆水不小心中暑了。

農人的身份太尊貴。自古以來,社會文化期待「真農人」事必躬親、自給自足、保家愛國、精通傳統農耕知識、經營在地社會經濟、並且過著簡樸甚至貧窮的生活;「他」以糧食生產為主要生計來源,且符合既定的性別、年齡、族裔、階級以及經濟結構等想像。在台灣,他不會是大規模經營有機蔬菜的台塑集團,也不會依時令遠從越南、印尼、菲律賓等地來蒜頭田裡非法打工的她,更不會是在辦公室頂樓種菜的上班族。對廣大的網民而言,李子柒等返鄉青年的虛假不在於她是否隱居山林,而是她善於剪輯、營造與販賣美好的桃花源。同樣的,即便「種種看」主要種植蔬菜水果和五穀雜糧,而非沒有實用價值的花草樹木,但只因為我們一度豪邁的揮霍10元15,000顆的紅莧菜種子,並因捨不得疏苗(殺生)而把它養成密密麻麻的「草坪」,所以不像農夫。塩見直紀曾這樣定義「半農半X」:「以能夠持續的務農生活為基礎,發揮與生俱來的才能,發

---

[3] 感謝中正大學中文系楊玉君教授翻譯。

揮社會的使命，持續為社會解決問題，創造新文化的生活」（頁1）。半農半X與半工半讀不同，兼差目的不為貼補收入，而是延續農耕價值與理想。「種種看」農耕隊即使不刻意報喜不報憂，扒糞或者呈現特定的農耕意象，但因為沒有力挽世界飢荒與全球氣候異常的雄心，也沒有如台北市政府所推的田園城市一般，期望「發展兼具糧食系統與永續生態的城市」，我們似乎連「半農」都不夠資格（頁1）。

「種種看」農耕隊的確相當奢華，畢竟有多少人可以不計成本、風險與KPI，只為了嘗試而努力？做為謀生工具與生產食物的方法，「種種看」相當脫離現實，但它之所以奢華，也在於新自由主義政治、經濟與社會體制之下的日常，距離公民參與以及社會責任十分遙遠。在資本主義市場的教化之下，小確幸成為常態，改變世界更顯得遙不可及。我曾在文章中討論八零年代歐美由農本思想（agrarianism）轉向食物運動（food movement）的過程，剖析耕作、採集等各式食物生產（food production）模式中，相異的文化、倫理、政治、與社會內涵。其中，我對耕作或採集野菜的環境倫理如何成為環境抗爭的手段與策略特別感興趣。[4] 推崇小農經濟的農本思想當然有其自身的問題，但食物運動的興起，意味傳統以家庭為單位的農業經濟型態式微，取而代之的是大資本、高科技和極度機械化的跨國農業企業。在此氛圍之下，食物難免取代耕作，成為文人騷客和消費者與大自然之間的橋樑。我發現以「吃」為主軸的食物運動經常淪於「自我感覺良好」的販售，透過促銷文創商品以及小確幸，資本主義與衛道人士齊聲告訴我們：在頂新與卜蜂之外，大

---

[4] 請參閱拙作 "Chinatown and Beyond: Ava Chin, Urban Foraging, and a New American Cityscape." *ISLE: Interdisciplinary Studies in Literature and Environment* 25.1 (Winter 2018): 5-24; "The Wild Hunt: Urban Foraging and the Alternative Food Movement." *Ecocriticism in Taiwan: Identities, Environment, and the Arts*. Ed. Chia-ju Chang and Scott Slovic. Lanham, MD: Lexington Books, 2016. 133-41.

家是有選擇的——大家可以選擇回到一個《無米樂》的過去。但實際上，大眾唯一的選擇是繼續不斷的血拚，並且一次性，「得來速」的購買流行文化告訴我們美好、但不正義、也不存在的未來。我擔心在吃、消費以及休閒娛樂之外，大眾已然喪失其它連結自然環境的方法和語言，並且缺乏反省、找尋與創造自己方法的勇氣。

　　做為一種社會抗爭與淑世的方法，「種種看」禪者初心，由被動轉主動，並嘗試、尋找、挑戰、改造與重建環境、環境運動和環境倫理。如果「種種看」可以在資本主義市場經濟、環保運動、以及公家機關的環境教育課程之外，提供另一種想像大自然和社會秩序的方法與機會，它奢華得相當必要。在台灣，農耕常與食物結合，成為各式以「食農」為名的環保運動——當然還有商品。但我同樣擔憂青年返鄉務農故事之外，「三農」——2003 年朱鎔基在中央一號文件所提出的農業、農村和農民問題與國家政策——儼然成為許多人理解農耕的主軸。他們似乎忘了農業不僅僅是農耕技術、政治、經濟與社會結構，就如同農業的英文 agriculture 這個字所暗示，文化（culture）、精神、倫理、情感、靈性（spirituality）也一直是耕作相當重要的一環。我們身邊不乏從耕作找到慰藉的故事，耕作、勞動、營養、野味、飢荒、保育、鄉間生活等的文化想像也不斷形塑我們對於農耕——以及感覺距離農耕相當遙遠的工業、城市、國家與疾病等的看法。[5] 其實，我們並不需要藉由「農藝復興」將文化置放回耕作，而是重新定義與想像我們所謂的「農耕」。

　　疫情爆發前，朋友跟媽媽捎來一株達悟族人相當珍貴的蘭嶼芋頭，讓農耕隊「種種看」。疫情間，我們回贈一粒魯凱族的原生種

---

[5] 請參閱我的城市農業相關研究："Agrarianism in the City: Urban Agriculture and the Anthropocene Futurity." *Concentric: Literary and Cultural Studies* 43.1 (March 2017): 51-69;〈糧／良食運動：威爾・艾倫的非裔美國城市農事詩學〉。《英美文學評論》31 (Dec. 2017): 97-114 等。

旱稻與一把網購來的葵花子，也寄一些給遠方居家辦公的同仁。許多人說「種種看」很療癒，但療癒不一定等同於遁世，它跟美國作家梭羅（Henry David Thoreau）之於「南瓜策略」的不服從（civil disobedience）一樣，企圖透過重建、創造與正念，在揭露不公與街頭抗爭之外或之後，積極地回應與介入社會與環境議題。在《黑暗中的希望》（*Hope in the Dark*, 2017）中，索爾尼（Rebecca Solnit）提醒大家：

> 美國人很擅長在危機出現時，喊幾聲意思意思，然後回家，任下一場危機醞釀，原因有二。一是美國人以為，完結的定局可於在世期間達成——用在活人身上的說法是『從此幸福快樂』……。第二個原因是，參與政治活動常被人以為是情況緊急時才做的事。其實在許多國家，在其他時代的美國，民眾把參與政治活動視為日常生活的一部分，甚至視為是日常生活的一種樂趣。民眾很少隨著抗議民眾回家而結束。（頁116）

歐美所的農耕隊希望透過「種種看」重新定義耕作與社群的意義，思考並反省療癒、關懷、互助、共生、公眾與希望等的環境情感、文化、倫理與政治內涵。（好可惜）「種種看」不是我的研究計畫，也（好險）它不是一個由上而下的政策，它是一個屬於歐美所大家的團體以及方法——我喜歡叫它「希望政治」。

二、公民有機

在我的文章"Cultivating Nature"中，我將「有機農業」（organic farming; organic cultivation）定義為「對抗農業企業的耕作」。這個定義包含福岡正信的自然農法、岡田茂吉的友善農法、莫莉森（Bill

Mollison）與霍姆格（David Holmgren）的樸門（permaculture）、原住民的傳統生態知識（traditional ecological knowledge, TEK）耕作法、社區支持農業（community supported agriculture, CSA）、以及各國政府所推動的有機或永續農法等。我的研究刻意排除工業革命以前、同樣沒有使用農藥、除草劑等的食物生產型態，並非它們不重要，而是希望凸顯這些興起於二十世紀上半葉，處心積慮屏棄現代化農業的內涵與侷限。在此脈絡之下，1960 與 70 年代年間，美國嬉皮的歸園田居（back-to-the-land）運動，以及 2000 年前後，英美世界再度開始流行的城市農業（urban farming），也都是我關注討論的有機農業型態。

「種種看」成立至今，農耕隊一直不斷思考我們究竟與台北、紐約、芝加哥、倫敦等各大都會的空中花園、屋頂農場（rooftop farming）以及城市農業（urban farming）有何不同。如果同樣是有機耕作，說真的，雖然所獲准的經費不多，但我們對於在歐美所種菜的意義有些心虛；若論社會實踐，由上到下、剝削勞工與環境的企業管理模式，或者獨自一人曝曬在烈陽之下開墾的拓荒精神，都顯得悖離「種種看」追求環境與社會正義的本意。也因此，如何落實屬於歐美所的「種種看」，自然也成為農耕隊掛心的事情。

「種種看」既然得到所裡支持，又位處於公共空間，農耕隊員平日雖工作繁忙，但彼此情義相挺，因而共同管理、分享成果，並且實踐公民參與的理念，而順理成章。在制度與組織上，我們將農耕隊員分為正式會員、觀察員還有列席三種，大家可以自由選擇身份並且加入「農場與農場管理」、「經費與未來規劃」或「環境教育與推廣」小組。正式會員負責管護二到六個菜箱，觀察員則是幫忙打雜的見習生，列席則多是出身農家、但工作繁忙的啦啦隊同仁。農耕隊的事務由會員一人一票共同決定，隊員各司其職、各有所長，有機無痕的形成由怡君所領軍的四人捕蟲班等，免費幫忙大家清除

據說「可愛又療癒」的尺蠖、蛞蝓和毛毛蟲；我的角色則通常是搧風點火，提供大家各式新奇的公民有機概念，鼓勵大家「種種看」之餘，偶爾也負責與行政溝通。

農耕隊在大家相互幫忙的基礎上，將菜箱粗略劃分為「公田」與「『私』田」。公田長年種滿了果樹與花卉，花卉主要供養蜜蜂——也就是地球公民的一份子；另一部份則種植如馬鈴薯或秋葵等單一作物，收成與所上同仁共享。私田的作物與管理則由每位農友自己負責，收成二分歸自己，八分捐獻或義賣，總收入回歸農場。記得去年幾經耕種失敗之後，農耕隊終於有了一次收成，我們的成果是兩顆小到不能再小的櫻桃蘿蔔。當時，一位同仁小心翼翼的將其中一顆供奉給辦公室裡的藥師佛，另一位則關心的問：「豐收的話要怎麼辦才好？」雖然以目前的狀況來說，這真是多慮了，但它絕對是一個莫大的鼓舞。農耕隊期望有一天，「種種看」能收支平衡，除了達成循環經濟之外，也可以將「公民」的概念由歐美所同仁擴大到社區與生態群聚相（ecological communities）。

「種種看」希望以多元、開放和對話落實「公民有機」理念。農耕隊每一到三人形成一組，每小組則將高矮大小不同的菜箱，形塑成一個個不同的小風景，依時令與四季，探索與試煉不同的有機農業想法。目前，農耕隊種植車前草、金線蓮、還有當今美國最流行的蒲公英健康食品「雜草」概念箱；以紅藜、油芒、魯凱旱稻、蘭嶼芋頭等為主角的「台灣原生植物」概念箱；以試驗共生概念而種植的九層塔與番茄「好朋友作物」（companion plants）小組；以薄荷、洋甘菊等西方調酒用香草為主題的「mini-bar」（迷你酒吧）小組；當然還有建廷的「密醫的藥草箱」小組，以及允鍾以「最低人為介入」為指導原則的「天養」小組。農友們除了插旗註釋作物的名稱之外，也分享自己喜歡的農耕相關詩文，呈現農業藝文的面向。我想從台灣藍鵲和紅面番鴨的視角鳥瞰，被女兒牆環繞的農作之外，

一定還有一幅寧靜的枯山水：一個個小風景自成一座座不同「有機」概念的島嶼，彼此獨立也共存在這片因年久失修，而紋路彰顯的水泥雲——海之間。

至於我這個「非」禽類，也終於可以踰越那道為觀光客豎起的防線，走進山水，掃掃碎石落葉，拌起一點蝴蝶效應，一點屬於自己的漣漪，一點短暫的混亂。[6]文化研究學者威廉斯（Raymond Williams）與生態女性史家麥茜特（Carolyn Merchant）曾先後提到「有機」（organic）源自「器官」（organ）這個字，並指向有機「生命」、「生機」、「天然」、「自主性」（agency）這個層面的意涵——以及它「機械的」（mechanistic）、「人工的」、和「人為的」相對概念。在人文與社會範疇裡，「有機」的器官組織概念也隱涉旁支與整體、或者個體與國家等社群之間的互動與作用，特別是其中個體相互聯繫、支持並達成整體偕同的價值（Williams 228-29; Merchant xxiii-xxiv）。這個著重整體系統規律、平衡與永續的概念，也可見於二十世紀上半以前、興盛於生態學中的生態系統（ecosystem）學說。但其實，比起讚頌恆久和諧的有機，我更喜歡有機的「生機」還有「異中求同」這兩層意思：前者當然是因為它凸顯生命的主體性、過程與變異，後者則強調的是機械所缺乏的行動、介入與參與的能力，也就是有機與公民兩者匯通之處。

其實，拘泥於有毒或者無毒的技術與認證倒不如落實有無相生的信念。[7]為此，我們刻意開展的時間與空間軸，在農耕隊小圖書館

---

[6] 「蝴蝶效應」（butterfly effect）指的是一種混沌（chaos）現象，也就是一個表面上微小、毫不相關且微不足道的局部變化所引起的巨大的連鎖反應。蝴蝶效應的學術淵源很多，但一般認為正式學理是由美國氣象學家 Edward Lorenz 於 1963 年所提出。

[7] 請參閱我的〈有無相生：美國有機農業論述與農業倫理〉。《生態文學概論》。蔡振興（編）。台北：書林，2013。頁 221-39。

旁設立了〈工作日誌〉與〈土地履歷〉小站，紀錄氣候變遷與新自由主義體制之下，「種種看」的生命與興衰。

  紀尊 澆水 x 2
  敏雄來看看
  收成 芝麻葉 紫蘇

我想農民曆的初稿，也莫過於這些乍看繁瑣到不行的農事日常，以及堆疊猶如櫻友藏爺爺俳句風格的農人與自然對話。也多虧長期受到生態馬克思主義薰陶的文綺，她提出的〈土地履歷〉巧思點破我原先〈會員履歷〉的盲點與侷限，大器的挑戰與取代了我以人為中心出發的視角。也因此，農耕隊也改以象徵大地的菜箱為單位主體，紀錄曾經蒙受那片土壤所滋養的作物與人，實際翻轉了我所理解的「人類公民」視野。「種種看」元年，農耕隊祈求收成，二年、三年、四年、五年……，我們計畫製作堆肥、招引獨居蜂、改造社區、回應氣候變遷、朗讀詩歌演講。我們期待歐美所的「種種看」有機成長。

三、仙覓那里

  如果「種種看」是名，傳達的是農耕隊的企盼，「公民有機」是中間名，是梗的話，那麼「仙覓那里」（Seminary）就像史密斯（Smith, 鐵匠）一般，是姓，闡明的是我們的職志以及安居樂業之所在。

  農耕隊成立之初，我們規劃以種植人類與蜜蜂的食物為主要目標，但我們不喜歡以城市農場、屋頂農場、或者任何類型的農場、菜圃和花園稱呼它。對我們而言，「城市」與「屋頂」說穿了只是耕

種的地理位置與空間,它無法完整地呈現耕作由鄉村轉到城市大樓屋頂時的意義與價值,而「農場」、「花園」甚至是「農園」,雖然也都清楚標示耕種的功能與內容,卻少了桃花源、烏托邦(utopia)與香格里拉(shangri-la)所承載的知識份子關懷與使命。

「仙覓那里」與這些西方的理想國度相似,是一個經由多次翻譯與轉譯而產生的文化想像。十五世紀,仙覓那里指的是「培育種子與耕種的田地」,來自拉丁文 seminarium「苗圃、菜畦」以及 seminarius「種子的」這兩個字,泛指「繁殖培育場」。1580 年代,仙覓那里成為「訓練神職人員的地方」,此後四、五百年間,它被用來指稱任何培育人才的學校。今天大專院校的討論課 seminar,也與仙覓那里同源,意指培育人才與想法的地方。[8] 在中文音譯裡,仙覓那里除了育種與育材的意思之外,又多了一個「覓」和「里」的意涵,它是一個讓神仙也尋尋覓覓的居所,一個可以自在覓食(forage)的棲息地(ecological habitat)。

面對席捲全球的新型冠狀病毒,我更堅信仙覓那里不能只存在於原鄉。翻閱新聞,我看到防疫科學、市場經濟與國家政治角力之外,隱隱約約還有一張農業與食物所織成的「天羅地網」,牽動著我們如何解釋與處理疫情。更重要的是,這密密麻麻的「人與自然」食物鏈(food chain),錯綜複雜到讓我們無法單憑新自由主義等理論來批判與解釋。

我所閱讀的當然是各式主流媒體、左派小報和臉書環保社團等餵食給同溫層讀者的資訊:病毒、蝙蝠、野味、武漢市場、與背後的中國野生動物養殖法之辯。佛羅里達州農場堆積如山的馬鈴薯、威斯康辛州下水道氾濫的鮮奶、巴黎近郊因羅馬尼亞農工無法入境採收而腐爛的蘆筍、阿姆斯特丹掩埋場裡一億四千萬朵廢棄的鬱金

8 　請參閱 https://www.etymonline.com/search?q=seminary

香。美國大排長龍等待食物救濟的車潮、封城間外出工作、並在餓死或病死之間擇一的全球百姓。重啓的英國百年水力磨坊、業績屢創新高的網路種子商店、復甦的小農經濟、種菜療癒人心的小故事、種菜治癒憂鬱症的科學研究，以及「病毒是解藥、人類應該滅絕」的白人至上（white supremacy）種族仇恨言論（*BBC News*）。[9]

在〈蔓延的疫情是一扇窗〉（"Pandemic is a Portal," 2020）結尾，印度小說家阿蘭達蒂‧洛伊（Arundhati Roy）主張，疫情是個重建政治、經濟與社會重要的契機，並表示：「沒有甚麼比回到正常更可怕。」（頁14）面對來勢洶洶的新型冠狀病毒，直到最近才直接並且深刻感受到生存與生計威脅的我們，在防疫自保之外，又該有甚麼樣的社會責任與使命？林林總總的學術理論總是能幫助我們揭露與批判邪惡的體制，日新月異的科學也從不讓我們失望。精密的土壤學研究甚至可以明白地昭示，耕作時，接觸泥土裡的牝牛分枝桿菌（Mycobacterium vaccae）能刺激人腦釋放抗憂鬱，並且帶來愉悅的血清素（serotonin）。[10] 光合作用（photosynthesis）可以有效的解釋作物為何成長，但卻無法回應我們從作物日漸茁壯的過程中所感受到的滿足、安定與希望。我們對於「療癒」（healing）與「希望」的渴望不僅暴露當今全球資本主義食物系統的脆弱與不公，也彰顯建立一個以環境正義（environmental justice）與關懷倫理為基礎的新思維與新關係的迫切。

---

[9] 白人至上主義經常打著環保旗幟，將疫情所帶來的傷痛與損失歸咎於人類罪有應得，但實際上，病毒並非一視同仁，醫療、經濟等分配不均使得受到疫情最大威脅的常是經濟、種族與性別的弱勢，而並非錢有勢並且掌控與掠奪政經資源的白人。

[10] 請參閱 如 Christopher Lowry et al. 的 "Identification of an Immune-Responsive Mesolimbocortical Serotonergic System: Potential Role in Regulation of Emotional Behavior," *Neuroscience*. March 28, 2007 Online. http://www.sage.edu/newsevents/news/?story_id=240785 等。

在學術討論裡,「療癒」與「希望」的功能幾乎等同於句號。少了理性分析與數據的依據,它可以很快的冷場並結束一段討論。然而,近日來不斷攀高的確診率與死亡率,卻使得療癒與希望成為許多人生活中所殷殷切切找尋的目標。在《湖濱散記》裡,梭羅曾寫到他夜晚垂釣的經驗:

> 特別是在黑黑的夜裡,當你的思想在巨大的空際飄遊由於宇宙性的問題時,手上感到了微動,打斷了你的夢,重新要把你跟自然界連結在一起,此時,確實有非常奇怪的感覺。就似乎我下一步就可以把魚線拋入空際,就像拋入那幾乎並不比它更稠的水中一樣;這樣,我似可以一竿二魚。(頁173)

梭羅提醒我們,「種種看」就像釣魚,它連結了物質與精神、環境與社會、思想與行動。在仙覓那里,農耕隊不只耕與讀,我們孕育、嘗試、介入、重建與創造。在這裡,希望不是妄想或逃避,療癒因耕作、思考、行動、與運動而啓。南瓜山人曾表示:「『要怎麼收穫,先怎麼栽』是胡適說的。」這句充滿公民意識的話並非肯定不勞而獲的價值,而是提醒我們,在社會資源與權力分配特別不均的時代,努力耕耘與挑戰體制之外,關懷與共享的重要,就像是法國畫家米勒(Jean-François Millet)的《拾穗人》(*The Gleaners*, 1857)、台灣老一輩的「抾粟仔」(拾穗)傳統、以及美國1970年所興起的城市公有地(commons)採集(urban foraging)運動。

也許因為缺乏經驗而無法有效的「馴服」作物,據說農耕隊種的萵苣纖維堅硬的像樹葉(還好不是樹根)。即便如此,我們還是希望你也能來「種種看」。你來,我們也會一股腦把最好的作物,全部留給你收割。也許它會勾起你在涼山時,一點美好的記憶,讓你有繼續的體力與勇氣。梅東說:「我們慢慢來」。對,對,對,運動

秉持的不只是街頭一刻的激情，希望、療癒與仙覓那里也不只在原鄉。培育、照護、連結、與重建的機會，就像十三世紀義大利詩人佩托拉克（Francesco Petrarca）十四行詩第一百六十五首中所歌頌的，綻放於蘿拉和每一個人的腳步間：

當蘿拉走過青翠的草地，	*When her white foot through the fresh grass takes its sweet way, virtuously,*
從她溫柔的腳步散發出	*from her tender steps there seems to issue*
讓花朵綻放與重生的魔力。	*a power that opens and renews the flowers. (259)*[11]

---

[11] 蘿拉為桂冠詩人佩托拉克心儀對象，兩人雖然只有一面之緣，但她卻成為佩托拉克的繆思。在佩托拉克的十四行詩裡，蘿拉也是詩人的象徵。蘿拉最後死於黑死病。感謝顏正裕先生翻譯。

引用書目

【中文】

台北市政府。《台北市田園城市推廣實施計畫》。2017 年 7 月 24 日。核定文號：府授工公字第 10433139700 號。

塩見直紀。《半農半 X 的幸福之路：88 種實踐的方式》。王蘊潔譯。台北：天下文化，2013。

【英文】

"Coronavirus: Extinction Rebellion Distances Itself from 'Fake Posters.'" *BBC News*, 25 March 2020, https://www.bbc.com/news/uk-england-derbyshire-52039662. Accessed 18 May 2020.

Merchant, Carolyn. *The Death of Nature: Women, Ecology, and the Scientific Revolution*. San Francisco: Harper and Row, 1980.

Petrarch *The Complete Canzoniere*. Trans. A. S. Kline. Poetry in Translation. 20 May 2020.

Roy, Arundhati. "Arundhati Roy: 'The Pandemic Is a Portal.'" *Financial Times*, 4 April 2020, https://www.ft.com/content/10d8f5e8-74eb-11ea-95fe-fcd274e920ca. Accessed 18 May 2020.

Solnit, Rebecca. *Hope in the Dark: Untold Histories, Wild Possibilities*.（中譯本：雷貝嘉・索爾尼。《黑暗中的希望：政治總是讓我們失望，持續行動才能創建未來》。譯：宋瑛堂譯。台北：行人文化實驗室，2017。）

Thoreau, Henry David. *Walden, or Life in the Woods*.（中譯本：梭羅。《湖濱散記》。譯：孟祥森譯。台北：桂冠出版社，1993。）

Williams, Raymond. *Keywords: A Vocabulary of Culture and Society*. New York: Oxford UP, 1976.

White, Richard. "'Are you an Environmentalist or Do You Work for a Living?': Work and Nature." *Uncommon Ground: Rethinking the Human Place in Nature*. Ed. William Cronon. New York: Norton, 1996.

■6■
「驚見人跡」：
論繆爾塞維拉山系列自然寫作中的雄渾美學與荒野政治

吳保霖

「白人夢寐以求的純淨山野，是〔印地安人〕土地被剝奪、文化被消滅的根源。」
——尼克森（Rob Nixon）

一、導論

在約翰・繆爾（John Muir）的塞維拉・內華達山系列自然寫作，例如《加州群山》(*The Mountains of California*, 1894)、《我們的國家公園》(*Our National Parks*, 1901)、《我在塞維拉山的第一個夏天》(*My First Summer in the Sierra*, 1911)、《優勝美地》(*Yosemite*, 1912)等書中，都記錄著他自從1869年第一次進入優勝美地山谷（Yosemite Valley）之後對於美國西部荒野景觀的熱愛。因為受到愛默生（Ralph Waldo Emerson）和梭羅（Henry David Thoreau）超越主義的影響，繆爾在他的作品中賦予美國西部荒野一種心靈和精神層次的美學和宗教價值，也就是荒野具備神性的彰顯，是上帝的神聖殿堂，應該保護與保存。這樣的觀點不同於當時美國社會主流功利的思想，畢竟功利主義只看中自然所帶來的開發價值和物質利益。繆爾甚至發展出一套生物中心的環境倫理學（a biocentric ethic of nature），進而推動美國國家公園的設立和荒野的保存（wilderness preservation），被後世稱作「國家公園之父」。相較於1872年正式成立的美國第一座國家公園黃石國家公園，繆爾與1890年才正式成為國家公園的優勝美地（1864年成為州立公園）淵源更深。優勝美地不僅是繆爾環境運動事業的起點，也是他終身的志業，甚至可以說是他所留下的文化與自然遺產，影響後世環境運動極其深遠。除此之外，為了推動國家公園的建立與促進環境意識的覺醒，繆爾在1892年成立塞維拉俱樂部（the Sierra Club），並開始整理和撰寫一系列的自然寫作，積極參與政治活動，終於成功推動並且建立了優勝美地國家公園和巨杉國家公園（Yosemite and Sequoia National Parks）。總而言之，在美國環境主義歷史中，如同羅德里克・納許（Roderick Nash）所指出的：「就宣傳和推廣美國荒野而言，繆爾是無人可以匹敵的」（123）。

儘管繆爾的荒野美學和環境倫理深刻影響國家公園論述（national park discourse）的發展，然而在十九世紀末美國種族隔離的歷史的脈絡之下，繆爾的荒野雄渾經驗具有明顯的種族標誌（racially marked）的性質，與自然獨處和自由行走乃是「白人特權」（white privilege），不是其他族群所能自由享受的，例如那些在優勝美地工作維生的牧羊人，以及那些流離失所的加州原住民。在他的諸多作品之中，繆爾常常以「醜陋」（ugly）或「骯髒」（dirty）來形容這些原住民，認為他們與「美麗雄偉」（beautiful and sublime）和「純」（pure）、「淨」（clean）的荒野環境格格不入。對繆爾而言，優勝美地是提升心靈和享受與自然獨處的地方，不是工作的地方，那些必須在優勝美地工作糊口、無法感受「美麗與雄渾」美學經驗的牧羊人，以及原住民，不但「醜陋」、「骯髒」，簡直不屬於人類。早期美國環境主義中的階級特權和種族歧視問題，及其衍生的美國白人和原住民之間的衝突與暴力、戰爭、迫遷與清空，是造就了優勝美

地的原始與純淨的重要因素。今天繆爾的國家公園和荒野論述幾乎已成為環保運動的聖經,他的雄渾美學被當成是放諸四海而皆準的普世經驗,我們尤其須要深入探討他的本質。本文擬分為三部份進行討論:第一部份為導論,在第二部份中討論「雄渾美學」的發展,以及繆爾的「雄渾美學」與「白人荒野」(white wilderness)之間的關係,探討看似超越歷史的美學經驗(the extra-historical aesthetic experience of the sublime)如何排除階級、種族、與性別他者,扮演建構標準的「白人荒野」(normative white wilderness)的角色。在第三部份中,本文將檢視繆爾對於原住民的態度與再現,並且討論荒野政治性,說明繆爾所歌頌的「原始純淨」的優勝美地荒野事實上是戰爭和強迫遷徙所造成的結果。

二、雄渾美學與白人荒野

在繆爾的諸多作品之中,處處可見他對美國荒野的讚頌,在這樣的無人荒野之中,每一個人都可以體驗荒野的壯闊之美,進而觸動「雄渾」(the sublime)的感受。對於繆爾而言,荒野並非是清教徒筆下的野獸棲息地與野人居住地,也不是引誘人類墮落的魔鬼聚集地,而是體驗造物主神聖力量的殿堂。對於自然的雄渾壯美,繆爾總是援用浪漫主義的美學思想作為主要的修辭基礎,將美國荒野描繪成為一個神聖的殿堂,推動成立國家公園與保護荒野的訴求。在繆爾的筆下,類似這樣對於荒野雄渾壯美的描述隨處可見:「我從未見過如此壯麗的景觀,如此無窮無盡的山之雄美。對於不曾親眼目睹過類此勝景的人,我所能夠用的最華麗的詞藻,也無法傳達其壯麗與神光於萬一。我不禁放聲長嘯,手舞足蹈,欣喜若狂……」(*MFS* 153)。繆爾一方面大量使用「雄渾」(sublime)作為主要的修辭,用來描述個人接觸荒野時的激烈體驗,「那廣袤而繁複、幾乎

難以名狀的自然景觀，激起了最強烈的敬畏與驚奇之情」(Oravec 249)。另一方面，藉由運用浪漫主義的美學論述，繆爾試圖讓當時受過良好教育、中上階級的白人讀者在他的字裡行間體驗與欣賞自然的雄渾之美，而且無須遭遇任何實際危險。進一步而言，繆爾在其作品中不斷地使用「雄渾之美」，彷彿試圖邀請他的讀者走出戶外，一起體驗美國荒野的神聖與壯麗。

歐洲浪漫主義美學思想的「雄渾」概念扮演了其中一個重要角色，改變了當時十九世紀美國菁英社會與文化對於荒野的看法。在十八世紀之前，美國荒野就是清教徒眼中的蠻荒之地，充滿野獸與野人的地方，除此之外，清教徒也將聖經中誘惑人類墮落的邪惡力量投射到廣袤而且「杳無人煙」的荒野之中，濃密而且陰暗的森林充滿未知的恐懼，並且妖魔化本來居住在北美土地上的原住民，進而合理化掠奪土地和自然資源的帝國擴張，努力將蠻荒之地開墾成基督教文明的農業社區，以便實現建立「山上之城」(a city upon a hill)的宗教夢想。在這樣的歷史和文化脈絡下，荒野就是「如沙漠荒涼之地、孤寂而危險的地方，人一旦離開了社區進入了一個失群的人在這樣的荒原裡，將暴露在各種危險和恐懼之中，甚至最終無可避免的陷入絕望的深淵」(Porter 8)。然而十八世紀歐陸發展出的浪漫主義思潮，尤其是「雄渾」的美學思想，將美國原本可怖的荒野轉變成神聖的殿堂，正如威廉・柯隆能（William Cronon）所說：「撒旦的居住地變成了神的殿堂。因此，在浪漫主義的影響之下，美國荒野逐漸被建構成為一個「聖地」，而這樣的荒野殿堂已經不適合開墾，只適合保存，因此荒野變成了可供人欣賞和感受「雄渾之美」的景觀「勝地」，不再是人類賴以維生的家園。人徜徉在這樣壯麗的荒野景觀之中，不僅可以一瞥上帝造物的偉大力量和光輝，還可以感受到自身的渺小，培養對自然萬物的「敬畏」之心，進而反思「人類中心主義」（anthropocentrism）對自然環境所造成的各種

破壞。因此，歐洲浪漫主義美學賦予了美國荒野截然不同的文化意涵，而這正是美國國家公園荒野美學的基礎。

但如果我們回頭重新檢視十八世紀歐洲的美學思想發展，我們會發現繆爾所挪用的「雄渾之美」，尤其是康德的美學思想，事實上是訴諸於受過良好教育的中上階級白人男性讀者，並非適用於其他種族、勞工階級、和性別他者，也就是說，只有少數的白人菁英可以體會和感受這樣崇高的美感。首先，愛爾蘭裔的政治理論家和哲學家艾德蒙・柏克（Edmund Burke），在其著作《哲學探究：雄渾與美之源起》（*A Philosophical Enquiry into the Origin of Our Ideas of the Sublime and Beautiful*）認為「雄渾」其實「來自於自然對我們的影響，例如鬱鬱蔥蔥的森林、狂風咆哮的荒野，或是獅子、老虎、豹、犀牛等野獸的身影」（Burke 109）。柏克進一步闡釋，雄渾是可怕的自然對於人的主體心智所造成的最強烈影響：「凡是能引發痛苦和危險念想的，也就是說，任何可怕的、或對恐懼瞭如指掌的、或行事與恐懼比肩的事物，都是雄渾的來源。換句話說，雄渾會引發人類心智所能夠感受到的最強烈的情感反應」（Burke 86）。柏克將雄渾的概念和恐懼（terror）相聯結，並認為自然本身即是造成雄渾感受的主要來源，而自然的雄渾所能帶來的最強烈感受就是「震驚」（astonishment）。換句話說，由於自然所帶來的恐懼的力量和規模過於強大，導致主體心智感到無比震驚，以至於驚慌失措到無法言語或行動，甚至無法做出任何回應和理性思考。簡而言之，對於柏克而言，「雄渾」存在於自然或事物本身，人的心智是其巨大力量或恐懼所癱瘓的對象。[1]

不同於柏克認為自然或外在事物是「雄渾」的來源，德國哲學

---

[1] 阿姆斯壯（Meg Armstrong）認為，柏克的興趣在於人對美麗或雄渾事物的心理反應，但重點放在那些事物本身的特質上頭，也就是這些特質在美感經驗中對其主要器官眼睛的作用，而不在特別心智的功能上頭（217）。

家康德（Immanuel Kant）則認為「雄渾」的來源不在於外在事物，而在於人類的心智才是「雄渾」來源之所在。在康德的《判斷力批判》（1790）一書中，我們很明顯地可以看到「雄渾」的來源，從柏克認為的自然或外在事物客體轉移到康德認為的人類心智主體本身。湯瑪士・魏斯柯爾（Thomas Weiskel）將康德的「雄渾」分成三個階段，分別是第一個階段前雄渾期（pre-sublime stage），此時人類心智與外在物體是相對穩定和確定的關係；第二個階段是斷裂（rupture），人類心智與外在物體之間的關係動搖而失衡；第三個階段則是反應階段（reactive phase），人類心智恢復與外在物體之間的和諧關係（Weiskel 23-4）。康德如此寫道：

> 懸垂欲墜的恐怖巨石，天空上密布的烏雲和雷電交加，火山爆發時的毀天滅地，颶風過處的一路摧殘，無邊無際的海洋的滔天巨浪，大河之上傾瀉而下的瀑布等等，都顯露出我們力量的渺小，在自然巨大的力量之前，我們的抵抗根本微不足道。（*CJ* 91）

在這個天翻地覆的時刻，人的心智和外在自然之間產生了一種斷絕和錯亂，自然的巨大力量癱瘓並且震驚了人的心智，導致心智一時之間無法回應。然而康德認為，這樣的驚慌失措或無法言語只是一時的阻斷（a momentary check），因為也就是在這個緊要時刻，人的心智試圖恢復理性，重拾與自然之間的和諧關係，而心智這樣的反應力量，就是康德認為「雄渾」的來源。簡單地說，康德的「雄渾」來自人類的心智能力，「並非是外在物體，而是人類心智本身如何應對外在的巨大力量，才是我們判斷雄渾之所在」（Kant *CJ* 86）。[2]

---

[2] 康德認為，雄渾的經驗存在於人類的心智裡頭，「與其說雄渾存在於事物本身，不如說是心靈在欣賞事物時的狀態」（Kant *CJ* 86）。

雖然在《判斷力批判》（1790）一書中，康德認為「雄渾」經驗之所繫的人類自由心智是一種放諸四海皆準的普遍現象，但是在他早期的著作《對美與雄渾之感的觀察》（1764）之中，康德卻認為美學的判斷力是因文化、國家、性別、種族或民族等因素而異的。在該書的第四章〈論國家性格，與美和雄渾獨特感受之間的關係〉（"Of National Characteristics, so far as They Depend upon the Distinct Feeling of the Beautiful and Sublime"），康德直接用民族來區分對於「美」和「雄渾」的不同感受：「在我們西方世界的各民族之間，在我看來，最具有美感的民族就是義大利人和法國人，而最具有雄渾感的就是德國人、英國人、以及西班牙人。至於荷蘭人，他們的優雅品味大體上是觀察不到的」（*OFBS* 97）。在同一個章節裡，康德也討論了阿拉伯人、日本人、中國人、非洲黑人、以及「北美野蠻人」。在這些民族或種族之間，康德認為非洲黑人和北美「野蠻人」完全沒有感受美與雄渾的能力，例如康德認為非洲黑人完全無法產生雄渾的感受，因為他們「天性只在乎瑣碎的事情」（*OFBS* 110），所以產生不了雄渾之感。因此，對於康德而言，能夠感受美與雄渾，尤其是雄渾，是少數文明歐洲國家的白人才俱備的能力。根據康德早期的說法，並不是人人都具有感受美與雄渾的美學能力，而那些不具備這種能力的人，通常若不是人格或道德上有瑕疵，就是屬於某種低劣落後的民族或種族。相反地，具備這樣美學批判能力的人，則往往道德高尚，種族優越。而在優越種族的雄渾經驗中，他又觀察到三種不同的型態。康德指出：「具有雄渾感的民族性格，一類是具冒險傾向的令人敬畏型，一類是具有高貴的情操，再一類則是輝煌燦爛型。我相信我有足夠的理由將西班牙人歸類於第一種類型，而英國人則是第二種類型，至於德國人則是最後一種類型」（*OFBS* 98）。

在繆爾的《我在塞維拉山的第一個夏天》（*My First Summer in*

the Sierra），階級結構幾乎決定了書中所有角色對於荒野景觀的美學反應。儘管繆爾本人對於自然的壯麗之美充滿興奮與狂喜，但是他同時也認知到有些人並不具備這樣的審美能力。繆爾發現牧羊人和某些觀光客對於荒野的壯麗之美十分冷感，甚至視而不見。在這些人之中，繆爾對牧羊人比利的描述尤其生動。儘管繆爾努力讓比利去欣賞眼前的壯闊美景，但比利始終就是無動於衷：

> 我甚至願意幫他看守綿羊一天，讓他走到優勝美地谷邊，去看看遊客從世界各地遠道而來欣賞的壯麗美景。但就算那個聞名於世的山谷只在一英里之外，他就連好奇地去看一眼都不願意。他說：「優勝美地就只是一個山谷，有一大堆石頭，地上一個大洞，很危險的鬼地方，會摔下去的，離它越遠越好。」（MFS 197）

不同於繆爾在優勝美地山間谷地所感受到的雄渾壯美，牧羊人比利認為優勝美地只是一個岩石很多、地上破一個大洞、甚至必須要保持距離的危險地方。對於繆爾而言，比利無法欣賞上帝創造的神奇美景，對牛彈琴，無可救藥。然而屬於勞工階級的牧羊人比利，他只是從務實的角度來看待優勝美地，因為對於比利而言，優勝美地周遭的谷地和草原就是他牧羊的地方，是他工作和賴以維生的場所，而不是繆爾眼中那個上帝的神聖殿堂，那個專門供中上階級的菁英欣賞美景和感受雄渾的地方。[3]

---

[3] 凱文・德路卡和安・戴摩（Kevin DeLuca and Anne Demo）指出：「優勝美地並不是一個無所事事純看風景的地方，而是一個工作的地方。他〔比利〕對優勝美地的知識並不是從歐洲引進的雄渾美學，而是從在優勝美地務實的工作培養出熟悉的知識。繆爾和比利的相遇，並不是知識和無知的相遇，而是兩種截然不同的知識系統和世界觀的衝突」（552-3）。

「雄渾美學」本質上是文化建構的概念，它排除了某些族群，也強化了自然與文化之間的二元對立。雖然在當時的歷史文化脈絡之下，繆爾在其諸多作品中大量地使用「雄渾美學」這個概念，意圖說服大眾重視與支持國家公園與荒野的保育，但是如果過度「美化」一個在遙遠他方的荒野，反倒可能是一種試圖逃避現實環境的現象。這麼說絕非否定荒野保育的重要性，而是認知到被如此美化的荒野，本身也是文化所建構出來的產物，因為荒野也有自己的過去與歷史。正如環境史學家柯隆能在其〈荒野的問題〉（"The Trouble with Wilderness"）一文中所指出，荒野的概念是

> 一種逃避責任的妄想，是一種幻覺，彷彿我們人類可以把走過的痕跡抹除淨盡，重新回到我們開始在地球上塗塗畫畫之前的那種所謂白紙狀態。只有那些無須依賴土地工作吃飯的人，才會幻想一個完全沒有被開墾和使用的自然景觀。（80）

對於柯隆能而言，繆爾所訴求的一個崇高壯麗的荒野恰恰是強化了自然的他者性質（nature's otherness）。儘管繆爾當時有保育的策略性意圖，但假若我們觀察從 1872 年黃石國家公園建立之後到 1964 年通過《荒野法案》之間的發展，我們便會發現荒野美學都在深化和參與建構一個獨立於人類文化之外的「無人荒野」，一個可以提供休憩娛樂或教育功能的原始自然環境，但絕對不能開發，當然也不能有任何人居住其中，包括原住民或需要工作的人。在《我在塞維拉山的第一個夏天》書中，繆爾常常嘲笑那些在荒野中工作的人，尤其是那些牧羊人，認為他們不僅僅是外表骯髒，心靈和道德上也有瑕疵，尤其是他們對於荒野之美完全無動於衷。再舉牧羊人比利為例而言，繆爾常常形容牧羊人比利是個「奇怪的人」（a queer character），甚至挪揄他衣服骯髒，「他身上永遠穿著同一件妙不可

言的衣裳那美好的百年衣服永遠穿著⋯⋯。那一身寶珍貴的外衣永遠不脫下來，沒人知道那些套衣服到底穿多久了」(*MFS* 171-3)。除此之外，繆爾還認為那些獨自在荒野長時間工作的人常常最後都「心智不正常」(insane)：「就我所見所聞，待在荒野一段時間的加州牧羊人幾乎都心智正常的時間沒有幾天有問題（never quite sane）」(*MFS* 32)。顯然地，繆爾認為壯麗神聖的荒野殿堂只適合那些前來欣賞、徜徉、或追尋心靈崇高感受的人，而那些在神的殿堂之中工作賺取金錢的人都是骯髒污穢、或心智有問題的人，這些人不僅褻瀆了聖地，甚至應該要被逐出伊甸園。

繆爾的荒野美學訴求的是保存一個純淨無人的原始自然環境，只提供休憩娛樂使用，因此壯麗的西部自然景觀成為當時中上階級白人遊客的娛樂場所。至於那些骯髒和醜陋的事物，不管是動物或人類，都不屬於這個「純」(pure)和「淨」(clean)的神聖殿堂。繆爾如此寫道：

> 那塵垢滿身、吵雜無比的羊群實在是這片自然花園裡可恨的異客，簡直比羊群裡的熊還糟糕。他牠們所造成的破壞深深烙印心中，所幸光輝的希望助我脫離這漫天的塵垢吵雜，望向美好的時光，當我賺到足夠金錢的那一天到來，我便可以任意遨遊，徜徉在心愛的全然的野性之中。(*MFS* 261-2)

繆爾的荒野美學不僅標示著誰（不管是動物或人類族群）屬於或不屬於這個「純」、「淨」的自然環境，也凸顯階級結構以及不同階級之間如何看待自然環境，一邊是工作和使用，一邊是休閒和娛樂。除此之外，美國的種族政治，不因南北戰爭廢除奴隸制度而消失，歷史告訴我們，繆爾的國家公園運動與黑白種族隔離政策和激烈的排華法案是同時並存的。在這個歷史脈絡下，繆爾推崇的荒野可以

說是只有少數中上階級白人觀光客可以享有的休憩場所。他作品所訴諸的對象，除了中上階級的白人之外，還包括他所建立的「塞維拉山友會」（the Sierra Club）的會員，而這些會員幾乎清一色都是白人、居住在城市、受過良好教育的社會菁英。繆爾期許藉由他的作品所帶來的啓發，這些白人菁英讀者可以跟隨他一起走出戶外，投入壯麗的荒野，在「雄渾」的體驗中提升心靈和道德素質。繆爾期待這樣的體驗能促使他們加入支持國家公園的政治活動，保護這些珍貴的荒野山川林地免於開發和汙染的噩運，永爲休閒和教育的淨土，不是工作和居住的塵凡。這便是美國國家公園所承繼的荒野美學論述的基礎，也是過去主流美國環境運動所擁護的價值。[4]

但這個價值是區域性的，種族性的，國族性的，甚至是帝國性的。只是隨著美國國族主義的擴張與發展，這樣的價值和自然經驗卻被國家公園論述轉化成放諸四海而皆準的美學經驗，將原本屬於少數白人男性觀看自然的方式變成普世價值，使得缺乏此一經驗，不能理解或接受此一價值，不具有「精緻情感」（finer feelings）的他者——所有種族，階級與性別他者，成爲可以被歧視，被迫害驅離的劣等人類。而這樣觀看自然的方式將荒野建構成雄偉的純淨自然，是上帝的神聖殿堂。繆爾似乎並不理解，優勝美地這個「上帝的神聖殿堂」，乃是十九世紀美國民主帝國崛起中理想化的白人荒野典範，是個超越歷史的存在。不幸的是，繆爾的優勝美地雄渾美學經驗，終究成爲日後全世界欣賞自然荒野經驗的模範。然而，這樣去歷史化的超越美學經驗，卻忽略了原住民被剝奪土地的歷史現實——不就因爲印第安原住民被強迫驅離離開本的家園，使原本

---

[4] 在〈"你是環保人士或是你得工作謀生？"工作與自然〉一文裡，環境史學家理查・懷特（Richard White）說：「環保人士常常顯得自以爲是、具有特權、傲慢，因爲他們總是理所當然的把自然與休閒娛樂連結在一起，認爲自然是給有閒階級前來遊覽，而不是來工作、居住、生活的地方」（173）。

工作生活場所的家園被轉變成「雄偉」的荒野,才讓雄渾美學經驗變成可能!去歷史化的美學經驗也無視當時美國社會用來維持種族隔離界線的殘酷暴力,加上當時大量來自南歐和東歐的移民進入美國,為了轉移美國本土白人對於種族純淨的焦慮,將荒野圈地保留給少數本土特權白人,純淨荒野變成保存本土純淨白色人種的神聖地方。[5] 因此,雄偉的美國西部荒野被建構成保存美國純淨本土白人、男性陽剛、國家主義的神聖殿堂,而都會地區則充斥著各種汙染,包括環境的汙染和所有被排斥的種族、階級、性別他者的汙染。[6]

對繆爾而言,雄偉純淨的荒野神聖殿堂,是所有的人("everybody")都可以自由自在徜徉其中的:「我……邀請……每一個有空的人自己前去欣賞」那更為壯麗、引人入勝的圖奧勒米、聖華金、柯恩、金恩斯河盆地的古老冰河系統」(Y 194)。然而我們必須指出,在十九世紀末的美國,並非所有人都可以在自然荒野中自由和安全地散步行走。事實上,如果有色人種獨自在鄉村郊外或荒野中走路,他們常常遭遇各種可能的騷擾、攻擊、甚至死亡的威脅。換句話說,當時美國並非每個地方都歡迎種族、階級、性別他者。[7] 在一個種族隔離和充滿排外暴力的時代,優勝美地可以說是一

---

[5] 在《乾淨潔白:美國的環境種族歧視史》(*Clean and White: A History of Environmental Racism in the United States*,2015),秦令恩(Carl A. Zimring)指出:「在世紀之交時的社會和生物學界,都視新移民為威脅美國純淨的汙染源,而不是只待美國化的力量予以轉化的原料」(86)。

[6] 凱洛琳・莫琴特(Carolyn Merchant)的兩段話頗具有參考價值,其一,「雄偉自然是白色而且善良的,供白人遊客享受。城市則被描繪成黑色且惡毒的,是污穢者和不良份子之家」(2003, 385);其二,「荒野也跟美國性格,尤其是男子性格,的形成相連結。在荒野,男子可以重申和確認他們的雄風」(2007, 147)。

[7] 歐布萊恩和詹比(William E. O'Brien, and Wairimu Ngaruiya Njambi)指出,「即使沒有明文禁止,在美國國家公園中,少數族裔遊客常常是不受歡迎的」(20)。泰瑞斯・楊(Terrence Young)也說,一直到1930年都還有個不公開的政策,「不鼓勵非裔遊客到訪」(652)。

個屬於白人的種族空間,標誌著一定的經濟能力和社會條件,排除了種族、階級、與性別的他者。因此,十九世紀末和二十世紀初國家公園論述中向每個人開放的民主修辭,其實帶著一幅假面具,反而凸顯出了白人菁英男性的特權。[8]

1901年繆爾把發表在大西洋雜誌的文章集結成《我們的國家公園》(*Our National Parks*)一書,他像個導覽員一般導覽推銷黃石、紅杉、格蘭特將軍和優勝美地等國家公園,強調它們對人類的益處。在第一章〈荒野公園與西部的森林保育區〉中,他開宗明義便寫道:

> 如今大家時興前往荒野遊憩的潮流,看了真是令人欣慰。上千上萬疲倦的、焦慮的、過著過度文明生活的人們,開始發現到山裡面去就像是回家一樣。野性是必須的;山區公園和保護區的益處,不僅在於它們是木材和灌溉的河流的泉源,同時也是生命的泉源。(*ONP* 459)

遊覽荒野的風潮之興起,繆爾自然是功不可沒的。而來到此處遊覽的白人「人類」無須擔心生命安全,可以無憂無慮、自由自在的徜徉其中,盡情享受,因為那些早期清教徒眼中與魔鬼為伍的印第安原住民已被清空,而跟他們一類的邊疆捕獸郎也已死絕,對此繆爾自然也是感到欣慰的。繆爾在討論當時剛成立的南達科他州黑丘保護區公園("Black Hills Reserve of South Dakota")時,他的欣慰之

---

[8] 「誰有資格到雄偉的荒野遊覽,端看你是不是白人。雄偉的荒野理應是開放給所有大眾的民主家園,是不帶色彩的精進心靈的修道場,修成不帶色彩的正果,然而事實上它卻是個騙局。事實上雄偉的荒野,它的功能既是種族標誌,也是標誌的塗銷(譬如白人身上是沒有標誌的)。所以結論就是,親近雄渾的資格是被塗上種族標誌的,而雄渾經驗本身就是個種族標誌」(Outka 170)。

情似乎可以觸摸得到:

> 不久以前這裡還是紅人最豐富的獵場。每年在打野牛的季節結束之後……冬天缺乏的樣樣東西就這麼解決了,再不知道什麼是飢餓——直到白人淘金客,儘管受到最堅決的、奮戰不已的、殺戮連連的抵抗,仍然進入了獵物保留區把它給毀了。如今印第安人都死了,而早期浪漫洛磯山時代的自由捕獸郎(他們可不比印地安人遜色),也大都死了。弓箭、子彈、割頭皮刀,都不需要再害怕了,所有的荒野都安全平靜。(*ONP* 464)

誠如環境史學家凱洛琳‧莫琴特（Carolyn Merchant）所言,為了白人遊客的方便,國家公園裡那些危險而且無法掌控的因素,「譬如印地安人,要不是被移除,就是做了妥善的處理,使他們成為整體荒野經驗的一部分」(2003, 382)。把印第安人處理得變成白人「整體荒野經驗的一部分」,這真是比禁止種族、階級、性別他者進入上帝的荒野殿堂更勝一籌的有效管理了！莫琴特接著一語道破,「公園其實是經過人工管理的巨大花園,荒野性被馴化保存用來以供觀看欣賞之用。人們可以在受到保護的環境裡體驗荒野」(2003, 382)。但其實「觀看欣賞」還不是最後的目的,對於繆爾而言,美國西部的壯闊景觀已經與美國國家主義的論述結合在一起,荒野被歌頌成「一個文化和道德的泉源、國家自尊的基礎」(Nash 67)。經過整形管理、成為國族論述基礎的荒野伊甸園,自然要抹除印第安原住民土地家園被掠奪、被滅種的痕跡。[9]

---

[9] 馬克‧大衛‧史賓斯（Mark David Spence）說:「這些視北美為原始天然的浪漫主義觀點導致了一種普遍的文化盲點,以至於二十世紀末的美國人忽略了一項重要事實,那就是國家公園把不久前才掠奪來的勝境供在神堂上」(5)。

三、印地安人與荒野政治

　　《我在塞維拉山的第一個夏天》裡頭有許多貶抑印地安人的描述，繆爾把他們等同於不乾淨的動物，不屬於純淨的荒野自然。唐・徐茲（Don Scheese）就特別注意到繆爾書中的這個獨特現象：「不同於許多的自然寫作作家常常將原住民視為與自然互動的模範，繆爾大部分都在批評他在優勝美地所遇到的印地安人。這也是此書中最讓人感到好奇、最特殊和最具戲劇性張力的部分」（Scheese 66）。徐茲把這個負面觀點歸咎於「自然作家典型對於獨處（solitude）的熱愛」（Scheese 67），不無可商榷之處，因為它跟早期美國環境主義運動中的種族歧視關係可能更為密切。不過雖然種族歧視最終導致繆爾排拒「骯髒」的印第安人，他對印地安人的某些優點並不是全然無視的。譬如他就認為，印地安人與優勝美地環境之間的關係是比較諧和，「自然」的，他們不像白人一樣，並沒有在山川土地上留下破壞的「厚重痕跡」（"heavier marks"）。繆爾說印地安人：「〔印地安人〕走路時落腳輕柔，對大地不會造成比鳥兒和松鼠更大的傷害，他們用樹枝樹皮搭建的窩居也不比林鼠的窩更持久，他們比較持久的足跡，除了放火燒林以改善獵場之外，也都在幾個世紀裡就消失無蹤了」（*MFS* 73）。此外，繆爾也常常將印地安人和動物做正面的連結，他讚揚印地安人具備像動物一樣來無影去無蹤的本能。雖然印第安人的飄忽不定有時讓繆爾驚訝，他還是十分欣賞這樣神奇的能力：

> 偶然抬頭，我悚然發現他竟然嚴肅而安靜地站在距我幾步之遙的地方，一動也不動，就像個歷經風霜的老樹椿，站立在哪兒幾百年了。似乎所有的印地安人都學會這種來無影去無蹤的神奇能力，就如我在這裡觀察到的一些可以讓自己隱形的蜘蛛。（*MFS* 71）

如同凱文・德路卡和安・戴摩（Kevin DeLuca and Anne Demo）所言，繆爾「將原住民與自然連結在一起——就像蜘蛛、鳥類、松鼠、林鼠。他們被建構成荒野中自然的一份子」（553）。繆爾認為印地安人這種逃避偵察搜索的能力，是他們長年在荒野中「為了接近獵物、突襲敵人、或者不得已時安全撤退等等打獵和作戰的經驗中艱苦磨練出來的本領」（*MFS* 72）。這種打獵和作戰的訓練所培養出來的本領使得他們就像生活在荒野自然中的野生動物，不會也沒有必要去破壞原始的環境，因而沒有在自然中留下「厚重」的痕跡。

儘管如此，種族偏見終究使得繆爾常常將印地安人和骯髒連結在一起。繆爾常常抱怨他所遇到的印地安人「骯髒」，並且帶著鄙視的眼光將印地安人的「骯髒」對比真正野生動物與荒野自然的「乾淨」：「大多數我所遇見過的印地安人並沒有比我們文明白人自然到哪裡去……最糟糕的是他們的骯髒（"uncleanliness"）。真正野性的生物不會骯髒」（*MFS* 303-4）。對繆爾而言，雖然印地安人被建構成荒野自然的一部分，他們事實上卻是沉淪和流離失所的，與塞維拉山區的美麗雄偉完全不相匹配，格格不入。在簡短的敘述過印地安人跟他們團隊以貨易貨的交易後，繆爾不忘加上一句負面的評論：「在這樣乾淨的荒野之中，這些黑眼睛黑頭髮、半快樂的野蠻人，過著如此奇怪骯髒和不正常的生活」（*MFS* 277-8）。繆爾對於印地安人骯髒（"uncleanliness"）的嫌惡和執迷，終究讓他認定印地安人不屬於伊甸荒野。儘管繆爾前口氣才肯定印地安人輕盈如鳥兒和松鼠，儘管他們具有蜘蛛隱形的能力，儘管他們沒有留下破壞環境的厚重足跡，但僅僅骯髒一項就足以構成他們要被趕出伊甸園的罪證。這個相互扞格的立場，有時不免令人困惑。或許鄒維啓（Christ Powici）提供的美學論點有助於解釋這個矛盾：繆爾眼中的印第安人是「荒野中的陌生人，並不是就生態觀點而言，而是以美學觀點而言」（79）。無論如何，把印地安人在荒野殿堂之中的存在視為「骯

髒」與褻瀆，終究是強烈的種族歧視。[10]

繆爾對印第安人顛沛流離的處境，既少同情也不理解，看到他們徘徊在優勝美地這塊祖先的家園，心中只有厭惡，巴不得眼不見為淨。像這麼露骨的文字，並不少見：

> 我想盡辦法繞過他們，避免停步，但是他們偏就不讓我如願。他們圍成一個陰鬱鬱的圈子，把我緊緊包圍在當中，求討威士忌或菸草。要說服他們我沒有這些東西實在難如登天。終於能脫離這群灰溜溜、陰暗暗的印地安人，看著他們消逝在山道的盡頭，真是高興啊！（*MFS* 294-5）

---

[10] 在《上帝的荒野：約翰・繆爾的自然觀》（2020），丹尼斯・C・威廉斯（Dennis C. Williams）認為：「繆爾與神和周遭環境關係的基礎是純淨（purity），繆爾的世界觀根深蒂固地奠基在西方物質與心靈的二元論。繆爾以一種很傳統的方式感知這個世界，那就是乾淨與骯髒、善與惡」（Williams 17）。對繆爾而言，骯髒是原罪和墮落的隱喻。在《骯髒身體：早期美國的潔淨》（2009），凱瑟琳・布朗（Kathleen M. Brown）認為「沒有基督教美德的薰陶，人只是動物，因在物質身體裡面而且製造噁心的臭味和有毒的穢物。相反地，一位神聖的人能夠節制自己的身體和行為，並且消除所有與動物的聯結」（Brown 9）。有趣的是，儘管布朗指出「印地安人乾淨的皮膚長久以來吸引歐洲人的注意和想像」，但他同時也發現歐洲人對美洲原住民的記載「搖擺在兩種觀點之間，一方面是野蠻論述，包含對於骯髒和獸性的貶詞，另一方面是對其健美優雅身體的讚語，認為是歐洲人所見最光滑乾淨的皮膚」（Brown 51）。在《乾淨與白色：美國的環境種族歧視史》（2015），卡爾・秦令恩（Carl A. Zimring）指出在十九、二十世紀之交，「流行一種顏色種族階級論，以白皮膚為人類進化的最高階段」（Zimring 88）。根據秦令恩的看法，「衛生學的修辭和意象結合了種族階級論，使得白人象徵純淨，而其他所有非白人則是骯髒的代表。純淨的概念在這段時期的廣告扮演著重要的角色，譬如香皂的純淨，食物的純淨。純淨等同於健康，是可信賴的同義詞，廣告商藉由宣稱他們產品很純淨而說服大眾他們的產品安全可靠」（Zimring 89）。在這樣的時代氛圍裡，繆爾難免也就擁抱二元對立的觀點，認為優勝美地是神聖純淨的白色荒野，而那些非白色的種族是骯髒污穢的，必須被排斥和移除。

繆爾喜歡與自然獨處，追求超越的美學經驗。如果繆爾對印第安人的排斥與美學有關，那麼超越主義的孤獨美學應該是個關鍵。孤獨是最好的同伴，梭羅在《湖濱散記》的〈孤獨〉那一章裡對它作了經典的闡釋。不過梭、繆兩人雖然是與大自然孤獨相處的同好，在一定程度內使他們成為「靈友」（kindred spirits），然而喜愛與孤獨相處的梭羅絕不鄙視印地安人，兩人的高下從底下繆爾對影子湖的描述與關切裡可以窺見一斑。繆爾喜歡與自然獨處，追求超越的美學經驗。優勝美地的原始純淨，「沒有任何人煙，也沒有任何跡象顯示人類的雕琢」（Y 6），深深地擄獲了他的心。在《加州群山》（*The Mountains of California*）一書中他對所提到李特山（Mount Ritter）影子湖（Shadow Lake）的心中祕境是這樣描述的：

> 1872 年的秋天，在前往河流源頭的冰河的路上，我第一次發現這個迷人的湖泊。湖光輕盈燦爛，未遭踐踏，隱藏在壯麗的荒野之中，像是未被挖掘的金礦。年復一年，我走在湖的岸邊，從未發現人類的蹤跡，除了一些印地安人的營火的殘跡，和幾根為了吸食骨髓而折斷的野鹿大腿骨。……我只跟少數幾個朋友說過影子湖的美景，因為擔心這樣的祕境會像優勝美地一樣被踐踏和「使用」。（*MC* 85-86）

繆爾將影子湖描寫成一個原始祕境，彷彿他是第一個來到這個地方的人。不過，印地安人留下的營火殘跡要如何解釋？顯然，繆爾的敘事是建立在一個隱而未宣的立場上的：印地安人不是人，至少是非我族類。因此他可以繼續視影子湖為一個無人祕境，必須小心呵護，只能讓少數同溫層的我族知道，以免被踐踏、「使用」、破壞。然而陶醉在這純淨無人的荒野天堂之中的繆爾，他的美夢突然破滅了：「在我最後一次拜訪時，當我沿著湖邊散步，在湖水和泥土湖

岸草地之間的沙灘上漫步，一邊查看生活在那裡的野生動物在那邊生活的足跡時，我震驚地發現，有人類的足跡，而且我馬上認出是牧羊人的」（MC 86）。因此，繆爾陶醉在這個其中「無人」的荒野秘境，終究原來只是他一廂情願的想像罷了。

　　事實上，無人荒野只是繆爾自己的幻想，環境史的研究已提供充分的證據。[11] 更諷刺的是，優勝美地的所謂「原始純淨」（pristine and pure），有一部分還得歸功於居住在谷地的印第安人祖先。舉例來說，山谷開放式的空間，如花園一般的樣貌，得歸功於原住民對火的善加使用。繆爾在《加州群山》一書中，對這樣開放式的、公園一般的景觀作了動人的描述，但他顯然並不知道這不是全然的天成，而是要感謝他所鄙視的原住民祖先數個世紀的努力，尤其是他們對火的使用：「塞維拉山森林令人著迷的空曠景觀，是它們最顯著的特色之一。各種各樣的樹木大約都或者成叢而立，或者以不規則的小群散布，讓人處處都有路可走，沿著陽光普照的樹廊，穿過光滑平整宛如公園的空地，地上散布著棕色的松針和芒刺」（MC 103）。事實上，在優勝美地谷地變成國家公園之前，美國人藉由強

---

[11] 根據大衛‧畢思里（David Beesley）、麗貝卡‧索尼特（Rebecca Solnit）、亞弗瑞德‧朗特（Alfred Runte）等環境史學者的研究，原住民早已在優勝美地谷地居住了好幾世紀，也對該地環境產生相當程度的影響和改變，尤其是他們對火的使用。畢思里指出，「在與歐洲人接觸之前，塞維拉山區的原住民人口估計有九萬人到十萬之多。大部分的人口都聚集在山脈西側，因為那邊資源最豐富」（Beesley 21）。而優勝美地裡說米沃克語（Miwok）的「阿瓦尼奇」（Ahwahneechees）族人的神話故事，也可間接證明那個地方一直是他們的故鄉：

> 關愛的子民，帶領他們走上一個漫長而疲累的旅程，最終抵達了一個山谷，也就是今天的優勝美地。偉大的造物靈讓他們在這裡停留下來，以它為家。在這裡他們發現豐足的食物。河流裡有滿滿的魚群。草原長滿厚厚的苜蓿。樹叢矮木提供了橡子、松子、果實、莓果，而森林裡多的是鹿群和其他動物，提供他們足夠的獸肉和皮毛，衣食無缺。在這裡他們繁衍生息，子孫興旺，建立村莊。（qtd. in Bates and Lee, 15）

迫驅逐本來居住其中的原住民而將優勝美地清空,把他們的歷史痕跡全部抹除,製造出自我欺騙的「原始純淨」的荒野。當繆爾在1868年抵達優勝美地,並且為其雄偉壯麗讚嘆不已之時,世居此地的原住民幾乎已經被強迫驅離殆盡,只剩下一些流離失所者在該區域徘徊。這段原住民被驅離的歷史,繆爾並非全然不知,這從他在《優勝美地》(*The Yosemite*)一書中的〈谷地早期的歷史〉裡的敘述,不難看得出來:

> 在1849和1850狂熱的淘金年間,塞維拉山西麓的印第安部落警覺到,白人礦工突然入侵他們的果園和獵場,很快便以他們一貫燒殺擄掠的方式向礦工開戰。這場戰爭持續到美國印第安管理局成功將他們驅趕至保護區為止,一部分使用和平的手段,有些則是燒毀他們的村莊和存糧以逼迫他們就範。優勝美地部落,又叫灰熊部落,誤以為他們的深山堡壘很安全,是所有部落裡頭最為棘手最為頑強的。就是在塞維奇少校(Major Savage)率領著馬里波薩民兵(Mariposa battalion)圍捕這個好戰部落、要將他們趕入弗雷斯諾保留區(Fresno reservation)的過程中,這個深山裡的家園,也就是優勝美地山谷,在無意中被發現了。(*Y* 226)

繆爾清清楚楚地知道優勝美地是優勝美地部落,也就是阿瓦尼奇部落(The Ahwahneechees)「深山裡的家園」,但是卻彷彿把白人的入侵與鳩佔雀巢視為理所當然,反而把原住民保衛家園的正當行為說成「好戰」、一貫的「燒殺擄掠」!這段文字理直氣壯的顛黑倒白,殖民帝國「平庸的邪惡」心態,令人想起一句曾經流行一時的諺語,「唯一好的印地安人就是個死的印地安人」,思之不寒而慄。

白人淘金客為了發財而侵門踏戶,毀滅印第安原住民的家園和

生計,他們的反抗招來了塞維奇(Major Savage)少校和博陵上尉(Captain Boling)率領的馬里波薩民兵(Mariposa Battalion)進入優勝美地山谷,經過幾波的圍剿,成功地消滅了田尼亞酋長(Chief Ten-ie-ya)領導的抵抗,把他的殘餘部落放逐到保留區內。在清剿期間,民兵團圍捕射殺,有計畫地焚燒印第安人的村落和食物來源,逼迫他們在飢寒交迫之下投降,接受美國政府的條件,遷徙至指定的保留區。家園毀了,親人死了,這是一場「種族滅絕的戰爭」("war of extermination")。馬里波薩民兵營的隨軍醫生拉法葉・邦內爾(Lafayette Bunnell)在 1880 年出版《1851 年印第安戰爭與優勝美地的發現》(*Discovery of the Yosemite and the Indian War of 1851 Which Led to That Event*)一書中,除了描述谷地撼人心弦的壯麗山川,同時也為該地區印第安人悲慘的命運感到難過。邦內爾對田尼亞酋長悲慘命運的描述令人動容。博陵上尉於 1852 年接替塞維奇少校率領民兵團圍剿優勝美地時,田尼亞酋長最心疼的小兒子被民兵從背後射殺,他初睹兒子屍體時的反應是無奈的壓抑:「他注視著他最疼愛的小兒子的屍體,仍躺在他倒下去的地方,一動也不動。他停頓了一會,沒有明顯的感情流露,除了嘴唇顫抖」(Bunnell 153)。邦內爾在書中繼續寫道:

> 但是見到仇人時分外眼紅,喪子的錐心之痛,滅族的滔天之恨,當著博陵上尉的面如洪水決堤般的爆發了!老酋長撕心裂肺的悲吼著,「殺了我吧,上尉!是的,殺了我吧,就像你殺了我兒子;就像你會殺光我的子民,如果他們在你的眼前。你會滅了我們全族,如果你有這個能耐。是的,先生,美國人,你現在可以叫你的士兵殺掉老酋長,你讓我悲慘,你讓我的生命一片漆黑;你殺了我的兒,我的心頭肉,何不把父親也殺了。不過等一下,別急;我死了以後我會叫我的子民來找你,

> 我會呼叫得比你要我叫的更響亮,他們在睡夢中會聽到我的呼叫,前來替他們酋長和他兒子的死亡復仇。是的,先生,美國人,我的靈魂會給你和你的人民搞麻煩,如同你給我和我的子民搞麻煩。我會同巫師一起,跟在白人後頭,叫他們怕我。」
> （Bunnell 156-7）

弱者的悲嘆,徒託神鬼的復仇空言,不就是如莎士比亞說的「充滿聲音與憤怒,了無意義」,更顯示出人為刀俎,我為魚肉的深沈悲哀。邦內爾的哀憐之情,只怕連鱷魚的眼淚都不如。優勝美地的雄渾壯麗撼動他的心弦,啟發了他為谷地命名的動機,這能夠提升心靈境界和品德的景緻令他更為堅持,如此多嬌的江山絕不能落入印第安人之手,印地安人必須被驅離清空,優勝美地必須保留成為無人的荒野,以滿足白人中上階級的美學需求。「白人夢想中未有人煙的國家」,羅伯・尼克森（Rob Nixon）一語道破問題的癥結,「是原民土地被剝奪、文化被消滅的主要原因。這樣的夢想造成阿瓦尼奇部落從優勝美地被驅趕出去,是改造優勝美地成純淨原始荒野計畫的一部分」（241）。做為這個浪漫美學意識形態的行動派,繆爾鼓動風潮,推展國家公園運動、保護荒野以落實他的理想。從浪漫超越主義把清教徒「鬼哭神嚎的荒野」（the howling wilderness）轉化成上帝的神聖殿堂之後,美國的國家論述與美學立場意外的成為開疆闢土的搭檔,黑臉白臉的夥伴。大衛・馬佐爾（David Mazel）對邦內爾的深刻觀察,正是看出了邦操作以美學的白臉來服務國家主義的黑臉,試圖粉飾黑臉的殘暴,並賦予正當性:「拉法葉・邦內爾的記載……顯示出美學景觀論述扮演的角色,如何粉飾典型暴力環境造成的種族滅絕的恐怖,在美國人如何進攻入侵和征服優勝美地這個完美的暴力事件／環境中,扮演了粉飾種族滅絕恐怖暴行的角色」（Mazel xxiv）。美原是永恆的喜悅,就如濟慈（John Keats）所說的,

但誰知道在十九世紀末的美國西部,這個意識形態竟是如此的「政治」。在它的影響下,繆爾歌頌的雄偉壯麗的「優勝美地」竟成了印地安人家破人亡的「流血滿地」!

　　白人征服者的赫赫戰功,是需要勒碑刻石以為紀念的。外來征服者給被征服的土地命名,或者重新命名,就是勒碑刻石,除了紀念的功能以外,還象徵著帝國新紀元的開創,命名者即征服者,正處於天地伊始的神聖時光(the sacred time),舊世界的痕跡被抹除,歷史從今開始。優勝美地被征服之後,邦內爾看到一個宛如仙境的湖泊,他說要以老酋長的名字將其命名為田納亞湖(Lake Tenaya),殊不知那個湖泊早有一個原住民語的名字:派威艾克湖(Lake Pyweack)。當邦內爾說要以老酋長的名字為湖泊命名時,老酋長的反應值得我們深思。邦內爾描述道:

> 一開始,他似乎無法理解我們的用意,指著湖頭上燦爛的群峰說:「湖已經有名字了,我們叫它派威艾克。」我告訴他我們將湖命名田納亞,因為就是在這湖邊,我們找到他的族人,但是他們永遠再也不能回去那裏生活了,這時他的表情垮了下來,馬上離開我們,回到他的家人身邊。他離開時的表情透露出,他認為湖泊的命名跟喪失土地實在不能相提並論。(Bunnell 213-4)

邦內爾對田納亞酋長離開時的表情的解讀,留下不少疑惑:如果派威艾克湖重新命名為田納亞湖跟喪失家園不能相提並論,彷彿重新命名是一件微不足道的小事,那麼老酋長的反應為什麼那麼強烈,表情巨變,馬上起身離開?白人征服者堅持以老酋長之名命名,除了抹掉被征服者的歷史足跡,更是要藉以紀念征服者在這個湖邊剿滅老酋長部落的重大勝利,他不服氣又能如何?硬說他不怎麼在意

似乎有點指鹿爲馬的味道，試圖鋪陳出一個賦予征服者的行爲以正當性的論述。邦內爾的解讀會不會是征服者的詮釋暴力（interpretive violence），傷害之餘，加上侮辱？

那麼對於麗貝卡・索尼特（Rebecca Solnit）在《野蠻的夢想》（*Savage Dreams: A Journey into the Landscape Wars of the American West*）一書中所評論的這個「不幸的事件」（"an unpleasant incident"）（Solnit 220），繆爾的態度又是如何？繆爾在《我在塞維拉山的第一個夏天》裡頭有一段話提及紀念碑的事，繆爾說，優勝美地的一個酋長，老田納亞，因爲偷竊人家的羊以及其他犯罪而被美國士兵追捕，逃入山中，到了田納亞湖時終於喪失意志，就投降了。這個田納亞湖就是紀念他的：「這個明麗的湖泊是老酋長美好的紀念碑，而且長長久久，雖然湖泊和印第安人都會消逝」（*MFS* 222-3）。問題是，一個犯了偷竊和其他罪惡的罪犯，一個「燒殺擄掠」的「好戰」份子（*Y* 226），有什麼值得紀念的？原來就如丹尼爾・杜安（Daniel Duane）在他文章中提到的，他在驚恐中所發現的，田納亞湖的「命名不是爲了向田納亞酋長致敬，而是興高采烈地慶祝他族人的毀滅。」[12]

杜安的驚恐，恐怕是許多人的經驗，雖然不包括繆爾。一個地方的名字很少只是單純的名字，名字賦予土地以性格、認同、歷史和難以割捨的情感。國破名猶在，多少還有一絲絲的心理聯繫可供故國神遊，但是如果連名字都被抹除了，那眞是毀屍滅跡、形神俱滅了。從新命名田納亞湖的舉動，象徵美國殖民帝國成功征服優

---

[12] 請見 Daniel Duane, "Goodbye, Yosemite. Hello, What?" (*The New York Times*, Sept. 2, 2017): Lake Tenaya "is named not in honor of Tenaya but in joyous celebration of the destruction of his people."
https://www.nytimes.com/2017/09/02/opinion/sunday/goodbye-yosemite-hello-what.html

勝美地，並且藉由放逐原住民和重新命名，把優勝美地改造成一個「原始純淨」的荒野，提供白人遊客雄渾的美學經驗，但是老酋長的族人眞的是「永遠再也不能回去那裏生活了」。而這個恰恰就是繆爾心心念念追求的荒野和國家公園理想，也是他親身經歷過的經驗。原住民部落被清空之後二十五年，繆爾來到田納亞湖湖邊露營。在1876年8月1日的日誌中，他寫道：

> 湖邊的岩岸和岬角分明，湖底群山倒影如畫，湖面微波蕩漾，群星倒影其中，恰似林中池塘的睡蓮⋯⋯
>
> 這裡是我常來的老地方，我就在這裡開始做研究。我就在這個地點露營。這附近似乎沒有任何人跡。（*JM* 236）

沒有人跡，獨對空靈清雅與雄偉，在上帝的殿堂裡與神同在，提升品德。然而繆爾眼中這樣的聖地或勝地，卻是奠基在暴力和血腥的歷史之上，而這樣的歷史是否已經被遺忘了呢？今天，美國國家公園管理局對田納亞湖的介紹，仍然看得見繆爾巨大的身影：

> 田納亞湖是一個壯麗的塞維拉高山湖，四周環繞著花崗岩圓丘、黑松林、廣闊的優勝美地荒野。它是優勝美地前緣最大的湖泊。因爲它突出的景觀特質、迷人的藍色湖水、加上位置接近蒂奧加路，田納亞湖成爲優勝美地夏日最受遊客歡迎的景點之一。[13]

---

13 請參考 https://www.nps.gov/yose/learn/management/tenaya.html

四、結語

　　藉由建構一個原始純淨無人的荒野並在其中獲得雄渾的美學經驗，繆爾建立了一種觀看自然的方式，而這樣的觀點不僅進入了國家公園的荒野保存論述，也成為二十世紀全世界環境運動的圭臬。在他的諸多自然寫作作品中，繆爾常常使用宗教的比喻和美學的語言來建構他的環境美學倫理，訴求支持保護和保存荒野，而他呼籲的對象幾乎都是受過良好教育的中上層階級白人男性菁英。不同於十九世紀將荒野視為無用的土地，甚至是妨礙開發的阻礙，繆爾賦予荒野宗教和美學方面的重要價值。在那個物慾橫流、被馬克吐溫稱為「鍍金時代」的社會裡，繆爾窮盡一己之力告訴美國人，「跟自然保持親密的關係有多麼地重要」（Cohen 366）。如果沒有繆爾投入政治致力推動荒野保存運動，加上他影響力廣大的諸多自然寫作推波助瀾，當時在美國建立國家公園不可能會成功。然而，繆爾在其諸多自然寫作中常常將某些族群的人，例如牧羊人，尤其是非我族類的印第安原住民，從荒野中驅趕出去，把優勝美地理想化成一個完全無人居住或從未使用過的自然環境，認為它不是個工作和生活的地方，而是供白人菁英與上帝獨處的神聖殿堂，藉以提升美學品味與心靈，顯然是帶有嚴重歧視的階級與種族主義。繆爾貶抑在山區工作謀生的牧羊人，厭惡「醜陋」和「骯髒」的印第安人，認為他們與美麗雄偉、原始純淨的優勝美地荒野格格不入，對他們被流放滅族的悲慘命運，完全無動於衷，也不表示同情。優勝美地被建構成一個既純又淨的無人荒野的神話，然而這神話早就被當代環境史的研究所揭穿。但令人感慨的是，這個神話，或者說信仰，最終在帝國殖民和雄渾美學聯手之下，以種族滅絕的方式成為歷史事實。

引用書目

Armstrong, Meg. "'The Effects of Blackness': Gender, Race, and the Sublime in Aesthetic Theories of Burke and Kant." *The Journal of Aesthetics and Art Criticism*, vol. 54, no. 3, 1996, pp. 213-236.

Bates, Craig D., and Marth J. Lee. *Tradition and Innovation: A Basket History of the Indians of the Yosemite-Mono Lake Area.* Yosemite Association, 1990.

Beesley, David. *Crow's Range: An Environmental History of the Sierra Nevada.* U of Nevada P, 2004.

Brown, Kathleen M. *Foul Bodies: Cleanliness in Early America.* Yale UP, 2009.

Bunnell, Lafayette Houghton. *Discovery of the Yosemite and the Indian War of 1851 Which Led to That Event.* 1911. Yosemite Association, 1990.

Burke, Edmund. *A Philosophical Enquiry into the Sublime and Beautiful.* 1759. Edited by David Womersley, Penguin Books, 1998.

Cohen, Michael P. *The Pathless Way: John Muir and American Wilderness.* U of Wisconsin P, 1984.

Cronon, William. "The Trouble with Wilderness; or, Getting Back to the Wrong Nature." *Uncommon Ground: Rethinking the Human Place in Nature*, edited by William Cronon, W. W. Norton & Company, 1996.

DeLuca, Kevin, and Anne Demo. "Imagining Nature and Erasing Class and Race: Carleton Watkins, John Muir, and the Construction of the Wilderness." *Environmental History*, vol. 6, no. 4, 2001, pp. 541-560.

Duane, Daniel. "Goodbye, Yosemite. Hello, What?" *The New York Times*, 2 Sept. 2017, www.nytimes.com/2017/09/02/opinion/sunday/goodbye-yosemite-hello-what.html.

Kant, Immanuel. *Observations on the Feeling of the Beautiful and Sublime.* Translated by John T. Goldthwait, U of California P, 1960. Abbreviated as *OFBS*.

―――. *Critique of Judgement.* 1790. Translated by James Creed Meredith, edited by Nicholas Walker. Oxford UP, 2008. Abbreviated as *CJ*.

Mazel, David. *American Literary Environmentalism.* U of Georgia P, 2000.

Merchant, Carolyn. "Shades of Darkness: Race and Environmental History." *Environmental History*, vol. 8, no. 3, 2003, pp. 380-394.

———. *American Environmental History*. Columbia UP, 2007.

Muir, John. *John of the Mountains: The Unpublished Journals of John Muir*. Edited by Linnie Marsh Wolfe, U of Wisconsin P, 1979. Abbreviated as *JM*.

———. "Our National Parks." 1901. *John Muir: The Eight Wilderness-Discovery Books*. The Mountaineers, 1995. 455-605. Abbreviated as *ONP*.

———. *The Mountains of California*. 1894. The Modern Library, 2001. Abbreviated as *MC*.

———. *My First Summer in the Sierra*. 1911. The Modern Library, 2003. Abbreviated as *MFS*.

———. *The Yosemite*. 1912. The Modern Library, 2003. Abbreviated as *Y*.

Nash, Roderick Frazier. *Wilderness and the American Mind*. 1967. Yale UP, 2001.

Nixon, Rob. *Slow Violence and the Environmentalism of the Poor*. Harvard UP, 2011.

O'Brien, William E. and Wairimu Ngaruiya Njambi. "Marginal Voices in 'Wild' America: Race, Ethnicity, Gender and 'Nature' in The National Parks." *The Journal of American Culture*, vol. 35, no. 1, 2012, pp. 15-25.

Oravec, Christine. "John Muir, Yosemite, and the Sublime Response: A Study in the Rhetoric of Preservationism." *The Quarterly Journal of Speech*, no. 67, 1981, pp. 245-58.

Outka, Paul. *Race and Nature from Transcendentalism to the Harlem Renaissance*. Palgrave Macmillan, 2008.

Porter, Joy. *Native American Environmentalism: Land, Spirit, and the Idea of Wilderness*. U of Nebraska P, 2014.

Powici, Christ. "What is Wilderness?: John Muir and the Question of the Wild." *Scottish Studies Review*, vol. 5, no. 1, 2004, pp. 74-86.

Runte, Alfred. *Yosemite: The Embattled Wilderness*. U of Nebraska P, 1990.

Scheese, Don. *Nature Writing: The Pastoral Impulse in America*. Twayne Publishers, 1996.

Solnit, Rebecca. *Savage Dreams: A Journey into the Landscape Wars of the American West.* Vintage Books, 1995.

Spence, Mark David. *Dispossessing the Wilderness: Indian Removal and the Making of the National Parks.* Oxford UP, 1999.

Weiskel, Thomas. *The Romantic Sublime: Studies in the Structure and Psychology of Transcendence.* Johns Hopkins UP, 1976.

White, Richard. "'Are You an Environmentalist or Do You Work for a Living?': Work and Nature." *Uncommon Ground: Rethinking the Human Place in Nature*, edited by William Cronon, W. W. Norton & Company, 1996.

Williams, Dennis C. *God's Wilds: John Muir's Vision of Nature.* Texas A&M UP, 2002.

Young, Terrence. "'A Contradiction in Democratic Government': W. J. Trent, Jr., and the Struggle to Desegregate National Park Campgrounds." *Environmental History*, vol. 14, 2009, pp. 651-82.

Zimring, Carl A. *Clean and White: A History of Environmental Racism in the United States.* New York UP, 2015.

蠶女故事：
生態鬼魅與絲路物質文化下的人類世寓言*

許立欣

一、導言

在中國文化脈絡下，桑與蠶兩者作為提供人類飲食、絲綢與物料的供應者，在物質上與象徵上同時具有重要地位。自中國古代開始，桑林即具有神聖意義，早在戰國時代呂不韋所著《呂氏春秋・順民》中提到商朝領袖湯在桑林中為民祈雨：「昔者，湯克夏而正天下，天大旱，五年不收，湯乃以身禱於桑林……用祈福於上帝，民乃甚說，雨乃大至」，顯示桑林與民生農林之間緊密關聯（呂不韋，無日期）。台北故宮博物院珍藏之〈清院本親蠶圖〉，鉅細彌遺地呈現古代傳承已久之「親蠶」祭禮，為清朝義大利天主教耶穌會修士來中國之宮廷畫家郎世寧與金昆、盧湛等十人所作，描述每年中國宮庭后妃於春季進行之蠶桑儀式，凸顯出桑蠶在文化宗教與農業民生上之核心地位。[1] 然而，在文學延申意義上，蠶化於繭的自然現象，也常常與人生經歷或困頓產生類比關係。唐朝詩人白居易於

---

* 本文原刊登於《中外文學》・第 52 卷・第 3 期・2023 年 9 月・頁 47-80。此版本為修簡版。
1 〈清院本親蠶圖〉共有四卷，原圖目前已數位化，可在故宮網上取得。

《江州赴忠州至江陵已來舟中示舍弟五十韻》詩中,即將蠶繭與人生自困相比:「燭蛾誰救護,蠶繭自纏縈」(白居易,無日期)。宋朝詩人陸游也於《劍南詩稿・書嘆》中,做出類似比擬:「人生如春蠶,作繭自纏裹」(陸游,無日期)。蠶兒食桑所產生的生態關係,又常引申爲消耗自然資源、侵掠他者之隱喻。韓非子在《韓非子・存韓》中,即用「蠶食」作爲侵略之比擬:「諸侯可蠶食而盡,趙氏可得與敵矣」(韓非子,無日期)。清朝文人彭養鷗的醒世小說《黑籍冤魂》第二回,也用此成語描述西方帝國野心:「在乾隆時代,英吉利滅東印度,據孟加剌,漸肆其蠶食鯨吞手段,兼并那東、中、南三印度之地」(彭養鷗,無日期)。由於蠶兒與鯨魚在某種程度上,可視爲生物鏈中的掠奪者,具有驚人的吞食能力,「蠶食鯨吞」的成語在文學中更成爲西方帝國主義擴張的象徵。

　　桑蠶具有宗教神話般與神鬼相通之靈動特質,民生物資上又是自然資源的提供者,但也可形容具有野心(與野性)的吞噬者,其複雜之生態蘊涵,在中國古代神話蠶女的故事中具體呈現。中國古代與桑蠶相關故事不勝枚舉,從黃帝之妻嫘祖發現蠶絲,到馬頭娘神話中女兒披馬皮化爲蠶兒,在在顯露出中國人與桑蠶發展物質文化上之親密關係。早在《搜神記》中,東晉史學家干寶即提到桑蠶相關的神話故事。在其卷十四之〈女化蠶〉故事中,女兒承諾其馬兒,若其能救回戰場的父親,便以身相許。父親被馬兒救回後,得知此事,便射殺馬兒,將馬皮晾在院子,結果一場大風颳起馬皮把女兒捲走,幾日後家人便在桑樹上發現了特別的蠶種,成了中國蠶女(或蠶馬神)之源由。干寶〈女化蠶〉對桑蠶來源的描述,提供了生態論述在跨文化視角下,對人類與非人類(動物、植物與物質)的鬼魅式互存互食之生態結構,深刻繁複的刻畫與展現。從中國古代神話原型角度來說,〈女化蠶〉的故事可作爲先人對自然界現象中,桑蠶吐絲而蛻變成飛蛾一種神奇轉變(metamorphosis)的解

讀,其得以受人類馴養,帶來農業富收與商業繁盛,使人們對自然讚賞。另一方面來說,蠶女故事中馬兒與女兒的犧牲,也可以視為中國古代傳統家庭觀念與性別階級制度的強化。此外,蠶女的故事中提及人類(父親與女兒)、動物(馬與蠶)、植物(桑樹)與物質(馬皮與蠶絲)的四角共生關係(co-exis tence),以及其所體現出中國自古以來養蠶業(sericulture)透過人類馴化和開採自然資源的過程,將人類農業發展進程與東亞、中亞、西亞、歐洲與地中海商業交流著名之「絲綢之路」的文化意義聯繫在一起。從去人類中心的生態物質角度來說,蠶女的故事傳達桑蠶文明代表的農業生產力、經濟價值、以及其對中國古代人本傳統價值觀之反思,值得重新審視。

在探究中國神話系統中,「變化」一詞蘊含哲思、美學、社會學與科學史上多重意義,相當受到學者重視。李豐楙提到根據東漢許慎說文解字的看法,「變取象於蠶化為蛾,化取象於人的老幼異狀」,但後來的注釋者,如唐代經學家孔穎達與英國當代科學史家李約瑟(Joseph Needham)指出,道家的「變」指的是「逐漸改變」的過程,而「化」則是「忽然而改的結果」(1986: 41)。而在干寶《搜神記》中,變化的概念更進一步和「氣的反常」做連結,用來作為描述萬物異常變化的現象與概念(李豐楙 1986: 43)。〈女化蠶〉一文標題,描述故事中女兒化身為蠶兒的異常,即反應出自然界在時節與古生物相互影響下,突然改變生命狀態的現象。本文延伸此「變化神話」與「異常」現象相連的概念,從人類與非人類(nonhuman)之親密關係(intimacy)的生態角度,探究中國古代神話中蠶女故事的演變,如何與近期生態評論界中的「物質轉向」(material turn)接軌,其與當前人類世(Anthropocene)危機之間產生對話。近期西方生態文學理論評論學者們,藉由各種跨領域、跨科學的探究,重審人類與自然界之間的關係,與其對生態環境所產生之衝擊。

的確，人類與非人類之間，經由物質文明發展在歷史與空間上，跨地理政治疆域各種農業、貿易、軍事與科技運作，產生生態物種多重錯置與移植，從而促使人類、植物、動物與各種物質與非生物之間，多種跨物種的生態對話。在探究生態中人類與非人類的視角，又以生態志異（EcoGothic）與人類世兩個概念，與本文論述最為相關。[2] 西方志異文學（the Gothic）主要源自十八世紀歐洲啟蒙思想興起，文學作家們開始書類科學理性與自然界的相互關係，針對環境中無法預測或控制之超自然現象，或在科學思想掛帥、所謂文明論述主導之下被壓抑、排擠、剝削、認知為不（反）理性、不（反）文明的各種事物，開始以妖魔鬼怪、或神秘不可知的鬼魅形式，在志異文學中浮現。生態志異的方法學，結合生態與志異之視角，關注人類與非人類物種之間緊張但常被忽略的關聯，如何在文學作品中呈現。生態志異的出現常與艾斯托克（Simon Estok）於 2009 年在〈「在曖昧的開放中論說」：生態批評與生態恐懼症〉（"Theorising in a Space of Ambivalent Openness: Ecocriticism and Ecophobia"）一文中，討論關於生態恐懼症（ecophobia）有關。艾斯托克強調生態評論家應該將人類對非人類世界的恐懼，做深入地理解和理論化。希拉德（Tom Hillard）在〈「直向暗裡窺」：論志異式自然〉（"'Deep Into That Darkness Peering': An Essay on Gothic Nature"）一文，進一步確立生態恐懼與志異文學之間的聯繫。在史密斯（Andrew Smith）和休斯（William Hughes）於 2013 年所出之《生態志異》（*EcoGothic*）文集中，更深入提到生態志異對社會之批判或反動性。

---

[2] 2022 年 5 月中華民國比較文學協會電子報之短文〈「物質」與「植物」詭譎的生態志異對話〉也曾短暫提及此鷺女故事，用其作為人類與非人類相互糾纏之生態論述為例（許立欣 2022）。

最近幾年生態志異的研究蔚為風潮，舉其犖犖大端者，有艾斯托克的《生態恐懼假說》(*The Ecophobia Hypothesis*)、基特利（Dawn Keetley）和西維爾斯（Matthew Wynn Sivils）編輯的《十九世紀美國文學中的生態志異》(*Ecogothic in Nineteenth-Century American Literature*)、2019年以生態志異為主題成立的《志異自然雜誌》(*The Gothic Nature Journal*)線上期刊、帕克（Elizabeth Parker）之《森林與生態志異：大眾想像中的幽暗森林》(*The Forest and the EcoGothic: The Deep Dark Woods in the Popular Imagination*)、埃德尼（Sue Edney）編輯的文集《十九世紀的生態志異花園》(*EcoGothic Gardens in the Long Nineteenth Century*)、愛德華茲（Justin D. Edwards）、格勞倫（Rune Graulund）和赫格倫德（Johan Höglund）合編的《受損地球的黑暗景像：志異式人類世》(*Dark Scenes from Damaged Earth: The Gothic Anthropocene*)等等，這些著作顯示西方學界對志異文學與環境問題之關連的重視。而本人所編輯之《亞洲生態志異》特刊，則將生態志異的研究擴展到亞洲，以期對亞洲生態文學評論做出更多元的探究（Hsu 2022）。

本文另外一個主要的生態概念，是生態物質性與人類世概念的關聯。人類世一詞描述人類成為影響地球氣候與環境變化重要因素的地質概念。目前大致認為此概念的提出，是由大氣學家克魯岑（Paul Crutzen）與尤金·斯托默（Eugene F. Stoermer）開始。他們於2000年指出人類活動對地球的影響，足以用一個新的地質時代來命名。什查克拉博蒂（Dipesh Chakrabarty）於2009年發表之〈歷史之氣候：四個論點〉("The Climate of History: Four Theses")一文開啟了西方人文學界對「人類世」的討論。近期生態論述學者對「人類世」一詞開始有更深入之解釋、探究與推廣，主要著作如下：博納爾（Christophe Bonneuil）與弗雷索（Jean-Baptiste Fressoz）的《人類世的衝擊：地球、歷史和我們》(*The Shock of the Anthropocene:*

The Earth, History and Us)、霍恩（Eva Horn）與伯格塔勒（Hannes Bergthaller）的《人類世：人文學科的關鍵問題》（*The Anthropocene: Key Issues for the Humanities*）以及托馬斯（Julia Adeney Thomas）、威廉姆斯（Mark Williams）與扎拉謝維奇（Jan Zalasiewicz）所著之《人類世：跨學科研究》（*The Anthropocene: A Multidisciplinary Approach*）。

雖然人類世從何時開始未有定論，一般科學家與生態學家將此概念用於描述地球生態之平衡，如何在人類開始大量從事農耕與工業活動後，大規模影響或改變。由於二次世界大戰後，全球快速現代工業化與消耗大量自然資源，導致二氧化碳排放量大幅提升，地球急速暖化、環境異常現象頻繁，人類世一詞常與環境末世論述相提並論。但也有不少學者認為人類歷史早在幾千年前，有農業活動開始，就已經對全球氣候變遷，造成相當的影響。本文對蠶女故事中絲綢文化的探究，即是循著這樣對人類世一詞解釋的脈絡，參照魯迪曼（William F. Ruddiman）所謂的「早期人類世假說」（The early anthropogenic hypothesis）為探討依據（2003；2017），以及莫頓（Timothy Morton）對人類農業發展起源較為廣義、較具哲思的定義。根據莫頓的說法，人類世一詞的起源，應該不限於工業革命之發展，而是從大約 12,500 年前，在美索不達米亞肥沃的新月地帶，開始利用農業技術來管理自然資源，產生大規模人類定居開始（2016: 39）。

本文探究蠶女故事之演化，從生態志異與人類世的角度立論，嘗試在絲綢物質文化發展的脈絡中，勾勒出人類界與非人類界之間緊密卻又相互糾纏、互生互食之詭譎關係。生態志異與人類世兩種學術概念具有相當程度之關聯性。其最大的共通性，在於兩種方法論與探究視角，皆是針對現下生態人文學界中，對人類與非人界之間緊張卻又而親密相依的糾葛關係，做出理論化與哲思化之探

究。本文檢視中國古代蠶女的故事,如何與生態人文學界對兩者的探究相結合。尤其是蠶女故事中,女孩與馬兒起先的親密結盟與其後的背叛,和故事結尾強調桑、蠶、馬、人共生共食之關係,展現出中國早期神話原型中,在人與非人之間,具有相互捕食、消費和剝削、親密卻又緊張的生態共存關係上,作出寓言式展現。蠶女故事藉由對半馬半女禁忌鬼魅式交合（hybridity）的勾勒,凸顯出中國古代農業經濟發展中,桑、蠶、馬、人多重生物鏈角色。在農業生態上,桑蠶是絲綢產業中的主要消費者與生產者,卻也是人類從農業社會進展到資本主義進程中,大型操弄馴化（domestication）自然資源下的受牽連害者。此外,在絲綢之路發展過程中,桑蠶人馬共存具有多重與複雜的生態角色,蠶女的神話彰顯出亞洲民間故事在現代人類世的生態危機中,具有充滿批判人類中心主義（anthropocentricism）、發人深省的生態志異潛力。

　　本文對蠶女故事的論述,主要分成三部分,第一部分比較兩個蠶女故事的版本對人與非人態度描述的演變。第一個版本是干寶《搜神記》中的〈女化蠶〉,第二個版本爲唐朝杜光庭《墉城集仙錄》中的〈蠶女〉。與杜光庭後來版本相比,干寶版本傳達出較鮮明之先民對生態萬物的細察,與其對人本主義潛在性的批評世界觀。第二部分進一步以生態志異角度,審視其神話如何藉由鬼魅式、超自然的人類、後人類（posthuman）、反人類（unhuman）和跨人類（transhuman）等各類身體的融合與轉變,突顯出人類與非人類間的衝突、犧牲和背叛。第三部分聚焦於蠶女的故事,在絲綢物質文化的框架下,如何產生和當代人類世概念之聯繫。此部分探討人類和非人類界在歷史觀、物質觀與生態關係上逐漸形成之對比、疏離和差距,桑蠶農業與中國軍事發展,與資本主義全球化如何促成人類中心主義的世界觀。藉由比較蠶女兩種文本的不同表現形式,本文審視並思考早期中國桑蠶神話在人類危機時代的生態意義與啓示。

二、蠶女的故事演化與人類中心主義世界觀之成形

中國神話中對蠶女故事的描述，經年累月流傳下來不少相似版本，其中以《搜神記》中之〈女化蠶〉與《墉城集仙錄》中的〈蠶女〉兩個文本，由於故事劇情上有些對照性，常受到研究蠶女故事歷史文化學者們注意，相關論述不勝枚舉，其探究重點大多皆著墨於蠶女故事作爲推原神話以及桑蠶文化的起源。[3]

由於篇幅關係，故事原文只能重點節錄，著眼於這兩個版本對人、馬、蠶、桑之間生態關係的呈現與演化，以探究其人類與非人類之間複雜糾葛、互用互生的關係。東晉干寶《搜神記》卷十四〈女化蠶〉原文節錄如下：

> 舊說：太古之時，有大人遠征，家無餘人，唯有一女。牡馬一匹，女親養之。窮居幽處，思念其父，乃戲馬曰：「爾能爲我迎得父還，吾將嫁汝。」馬既承此言，乃絕韁而去。徑至父所。父見馬，驚喜，因取而乘之。馬望所自來，悲鳴不已。父曰：「此馬無事如此，我家得無有故乎！」亟乘以歸。爲畜生有非常之情，故厚加芻養。馬不肯食。每見女出入，輒喜怒奮擊。如此非一。父怪之，密以問女，女具以告父：「必爲是故。」父曰：「勿言。恐辱家門。且莫出入。」於是伏弩射殺之。暴皮於庭。父行，女以鄰女于皮所戲，以足蹙之曰：「汝是畜生，而欲取人爲婦耶！招此屠剝，如何自苦！」言未及竟，馬皮蹶然而起，卷女以行。鄰女忙怕，不敢救之。走告其父。父還求索，

---

[3] 中國文學學者與民俗評論家對於蠶女故事作爲推原神話的研究，尤其對中國桑蠶文明的社會、文化、宗教與性別含義的相關論述，可參照：鍾敬文 1982；Kuhn 1984；顧希佳 1991；A. Miller 1995；游修齡 2002；陳家咸、吳曉君、招肇欣 2005；許凱翔 2011；李豐楙 2010；林慧瑛 2012；Jones 2013；方韻慈 2018。

已出失之。後經數日，得於大樹枝間，女及馬皮，盡化爲蠶，而績於樹上。其繭綸理厚大，異于常蠶。鄰婦取而養之。其收數倍。因名其樹曰桑。桑者，喪也。由斯百姓競種之，今世所養是也。言桑蠶者，是古蠶之餘類也。案：《天官》：「辰，爲馬星。」《蠶書》曰：「月當大火，則浴其種。」是蠶與馬同氣也。《周禮》：「教人職掌，禁原蠶者。」注云：「物莫能兩大，禁原蠶者，爲其傷馬也。」漢禮皇后親採桑祀蠶神，曰：「菀窳婦人，寓氏公主。」公主者，女之尊稱也。菀窳婦人，先蠶者也。故今世或謂蠶爲女兒者，是古之遺言也。（干寶，無日期）

唐朝杜光庭《墉城集仙錄》卷六〈蠶女〉，引自《正統道藏》中第560-562冊。原文節錄如下：

蠶女者，乃是房星之精也。當高辛之時，蜀地未立君長，唯蜀山氏獨王一方，其人聚族而居，不相統攝，往往侵噬，恃強暴寡。蠶女所居，在今廣漢之部，亡其姓氏，其父爲鄰部所掠，已逾年，唯所乘馬猶在。女念父隔絕，廢飲忘食，其母慰撫之，因告誓於其部之人曰：「有能得父還者，以此女嫁之。」部人雖聞其誓，無能致父還者。馬聞其言，驚躍振迅，絕絆而去，數月其父乘馬而歸。自此馬晝夜嘶鳴，不復飲齕，父問其故，母以誓眾之言白之，父曰：「誓於人也，不誓於馬，安有人而配偶非類乎？馬能脫我於難，功亦大矣。所誓之言，不可行也。」馬嘶跪愈甚，遂欲害人，父怒射殺之，曝其皮於庭中，女行過側，馬皮蹶然而起，卷女飛去。旬日復棲於桑樹之上，女化爲蠶，食桑葉，吐線成爾蟲，用織羅綺衾被，以衣被於人間，蠶自此始也。父母悔恨，念之不已。一旦蠶女乘彩雲駕此馬，侍衛數十人自天而下，謂父母曰：「太上以我孝，能

致身心不忘義,授以九宮仙嬪之任,長生矣,無復憶念也。」言訖沖虛而去。今其塚在什邡、綿竹、德陽三縣界,每歲祈蠶者四方雲集,皆獲靈應。蜀之風俗,諸觀畫塑玉女之像,披以馬皮,謂之馬頭娘,以祈蠶桑焉。俗云閣其尸於樹,謂之桑樹,恥化爲蟲,故謂之蠶。《稽聖賦》云:「爰有女人,感彼死馬,化爲蠶蟲,衣被天下,是也陰陽。」《書》云蠶與馬同類,乃知是房星所化也。(杜光庭,無日期)

這兩個故事雖然基本情節類似,但在人類與非人類之間關係的描述上,具有概念上顯著的差異。在〈女化蠶〉的故事開頭,父親被徵召爲國家而戰(「有大人遠征」),女兒與馬成爲彼此唯一親密的陪伴侶(「牡馬一匹,女親養之」)。後來〈蠶女〉的故事中,父親則被鄰國綁架(「其父爲鄰部所掠,已逾年」),剩下母親與思念父親的女兒,爲父親廢寢忘食(「女念父隔絕,或廢飲食」)。在〈女化蠶〉的故事中,女孩因孤獨思念父親(「窮居幽處,思念其父」),進而向馬兒戲言承諾婚姻(「爾能爲我迎得父還,吾將嫁汝」)。〈蠶女〉的故事中,則是母親因擔憂女兒,而向眾人提出嫁女兒之誓言(「因告誓於其部之人曰:『有能得父還者,以此女嫁之。』」),對女兒與馬兒之間的關係,未像〈女化蠶〉般著墨,也未提及馬兒死後,女兒與馬皮之間的對話。在〈女化蠶〉中,女兒初始對馬兒的承諾,暗示人與馬兒情緒上之的親密性,馬兒救父後,女兒責備馬兒的死是自取其辱(「汝是畜生,而欲取人爲婦耶!招此屠剝,如何自苦!」),展現出人對非人類的背叛。相較之下,在〈蠶女〉的故事中,此種女兒與馬兒調戲曖昧的情節,轉移到母親主動招親嫁女的誓言上,女兒沒和馬兒有任何互動上的描述或對話,主動權或話語權受其父母掌握。相較於〈女化蠶〉,〈蠶女〉中的女兒十分無辜,不用背負對馬兒的背叛與其死亡之責咎,但這個版本下的女兒,處

於比馬兒更被動無聲的地位，只有在最後成仙時，被賦予孝道感天的獎賞（「太上以我孝，能致身心不忘義，授以九宮仙嬪之任，長生矣⋯⋯」）。

這兩個故事在馬兒與父親的互動上，也有些顯著的不同。〈女化蠶〉中描述馬兒在戰場上，藉由嘶鳴的方式（「馬望所自來，悲鳴不已」），吸引父親注意，讓父親產生擔憂而返家（「此馬無事如此，我家得無有故乎！」），文章對兩者之間情緒上的互動描述（「為畜生有非常之情，故厚加芻養」），暗示其人獸之間較強烈的親密感。在〈蠶女〉的故事中，馬兒的鳴叫發生於其將父親從鄰邦救回之後（「自此馬晝夜嘶鳴，不復飲齕」），促使父親詢問母親原由，意外將馬兒射殺（「馬嘶跪愈甚，逮欲害人，父怒射殺之」），人獸之間的關係疏離甚至對立感更顯強烈。從敘事角度來說，〈蠶女〉的故事中將馬兒的救父表現，以及之後的拒食反應，被更加異化成為不自然、踰矩、變態、威脅人類安全且不為人類社會價值所容，進而作為人類對非人類他者之排擠與壓制之理由。

就中國傳統社會之文化角度解讀，〈女化蠶〉的故事中尚沒有建立起明確道德教化結局，對女兒角色上的批判力較強，至於〈蠶女〉的結尾，即有明顯的道教影響所加入獎賞女兒孝道犧牲而升天的結尾出現（楊兆全、鄧愷怡 2005: 86-87；陳家威、吳曉君、招肇欣 2005: 95-96；許凱翔 2011: 102；林慧瑛 2012: 25-27；方韻慈 2018: 108-11）。就民俗與宗教的象徵意涵而言，此故事遵循古代神話原型，強調儀式性地犧牲和轉化性的宗教模式，以祈求農作的豐收，故事中馬兒與女兒的死亡與犧牲，成了他們化成蠶的促化劑，進而受到自然中神明獎賞（見 A. Miller 1995）。如〈女化蠶〉結尾所述，「女及馬皮，盡化為蠶，而績於樹上。其蠒綸理厚大，異于常蠶。鄰婦取而養之。其收數倍」。根據此故事描述，演化後的桑蠶在生物特性上，比一般的蠶體型大，而且其繭絲的產量，也是之前的

數倍多,因此應證了犧牲奉獻(尤其是女兒與馬的轉變)是促使自然界神奇蛻變與之後豐年的重要象徵步驟。然而,顯少有學者從生態文學批評的角度,探究〈女化蠶〉與〈蠶女〉對於人類與非人類之間的互動關係,特別是〈女化蠶〉在故事結尾中,點出「桑」與「喪」同音上,更深層的文化與生態意涵。桑樹在兩個蠶女故事中,與豐年有相當深厚的關係,在神話象徵與生態文學中,代表了大自然的生產力(productivity)與再生力(regeneration),也與西方文學所謂大地之母(Mother Earth)有所聯結,但〈女化蠶〉的結尾,做出故事轉折,以文學隱誨音韻比擬的手法,展現出故事敘事不單單只是一個按著神話原型而做出自然為生命泉源與生命轉換之蛻變的解讀,而是更進一步點出桑蠶文化的神話起源,看似農業文明的發始,是建立在某種失去或死亡的憂傷情調上,而桑樹的名稱見證了這樣無法明喻的「喪」失。

　　從這兩個文本的比較,可看出從〈女化蠶〉到〈蠶女〉的故事演化中,人類視非人類界為可利用之「物」,隨之而來馬兒超越常理與物質性的鬼魅式報復的邏輯,在後者故事中被淡化收編,並被抽象化收納入中國神話故事原型的儀式性與宗教象徵性,大自然轉化為人類帶來巨大農業利潤的肥沃資源,兩個蠶女故事禁忌與越界(人與鬼、人與非人)無法以生物或社會常規解釋或壓制的面向,如同馬皮與女兒的身體,皆漸漸被消毒和粉刷成傳統民間傳說中,有關於保存女性美德、父權秩序和家庭孝道的教化故事。蠶女故事中「以命還命」的情節,暴露了女兒與馬兒兩個人類與非人類之角色,在以人類為中心所建構的社會價值下,充滿了生物上與生態上的脆弱性與被掠奪性。

　　在中國傳統農業社會發展中,父親被馬兒救回後,後續家庭秩序與道德倫理的重整建立,皆樹立在女兒與馬兒兩個社會生態食物鏈底層的受害者無力抵抗傳統體制之上。兩個蠶女故事中,馬兒起

初似具主動性的英勇救父(「馬既承此言,乃絕韁而去。」;「馬聞其言,躍振迅,絕其拘絆而去」),之後其異常性、對女兒越過人獸界線的慾望(「每見女出入,輒喜怒奮擊。如此非一」),到了故事結尾,馬兒將女孩包裹卷走,以人類為中心的角度來說,可解讀成為非人類界對人類界鬼魅式的「超自然」尋仇。馬兒與女兒被支解或強奪的身體,具體展現出以人類為中心所造成人類與非人類之間的裂痕。

三、蠶女故事中的桑蠶馬親密性與生態志異

古代與蠶女相關的故事中,並不都是這樣悲劇性的結尾。在《搜神記》中另一個與蠶兒相關的故事〈園客養蠶〉,便將人類與非人類之間親密的關係,以其俊美之男主角園客,不近女色,與香草園相依,後與神女化身而成的五色神蛾,培育出巨大蠶繭的故事劇情,用近似人類(園客)與非人類(香草園、五色神娥)相親相戀的浪漫手法呈現:

「園客者,濟陰人也。貌美,邑人多欲妻之,客終不娶。嘗種五色香草,積數十年,服食其實。忽有五色神蛾,止香草之上,客收而薦之以布,生桑蠶焉。至蠶時,有神女夜至,助客養蠶,亦以香草食蠶。得繭百二十頭,大如甕,每一繭繅六七日乃盡。繅訖,女與客俱仙去,莫知所如」。(干寶,無日期)

雖然〈園客養蠶〉之故事結尾,也如同〈女化蠶〉強調人類與超自然力量相結合,所產生出來的豐碩絲蠶農業成果(「得繭百二十頭,大如甕,每一繭繅六七日乃盡」),相較之下,〈女化蠶〉的故事情節更凸顯出人類與非人類間緊張關係,與對於以人類中心主義為出

發點所做的生態批判。蒙提莫─桑迪蘭茲近期出版探究生態與性別的文章中，點出人類社會長期栽培桑樹品種與控制桑樹之配種行為為「桑樹親密性」（mulberry intimacies）。從生態的角度來說，像蠶女這樣的中國神話故事，也清楚勾勒一種「桑蠶馬親密性」。蠶女的故事具有令讀者坐立不安的戲劇張力，不單是因為其看似悲劇的劇情，更有其對人類界與非人界之間，充滿親密卻又受到背叛與報復陰影之威脅，做出具象的描述。故事一開始，女兒對父親的思念與渴望，幾乎以超自然的方式得到滿足，但馬兒的慾望卻被殘酷地壓制，之後女孩與馬兒超自然的人獸結合，也同樣被人類中心敘事手法邊緣化。故事中父親的角色，從生態志異角度看來，具有相當爭議性，雖然馬兒對其救命有恩，最後還是將馬兒殘殺，因而父親某種程度上失去了「人性」，成為真正的怪獸。因此，蠶女的蛻變給讀者留下一種難以釋懷的落魄與不滿之感傷，與令人不安的疏離感，無法輕易地被後人在〈蠶女〉版本中添加的道德性結局與附加之教義常規所消弭或平息。

在科恩於 1996 年所著〈怪物文化（七篇論文）〉（"Monster Culture [Seven Theses]"）中，描述「怪物」的概念，如何在社會文化中構建出來。根據科恩，怪物是一種無法在社會或文化上被遏制的慾望和焦慮之表達（Cohen 1996）。科恩對怪物之解讀，與李豐楙對中國古代奇幻傳奇結構上的看法，有相當程度上的類似性。李豐楙提到「變化」在精怪奇幻的民間傳說中，具有結構上的重要性，在干寶的傳說中，具有「順常與逆常的兩種變化」，干寶以此概念解釋異常現象對人類存在與萬物秩序的威脅性，與回歸常規所凸顯出之「人的尊貴性」（2010: 121）。對李豐楙來說，變化「讓說話人與閱讀者在經歷一段非常經歷性的事件後，重新回到日常安寧、和諧的情境，然後在沉靜中回味那種顫慄感，因而獲致一種知道真相後釋然的輕鬆、愉悅的效果」（2010: 122）。這種面臨異常變化或怪物

所帶來的「顫慄感」,在〈女化蠶〉的故事中,清楚地展現出來。女兒在〈女化蠶〉故事中的戲言(「爾能爲我迎得父還,吾將嫁汝」),與馬兒欲娶女兒(「馬……每見女出入,輒喜怒奮擊」),體現這種背離父權社會規範中,人不能與獸交合(「汝是畜生,而欲取人爲婦耶!」;「誓於人,不誓於馬。安有配人而偶非類乎?」),和對文化期望的背離,人獸界限模糊不清之越界,因此需要自以人類中心爲主,以父權社會威權爲基底的蠶女文本中根除。這兩個蠶女的版本均藉由父親被告知女兒(或母親將女兒)以身相許的誓言後,將馬兒而射殺而死,並剝其皮曬於家庭院子裡的情節,凸顯「除妖」的概念。在〈女化蠶〉故事中,父親直覺將此人馬誓言視爲不可爲外人所知的家族秘密與社會禁忌(「勿言。恐辱家門。且莫出入」),偷偷暗中將馬兒射殺(「於是伏弩射殺之。暴皮於庭」),暗示著父親除了在意「家門」名聲的維持,也對馬兒超出尋常的舉動有所畏懼。在〈蠶女〉的故事中,加入父親表達對馬兒援救上的感恩之情理判斷(「能脫我於難,功亦大矣。所誓之言,不可行也」),其對馬兒的暴行,處於爲了保護周圍的人,產生較臨時性的震怒(「馬嘶跪愈甚,逮欲害人,父怒射殺之」)。在敘事角度上,後期〈蠶女〉的版本,將〈女化蠶〉故事中,人類對非人類之未知性產生恐懼,與人類對非人類負恩的行徑作出改寫,巧妙地將父親因恐懼而殺害馬兒的情節,轉換爲馬兒異常不受控,父親震怒爲保護家人而做出之威權的裁決與意外的追殺。

在中國民間流傳的一個民歌版本中,馬兒的角色更直白地被描述成爲一個具法術的存在體。根據趙豐指出,浙江杭州嘉湖平原蠶歌中,有一首長達兩百二十六行的民歌「蠶花書」。[4] 此民歌版本中,

---

4 據趙豐指出,浙江杭州嘉湖平原蠶歌中也常觸及蠶馬神話,提及蠶女的故事,又稱爲馬頭娘或「馬鳴王菩薩」。此民歌「蠶花書」雖然流傳已久,撰寫時代不詳,

類似《墉城集仙錄》中的〈蠶女〉，將〈女化蠶〉中女兒與馬兒較親密的互動故事情節，轉移到母親祈求夫君平安回來，許願將三女兒嫁給能救父的勇士（「院君聞知吃驚，夫陷東陽心也酸。／捻香拜，告蒼天，口內說連連：／誰人救得親夫轉，願將三姐結良緣」〔引自趙豐 2022: 21〕）。在此版本中，馬兒被視爲是個會「做法」的怪獸，不但殺敵救父（「馬到軍中蹄做法，踢死番兵萬萬千」引自趙豐 2022: 21），還說人語向女兒吐怨言（馬兒開口吐人言；／「當初許我成親事，因何還未結良緣。」），且具有法力（「馬皮能做法，空中打秋千」），將女兒捲走（引自趙豐 2022: 21）。此民歌中父親之角色，不但不念馬兒救命之恩，更毫不猶疑地直接將其屠殺（「陳公聽說怒沖天，喝罵孽畜太大膽。／人與馬，不相連，怎好配良緣。／陳公罵，勿相干，帶出馬棚間，／就將白馬來廝殺」〔引自趙豐 2022: 21〕）。此故事設在清明時節（「正遇清明節，三姐出房門，／打從馬棚來行過」〔引自趙豐 2022: 21〕），一個感恩與祭祖、人神交通的重要時節，除了與春蠶飼養的季節契合，也對民歌中其父親辜負馬兒之恩情，留下了一個諷刺的註腳。

雖然這幾種版本，在對人獸互動之間的道義責任上有些重點上的不同，這幾個蠶女故事的共同點，在於呈現出人類殘酷壓制馬兒對女兒的慾望，背離之前家人對馬兒的諾言，也暗示了之後女兒被馬皮捲走的悲劇，尤其是這幾種蠶女的版本，在描述這個場景時，文字描述近似一致（「馬皮蹶然而起，卷女以行」；「馬皮蹶然而起，卷女飛去」；「一陣狂風來吹起，飛來裹住女嬋娟」）。加上馬皮掛置

其故事背景設在受西番國侵略、浙東丘陵的邊緣地帶，而不是《墉城集仙錄》中〈蠶女〉故事設於四川屬地的場景，但就版本的比較來看，其內容似乎比較接近《墉城集仙錄》的〈蠶女〉（中國民間文藝研究會浙江分會，『騷子歌謠選』，內部資料本，1981，引自趙豐 2022: 19-21）。

的地點（庭院），仍處於家庭成員平日生活範圍，使受害者（馬兒）之屍體，於死後轉換成日常用品（馬皮）的場域無所區別，加深了此故事中人與非人之間詭魅式的互相糾葛。畢竟，馬皮幽靈式的報復即發生在女兒日常嬉戲處（尤其是〈女化蠶〉中描述到「女以鄰女于皮所戲」），象徵父親奪走馬兒生命，與馬兒魂魄帶走女兒的惡性生態循環。如果說馬皮佔有女兒身體，使人類與非人類之間不義得以校正，馬兒代表的非人界生態受到以人類中心主義邏輯迫害與剝削，其道德正義似乎在劇情上得以申張，但故事最終女兒與馬兒的犧牲，被父權與人類殺戮所產生的壓抑與傷痛，無法藉由〈蠶女〉版本中之道德結尾，輕描淡寫的帶過。〈女化蠶〉故事中，由女孩與馬兒聯合變身成為大於異常而多產的桑蠶，象徵性表明人類和非人類之間互生互倚的生態關係，但人類對非人類世界的壓制與馴服，在蠶女故事中仍然是一個難以消弭的創傷。

對李豐楙來說，蠶女神話因異常變化而產生的「顫慄感」，在人本中心思想脈絡下，最終能帶給讀者「一種知道真相後釋然的輕鬆、愉悅的效果」（2010: 122）。從生態志異角度來說，蠶女的故事更潛藏著面對這種生態創傷的反思。〈女化蠶〉與〈蠶女〉結尾皆提及桑樹名稱的由來，與此同歸於盡的悲劇有關（「桑者，喪也」；「俗云閣其尸於樹，謂之桑樹」），〈蠶女〉結尾引顏之推之《稽聖賦》提及「爰有女人，感彼死馬……」，將女兒與馬兒之死做連結，但干寶在〈女化蠶〉故事中，更直接點出「桑」與「喪」的同音並不是巧合。「桑」與「喪」的同音常被解讀為父親或家庭喪失女兒的憂傷（林慧瑛 2012: 26-27）。的確，這種以人類中心主義，展現出故事敘事者強調女兒對父親為孝道而犧牲，更廣義來說，農業社會喪失具有耕織家事生產力女兒，對其產生之悼念。但從生態志異的角度來說，〈女化蠶〉故事結尾具有更多面向之意涵，尤其是桑樹的名字其實早

已存在,故事敘事者對桑樹名字之重新詮釋,便具有深層的暗示。[5]故事結尾「喪」字悼念性地指出桑蠶神話,不但對人類家庭與農業社會、也是對人類與非人類連結上之生態關係,勾勒出悲劇原型。「喪」字記錄反應出故事最初始,描述人類與非人界的相親相惜(像是最初女兒與馬兒的關係),演變至故事結尾以人類世界為中心的觀點與歷程(「由斯百姓競種之,今世所養是也」)。從生態角度來看,〈女化蠶〉既是個如學者點出、像《失樂園》般原罪性的中國式神話(紀永貴 1999: 40-46),更勾繪出人類與非人類之間悲劇性「喪」失原有的生態平衡和諧關係,預視一千五百年之後,面對以現代化與工業化社會,處於人類背離自然界的鬼魅景象,一個有待修復、生態關係失調與受損的星球,依舊面臨的困境。

　　〈女化蠶〉作者所謂的「桑」／「喪」同音,在音譯的延伸意義上,還具有兩個重要的物質文化象徵。首先,中國早期製蠶絲方式,與其他亞洲國家(如印度)方式不同。印度早期運用蠶兒轉化成蛾的野生蠶繭製綢,而中國則是將蠶繭煮熟後,抽絲剝繭而成(Hansen 2015: 19),於是被人類馴化的蠶蛹,在蠶繭製做成絲綢布料的過程,已註定了其無法化成蛾而進行蛻變的命運。桑樹養蠶成蛾的生態循環,在被人類馴化成製作絲綢原布料的過程中,某種程度上暴力式的中斷。雖然〈女化蠶〉故事結尾提到這種由女兒與馬兒化身而成的蠶兒,是之前的蠶兒改良版新品種,明顯勾勒出故事寓言式反應了桑蠶技術的新發現或改良,但是敘事者出其不意地從絲綢產量的「其收數倍」,話鋒一轉提及桑樹之名與「喪」同音的音義互文關係(「桑者,喪也」),反差式地諷刺桑養蠶技術的革新演變中,得與失之間弔詭關係。從物質生態與農業和商業發展的經

5　林慧瑛點出「桑」字在甲骨文中早已存在,故此「桑」／「喪」同音是「後起的解釋」(2012: 26)。

濟角度來說，因爲女兒與馬兒的犧牲，豐潤了絲綢與民生的收成，但這樣具有厚大倫理之繭的出現，與絲綢產量的增加，卻是建立在失去女兒與馬兒、人類與非人類生態裂痕的傷口上。從生態關懷的角度來說，〈女化蠶〉寓言式的結尾，在以人類中心爲主的敘事過程中，故事卻以桑樹之名稱結尾，作爲後起解讀女兒與馬兒蛻變的意義，預示自然生態與生物蛻變過程受到之攪擾。就較廣義的文化層面來說，桑林是人類與神靈溝通求雨、求子、求豐收的場所；同時，絲綢最早的用途，主要從喪禮祭祀開始。趙豐提到「扶桑」一詞，意指太陽棲息的地方，是古代因桑林的重要性，致使人們想像出一種神樹，先民將其視爲「溝通天地的途徑之一」，因此人死後用絲質布料包裹屍體，如同蠶繭一般，「有助於死者的靈魂升天」（2022: 32）。[6] 如同趙豐所說，蠶兒食用桑葉後的蛻變，讓桑樹也具有了神話上的象徵意義，而蠶絲做出的絲織品，最早應用在「視鬼神而用之」的場合上，像是屍服、祭服、帛書與祭祀的絲織禮器（2022: 32-34）。從此可看出，「桑」／「喪」不僅同音也同「情」，尤其是其在早期中國文化與先民祭祀鬼神的儀式中，具有重要的物質、精神與文化上之地位，尤其其與落日、死亡與葬禮上，具有強烈隱喻的緊密關聯。

回到干寶〈女化蠶〉故事的生態層面來說，蠶女故事中半女半馬的混合體，最終似乎上天藉由自然資源的蛻變作爲對人類的獎賞，但這樣的邏輯仔細研讀，顯現出不少令人匪疑所思的縫隙。蠶女故事中，除了結尾外，充滿了各種暴力的場景。故事起源於軍事背景下，一個被戰爭撕裂的家庭（「有大人遠征，家無餘人」；「當高辛帝時，蜀地未立君長，無所統攝。其人聚族而居，遞相侵噬」

---

[6] 趙豐的解讀主要依據《山海經・海外東經》中所云：「湯谷上有扶桑，十日所浴」（引自趙豐 2022: 30）。

〔干寶，無日期〕），後來父親屠殺馬兒，與馬兒和女兒之間最終強迫性的鬼魅結合，暴露了各種人類與人類之間（戰爭）以及人類與非人類之間的對立與衝突，像是女兒與馬兒之間的誓言與背叛，人類與獸類交合的禁忌，與人類僅靠對自然資源的掌控所帶來人與非人間的壓抑與裂痕（馬皮捲女兒）。人類中心、父權制度和農業主導的大豐收是以犧牲女兒和馬兒為代價，馬兒的白色皮革與女孩的身體，也暗喻桑蠶馬的生物資源、生殖功能和產繭過程中，人類對非人的操縱、佔有和提取。故事中具靈異性的馬與其慘遭剝皮，更進一步顯示非人類作為人類用途的工具，像是戰場上的交通工具和軍事武器、後來供人類使用的服裝、材料與織物的來源，其帶給人類的舒適與便利，皆是建立於人類對非人類的背離。

四、蠶女神話、絲路物質文化與人類世危機

本文從生態物質角度來探究蠶女的故事，突顯蠶女的故事具體呈現出人類中心為主的宇宙世界觀的轉移、形成，與其對生態所造成的損害。因此，蠶女故事的起源可視為一個生態志異的故事，更可以作為人類世志異的序言。女兒被馬兒捲走的劇情，形成與西方童話故事《美女與野獸》之人獸交合的神話原型之對照版。在《美女與野獸》中，美女與野獸兩個不同物種的角色，逐漸建立起互信互愛的關係，促使野獸最後轉變回王子的可能性成真，但是當野獸變回英俊的王子，這個童話故事也就回歸以人類物種為中心的世界。蠶女的故事似乎與人類世寓言相反而行，因為馬兒與和女兒的犧牲，帶來了更好的農業成果。但是蠶女的故事，通過鬼魅式、超自然的人類（女兒）、跨人類（馬兒與女兒）、和非人類（馬兒與桑蠶）各類身體的融合與轉變，具體突顯出了人類與非人類間的衝突、犧牲和疏離（Principe 2014: 1），與人類世「作繭自縛」式的生

態危機。雖然蠶女故事中的人類，是具有主導地位的物種（特別是父親），但提供交通工具（戰馬）、保護（對父親之援救）和衣服原料（馬皮與蠶絲）卻大都是非人類角色（馬兒和桑蠶）。從物質生態的角度上來說，與人類相比，蠶的壽命（六到八週）可能比它的蠶絲製品短很多，但是蠶絲製品卻可以長久持續。最近科學家們發現絲綢耐用性極高，因為這種織物在變冷時會變得更結實，因此相對於其他聚合物人造纖維，更適合外太空溫度（"Filament" 2019）。因此，女兒與馬兒的合體，與其變成桑蠶之後，桑蠶的另一層蛻變，不僅意味著神話意義上多重文化與宗教上的轉變，也在生物體與地質時間上，意味著超越人類存在的物質性，與其無法掌控的生態蛻變。故事結尾女兒與馬兒半人半馬的蠶變，是一個對人類蠶絲業發展有利的巧合，而不是人類角色所控制的結果。

　　蠶女的故事運用神話寓言中的象徵語言形式，除了反映出桑蠶絲與中國文化幾千年以來的互生關係，也展現出生態系統中人類、馬（與馬皮）、桑蠶與桑樹生物體與物質文化的緊密交織，在人類中心消費體系裡，展現出消費與勞力的生物鍊連結，具體勾勒人類與動植物之間環環相扣的生態關係。從經濟作物的角度來說，桑樹除了提供蠶兒食糧，其樹皮、葉子、葉根與桑椹果實也是人類衣物、染料、食物、飲料、草藥、木材、器具與家具之來源（Huo 2002: 31-34；Coles 2019: 174-216；Mortimer-Sandilands 2022: 18-19）。此外，桑葉也常是農業社會中，馬兒冬季的草糧來源（林慧瑛 2012: 19）。桑樹隨著桑蠶文化全球化與帝國主義的擴張，更成為英國皇家花園以及北美東部常見的景觀樹（Coles 2019: 216-18；Mortimer-Sandilands 2022: 23）。中國蠶絲農業進一步衍發出在珠江三角洲地區著名的生態農業模式「桑基魚塘」，經由蠶食桑葉所產生的廢物作為魚飼料，魚的排泄物沈於池塘底化為滋養桑樹與其他經濟作物的肥料（Huo 2022: 30；Coles 2019: 113-14）。中國桑蠶與魚塘共

生的景象，受到最近聯合國糧食與農業組織（Food and Agriculture Organization）的重視，將浙江湖州的桑基魚塘系統，列為全球重要農業文化遺產（Globally Important Agricultural Heritage Systems）之一（〈湖州〉2019）。

這種看似人與非人和諧共生之桑蠶絲文化與「絲路」之發展，與馬兒作為商業與軍事上重要駝獸，作為中國穩固邊疆軍事以及傳輸絲綢貨品與交易商品有極大相關性。從兩個蠶女故事背景皆可看出，絲綢業發展與軍事擴張之間緊密的關係。首先，馬兒與駱駝等駝獸，在古代絲路的發展中，本身就是商品的一部份。對中亞的遊牧民族與絲路行經路線的商人來說，馬兒不但是重要的交通貨品運輸工具，馬兒本身也是昂貴的展示品，被視為是絲路文化中重要的一環，常在藝術品中被呈現，珍貴的馬兒死後更受到如人般隆重的葬禮對待（Liu 2010: 17；Hansen 2015: 201）。此外，因農業、商業與軍事需要，而對馬兒的馴養與其品種的改良，皆與絲路的發展息息相關。韓森（Valerie Hansen）提到中國軍隊是促成絲路貿易的主要因素（2015: 82）。劉迎勝在其探究良馬與絲路一文中更深入指出，春秋時代以前中原馬兒的馴養多與農耕或戰事有關，但因數量與品質不能滿足商業需求，便引進身軀粗壯、耐力較好的蒙古馬，而較珍貴的馬種，也成了中亞與蒙古高原絲路上各種農耕與遊牧民族之間交易的貨品（2018）。林慧瑛在其探究中國蠶桑文化與養馬的關係中，也提及自秦朝以降，養馬與蠶織相當，皆是國家軍事大事（2012: 18-19）。除了軍事、商業與經濟作物的角度，在農業上馬兒與桑蠶之間具有深層的生態關聯。〈女化蠶〉結尾引用《天官》與《周禮》，提及馬與桑樹、蠶之間互生互息的生態鏈：

> 案：《天官》：「辰，為馬星。」《蠶書》曰：「月當大火，則浴其種。」是蠶與馬同氣也。《周禮》：「教人職掌，禀原蠶者。」

注云:「物莫能兩大,禁原蠶者,爲其傷馬也。」漢禮皇后親採桑祀蠶神,曰:「菀窳婦人,寓氏公主。」公主者,女之尊稱也。菀窳婦人,先蠶者也。故今世或謂蠶爲女兒者,是古之遺言也。(干寶,無日期)

「蠶與馬同氣」,意指兩者同類;再者,桑葉既是蠶的食物來源,也是馬的飼料,因此古人禁原蠶,怕消損了馬的飼料(顧希佳 1991: 93-94;林慧瑛 2012: 17-18;許凱翔 2011: 94-95)。「原蠶」指的是夏秋第二次孵化的蠶,若是第二次孵化蠶卵,有可能會耗盡桑葉產量,導致馬兒冬天的飼料缺乏而生態失調。[7] 故事提醒勿「傷馬」的結尾,似乎替蠶女故事中,父親將馬兒殺害,對農業與軍事經濟上、生態上、以及情理上的傷害來說,做了一個同情的註腳,因此,〈女化蠶〉展現出先民對生態界與農業發展變化互生關係的深刻理解與細微觀察。雖然故事敘事的出發點,主要還是以人類中心爲主軸的架構,但是其故事情節的鋪陳發展,與故事結尾對蠶與馬同氣的探究,顯示出對於非人類界有較多著墨注視。〈女化蠶〉一文中顯示出對馬兒犧牲的同情,與對人類與非人類界不和諧之關注,與人與非人類在農織技術發展下共生與互生的潛藏期許。因此,干寶的〈女化蠶〉作爲一個展現生態志異的文本,並放在當代人類世的框架下來看,點出中國古代神話原型對人類中心主義潛在批判力,對於我們在人類世裡如何與非人類相處,提供了幫助。

人與桑樹、蠶兒、馬兒共生的關係,在大量農業化生產下,造福許多窮困的農民,提高人類生活品質與便利性。中國蠶絲五千年

---

[7] 根據《周禮・夏官・馬質》提到,「若有馬訟,則聽之,禁原蠶者。」鄭玄注釋提到,「原,再也。」(〈夏官・馬質〉無日期)。細節請參照《漢語網》的〈原蠶詞語解釋〉。

發展，從黃帝以及被尊稱為「先蠶」的嫘祖教人民養蠶繅絲開始，與中國文明發展並行，相輔相成，可說與國族認同息息相關，絲綢也成為東方文化符號的一部分，在中國多處皆保留與桑蠶豐收有關之節慶與傳統。然而，蠶女故事所表達的深刻憂傷，卻也隱隱然對當代讀者傳達出無法明喻的警訊。的確，在人類對物種長期配種控制下，在在潛藏引發破壞生態平衡的危機。正如蒙提莫—桑迪蘭茲提到蠶與蠶蛾在蠶絲養殖業中，通常將蠶繭活煮以提取較好品質的蠶絲；此外，蠶蛾長期被人類馴養下，成蟲無法辨別它所需產卵的桑樹氣味（"Captive Breeding" 2013；Coles 2019: 660；Mortimer-Sandilands 2022: 16-17），人類與桑蠶的親密關係通常建立在對動物生命殘酷的對待。科爾斯（Peter Coles）在其為桑樹寫的生物誌中，也提及蠶絲業全球化，與東亞至中亞、地中海以及歐洲「絲路」發展、和帝國主義、戰爭與殖民主義之間的密切關係（2019: 69-84）。蠶絲業操縱桑蠶的生態循環，與蠶女的民間傳說裡背信棄義、馬革裹女以具喪而生巨利—不錯，利自死亡來—的邏輯，其殘與暴，同出一軌。從這個觀點看，蠶女故事乃是對人類世的一聲警鐘。

五、結論

蠶女的故事可被視為一個令人憂鬱的生態志異原型，其故事結局的辛酸被以人類中心為主的敘事手法隱藏，其近似喜劇的結尾暗示著人類世的悲劇。故事劇情在表面上，介於在悲喜劇（tragi-comedy）與喜悲劇（comi-tragedy）模稜兩可的模式之間，畢竟故事中女兒期待父親回來的願望實現，父親得救，但是女兒和馬兒落得喪生的下場，與之後離奇的蠶變，是桑蠶文明的起源，也是人類世操弄自然物質資源野心的源頭。從人類世的角度來看，〈女化蠶〉探究樹名之「桑」／「喪」同音義，暗示中國古代神話對人類中心思

維的潛在批判,見證了人類與非人類共生互食的印記與傷痕。如科爾斯提到白桑樹的繁衍得益於全球養蠶業的盛行,神話中蠶女的故事,揭示人與桑樹的「雙贏」局面背後之陰暗面。蠶女的故事講述人類與非人類親密糾纏的混亂現實,反映人類與非人類之間無法預測又充滿剝削的關係。

　　蠶女的故事與中國古代「絲路」發展,不但具有歷史文化與神話象徵上相當的關聯,本文也期望從生態物質角度,帶出兩者之間深厚的物質生態關聯,和其與現代急速工業化社會發展相關的時代意義。從當代的角度來說,「絲路」也相當具有其跨時代影響力,尤其對於近期中華人民共和國政府於 2013 年倡導的跨國經濟帶「一帶一路」(the Belt and Road initiative)的啟發,其強調全球經濟鏈的串連與現代化工業發展,使中國古代的桑絲文明,與現代國家政策接軌,具體產生對全球經濟、環境與自然資源分配上全面性的影響,尤其是「一帶一路」對全球南方相關國家工業化發展所產生的催化效應。在 2014 年,絲綢之路被列為「世界文化遺產」之一(〈大運河〉2014),更凸顯桑蠶文明在中國文化歷史定位與世界認同上,舉足輕重的地位,其與「一帶一路」之發展,具有以人類中心邏輯思考上的延續性。本研究期望拋磚引玉,於生態人文研究中,重新審視中國民間文學與對非人類想像上,對動物、植物、物質、與人類世界之間親密性的書寫與呈現,以期彰顯出中國古代神話故事的文化底蘊,如何在跨文化之生態視角下展現,也預示人類中心思考下,受到現代化制約、資本主義、與工業化所導致的生態裂痕。本文期藉以檢視蠶女文本,作為重要的亞洲桑蠶文化物質研究指標,重新審視當下人類世危機生態批評上的新視野。

引用書目

【中文】

〈大運河、絲綢之路申遺雙雙成功中國世遺總數 47 項〉"Da yunhe, sichou zhi lu shenyi shuangshuang chenggong Zhongguo shiyi zongshu 47 xiang" [Both the Grand Canal and the Silk Road Have Successfully Applied for World Heritage Sites. China Has a Total of 47 World Heritage Sites]。2014。《中國新聞網》 *Zhongguo xingwen wang* [China News Service]。6 月 22 日。網路。2023 年 2 月 10 日 [22 June. Web. 10 Feb. 2023]。

干寶（Gan Bao）。無日期 [N.d.]。〈女化蠶〉"Nu hua can" [Canshen]。《搜神記》 *Sou shen Ji* [In Search of the Supernatural]。《中國哲學書電子化計劃》 *Zhongguo zhexueshu dianzihua jihua* [Chinese Text Project]。網路。2023 年 2 月 10 日 [Web. 10 Feb. 2023]。

_____。無日期 [N.d.]。〈園客養蠶〉"Yuan ke yang can" [Yuan Ke and Silkworm Farming]。《搜神記》 *Sou shen Ji* [In Search of the Supernatural]。《中國哲學書電子化計劃》 *Zhongguo zhexueshu dianzihua jihua* [Chinese Text Project]。網路。2023 年 2 月 10 日 [Web. 10 Feb. 2023]。

方韻慈（Fang, Yun-Cih）。2018。〈道法與宗法：杜光庭《墉城集仙錄》女性倫理觀之考察〉"Daofa yu zongfa: Du Guangting *Yong cheng ji xian lu* nuxing lunli guan zhi kaocha" [Doaist Orthodoxy and Patriarchal System: Gender and Ethical Ideas in Du Guan Ting's *Yong Cheng Ji Sian Lu*]。博士論文 [Diss.]。國立臺灣大學 [National Taiwan U]。網路。2023 年 6 月 1 日 [Web. 1 June 2023]。[https://doi.org/10.6342/NTU201803527]

白居易（Bai, Juyi）。無日期 [N.d.]。《江州赴忠州至江陵已來舟中示舍弟五十韻》 *Jiangzhou fu zhongzhou zhi jiangling yi lai zhou zhong shi shedi wushi yun* [Going from Jiangzhou to Zhongzhou, I Arrived by Boat at Jianglu and Showed My Younger Brother These 50 Rhymes]。《漢語網》

Hanyu wang [Chinese Words]。網路。2023 年 7 月 4 日 [Web. 4 July 2023]。

呂不韋（Lu, Buwei）。無日期 [N.d.]。〈順民〉"Shun ming" [According with the People's Will]。《呂氏春秋》*Lu shi chun qiu* [Master Lü's Spring and Autumn Annals]。《中國哲學書電子化計劃》*Zhongguo zhexueshu dianzihua jihua* [Chinese Text Project]。網路。2023 年 7 月 4 日 [Web. 4 July 2023]。

杜光庭（Du, Guan Ting）。無日期 [N.d.]。〈蠶女〉"Can nu" [Canshen]。《墉城集仙錄》*Yong Cheng Ji Sian Lu* [Records of the Assembled Transcents of the Fortified Walled City]。《中國哲學書電子化計劃》*Zhongguo zhexueshu dianzihua jihua* [Chinese Text Project]。網路。2023 年 6 月 1 日 [Web. 1 June 2023]。

李豐楙（Lee, Fong-Mao）。1986。〈不死的探求——從變化神話到神仙變化傳說〉"Busi de tanqiu — Cong bianhua shenhua dao shenxian bianhua chuanshuo" [The Pursuit of Immortality — From the Myth of Metamorphosis to the Legend of Immortals's Metamorphosis]。《中外文學》*Chung Wai Literary* 15.5: 36-57。網路。2023 年 6 月 1 日 [Web. 1 June 2023]。[https://doi.org/10.6637/CWLQ.1986.15(5).36-57]

_____。2010。〈正常與非常：生產、變化說結構性意義——試論干寶《搜神記》的變化思想〉"Zhengchang yu feichang: Shengchan, bianhua shuo jiegouxing yiyi — Shilung Gan Bao *Sou shen ji* de bianhua sixiang" [The Normal and the Extraordinary: The Structural Significance of the Theory of Production and Change — On the Changing Thought in Gan Bao's *In Search of the Supernatural*]。《神話與變異——一個「變與非常」的文化思維》*Shenhua yu bianyi — Yige "bian yu feichang" de wenhua siwei* [Myth and Variation — A Cultural Thought about Change and Abnormality]。北京：中華書局 [Beijing: Zhonghua Book Company]。77-129。

林慧瑛（Lin, Hui-Ying）。2012。〈中國蠶桑文化的女子定位——以嫘祖先蠶與女化蠶故事為觀察中心〉"Zhongguo cansang wenhua de nuzi dingwei — Yi lei zuxian can yu nuhua can gushi wei guancha zhongxin" [The Positioning of Women in Chinese Sericulture Culture — A Focus on the Stories of Canshen]。《文與哲》*Wen yu zhe* [Literature & Philosophy] 21: 1-42。網路。2023 年 2 月 10 日 [Web. 10 Feb. 2023]。

紀永貴（Ji, Yonggui）。1999。〈蠶女故事與中國式「原罪」原型〉"Cannu gushi yu Zhongguo shi 'yuanzui' yuanxing" [The Story of the Silkworm Girl and the Prototype of the Chinese "Original Sin"]。《南都學壇》*Nandu Xuetan* 19.2: 40-46。

〈夏官・馬質〉"Xia guan・ma zhi" [Offices of Summer]。無日期 [N.d.]。《周禮》*Zhou li* [Rites of Zhou]。《中國哲學書電子化計劃》*Zhongguo zhexueshu dianzihua jihua* [Chinese Text Project]。網路。2023 年 7 月 4 日 [Web. 4 July 2023]。

〈原蠶詞語解釋／原蠶是什麼意思〉"Yuancan ciyu jieshi/yuancan shi shenme yisi" [The Meaning and Interpretation of the Term Yuan-can]。無日期 [N.d.]。《漢語網》*Hanyu wang* [Chinese Words]。網路。2023 年 2 月 10 日 [Web. 10 Feb. 2023]。

許立欣（Hsu, Li-Hsin）。2022。〈「物質」與「植物」詭譎的生態志異對話〉"'Wuzhi' yu 'zhiwu' guijue de shengtai zhiyi duihua" [An EcoGothic Dialogue between Things and Plants]。《中華民國比較文學學會電子報》*Zhonghua minguo bijiao wenxue xuehui dianzibao* [CLAROC Newsletter] 39。網路。2023 年 2 月 10 日 [Web. 10 Feb. 2023]。

許凱翔（Hsu, Kai-Hsiang）。2011。〈《搜神記・女化蠶》試析〉"*Sou shen ji・nuhua can* shixi" [A Study of *Sou shen ji・Silkworm Girl*]。《早期中國史研究》*Zaoqi Zhongguo shi yanjiu* [Early and Medieval Chinese History] 3.1: 87-122。網路。2023 年 2 月 10 日 [Web. 10 Feb. 2023]。

陳家威、吳曉君、招肇欣（Chen, Jia-Wei, Xiao-jun Wu, and Zhao-xin Zhao）。2005。〈推原神話：蠶神馬頭娘《搜神記》「女化蠶」〉"Tui yuan shenhua: Canshen matouniang *Sou shen ji* 'nuhua can'" [The Origin Myth: The Story of Canshen in *Sou shen ji*]。《神話與文學論文選輯 2004-2005》 *Shenhua yu wenxue lunwen xuanji* 2004-2005 [Collection of Theses on Myth in Literature 2004-2005]。89-105。網路。2023 年 2 月 10 日 [Web. 10 Feb. 2023]。

陸游（Lu, You）。無日期 [N.d.]。〈書嘆〉"Shu tan" [Lamentation after Reading]。《劍南詩稿》 *Jiannan shigao* [The Draft of Poems When Holding A Sword in the Southern Borders]。《中國哲學書電子化計劃》 *Zhongguo zhexueshu dianzihua jihua* [Chinese Text Project]。網路。2023 年 7 月 4 日 [Web. 4 July 2023]。

郭正宜（Guo, Zheng Yi）。2008。《道家、道教環境論述新探》 *Daojia, daojiao huanjing lunshu xintan* [A New Study on Taoism and Taoist Environmentalism]。臺北：萬卷樓 [Taipei: Wan Juan Publishing House]。

〈湖州「桑基魚塘」的前世今生〉"Huzhou 'sangji yutang' de qianshi jinsheng" [Past and Present of Huzhou "Mulberry Fish Pond"]。2019。《新華每日電訊》 *Xinhua Daily Telegraph*。1 月 18 日。網路。2023 年 2 月 10 日 [18 Jan. Web. 10 Feb. 2023]。

游修齡（You, Xiuling）。2002。〈蠶神；嫘祖或馬頭娘？〉"Canshen; Leizu huo matouniang?" [Silkworm God; Lei Zu or Ma Tou Niang?]。《古代文明》 *Gudai wenming* [Journal of Ancient Civilizations] 1: 298-309。

彭養鷗（Peng, Yangou）。無日期 [N.d.]。《黑籍冤魂》 *Heiji yuanhun* [Black Register of Lost Souls]。《中國哲學書電子化計劃》 *Zhongguo zhexueshu dianzihua jihua* [Chinese Text Project]。網路。2023 年 7 月 4 日 [Web. 4 July 2023]。

楊兆全、鄧愷怡（Yang, Zhaoquan, and Hoi Yee Teng）。2005。〈蠶神研考及《搜神記》「女化蠶」解讀〉"Canshen yankao ji *Sou shen ji* · 'nuhua can' jiedu" [The Studies of Canshen and the Interpretations of the Tale of the Silkworm Girl in *Sou shen ji*]。

《神話與文學論文選輯 2004-2005》 *Shenhua yu wenxue lunwen xuanji 2004-2005* [Collection of Theses on Myth in Literature 2004-2005]。81-88。網路。2023 年 6 月 1 日 [Web. 1 June 2023]。

趙芃（Chao, Fan）。2007。《道教自然觀研究》 *Daojiao ziran guan yanjiu* [On the Taoist View of Nature]。成都：巴蜀書社 [Chengdu: Bashu Publishing House]。

趙豐（Chao, Fong）。2022。《錦程：中國絲綢與絲綢之路》 *Jin cheng: Zhongguo sichou yu sichou zhi lu* [The Way of Chinese Silk: Silk History and the Silk Road]。臺北：黃山國際出版社 [Taipei: Huangshan Publications Inc.]。

劉迎勝（Liu, Yingsheng）。2018。〈古代東西方交流中的馬匹：絲綢之路，也是良馬之路〉 "Gudai dong xi fang jiaoliu zhong de mapi: Sichou zhi lu, yeshi liangma zhi lu" [Horses in Ancient East-West Exchanges: The Silk Road, Also the Road of Good Horses]。《光明日報》 *Guang Ming Daily*。1 月 22 日。網路。2023 年 2 月 10 日 [22 Jan. Web. 10 Feb. 2023]。

鍾敬文（Zhong, Jingwen）。1982。〈馬頭娘傳說辨〉 "Matouniang chuanshuo bian" [The Legend of the Horse-headed Lady]。《鍾敬文民間文學論集》 *Zhong Jingwen minjian wenxuelun ji* [Zhong Jingwen Folk Literature Collection]。上海：上海文藝出版社 [Shanghai: Shanghai Literature & Art Publishing House]。245-51。

韓非子（Han Fei）。無日期 [N.d.]。〈存韓〉 "Cun han" [The Preservation of the King-dom of Han]。《韓非子》 *Han Feizi* [Writings of Master Han Fei]。《中國哲學書電子化計劃》 *Zhongguo zhexueshu dianzihua jihua* [Chinese Text Project]。網路。2023 年 7 月 4 日 [Web. 4 July 2023]。

顧希佳（Gu, Xijia）。1991。《東南蠶桑文化》 *Dongnan cansang wenhua* [Southeast Sericulture]。北京：中國民間文藝出版社 [Beijing: Chinese Folk Literature and Art Publishing House]。54-75。

【英文】

"A Filament Fit for Space: Silk Is Proven to Thrive in Outer Space Temperatures." 2019. *Science Daily* 3 Oct.: New & Events.

Alaimo, Stacy. *Undomesticated Ground: Recasting Nature as Feminist Space*. Ithaca: Cornell UP, 2000.

_____. *Bodily Natures: Science, Environment, and the Material Self*. Bloomington: Indiana UP, 2010.

Bonneuil, Christophe, and Jean-Baptiste Fressoz. *The Shock of the Anthropocene: The Earth, History and Us. Trans*. David Fernbach. London: Verso, 2016.

"Captive Breeding for Thousands of Years Has Impaired Olfactory Functions in Silkmoths." 2013. *PHYS.org*. Max Planck Society, 21 Nov. Web. 4 July 2023.

Chakrabarty, Dipesh. "The Climate of History. Four Theses." *Critical Inquiry*: 35.2 (2009): 197-222.

Cohen, Jeffrey Jerome. "Monster Culture (Seven Theses)." *Monster Theory: Reading Culture*. Ed. Jeffrey Jerome Cohen. Minneapolis: U of Minnesota P, 1996

Coles, Peter. *Mulberry*. London: Reaktion, 2019.

Edney, Sue. *EcoGothic Gardens in the Long Nineteenth Century*. Manchester: Manchester UP, 2020.

Edwards, Justin D., Rune Graulund, and Johan Höglund, eds. *Dark Scenes from Damaged Earth: The Gothic Anthropocene*. Minneapolis: U of Minnesota P, 2022.

Hansen, Valerie. *The Silk Road: A New History*. Oxford: Oxford UP, 2015.

Horn, Eva, and Hanenes Bergthaller. 2020. *The Anthropocene: Key Issues for the Humanities*. Milton Park: Routledge, 2015.

Hsu, Li-hsin, ed. *EcoGothic Asia: Nature, Asia, and the Gothic Imagination*. Spec. issue of *SARE: Southeast Asian Review of English* 60.1 (2022): n. pag. Web. 4 July 2023.

Huo, Yongkang. "Mulberry Cultivation and Utilization in China." *Mulberry for Animal Production*. Ed. M. D. Sánchez. Rome: Food and Agriculture Organization of the United Nations, 2002.

Jones, Stephen. *In Search of the Folk Daoists of North China*. Farnham: Ashgate Publishing, 2013.

Kuhn, Dieter. "Tracing a Chinese Legend: In Search of the Identity of the 'First Seri- culturalist.'" *T'oung Pao* 70.4/5 (1984): 213-45.

Lettow, Susanne, and Sabine Nessel, eds. *Ecologies of Gender: Contemporary Na- ture Relations and the Nonhuman Turn*. Milton Park: Routledge, 2022.

Liu, Xinru. *The Silk Road in World History*. Oxford: Oxford UP, 2010.

MacCormack, Carol P., and Marilyn Strathern, eds. *Nature, Culture and Gender*. Cambridge: Cambridge UP, 1980.

Miller, Alan L. "The Woman Who Married a Horse: Five Ways of Looking at a Chinese Folktale." *Asian Folklore Studies* 54.2 (1995): 275-305.

Mortimer-Sandilands, Catriona, and Bruce Erickson, eds. *Queer Ecologies: Sex, Nature, Politics, Desire*. Bloomington: Indiana UP, 2010.

Mortimer-Sandilands, Catriona. "Mulberry Intimacies and the Sweetness of Kin- ship." *Ecologies of Gender: Contemporary Nature Relations and the Nonhuman Turn*. Ed. Susanne Lettow and Sabine Nessel. Milton Park: Routledge, 2022.

Morton, Timothy. *Dark Ecology: For a Logic of Future Coexistence*. New York: Columbia UP, 2016.

Principe, David Del. "Introduction: The EcoGothic in the Long Nineteenth Cen- tury." *Gothic Studies* 16.1 (2014) : 1-8.

Ruddiman, William F. "The Anthropogenic Greenhouse Ear Began Thousands of Years Ago." *Climatic Change* 61 (2003): 261-93.

———. "Geographic Evidence of the Early Anthropogenic Hypothesis." *Anthropocene* 20 (2017): 4-14.

Thomas, Julia Adeney, Mark Williams, and Jan Zalasiewicz. *The Anthropocene: A Multidisciplinary Approach*. Cambridge: Polity P, 2020.

■ 8 ■
人類世與疾病：
兼論萊特的小說《十月底》[*]

蔡振興

導言

2000 年時，荷蘭大氣化學家、諾貝爾化學獎得主克魯岑（Paul J. Crutzen）與生物學家史多莫（Eugene F. Stroermer）兩人共同發表〈人類世〉（"The Anthropocene"）一文後，[1] 學界對人類世的探討從未間斷，迄今已有 20 年之久。其實，這個詞彙最早是由史多莫在 1980 年代所使用的一個詞彙，[2] 當時並未引起漣漪效應。之後，克魯岑又於 2002 年在《自然》（Nature）雜誌獨自發表〈人類的地理學〉（"Geology of Mankind"）一文，[3] 揭示全球生態危機乃是人類引發的。此後，學界似乎就自動地將人類世與克魯岑作連結，

---

[*] 原文收錄於廖咸浩主編，《超越天啓：疫病、全球化、人類世》（台北：台大出版中心，2022），頁 75-100。

[1] Paul J. Crutzen and Eugene F. Stoermer, "The Anthropocene," *IGBP Newsletter* vol. 41, 2000, pp.17-18.

[2] Colin Schultz, "Future Earth: Advancing Civic Understanding of the Anthropocene," *Eos* vol. 95, no. 33, 2014, p.300; Guido Visconti, "Anthropocene: Another Academic Invention," *Rendiconti Lincei* vol. 25, 2014, p.381.

[3] Paul J. Crutzen, "Geology of Mankind," *Nature* vol. 415, 2002, p.23.

而忽略了史多莫的貢獻。正因克魯岑的人類世與生態論述對人本中心論的批判有互補之處，諸多生態學者也採用人類世觀點來拓展生態領域各類議題的討論，包括環境和健康人文研究、醫療生態批評、疾病書寫，以及生態病誌研究。由於克魯岑將人類世假說（the Anthropocene Hypothesis）在跨領域研究上頗有貢獻，《自然》雜誌於 2010 年發行專刊，將他稱之為「人類世先生」（Anthropocene Man）。[4]

　　根據地質學的分類，我們可用宙／元（eon）、代（eras）、紀（periods）和世（epochs）等觀念來定位所處的生活年代。依此定義，我們可以這麼說：現今我們生活在第四紀的全新世（the Holocene）時代。然而全新世時代是十九世紀地質學家賴爾（Charles Lyell）於 1833 年所提出的觀念。經過科學家多年的努力，這個詞彙於 1855 年正式被認可。至目前為止，學界沿用這個詞彙已超過 150 多年。有些科學家（例如克魯岑）覺得「全新世」這個觀念稍嫌老舊，因為今天的時代和過去相比，已經不可同日而語，而且也需要一個新名稱來描繪這個新時代——「人類世」。[5]

　　隨著人類世的倡議，許多學者紛紛表達其看法。知名生態紀錄片導演潘希爾（Jennifer Pencier）和博庭司基（Edward Burtinksky）共同拍攝《人類世：人類的世紀》（*Anthropocene: The Human Epoch*）紀錄片，[6] 說明人類世時代的環境破壞程度為何。同樣地，國際地

---

[4] Paul J. Crutzen, "Anthropocene Man," *Nature* vol. 467, 2010, p.10.

[5] 晚近，在墨西哥所舉辦的一場人類世會議中，有人向克魯岑問及有關此一問題時，他脫口說出：今天是「人類世」時代。在〈被石化的人類世〉（"The Petrified Anthropocene"）一文中，西蒙內帝（Cristián Simonetti）也建議開放地質學歷史以接受新的想法。這個提議已由人類世工作小組送交給國際地層委員會討論，但尚未正式獲得通過。Cristián Simonetti, "The Petrified Anthropocene," *Theory, Culture & Society* vol. 36, no. 7-8, 2018, p.45.

[6] *Anthropocene: The Human Epoch*, Dirs Jennifer Pencier and Edward Burtynsky (New York: Kino Lorber, 2018). DVD.

質學會人類世工作小組也拍攝《人類世》(*Anthropocene*)紀錄片,[7]提醒讀者新的「人類世」時代已經來臨。雖然兩部紀錄片所呈現的風格迥異,其理念表達卻是一致:我們今天並非處於全新世時代,而是人類世時代。這主要是因為以前自然力量大,而人類的力量渺小。但現在事實恰巧相反:人類已能隨意改變自然,而且其能力已遠超過自然。正如克魯岑所說,人類的力量已大到可以改變「地質」現象。[8]很清楚地,克魯岑不遺餘力地鼓吹人類世觀念,其想法也與跨政府氣候變化委員會(Intragovernmental Panel of Climate Change, IPCC)的立場呼應,即便兩者是從不同的角度來切入環境變遷的議題。[9]

當然克魯岑的人類世想法並非新創。服膺深層生態的環保作家馬基本(Bill McKibben)早就用「自然的終結」(the end of nature)來表達類似的想法。[10]有別於馬基本對生態危機的回應,人類世學者盡量避免用早期生態論述的末世論修辭學或道德主義來警告大眾。相反地,他們偏好以生態邏輯來編織論述架構,例如後殖民歷史詮釋學、新物質主義或超物件理論。這些學者包括印度裔美籍歷史學家查克拉巴提(Dipesh Chakrabarty)、法國學者馬拉

---

[7] *Anthropocene*, Dir. Steve Bradshaw (Oley, PA: Bullfrog films, 2015). DVD.

[8] 有些學者不同意此一觀點,見 Andreas Malm and Alf Hornborg, "The Geology of Mankind? A Critique of the Anthropocene Narrative," *The Anthropocene Review* vol. 1, no. 1, 2014, pp.62-9; Langdon Winner, "Rebranding the Anthropocene: A Rectification of Names," *Techné: Research in Philosophy and Technology* vol. 21, no. 2-3, 2017, pp.282-94.

[9] 蔡振興,《生態危機與文學研究》(臺北:書林出版公司,2018),頁 102。

[10] Bill McKibben, *The End of Nature* (New York: Random House, 2006), xv. 拉圖(Bruno Latour)在〈人類世時代的能動性〉一文中中表明地球也是行動者(an actor)。參見 Bruno Latour, "Agency at the Time of the Anthropocene," *New Literary History* vol. 45, no. 1, 2014, p.3.

芭（Catherine Malabou）和美國生態學者莫頓（Timothy Morton）等等。除了受到克魯岑影響外，這些學者咸認為人類自從工業革命以後，開始大量排放二氧化碳和其他溫室氣體，造成全球暖化現象、空氣污染、海水上升和環境變遷等問題。過去，有關人類世的文學再現主要以氣候變遷小說為主，本文則嘗試探索人類世與疾病敘述的關係。這是因為敘述人類世可資提供思想開罐器或再現媒介，有助於挖掘事件背後的歷史和可能性條件，而疾病雖然表達事件的發生，帶來不可逆的改變，但它永遠預示著一種失衡、失落、遺忘與追憶，而且不一定保證來生的到來或是為了來生而存在；換言之，書寫人類世疾病既非一片平坦空地，可任意揮灑，亦非一種「道可道」的言說語境，而是如何與疾病協商，將過去納入未來可能性的條件。本文希冀剖析人類世及其對生物體、環境和疾病（包括瘟疫、流感和新興病毒感染）的影響，尤其是全球暖化現象造成地質學上的悠遠時間（deep time）與人類的歷史時間重疊而產生跨物種感染。論文第一部分重審人類世定義、時間定錨及其不滿。其次，論文指出疾病論述主要分為三類：㈠疾病／傳染作為道德寓言，㈡作為隱喻的疾病敘事，和㈢病毒爆發敘事。本文將萊特（Lawrence Wright）《十月底》（The End of October）視為具有人類世疾病敘事特色的病毒爆發敘事，從中繪製人類世人畜共通流行病的軌跡。最後，本文以病毒的視角重探環境和健康人文共構的想像空間。

一、人類世及其不堪

人類世是一個弔詭，意指人類一方面要扮演新地質時代的角色，另一方面又要回應在追求文明時所產生的環境變遷及其相關徵候。在書寫人類世歷史時，查克拉巴提最早回應克魯岑的人類世假說，同時他也對人類世災難深表關切，但卻過於樂觀。在〈氣候

史：四種論點〉（"The Climate History: Four Theses"）一文中，他想像全球暖化或氣候驟變所導致的危機最後可能會像魏斯曼（Alain Weissman）所描述的「沒有人類的世界」（the world without us）的明日世界。[11] 他對生態災難和全球化所帶來不公不義的社會現象所做的回應的確立意良好，但這種立場與深層生態學所鼓吹的想法相去不遠。作為一位歷史學家，他援用詮釋學的方法論來解決人類世的問題，包括：㈠人為氣候變遷能消解自然史和人類史之間的界線；㈡人類享有自由，而且也代表一股地質力朝向現代性和全球化目標前進；㈢人類世假說鼓勵資本主義全球化歷史和人類物種史對話；㈣人類物種史和資本主義歷史彼此交織，互為主體。有鑑於此，查克拉巴提主張人類可視為一個具普遍性的「物種」，彼此應團結一致，共同致力於全球生態問題的解決。有批評家認為，查克拉巴提的物種論點過於強調人類普世主義或共同體理念。[12] 他強調人類史和自然史的共生關係，但他所鼓吹的普遍性像是一塊橡皮擦，能將差異性抹去。然而這種詮釋學史觀還是近似人本中心論說法，難以縫合社會和自然之間的對立。[13]

同樣地，馬拉莎在〈歷史的大腦，或人類世的思考模式〉（"The Brain of History, or, The Mentality of the Anthropocene"）一文中，嘗試與查克拉巴提對話，指出人在人類世的尷尬位置：人類世將人置

---

[11] Dipesh Charkarbarty, "The Climate of History: Four Theses," *Critical Inquiry* vol. 35, no. 4, 2009, p.5.

[12] Dan Boscov-Ellen, "Whose Universalism? Dipesh Chakrabarty and the Anthropocene," *Capitalism and Socialism* vol. 31, no. 1, 2020, p.2.

[13] 紀傑克（Slavoj Žižek）和克拉克（Nigel Clark）則批評查克拉巴提和其他生態學者喜歡玩弄生態末世論，引起不必要的罪惡感（guilt）。參見 Slavoj Žižek, "'O Earth, Pale Mother!'," *In These Times* vol. 34, no. 7, 2010, p.15; Nigel Clark, "Geopolitics and the Disaster of the Anthropocene," *The Sociological Review* vol. 62, no. 1, 2014, p.25.

於自然（漠然和中性）和歷史（意識和責任）之間，創造一個隙縫空間可供反芻。[14] 查克拉巴提與馬拉芙兩人的史觀顯有不同：前者主張歷史的「介入」，而後者則強調歷史意識的「連續性」。為了縫合歷史和自然之間的斷裂，馬拉芙重審查克拉巴提對史邁爾（Lord Smail）的批判。馬拉芙指出，查克拉巴提批評史邁爾的歷史觀太過生物思維，只將焦點置於人類大腦和文化史之間的互動關係，有誤讀之嫌。馬拉芙認為，人類的行為不應僅被視為「最近一萬年以來有文字記載的歷史」，而是「數十萬年以來由遺傳和文化變遷的綜合結果所創造出來的人類」。[15] 有別於查克拉巴提的詮釋學歷史觀，史邁爾是採用表觀遺傳學（epigenetics）的角度來詮釋歷史。表觀遺傳學是「分子生物學的一支，它可以透過啟動或關閉機制去調整基因的功能，而不會在形塑生物表現型時，改變去氧核醣核酸（DNA）的順序」。[16] 從表觀遺傳學來看，生物體、環境與認知發展之間的互動是物質的，而物質也包括過去的遺傳訊息。馬拉芙認為，大腦與環境之間的關係比人和環境之間更寬廣。具體來說，它可為非人的物質性奠下基礎，而不只是生物學上的意義而已。對馬拉芙來說，歷史不應只是人所創造出來的歷史，而是「那些發生在人、物或生物體身上」的事件。[17] 在這個意義上，人早就具有地質學上的意義。馬拉芙以腦神經科學的視角來說明人如何從生物學角色（biological agent）走向地質學角色（geological agent），進而改變地球系統的運作。[18] 對馬拉芙而言，查克拉巴提的論文若是只談「意識」，而不

---

[14] Catherine Malabou, "The Brain of History, or, The Mentality of the Anthropocene," *The South Atlantic Quarterly* vol. 116, no. 1, 2017, p.40.

[15] 引自 Malabou, "The Brain of History," p.41.

[16] Malabou, "The Brain of History," p.42.

[17] Malabou, "The Brain of History," p.43.

[18] Charkarbarty, "The Climate of History," 205; Malabou, "The Brain of History," p.44.

談「大腦」,則是可疑的;再者,大腦扮演中介的角色,能夠整合歷史、生物和地質學三個面向的意義;更重要的是,大腦有適應和改變的可塑性:一方面「適應」環境,另一方面也「改變」自己。[19]

莫頓以物件導向理論來分析人類世所帶來的生態刁鑽問題(wicked problems)。[20] 對他而言,全球暖化、二氧化碳、油污和污染等,均可被視為超物件,其特色之一為「黏稠性」,意指不管是人或非人,均會受到這些現象的影響,而且也無法甩開這些「黏TT」的物件。雖然莫頓理論未提到全球暖化與疾病兩者的關係,但他也嘗試用物件理論來為人類世時間的伊始定調:人類世始於 1945 年美國在新墨西哥州投下第一顆試爆原子彈的時刻開始。在《子夜只差幾分鐘》(Minutes to Midnight)一書中,杜克斯(Paul Dukes)認為人類世是從 1763 年啟蒙時代開始的。[21] 很明顯地,人類世的定錨時間因學理不同而各自表述。[22] 換言之,人類世沒有單一的故事,其潛在意義是複數的。

儘管查克拉巴提、馬拉芙和莫頓等眾多學者擁抱人類世假說以開展新論述 —— 歷史學、神經科學和物件理論 —— 但是對人類

---

[19] Malabou, "The Brain of History," p.45.

[20] 刁鑽問題(wicked problems)一詞泛指「難解」之環境生物安全問題。見 Nelson Quinn, "Applying the Concept of Ecological Integrity in Biosecurity Law and Management," (PhD diss., Griffith University, 2018), 55; Timothy Morton, *Hyperobjects: Philosophy and Ecology after the End of the World*, U of Minnesota P, 2013.

[21] Paul Dukes, *Minutes to Midnight: History and the Anthropocene Era from 1763*, Anthem P, 2011, p.126. 有些批評家認為人類世始於哥倫布大交換,其他批評家則主張人類世從新石器時代農業始。哈洛威(Donna Haraway)也建議以不同的詞彙來取代人類世。見 Donna Haraway, *Staying with the Trouble: Making kin in the Chthulucene*, Duke UP, 2016.

[22] 國際地層委員會組成「人類世工作小組」來討論這個議題。2015 年,人類世工作小組有 30 位成員,其中有 26 位同意人類世源自 1945 年 7 月 16 日第一枚原子彈蕳爆開始。整體而言,人類世工作小組的成員認為人類世概念還是值得期待。

世不滿的學者也大有人在。其中，德國哲學家斯洛特戴克（Peter Sloterdijk）對人類世一詞便極不滿：他認為人類世是一種「關起門來」且「不與外界往來」的論述，就像是合成的病毒、鴉片或新的宗教運動，藉以警告大眾有關生態即將毀滅的道德論述。[23] 在《你必須改變你的生活》（*You Must Change Your Life*）的專書中，[24] 施洛特戴克為里爾克（Rainer Maria Rilke）的詩〈古代阿波羅的半身雕像〉（"Archaic Torso of Apollo"）做新詮。這本書書名選自里爾克 14 行詩的最後一個句子「你必須改變你的生活」，用來總結藝術家／作家的創作觀。表面上，這個句子表達雕刻家（前輩）羅丹（Auguste Rodin）對詩人（後輩）里爾克的忠告：為了讓自己在藝術上有成就，里爾克必須要自我昇華，聽從前輩的想法並過著嚴謹的生活，未來才有成就。換言之，「你必須改變你的生活」是一句道德座右銘，期勉後輩（和未來作家）奉行犧牲邏輯，打造完美的品行，成為他者景仰的對象。因此，「你必須改變你的生活」鼓吹一種臨即性的行動，而且強調馬上進行，因為一旦有行動，人們就可在未來免於災難，否則……（"do it now, otherwise..."）。有了行動，後來者就可免除自身因無行動而導致的內疚或罪惡感。表面上「你必須改變你的生活」具積極正面的療效，因為聽從長輩的勸告，一定可以為未來樹立良好的典範，形塑與眾不同的特殊社會階級。然而施洛特戴克並不認同這個表面的解讀，對里爾克的詩提供不同的語境和詮釋：他反對這種來自偶像崇拜的道德律令。此一觀念若用於生態批評的脈絡中，施洛特戴克其實想要批判那些將生態論述簡化為意識形態或道德主義的批評家。很清楚地，施洛特戴克是一位偶像破除者；他認為「你必須改變你的生活」這句話中的「你」，可能指涉「任

---

[23] Peter Sloterdijk, *What Happened in the 20th Century*, trans. Christopher Turner, Polity, 2018, p.3.

[24] Peter Sloterdijk, *You Must Change Your Life*, Polity, 2013.

何人」或「沒有人」。經仔細推敲，他認爲這句話有暗藏著排除異己於無形的可能性：「你」不是，更不屬於這個共同體的成員。

在〈醒來，聞聞末世論的味道〉（"Wake Up and Smell the Apocalypse"）一文中，紀傑克（Slavoj Žižek）與施洛特戴克持相似意見，認爲人類世有末世論（apocalypse）之嫌。紀傑克認爲末世論的字源學意義是顯現（revelation）而不是災難（disaster）。在日常生活中，若有生態災難發生，它可被視爲「事物自然活動的一部分」（part of the normal run of things），因此他嘲諷那些想要「改變自己的行爲」，讓自己好過一點且沒有「罪惡感」的人，甚至宣稱「大地之母不好——她是瘋狂的婊子」（"Mother Nature is not good – it's a crazy bitch"）。[25] 一如往常，紀傑克表達對具有意識形態的生態主義提出質疑。紀傑克的追隨者克拉克（Nigel Clark）也認爲，人類世亦是一種弔詭現象：一方面批判「人性、太人性的」治理模式，嘗試破除人類中心論的企圖，但另一方面卻又提升人在地理學上的能動性。有時也將地理學擬人化。[26] 很明顯地，紀傑克、施洛特戴克和人類世的批評家們使用洪荒之力來超越意識形態的幻界。

綜上所述，克魯岑的人類世假設所引發的不滿，似乎遠比它所提供的解決之道還多；有關其定義、時間錨點、合法性和學理的脈絡化等主題，至目前爲止，也尚無共識。不過再怎麼「不堪」，儘管人類世這個詞許多生態學者，例如海瑟（Ursula K. Heise）和湯瑪斯（Julia A. Thomas）等，仍然繼續使用人類世這個詞彙來處理當代重要的議題，尤其是從地質學、科幻小說或生物學等不同領域切入環境論述。[27] 這些批評家認爲，人類世是一種門檻（a threshold），

---

[25] Slavoj Žižek, "Wake Up and Smell the Apocalypse," *New Scientist* 27, 2020, p.28.

[26] Clark, "Geo-politics and the Disaster of the Anthropocene," p.22.

[27] Ursula K. Heise, "Science Fiction and the Time Scales of the Anthropocene," *ELH*

有助於重新討論生態或環境與健康的議題；也就是說，人類世是一種典範更替，有助於建構人類世疾病書寫的可能性。

二、人類世疾病書寫

人類世書寫主要聚焦於氣候變遷小說（climate change fiction），[28] 主題包括環境污染、熱浪侵襲、食物短缺、海平面上升，以及全球暖化等現象所引起的災難。[29] 美國小說家萊特小說《十月底》中的暖化現象，則與新型病毒的釋放、傳播和擴散有關，開啓另類人類世疾病書寫的可能性。

一般而言，西方的瘟疫論述分爲三類：㈠疾病作爲道德寓言；㈡疾病作爲隱喻；㈢疾病作爲爆發敘事。第一類疾病敘事見於《伯羅奔尼撒戰爭史》（*History of the Peloponnesian War*）中的傷寒熱（typhoid fever）、普羅柯比（Procopius）的《戰紀》（*The History of Wars*）和英國作家狄福（Daniel Defoe）的《瘟疫年紀事》（*A Journal of the Plague Year*）作品中的鼠疫病菌。[30] 以《瘟疫年紀事》爲例，本書主要描述 1665 年的倫敦鼠疫，而且敘述者在書中很清楚地將鼠疫視爲天譴的結果。儘管小說是以第一人稱見證人的敘述觀點所寫成，但仔細的讀者不難看出本書其實是一本結合史實和文學

---

vol. 86, no. 2, 2019, pp.275-304; Julia A. Thomas, "History and Biology in the Anthropocene: Problems of Scale, Problems of Value," *The American Historical Review* vol. 119, no. 5, 2014, pp.1587-1607.

28 蔡振興，《生態危機與文學研究》，頁 25。

29 這些小說包括羅賓森（Kim Stanley Robinson）的全球暖化三部曲、巴奇加盧比（Paolo Bacigalupi）的《曼谷的發條女孩》（*The Windup Girl*）和金索芙（Barbara Kingsolver）的《飛行軌跡》（*Flight Behavior*）等等。

30 雅典瘟疫（The Plague at Athens, 430 BC）發生於雅典與斯巴達戰爭的第二年。

想像的小說。證據有二：其一，狄福生於 1660 年，而小說的敘述者 H. F.（Harry Foe, 或許是狄福的叔叔）提及 1664 年 9 月時就有人發病。倘若如此，當時狄福年僅 5 歲，不應該是敘述者本人。其二，本書出版於 1722 年，而敘述者所描述的是 62 年前的事件，他很難同時成為敘述者和見證者。[31]

《瘟疫年紀事》的敘述者是一位馬具商人，單身，且有家人，包括一位姐姐和一位哥哥。因疫情之故，他宣稱自己是否留在倫敦，主要還是依賴上帝的旨意。當然他也想過逃到外地避難，就像是薄伽丘（Giovanni Boccaccio）的《十日談》（*Decameron*）一書中的七女三男一樣，到佛羅倫斯郊外躲避瘟疫。儘管如此，狄福筆下的敘述者最後因強烈的寫作企圖而決定留在倫敦，遵從上帝的指示，將這些瘟疫事件寫下來，作為史料，供後人參考。或許是陰錯陽差，後來他真的生病，結果還是留在倫敦較好，完成寫作計畫。如同卡繆（Albert Camus）的小說《瘟疫》（*La Peste*）一樣，《瘟疫之年紀事》的敘述者將瘟疫視為上帝的處罰：狄福的瘟疫象徵人類道德上的瑕疵，而卡繆的《瘟疫》則是批判戰爭、納粹主義和邪惡。[32]

「疾病作為隱喻」一詞借自文化批評家桑塔格（Susan Sontag）。桑塔格認為，疾病不應被視為文學的隱喻，主要的原因在於此一作法有將疾病神秘化，忽略或美化疾病之嫌。桑塔格曾被診斷出第四期乳癌，並決定切除胸部任何可能感染或有風險的部位；最後，她戰勝癌症，存活下來。對她而言，病痛並不是「隱喻」，也不是「道德瑕疵」，更不是文學作品中對疾病常懷有情感謬誤的「浪漫想

---

[31] 有關狄福、卡繆、薄伽丘和後基因時代的瘟疫分析，見馮品佳、單德興、郭欣茹，〈瘟疫時代的文學想像〉，《人文與社會科學簡訊》vol. 21, no. 3, 2020, pp.86-91。

[32] 吳錫德，〈卡繆的倫理觀：求善與驅惡〉，收入卡繆著，《鼠疫》（臺北：麥田文化，2012），頁 9。

像」。[33] 桑塔格反對第二類「疾病作為隱喻」，因為這種刻板想法會讓疾病與現實脫節，造成大眾對痛苦無感，對疾病無知。

　　第三類作品與細菌或病毒傳染有關。在《傳染：文化、帶原者與病毒爆發敘事》（*Contagious: Cultures, Carriers, and the Outbreak Narrative*）一書中，瓦德（Priscilla Wald）用病毒爆發敘事（the outbreak narrative）──即所謂「傳染病的故事」──來說明作家如何處理電影和文學中的傳染病以及病毒如何傳播疾病，進而影響人類與社會的健康。主要步驟包括：㈠指認疾病症狀和病原體；㈡找出零號病人（index patient）；㈢實施疾病管制並加以防治。[34] 舉例來說，挪威劇作家易卜生（Herrik Ibsen）的《人民公敵》（*An Enemy of the People*）、韓德（Elizabethan Hand）的《未來總動員》（*12 Monkeys*）和布雷斯敦（Richard Preston）的小說《熱區》（*The Hot Zone*），[35] 這三部作品的主題均與細菌或病毒傳播有關。易卜生《人民公敵》的主要角色是斯塔克曼醫師（Dr. Thomas Stockmann），當他發現當地澡堂水源有病菌時，他將樣本送到奧斯陸大學（University of Oslo）做檢驗，以確認他的診斷是否正確。當地居民為了考量經濟因素，希望斯塔克曼醫師不要在報紙上公開此一資訊，以免影響小鎮觀光收入。然而報告結果顯示，小鎮的供水系統已遭污染，水中的細菌也會對人體健康有害。斯塔克曼醫師想將結果公布，但此一舉動激怒當地群眾，並將其視為「人民公敵」。諷刺的是，身為吹哨者（whistleblower）的斯塔克曼醫師竟成了他想維護小鎮居民健康的麻煩製造者，這也讓讀者看到居民選擇健康或

---

[33] Susan Sontag, *Illness As Metaphor*, Farrar, Straus and Giroux, 1978, p.29.

[34] Priscilla Wald, *Contagious: Cultures, Carriers, and the Outbreak Narrative*, Duke UP, 2008, p.3.

[35] Henrik Ibsen, *An Enemy of the People*, Penguin, 2015; Elizabeth Hand, *12 Monkeys*, Harper Collins, 1995; Rihard Preston, *The Hot Zone*, Random House, 1994.

經濟的兩難。

　　韓德的《未來總動員》採用科幻小說方式撰寫，小說人物可以透過時間機器穿梭於過去、現在和未來。小說的主人翁柯爾（James Cole）於「近未來」西元 2035 年時被甦醒，期盼搭乘時間機器回到過去，調查病毒的傳播者，並再一次阻止過去那場世紀病毒傳播。有趣的是：書中的病毒早已發生於過去（1996），而且全球有五分之四的人口已經死於病毒感染。當柯爾從未來被傳送到 1990 年代的過去時，他誤以為「12 隻猴子」的動保團體與全球病毒傳播有關。此外，他也誤以為這個生態組織的成員都是生態恐怖主義者，而負責人高恩（Jeffrey Goines）就是病毒傳播者。相反地，病毒傳播者另有他人動保組織負責人高恩的科學家父親身旁的助理科學家彼得斯博士（Dr. Peters）。

　　另外，布雷斯敦的《熱區》是一本病毒小說。故事一開始描述法國博物學家莫內（Charles Monet）在森林深處感染病毒而不幸死亡。這種病毒「與普通的感冒不同」，只要病人「一滴血」，整個社群就會造成嚴重的感染。[36] 然而，小說的第二部分才是故事的重心，主要描述美國華盛頓特區附近維吉尼亞州雷斯頓市（Reston）一處試驗中心，於 1989 年發生猴子離奇死亡事件。最後檢查出來的結果是：猴子罹患出血熱，一種傳染性和死亡率很高的傳染疾病，又稱為馬堡病毒（Marburg virus）。[37]

　　萊特的《十月底》論及暖化現象，可說是人類世疾病小說的先驅。與上述疾病小說略為不同，萊特將瘟疫與全球暖化現象掛鉤；小說中有三處有關人類世場景（第 2 章、第 35 章和第 55 章），暗指在氣候驟變的氛圍下，地球系統不穩定現象已經浮現：全球暖

---

[36] Preston, *The Hot Zone*, p.31.

[37] Preston, *The Hot Zone*, p.162.

化、[38]冰川融化和海平面上升。[39]此一蝴蝶效應現象導致冰河時期的長毛象在北極冰原中暴露了屍體，造成人畜共通的傳染（zoonosis）。本文下節中將以《十月底》為分析範例，嘗試繪製人類世人畜共通流行病軌跡。

三、萊特的小說《十月底》

小說的主要人物是病毒學家亨利（Henry Parsons）。在參加一場由世界衛生組織（WHO）所舉辦的流行病會議之後，亨利的主管旋即派他前往印尼西爪哇島康果里（Kongoli）愛滋病二號收容營，做新興病毒的疫調。亨利的父母親皆是傳道士，當他年僅4歲時，父母在南美洲傳道途中因空難而雙雙身亡。亨利自幼蒙上此一陰影，深怕宗教。對他來說，只有「科學」才能保護自己，讓自己免於受到宗教的誘惑。[40]他喜歡做實驗，普渡大學（Purdue University）畢業後繼續就讀約翰霍普金斯大學（The Johns Hopkins University）醫學院。亨利認為，只有透過專業背景，抽絲剝繭，逐一尋找每個階段或每個地區可能性的零號病人，並與世界各國進行跨國合作，才能防止疾病擴散。

在萊特的新興疾病小說中，悠遠時間透過長毛象的中介被嵌入小說之中，成為構成性的敘述時間。長毛象是遠古時代（悠遠時間）的物種，它出現於顯生宙新生代第四紀更新世（Pleistocene），屬於哺乳綱（Mammuthus）、長鼻目（Proboscidea）的動物。人類

---

[38] Lawrence Wright, *The End of October: A Novel*, Alfred A. Knopf, 2020, pp.12, 253.
[39] Wright, *The End of October*, p.371.
[40] Wright, *The End of October*, p.63.

於32,000前年出現於地球,長毛象則早在400萬年前出現於非洲,然後遷移到歐亞地區,之後穿過白令海峽到達北美洲。可惜的是,他們最後於冰河期結束時自地球上滅絕,屍體被封存於永凍層。在小說中,這種近乎命運般的偶然(康果里病毒)竟源自於十月革命島(October Revolution Island)上,使得悠遠時間在霎那間和人類歷史時間接軌,神奇般地拓展人類的時間尺規和深度。有趣的是,小說的第一部分有幼稚園學校老師帶領學童到長毛象博物館參觀,到了小說結尾處,長毛象已不再是史前時期的展示品,而是活生生出現在讀者的眼前。

悠遠時間與聖經中造物者所創造出來的神聖時間(divine time)不同,它表達一種「時間的深淵」(abyss of time)——地理時間。[41] 悠遠時間概念是蘇格蘭地理學家哈頓(James Hutton)的創見,後來這個想法影響英國地質學家賴爾和生物學家達爾文(Charles Darwin)。[42] 悠遠時間的內涵是亙古的、綿延的、線性的、緩慢的地質時間進程,但它也是屬於星球歷史的一部分,它的形成可將地景(landscape)轉化為連景(andscape),讓地質學的悠遠時間和人類世的動態事件時間產生共伴現象,同時也可能引進新興病毒。[43] 例如康果里病毒、流感、病菌或其他流行病等等,帶出新的疾病論述。正因如此,萊特的《十月底》所關心的議題正是一種動態的、正在發展的新興傳染病(emerging infectious disease),其症狀介於

---

[41] Michael Northcott, "Eschatology in the Anthropocene," in *The Anthropocene and the Global Environmental Crisis: Rethinking Modernity in a New Epoch*, edited by Clive Hamilton, Christophe Bonneuil, and François Gemenne, Routledge, 2015, p.102.

[42] Northcott, "Eschatology in the Anthropocene," p.101.

[43] 連景(andscape)一詞來自 Martin Prominski 的文章 "Andscapes: Concepts of Nature and Culture for Landscape Architecture in the Anthropocene," *Journal of Landscape Architecture* vol. 9, no. 1, 2014, p.6.

流行病、流感與急性病毒傳染病之間的模糊地帶。[44] 這是醫療人文研究的重要特色。

在印尼，亨利注意到感染此一新型病毒的人會發高燒、膚色變藍，身體產生嚴重的出血性症狀，因此他懷疑是某種瘟疫細菌（plague bacterium）所引起的。[45] 最早康果里病毒的疫情出現於印尼，第一批死亡的醫護人員名單包括一位無國界醫師（a MSF doctor）桑媲（Dr. Françoise Champey）。在康果里，桑媲主要治療愛滋病患，卻在當地染病身亡。她在日記中寫下自己感染病毒後的心情：這種病毒簡直是一隻「怪獸」，「我們根本沒有工具可一窺其結構」，「它躲起來、嘲笑我們，而且正在屠殺我們」（24）。[46]

亨利在爪哇營區時，雖然老鼠到處可見，而且在隔離蚊帳中，他屢次被跳蚤所咬，卻未感染康果里病毒。亨利認為這與中世紀鼠疫感染源不同，而康果里流感卻又與伊波拉病毒（Ebola virus）、拉薩熱（Lassa fever）或馬堡病毒的出血性高燒（hemorrhagic fever）相關。[47] 根據亨利的觀察：

---

[44] 流行病（epidemic）有下列特點：(1)受感染的病人會迅速於短時間內傳給健康的人，(2)受感染的人大都是急性病，(3)痊病人獲得抗體後，感染這種急性的病人卻有免疫能力。流感（influenza）也是一種流行病。這個詞彙最早於 1506 年出現在義大利，其語意與影響（influence）有關。古人因不明原因而將生病或瘟疫怪罪於某種（間接的）超自然力量，例如星象之間的移位所造成的疾病。因此，這個字與天文學有關。1893 年以後，有人將它簡稱為「感冒」（flu）。病毒（virus）是地球上為數最多的生物體，由核酸和蛋白質構成。病毒沒有細胞的結構，它沒有循環系統，也沒有消化系統，無法獨立生存，只能在宿主細胞內存活和繁殖。參見 Jeremy Brown, *Influenza: The Hundred-Year Hunt to Cure the Deadliest Disease in History*, ATRIA, 2018, pp.29, 30；許明達，《人類與病毒之戰》（臺北：天下文化，2020），頁 117。

[45] Wright, *The End of October*, p.43.

[46] Wright, *The End of October*, p.24.

[47] Wright, *The End of October*, p.44.

> 這是新型的病毒，可能像嚴重急性呼吸道症候群（SARS）或中東呼吸症候群（MERS）或副黏液病毒立白（Nipa）一樣。可是亨利不得不思忖著W形曲線的死亡率，也是1918年西班牙大流行的那種致命流感。(30)[48]

　　歷史上，傳染病主要有兩種形式：一是細菌性（bacterial），另一是病毒性（viral）。歷史學家泰勒（M. W. Tylor）認為，早期瘟疫的傳染源不明，人們易將瘟疫歸諸於罪惡體液不平衡或瘴氣之故。到了十九世紀，細菌理論提供了另類的思考模式：人的疾病是因為病菌感染之故。[49]這些細菌性傳染疾病包括瘟疫、肺結核、梅毒（syphilis）、霍亂（cholera）、炭疽病（anthrax）、痢疾（dysentery）等；病毒性疾病則有小兒麻痺症（polio）、天花（smallpox）、黃熱病（yellow fever）、麻疹（measles）、腮腺炎（mumps）、德國麻疹（rubella）等等。萊特的《十月底》除了透過病毒學家亨利介紹古今瘟疫簡史外，也刺激讀者思考新興病毒感染源的風險及其預防機制的可能性。

　　在詮釋流感時，亨利使用遠讀（distant reading）的方法標記歷史上爆發的多起瘟疫事件。[50]遠讀是一種歷史閱讀。在探勘瘟疫資料時，亨利嘗試找出理解瘟疫形式的切入點，以挖掘可能性的知識條件。最早有系統的描述瘟疫症狀案例，出現於修昔提底斯（Thucydides）對雅典瘟疫的描述。[51]希臘悲劇作家索佛克里斯

---

[48] Wright, *The End of October*, p.30.

[49] M. W. Taylor, *Viruses and Man: A History of Interactions*, Springer, 2014, pp.1-2.

[50] Franco Moretti, *Distant Reading*, Verso, 2013, pp.48-49.

[51] Thucydides, *History of the Peloponnesian War*, vol.1: Books 1-2, Harvard UP, 1956, pp.345-47.

（Sophocles）在《伊底帕斯王》（*Oedipus Rex*）中也提及底比斯的瘟疫，但他將此一傳染病與伊底帕斯王道德上的瑕疵做連結，視傳染病為人性的污點。在〈論流行病〉（"Of Epidemic"）一文中，希波克拉提斯（Hippocrates）則賦予傳染病一詞新的臨床醫學的科學涵義——疾病——而不是民間的迷信或傳說。公元 541-542 年，時值羅馬帝國查士丁尼大帝在位期間，大小瘟疫流行。至於中世紀於 1343-1349 年的黑死病病原體的研究，500 年後的瑞典細菌學家耶爾森（A. E. J. Yersin）和日本細菌學家北里柴三郎（Kitasato Shibasaburō）於 1894 年發現此一細菌，將它定調為鼠疫桿菌（*Yersinia pestis*）（43）。[52] 在爬梳這些細節的關係，小說《十月底》中的亨利找到了瘟疫的動勢（trend）與形式（form）：有些學者雖認為此一流感最後於 1353 年消聲匿跡，但他深信黑死病的病原體就是鼠疫桿菌（43）。[53]

　　小說中有關疾病的描述既不浪漫，也不煽情，而是比較科學。在萊特的筆下，康果里流感是出血性病毒的疾病，而且這種病毒感染類似布雷斯敦《熱區》中所描述的馬堡病毒或伊波拉病毒，充滿不確定性。這讓亨利傷透腦筋，思考如何遏止此一正在擴散中的病毒。當亨利初到印尼時，他懷疑印尼官方似乎有意將此傳染病壓下，不讓它浮出檯面。亨利在亞特蘭大疾管局的主管也認為：康果里流感只是四大流行性病毒之一而已。[54] 對亨利而言，這種新興病

---

[52] Wright, *The End of October*, p.43.

[53] Wright, *The End of October*, p.43.

[54] 流感病毒屬於扎黏液病（Orthomyxoviridae）的核糖核酸（簡稱 RNA），有四大類型：A 型病毒會造成跨物種傳播，導致家畜罹病或人類瘟疫。B 型流感專門感染人類，但因宿主範圍較小，不會造成大規模流行。C 型流感病毒也能感染人和動物々D 型流感病毒主要感染家畜，在牛、羊、豬等動物體內發現。印尼康果里流感病毒屬 A 型，可引起季節性流行，其毒性比 B 型強。人類副流感病毒與扎黏液病毒同屬 RNA 病毒，會造成跨物種傳播（*Wikipedia*: https://zh.wikipedia.org/wiki/流行性感冒）。Wright, *The End of October*, p.85.

毒對人體的傷害不容小覷，其病理學特徵尚屬未知。同樣地，巴基斯坦醫生阿默（Dr. Ahmed）也坦言，罹患康果里流感的病人就像「在中世紀得了傳染病一樣，我們對他們完全無能為力」，在臨床治療上，「我們只能施打具抗熱解痛的泰諾特（Tylenol）」（103）。[55]

印尼之行後，亨利飛往沙烏地阿拉伯並與王儲馬吉德（Prince Majid）討論疫情。在沙烏地阿拉伯期間，亨利深感不安，尤其是他在印尼的司機已受康果里流病毒感染而不自知，甚至還與其他回教徒前往麥加朝聖。當亨利和馬吉德聽到傳聞時，沙烏地阿拉伯已有一些回教徒受到感染，兩人竟不約而同地考慮要封城：「隔離。我們必須封鎖醫院。任何人不得離開」，亨利更建議麥加整個城市必須封鎖（shut off）。[56] 因為到麥加來的 300 萬朝聖者一旦回到摩洛哥、印尼、加拿大、南美、非洲等國，其後果將是一場瘟疫大災難。[57]

在書中，學者對康果里流感有兩種態度：感染性的（contagionist），與非感染性的（noncontagionist）。前者認為不同地區的商品、貨物或旅人均可能將病菌從一個地方傳播到另一個地方，增加感染的風險。於是，他們贊成隔離，因為只有隔離才能杜絕病菌的傳染。後者則認為隔離無用，而且有損經濟和商業活動，但他們認為環境衛生和制定公共衛生政策才是處理問題的有效措施。荷蘭的學者參博帝（Hans Somebody）屬於非感染性學者，他認為康果里流感雖能引起高燒、出血、快速傳染和致死率，然而他的團隊調查結果顯示康果里營區的病原體主要是來自生牛奶之故。[58] 他們與當局溝通的結果，最後認定是環境不良和食物短缺造成此一

---

[55] Wright, *The End of October*, p.103.
[56] Wright, *The End of October*, p.104.
[57] Wright, *The End of October*, p.126.
[58] Wright, *The End of October*, p.4.

公衛事件的主因。相反的,亨利相信康果里流感有快速且直接的傳染風險;因此,他堅信隔離的重要性。世界衛生組織的傳染學部門主任沙鳳娜(Maria Savona)同意亨利的想法,所以派他前往疫區調查。[59]

萊特的《十月底》寫於新冠病毒蔓延全球之際。不管在小說中或身處疫情中,這種存有的驚嚇或真實的迸現,讓讀者反思新興病毒對日常生活的影響。正因如此,亨利試圖透過科學去鎖定康果里病毒的感染源。萊特或許要彰顯亨利尋找病毒的決心,他特別描述一位瑞典醫學院學生胡丁(Johan Hultin)因研究流感所經歷的艱辛。[60] 同樣地,在《流感:百年尋找病毒治療致命疾病史》(*Influenza: The Hundred-Year Hunt to Cure the Deadliest Disease in History*)一書中,布朗(Jeremy Brown)也評論此一事件。布朗敘述胡丁由於受到美國知名病毒學家黑爾(Roger Hale)的啟發,隻身前往美國愛荷華大學研究流感,因為他「不想在實驗室研究流感,而想到戶外去尋找病毒」。[61] 他先到諾姆(Nome)西邊500公里處挖掘埋有1918年病毒屍體的永凍層,並作採集樣本的工作。很可惜的是,這個地方由於氣候變遷導致永凍層融化,讓他的工作白忙一場。後來,他轉往布雷維葛(Brevig Mission)繼續挖掘工作,而且當時德國古生物學家蓋斯特(Otto Geist)也加入他的研究行列。在挖掘期間,他共挖到5具屍體,成功地取下樣本,並將這些樣本寄回愛荷華大學實驗室。很可惜的是,科學家並未如願地將送回實驗室的病毒標本培養出原來的病毒。這項實驗以失敗告終,而胡丁本人也未能取得博士學位。[62] 退休之後,胡丁偶然間閱讀到陶本伯格(Jeff Taubenberger)

---

[59] Wright, *The End of October*, p.7.

[60] Wright, *The End of October*, pp.80, 91.

[61] Brown, *Influenza*, p.86.

[62] Brown, *Influenza*, p.88.

有關病毒基因定序的文章時,他寫信給陶本伯格,並在其建議下,再度飛回布雷維葛。儘管胡丁時年 72 歲,他仍然自費著手進行挖掘工作。1997 年 8 月,在「經過 3 天的手挖工作之後,胡丁終於與 4 位村民發現一具胖女人的屍體;胡丁出於尊重以及她對科學的可能貢獻,將這位女性取名為——Lucy(90)。[63] 最後,陶本伯格公開宣稱,胡丁於 1997 年的探險活動最後是成功的(91)。[64] 對萊特而言,亨利和胡丁在尋找病毒時均須自我犧牲:亨利失去親人,胡丁被迫放棄學位,而且這一切也只是為尋找病毒而已。

此外,這趟探險也說明因全球暖化之故,古人與今人之間的距離不再遙不可及,但也讓病毒與人之間的關係越顯緊密。小說第一部分結尾處暗指康果里流感病毒與候鳥有關。更重要的是,世界衛生組織也已在候鳥身上找到康果里流感病毒。此外,疫情也慢慢展開:九龍、鄱陽湖、北韓、巴基斯坦、伊朗等地區或國家也相繼傳出災情。根據亨利的推測,這些數以百萬計的候鳥是從西伯利亞起飛,然後到中國最大的淡水湖鄱陽湖:「他們在這裡過冬,相互感染,有時一隻鳥甚至感染兩種不同的病毒,他們群聚,分享基因片段——哇——得了大自然中最致命的創作:康果里病毒」(124)。[65] 亨利猜測這次病毒應由鳥類傳染給人類——速度快且致命程度強(131-32)。[66] 換言之,康果里病毒的感染源頭之一是鳥類。

茲因候鳥病毒傳染之故,康果里病毒慢慢地入侵美國校園和鄉下農場。美國的明尼蘇達州雖有零星疫情,很快就受到控制,零號病人(the index case)則是來自一位中東的遊客。就傳染地理學而

---

[63] Brown, *Influenza*, p.90.
[64] Wright, *The End of October*, p.91.
[65] Wright, *The End of October*, p.124.
[66] Wright, *The End of October*, pp.131-32.

言，明州剛好是候鳥從路易斯安那灣區起飛，行經密西西比河和加拿大，最後到達北極海的一個中繼航道，也頻頻傳出疫情。另外，阿肯色州的一位雞農也染疫病亡。美國農業部（USDA）派聖保羅辦公室的獸醫修福尼斯（Mary Lou Shaughnessy）到明州的養雞農場大戶之一的史蒂文先生（Mr. Stevenson）住處調查疫情狀況（143）。[67] 檢驗完畢之後，修福尼斯及其同事將樣本以快遞方式寄回美國農業部愛荷華實驗室。

隨著時間的推移，像其他美國人一樣，亨利的親朋好友受到疫情影響。美國總統更因病毒感染而出現症狀——眼睛流血——最後因病情嚴重，無法行使職權而辭職。[68] 此時遠在沙烏地阿拉伯隔離的亨利，偶爾雖能與太太吉兒（Jill）視訊，卻不知家人即將遭逢巨變：吉兒即將感染病毒死亡，兒子和女兒也會慘遭暴徒打劫而差點喪命。

事實上，亨利和布朗（Jeremy Brown）都觀察到1918年流感病毒會造成細胞激素風暴（a cytokine storm）。[69] 對亨利來說，康果里病毒也是一種急症——出血性高燒，感染這種流行病的人通常會在二星期內死亡，因為康果里病毒也會引發這種症狀。亨利將此細胞激素風暴視為一種「免疫風暴」：

〔它是〕一種無法控制的免疫反應。發燒和疼痛讓病人的白血球產生細胞激素。白血球是身體的步兵，用來對抗外來的感染。瑝身體遭受生命威脅時，白血球自動啟動細胞激素風暴，動員手上所有的武器。這是一場總體戰爭。在印尼，亨利做人體解

---

[67] Wright, *The End of October*, p.143.

[68] Wright, *The End of October*, p.209.

[69] Wright, *The End of October*, p.90; Brown, *Influenza*, p.59.

剖時，他親自看到法國年輕醫師身體的反應：她的肺已經被自己過度反應免疫系統液化。[70]

在此，亨利的細胞激素風暴理論是染病者致死的主因：細胞激素風暴導致人體免疫系統防禦過當，釋放大量「發炎因子」，使得「微血管擴張」，其「通透性」增加，導致大量血液滲透到組織之中，產生腫脹、發熱，或是引起呼吸窘迫的現象，有時還傷害到肺部正常組織，讓病人能於短時間內死亡。一般來說，出血熱或禽流感病毒引發肺功能衰竭等症狀，都是細胞激素風暴所引發的過度免疫反應。

當大流行悄悄地進入社區時，美國17座城市一天之內就報導有18,000人死於康果里病毒的感染。最後，疫情引起購物大恐慌現象。由於家裡所剩糧食不多，吉兒想到附近商家補貨，可是到了現場，她發現住家附近的居民早已開始瘋狂購物：

> 她衝到家裡附近的有機商店，以為這裡的人比較不會驚慌，結果她所面對的是一群驚慌失措的群眾。穿瑜伽衣服的女人從走道飛奔過去。穿著西裝的生意人手上推著兩三輛推車，其他人手臂上夾著未付款的商品衝走出店外。兩個員工盡可能的處理顧客購買商品，可是他們很害怕，也無力防止因暴露所造成感染的可能性。[71]

吉兒看到群眾在商店購物，就像是紀傑克在《大流行病：新冠肺炎動搖全世界》（*Pandemic!: COVID-19 Shakes the World*）一書所觀察到的恐慌現象一樣，包括五大階段：㈠突然間，外界謠言四起，快

---

[70] Wright, *The End of October*, p.101.

[71] Wright, *The End of October*, p.180.

速傳播開來；㈡有關當局保證貨品供應充足穩定；㈢大家真的相信有關當局所說的話和承諾；㈣即便我知道一切都沒有問題，有些人就是會聽信謠言，然後一窩蜂地去瘋狂採購，造成貨物短缺；㈤我害怕有些人真的相信謠言，所以我也和她們一樣去採購，把東西囤積在家裡。[72] 當大眾面對某種威脅時，恐慌顯然讓他們失去分寸，無法慎重思考。他們不在乎「假使」（if），只在乎「何時」（when），因為他們已經把懷疑當成事實，或是把推論當結論。[73]

疫情期間，吉兒未帶現金而無法購物，商店出納員亦不接受刷卡，最後只好空手而歸。回到家裡，吉兒想到疫情未來的不確定性，不禁落淚。在視訊中，亨利聽了吉兒的抱怨之後備感難過，但也無可奈何。不久之後，吉兒為了要做餅乾卻又沒有牛奶，而向樓上的租戶赫南德茲小姐（Mrs. Hernández）求助。不幸的是，吉兒帶了餅乾去探望母親諾拉（Nora）不久之後，母親就過世了。此外，她的妹婿和姪兒也雙雙染病死亡，自己在無意中也遭受感染。在盼不到亨利回家時，吉兒就過世了。她的女兒海倫（Helen）在埋葬母親時發現：

> 她的嘴巴張開，全身發紺，對像是床邊瓷器燈具的顏色一樣。床單上有一條血跡。眼睛、耳朵和鼻子的出血像是乾掉的小河。這對是上帝如何對待我的母親，海倫如是想。[74]

吉兒的症狀呈現出上述細胞激素風暴所導致的出血熱，與早先亨利透過賄賂邊警前往印尼營區時所看到三名無國界醫生一樣：他們的

---

[72] Slavoj Žižek, *Pandemic!: COVID-19 Shakes the World*, OR Books, 2020, pp.63-64.

[73] Žižek, *Pandemic!: COVID-19 Shakes the World*, p.64.

[74] Wright, *The End of October*, p.251.

臉色暗沉，其中一位醫生趴在桌上，旁邊留有一片乾血。亨利本以為這些是黑人醫生，經仔細一瞧，其實他們的臉並不是黑色，而是藍色。[75] 亨利回想過去，記得：

> 他曾看過病人臉色發紺，這是由於血液低氧所引起的。通常這種疾病的症狀不是顯現在嘴唇或舌頭，對是出現在手指頭或腳指頭上面。他〔亨利〕從來沒有看過任何人的臉色是那麼藍，膚色那麼均勻。[76]

在引文中，康果里病毒所產生的症狀與霍亂類似，是一種藍色疾病，諧稱藍死病（the blue death）。[77] 正因如此，亨利將桑媳醫生稱為藍女士（the blue lady）。[78]

在萊特筆下，亨利是一位病毒追獵者（virus hunter）。他喜歡田野調查。疫情期間，亨利孜孜矻矻為防疫工作而無法返家，也未能見其亡妻最後一面。從海倫看到母親死亡後的臉龐以及亨利回想起病人藍色的臉孔，讀者清楚地了解到亨利的太太吉兒也是死於康果里病毒感染。為了尋找病毒，亨利遠到十月革命島調查，終於確認病毒的源頭是來自長毛象：

> 在雪地上，亨利看到一根巨大的東西於融冰之後出現在眼前。那不是圓木，而是象牙。

---

[75] 發紺（Cyanosis）源自希臘文 *Cyan*（藍色）ク發紺指「藍色的疾病」。

[76] Wright, *The End of October*, p.22.

[77] Wright, *The End of October*, p.22.

[78] 見 Wright, *The End of October*, p.27; Rashida Qari and Rasikha Naseem, "Cholera (Blue Death Disease)," *Acta Scientific Microbiology* vol. 2, no. 8, 2019, pp.15-16.

亨利用地圖將雪撥開一下,露出一張巨大的臉。牠毛茸茸的半身已經被北極熊撕開。

「是一隻長毛象」,亨利說。「別碰牠,牠已感染康果里病毒。」海豹部隊退後。他們是世上唯一知道發生什麼事的人。

「哦,醫生,我們如何向世人訴說歷史?」庫西問道。

亨利仰望天空。最後一群的西伯利亞鶴已經起飛,動身前往中國了。

「我們將說,這一切是我們造成的。」[79]

上述引文的最後一句話是亨利的生態啟蒙:「我們將說,這一切是我們造成的。」亨利不是生態中心論者,但這裡的「我們」卻隱約地暗示全球暖化或氣候變遷現象是人類所造成的,其結果能讓不同物種相互感染。再者,亨利認為病毒實驗室是「受苦的圖書館」(a library of woe)(354),裡面收藏著各種導致人類苦難的病毒,包括伊波拉病毒、馬堡病毒、拉薩病毒。儘管如此,我們不應因為人類感染病毒就怪罪病毒。就內容而言,歷史絕非單純地屬於人本中心論的歷史,它也是病毒的歷史以及病毒與人類互動的歷史。因此,亨利認為「我們無需將人類意識或意向性強加於疾病之上」。[80]在此,由於暖化現象的來臨,原屬於不同歷史時間的長毛象病毒,在今天卻可以和其他物種接觸,將不可能的疾病變成可能;也就是說,在人類世時代,疾病會隨著環境變遷和全球化移動而彼此形成跨物種連結或感染,即拉圖(Bruno Latour)所說的「行動者網絡」(actor-network),[81] 或是像阿萊默(Stacy Alaimo)的「跨身體性」

---

[79] Wright, *The End of October,* p.376.

[80] Wright, *The End of October*, p.355.

[81] Bruno Latour, "On Actor-Network Theory." *Soziale Welt* 47, 1996, pp.369-81.

（transcorporeality）一樣。[82]

在小說結尾處，亨利已可繪出康果里病毒作為一種人畜共通流行病的圖表（zoonotic diagram）：北極熊吃了因暖化現象而裸露出的長毛象屍體之後，受到感染而死亡；西伯利亞鶴也因吃了北極熊死屍後，將病毒傳到中國和印尼；接著，印尼染病的回教徒透過朝聖之路，又將病毒傳播到聖地麥加；最後，麥加由於封城失敗，病毒到處流竄，導致全球大流行。

結論：病毒、生命和環境想像

很明顯地，在人類世中，這種新興疾病似乎傳達某種新的訊息：氣候變遷將導致人與病毒有更多的接觸機會，造成疾病擴散和社會恐慌。在萊特的小說中，亨利的專長是細菌學和病毒研究。身為病毒專家，他瞭解病毒，也尊敬細菌。[83] 在實驗室中，他已收集到康果里病毒，疫苗研發也進入最後階段。他清楚病毒的目的是存活，也深知病毒會演化。正如亨利所言：「在調查不知名的病原體時，危險總是存在著。疾病可能是來自四面八方，包括各種病毒、寄生蟲、細菌、菌類、阿米巴蟲、毒物、原生動物和感染顆粒，而且每一種都有其本身的存活策略。」[84] 客觀來說，「當病毒感染細胞時，他在細胞內植入自己的基因，然後用細胞的能源——也就是把受到感染的細胞變成病毒工廠。一旦病毒的基因控制整個細胞，細胞就會奉命製造更多的病毒，直到自己的細胞爆開、死亡，然後再

---

[82] 泛指人與環境、人與自然或人與非人的互動和互涉。見 Stacy Alaimo, *Bodily Natures: Science, Environment, and the Material Self*, Indiana UP, 2010, p.2.

[83] Wright, *The End of October*, p.45.

[84] Wright, *The End of October*, p.21.

釋放數千或數萬更多的病毒」。[85] 病毒的存在先於人類，其型態是介於生命（life）和非生命（nonlife）之間。病毒並未主動走進人的生命世界與人類產生互動；相反的，或因人類的行為，或因自然棲息地遭到破壞，或因食物鏈而與其他動植物或鳥類產生關連，或因全球化的移動，病毒或病菌透過感染原或中介者讓人類變成宿主的機會就會增加。誠如林特里斯（Christos Lynteris）所提醒的，「我們」不應只是一味地將這些傳染病源稱之為「流行病壞蛋」（epidemic villains），將一切過錯推給「他們」。[86]

今天，人類改變地球上的人文、地文和水文的事實，讓我們理解到克魯岑所謂的人類世時代背後所隱藏的憂慮。在這個新時代裡，氣候的自然運作模式已被改變，而氣候變遷也由例外狀態成為日常生活的一部分。這個改變提供一個論述場域，有助於重新思考人和非人的跨物種交流，以及彼此間不穩定、非對稱的關係，隨時充滿危機或轉機。

萊特對小說人物面對疫情時的心理刻劃或許不夠細膩，但他不經意地輕描全球暖化，並將地質上的悠遠時間和人類的歷史時間重疊，卻是恰到好處，而且兩者之間所碰撞出來的新興疫情，也讓我們重新思考人與非人（包括細菌和新興病毒）之間的跨物種共有（interbeing）或互為圖形／主體（figure）和背景（ground）關係。儘管人類不喜歡這些微生物，不過這些細菌或病毒是先於人類的存在而存在。萊特的小說告訴我們，人類尚需向病毒學習，向過去學習，從中了解到人與非人、人與病毒、自然與文化之間其實並非對立，而是彼此糾纏又不對稱的關係。萊特的小說透過全球暖化的場景將北極（現實）與長毛象（真實）疊合，這或許能展開人類世疾病小說的新方向，提供環境和健康人文兩者共構的想像空間。

---

[85] Wright, *The End of October*, p.47.

[86] Christos Lynteris, ed., *Framing Animals as Epidemic Villains*, Palgrave, 2019, pp.1-2.

引用書目

【中文】

吳錫德,〈卡繆的倫理觀:求善與驅惡〉,收入卡繆著,《鼠疫》,頁 7-12。臺北:麥田文化,2012。

許明達,《人類與病毒之戰》。臺北:天下文化,2020。

馮品佳、單德興、郭欣茹,〈瘟疫時代的文學想像〉。《人文與社會科學簡訊》21, no. 3 (2020): 86-91。

蔡振興,《生態危機與文學研究》。臺北:書林出版公司,2018。

【英文】

Alaimo, Stacy. *Bodily Natures: Science, Environment, and the Material Self.* Indiana UP, 2010.

Anthropocene. Dir. Steve Bradshaw. Oley, PA: Bullfrog films, 2015. DVD.

Anthropocene: The Human Epoch. Dirs. Jennifer Pencier and Edward Burtynsky. Kino Lorber, 2018. DVD.

Boscov-Ellen, Dan. "Whose Universalism? Dipesh Chakrabarty and the Anthropocene." *Capitalism and Socialism* vol. 31, no. 1, 2020, pp.70-83.

Brown, Jeremy. *Influenza: The Hundred-Year Hunt to Cure the Deadliest Disease in History.* ATRIA, 2018.

Charkarbarty, Dipesh. "The Climate of History: Four Theses." *Critical Inquiry* vol. 35, no. 4, 2009, pp.197-222.

Clark, Nigel. "Geo-politics and the Disaster of the Anthropocene." *The Sociological Review* vol. 62, no. 1, 2014, pp.19-37.

Crutzen, Paul J., and Eugene F. Stoermer. "The Anthropocene." *IGBP Newsletter* vol. 41, 2000, pp.17-18.

_____. "Geology of Mankind." *Nature* vol. 415, 2002, p.23.

_____. "Anthropocene Man." *Nature* vol. 467, 2010, p.10.

Dukes, Paul. *Minutes to Midnight: History and the Anthropocene Era from 1763.* Anthem P, 2011.

Hand, Elizabeth. *12 Monkeys.* Harper Collins, 1995.

Haraway, Donna. *Staying with the Trouble: Making Kin in the Chthulucene.* Duke UP, 2016.
Heise, Ursula K. "Science Fiction and the Time Scales of the Anthropocene." *ELH* vol. 86, no. 2, 2019, pp.275-304.
Ibsen, Henrik. *An Enemy of the People.* Penguin, 2015.
Latour, Bruno. "On Actor-Network Theory." *Soziale Welt* vol. 47, 1996, pp.369-81.
―――. "Agency at the Time of the Anthropocene." *New Literary History* vol. 45, no. 1, 2014, pp.1-18.
Lynteris, Christos, ed. *Framing Animals as Epidemic Villains.* Palgrave, 2019.
Malabou, Catherine. "The Brain of History, or, The Mentality of the Anthropocene." *The South Atlantic Quarterly* vol. 116, no. 1, 2017, pp.39-53.
Malm, Andreas, and Alf Hornborg. "The Geology of Mankind? A Critique of the Anthropocene Narrative." *The Anthropocene Review* vol. 1, no. 1, 2014, pp.62-69.
McKibben, Bill. *The End of Nature.* Random House, 2006.
Moretti, Franco. *Distant Reading.* Verso, 2013.
Morton, Timothy. *Hyperobjects: Philosophy and Ecology after the End of the World.* U of Minnesota P, 2013.
Northcott, Michael. "Eschatology in the Anthropocene." In *The Anthropocene and the Global Environmental Crisis: Rethinking Modernity in a New Epoch.* Edited by Clive Hamilton, Christophe Bonneuil, and François Gemenne. Routledge, 2015.
Prominski, Martin. "Andscapes: Concepts of Nature and Culture for Landscape Architecture in the 'Anthropocene'." *Journal of Landscape Architecture* vol. 9, no. 1, 2014, pp.6-19.
Preston, Rihard. *The Hot Zone.* Random House, 1994.
Qari, Rashida, and Rasikha Naseem. "Cholera (Blue Death Disease)." *Acta Scientific Microbiology* vol. 2, no. 8, 2019, pp.15-16.
Quinn, Nelson. "Applying the Concept of Ecological Integrity in Biosecurity Law and Management." PhD diss., Griffith University, 2018.
Schultz, Colin. "Future Earth: Advancing Civic Understanding of the Anthropocene." *Eos* vol. 95, no. 33, 2014, pp.300-301.

Simonetti, Cristián. "The Petrified Anthropocene." *Theory, Culture & Society* vol. 36, no. 7-8, 2018, pp.45-66.

Sloterdijk, Peter. *You Must Change Your Life*. Cambridge: Polity, 2013.

_____. *What Happened in the 20th Century*. Translated by Christopher Turner, Polity, 2018.

Sontag, Susan. *Illness As Metaphor*. Farrar, Straus and Giroux, 1978. Taylor, M. W. *Viruses and Man: A History of Interactions*. Springer, 2014.

Thomas, Julia A. "History and Biology in the Anthropocene: Problems of Scale, Problems of Value." *The American Historical Review* vol. 119, no. 5, 2014, pp.1587-1607.

Thucydides. *History of the Peloponnesian War*, vol. 1: Books 1-2. Harvard UP, 1956.

Visconti, Guido. "Anthropocene: Another Academic Invention." *Rendiconti Lincei* vol. 25, 2014, pp.381-92.

Wald, Priscilla. *Contagious: Cultures, Carriers, and the Outbreak Narrative*. Duke UP, 2008.

Winner, Langdon. "Rebranding the Anthropocene: A Rectification of Names." *Techné: Research in Philosophy and Technology* vol. 21, no. 2-3, 2017, pp.282-94.

Wright, Lawrence. *The End of October: A Novel*. New York: Alfred A. Knopf, 2020. Žižek, Slavoj. "'O Earth, Pale Mother!'." *In These Times* vol. 34, no. 7, 2010, p.15.

_____. "Wake Up and Smell the Apocalypse." *New Scientist* vol. 27, 2020, pp.28-29.

_____. *Pandemic!: COVID-19 Shakes the World*. London: OR Books, 2020. Wikipedia: https://zh.wikipedia.org/wiki/流行性感冒.

9

意寫醫心的醫學／藝術家：
林莎的藝術實驗與生命哲學

蘇榕

一、前言：醫療人文的當代轉向

自 1960 年醫療人文興起以來，源起於醫療教育領域的醫療人文研究[1]已經迅速擴張影響力，不再視藝術人文研究為醫學教育的補充物。《勞特來奇醫療人文手冊》(*Routledge Handbook of the Medical Humanities*; 2020) 的編者布里克利（Alan Bleakley）在〈引言：醫療人文——全球規模的混合鋒面〉("Introduction: The Medical Humanities – a Mixed Weather Front on a Global Scale.") 中，就將醫療人文比喻為刺激醫療體系，使之生成「深度」臨床實踐珍珠的砂礫」，並進一步說明，「深度」是指在知識上能創新、各面平衡發展、周到、謙卑、自我省思、自我批判等（4）。布里克利認為，「藝

---

[1] 有關醫療人文此思維的起源、學術建置，和定義，請參考馮品佳、蔡振興的〈緒論〉頁 1-6，以及馮品佳的〈醫者仁心：《最後期末考》的華裔美國敘事醫學〉頁 265-67，馮品佳主編，《文學、視覺文化與醫學：醫療人文研究論文集》，臺北：書林。2020 年 12 月。另外尤妮（Louise Younie）在〈醫學教育中的藝術：實踐與對話〉("Art in Medical Education: Practice and Dialogue") 一文中也簡要勾勒了醫療人文發展的脈絡，指出「『醫療人文』一詞於 1960 期間在美國創立」（85），並強調藝術在醫學教育的重要性，請參此文 85-87 頁。

術……不只為了裝飾或美化,更要能為批判性審問文化和自然提供首要媒介,既要暴露也要探索分裂和矛盾的價值」(15)。他並為醫療人文在臨床應用上所扮演的角色歸納出七個原則:1)醫療人文為醫學帶入美學向度,警告〔醫學教育〕不要培育〔出〕麻木不仁〔的醫科生〕;2)醫療人文為醫學帶入政治向度;3)醫療人文可以作為解決醫學最緊迫症狀的療法;4)醫療人文學科可以幫助我們「換個角度」思考「健康」和「疾病」;5)醫療人文揭露和探索醫學現象的驚人起源;6)醫療人文促進公眾參與醫學;7)醫療人文引進了多種方法和方法論(Bleakley 21-24)。這些原則為醫療人文研究領域的拓展指引了方向。

　　隨著二十一世紀醫療人文研究的進展,社會學者如卡茲(Stephen Katz)和琪佛絲(Sally Chivers)等,開始從社會學角度批判老年照護和醫學。醫療人文的社會學轉向和對醫療建制的檢視,促成了批判醫療人文的崛起(8)。布里克利認為在第一波醫療人文研究的浪潮中,學界常將生物醫療科學與藝術、人文學對立,因此產生「整合」兩個對立觀點或態度的需求(9),並將重點放在醫療「初始場景」(primal scene)和醫學教育(12)。在第二波的醫療人文研究中,學者傾向於「用批判性思維和理論探討醫學的文化建構如何產生知識、認同,以服務所偏好的利益相關者」(12)。因此學院內的討論便由單純的整合,走向跨越或超越科際(inter-, or trans-disciplinary),研究兩者錯綜複雜的糾葛關係(12)。這為醫療人文領域創造了新走向,例如 2006 年興起的[2]「健康人文」(the health humanities)。發起健康人文研究的英國學者克羅佛德(Paul Crawford)就曾在《勞特來奇健康人文指南》(*Routledge Companion*

2　有關健康人文的興起,請參考 Paul Crawford. "Introduction: Global Health Humanities and the Rise of Creative Public Health." 1-6.

to Health Humanities）的〈導論：全球健康人文與創造性公共衛生的崛起〉（"Introduction: Global Health Humanities and the Rise of Creative Public Health"）一文中，敘明了健康人文的領域，其中包括「研究、教育、實踐」，強調用「包容性、民主化、藝術人文」的方法，提昇「健康照護、健康，和福祉」（1）。克羅佛德認為自 2006 年以降，健康人文在重新描述、擴展和創造以應用藝術與人文學提升健康和福祉的廣泛願景上，已引起關注（Crawford 3）。健康人文強調藝術和人文學是公共衛生的主要力量，此種「創造性公共衛生」的理念主張藝術和人文學實踐可為任何國家提供「影子」[3]（預備性的）健康暨社會照護服務——即便不一定由醫學來領導（Crawford 3）。正如克羅佛德所言，健康人文標榜的是開放的跨科際方法，反對第一波醫療人文將藝術和人文視為醫療學門的補充，以及醫學對藝術人文表達方式的統攝，強調用藝術和人文的創造性，反思醫療人文實踐和理論的盲點。克羅佛德認為就醫學訓練而言，以藝術和人文為媒介的醫療方法更具創造和啟發性，醫療照護若能從病患、家屬、其社會條件和環境的角度思考，則能以「創新的文化照護」（innovative cultural care）改善人類健康（Crawford 1, 6）。

簡言之，二十一世紀的醫療人文研究逐漸跨越史諾（C. P. Snow）所批評的「兩種文化」（the two cultures）[4]，醫療與人文相互滲透纏繞。藝術人文非但不是點綴，反而能為醫學教育和醫療現場提供重要的創新媒介，使醫／病都能透過藝術，「與不可言喻的事物搏鬥，說出不能說的話，回應情感主觀領域，賦予感覺以形式」（Younie 89）。據此，本文擬介紹、析論臺裔離散旅美醫學藝術家林

---

[3] 此處的「影子」的意義如同「影子內閣」（shadow cabinet）。

[4] 請參考 Snow, Charles Percy.1959. *The Two Cultures*. London: Cambridge University Press, 2001. p.3.

莎，作為思考醫療／健康人文新取向的案例研究。

二、醫學／藝術家林莎在臺灣藝術史的位置性

林莎（本名林清和）1940年出生於臺灣宜蘭，1961年畢業於國立臺北師範學院，[5] 1986年畢業於國立臺灣師範大學美術系，曾獲總統頒發全國特殊優良美術教師獎，後進入師大數學研究所，取得碩士學位。[6] 1970-1980年間遊學西班牙、義大利、法國。1988年後定居於紐約創作，並創辦L.S.藝術研究所。[7] 2010年因登山採藥墜谷辭世。[8] 林莎既是科班出身的畫家，也繼承了三代家傳的中醫。

林莎在蕭瓊瑞著的《臺灣現代美術大系：抽象抒情水墨（水墨類）》中，被列入1960年代臺灣「現代繪畫運動」的十二位先驅，[9] 其出身卻十分特殊——他的藝術生命和中醫同時開始。[10] 他的中

---

[5] 1958年林莎因為詩作第一名，獲保送臺北師範學院(今國立臺北教育大學)，請參見林莎（Lin Sha 1940-2010），《非池中》（Art Emperor）。https://artemperor.tw/artist/3241。2022/12/06瀏覽；大象藝術空間館。〈林莎──藝生易時的詩篇〉。（Lin Sha : The Poetry of a Creative Life and Temporal Changes）2018年8月30日。《非池中》（Art Emperor）。https://artemperor.tw/myfeed/745。2022/10/23瀏覽。

[6] 請參見，林莎。《林莎（Sha Lin）：1988-1993》。臺北：福華沙龍。1994年。頁81。

[7] 請參見〈林莎紀念回顧展〉簡介。國父紀念館三樓逸仙藝廊。2014年11月22日到12月8日。《非池中》。https://artemperor.tw/tidbits/1432。2022/12/20瀏覽。

[8] 關於林莎卒年和遺作評述，請參見「宜蘭留法旅美醫師畫家──林莎500幅遺作畫展5/12/17-6/9/17」http://www.taiwanus.net/news/press/2017/201705060124261271.htm。2021/10/24瀏覽。周東曉。〈神凝觀心、逍遙自在──林莎藝術展〉。《臺灣海外網》。《http://www.taiwanus.net/news/press/2017/201705060124261271.htm》。2021/10/24瀏覽。

[9] 請參考蕭瓊瑞，〈林莎──易念‧藝念〉，《臺灣現代美術大系‧水墨類：抽象抒情水墨》，頁8，142-44，155。

[10] 請參見曾長生〈東方的煉丹師：林莎的新人文主義藝術〉，頁13-14。

醫身份影響了藝術創作,也贏得了同行的尊敬和讚賞。[11]謝里法於1990年為林莎在紐約蘇荷區路茜亞畫廊個展撰寫的〈林莎——性與器官的狂言〉如此評論:「林莎先生在美國華人藝文圈裡算得上是一位奇特的人物,他當初出現在我們同行之間是以畫家的身分和大家見面的,不多久,便發現他有高明的醫術,是三代家傳的,同道裡每有人身體發生狀況,就請他來把脈開方,見面談的盡是健康的問題,日久反而把原來畫家身分給忘了。」(210)。曾長生在〈東方的煉丹師:林莎的新人文主義藝術〉一文中,也提到林莎的醫術與創作,兩者並駕齊驅:

> 生長於臺灣,旅居紐約市的林莎,是一個開業多年的中醫師,他以家學的醫術和祖傳的藥方來濟世救人,據悉已成為許多人口耳相傳的名醫。令人感佩的是,在專業的行醫生涯之外,他也是一位不斷自力潛修,自我期許同樣高超的藝術創作者,他秉持著現代藝術的實驗精神和開放觀念,長年來努力地在繪畫創作中追求另一角度的自我實踐。(17)

蕭瓊瑞在《臺灣現代美術大系:抽象抒情水墨(水墨類)》中主張臺灣「現代繪畫運動」的先驅以劉國松為首,指出這群藝術家以「寫意」為主軸,突破了傳統水墨畫的保守思維,為臺灣繪畫開拓了革命性的新方向;林莎名列其中,在當代卻鮮為人知。或許因他去國離鄉、避世隱遁,醫名掩蓋了藝術成就,其「醫畫合一」、用抒情寫意/抽象表現主義的藝術語言抒發醫理仁心的創意,以及「晝問診、夜作畫」的勤奮,始終未受重視!當代醫療人文整合藝術

---

11 秦松和《藝術家》雜誌發行人何政廣,都曾對他的醫術讚譽有加。請參見大象藝術空間館。〈林莎——藝生易時的詩篇〉。

的風潮興起,林莎的生命故事和畫作,值得學界加以析論,恰可納入醫療人文教育的領域,給予應有的評價。為了清楚呈現這位臺裔離散畫家的特殊性和時代性,首先必須勾勒 1950 至 1970 年代的臺灣現代繪畫運動,再說明臺灣現代繪畫運動和林莎藝術創作之間的關聯,以彰顯其創作的時代意義和對醫療/健康人文的啟示。

臺灣現代繪畫運動在 1945 至 1970 年間,由一批熱切追求革新傳統繪畫的畫家發起,其中最具代表性的藝術組織為「五月畫會」和「東方畫會」。「五月畫會」以劉國松為首,在正統國畫爭論的氛圍下成立;「東方畫會」由李仲生「美術研究班」的門生所籌組。[12] 這些畫家在學習中國傳統繪畫的過程中,展現了將現代主義繪畫觀念帶入傳統水墨畫和改革繪畫傳統的強烈企圖心。

五月畫會是劉國松、郭豫倫、郭東榮、李芳枝等畫家在 1956 年初夏受到廖繼春的鼓勵,與臺灣師範大學美術系校友所組成的畫家協會,「五月畫會」的成立,使臺灣藝術從描繪靜物的保守古典傳統轉為趨向現代主義風格。隨後加入的畫家包括顧福生、黃顯輝、莊喆、馬浩、李元亨、謝里法、韓湘寧、彭萬墀、胡其中、馮鍾睿、陳景容、鄭瓊娟、廖繼春、孫多慈、楊英風、陳庭詩等人,固定每年五月舉辦畫展,提出繪畫題材、概念、繪畫方式自由等前衛理念,與「東方畫會」成為提倡臺灣現代繪畫的先驅。「東方畫會」的精神領袖為李仲生。他在 1945 年參加由趙無極策劃,於重慶國立博物館展出的「中國現代繪畫展覽」;當時參展者包括林風眠、方幹民、關良、龐薰琹、吳大羽、丁衍庸,和趙無極等第一批中國留法畫家,這些畫家受到十九世紀末至二十世紀初西方藝術改革風

---

[12] 以下述及有關於東方畫會和五月畫會成立和相關論戰的始末,請參見蕭瓊瑞。《五月與東方:中國美術現代化運動在戰後臺灣之發展(1945-1970)》。臺北:三民。1991 年。頁 201-10,248-59,362-63。

潮的影響，成為當時中國追求創新、突破傳統的現代派繪畫改革先驅。李仲生來臺後，於1950年代初期與朱德群等人在臺北成立「美術研究班」，傳播西方現代主義繪畫理論，並大量發表文字評論，推動前衛的現代藝術教學，成為學生的精神領袖。東方畫會即在這樣的背景下成立，成員皆是李仲生畫室的第一批學生，包括：蕭勤、霍剛、夏陽、吳昊、蕭明賢、陳道明、李元佳、歐陽文苑等八人，被何凡（夏丞楹）稱為「八大響馬」，意謂這些畫家為臺灣現代美術先鋒，如「響馬」般衝出保守畫壇的傳統桎梏，開現代、前衛美術之先河。東方畫會在1956年底成立，1957年舉辦第一屆畫展「東方畫展——中國、西班牙現代畫家聯合展出」，先後在臺北新聞大樓和巴賽隆納花園畫廊（Galleria Jardin）展出，以國際聯展的方式，開創了中西畫家聯展和臺灣繪畫團體出國展出的先例，向三位西班牙、巴塞隆納現代主義、超現實主義、立體主義大師（達利〔Salvador Dalí〕、米羅〔Joan Miró i Ferrà〕、畢卡索〔Pablo Ruiz Picasso〕）致敬的意味濃厚，是一場以現代抽象畫為主題的展覽。不過這次畫展飽受抨擊，不算成功。即便如此，這批改革者仍勇於逆水行舟。1960年東方畫會與義大利佛羅倫斯的「數字」（Numero）畫廊在臺北合辦「義大利現代畫展」，同期舉辦「東方畫展」、「地中海美展」，和「國際抽象畫展」，邀請地中海國家與國際知名畫家參展，大力推廣西方現代派繪畫。然而，當時藝術界還糾結著「正統國畫之爭」的論戰，[13]使這個藝術革命運動在時代氛圍下被歸為非正統，陷入廖新田所描述的「一種綜合、複雜的美學、藝術理

---

13 有關「正統國畫論爭」的始末，請參見廖新田，〈臺灣戰後初期「正統國畫論爭」中的命名邏輯及文化認同想像（1946-1959）：微觀的文化政治學探析〉，《美麗新世界——臺灣膠彩畫的歷史與時代意義學術研討會論文集》。臺中：臺灣美術館，2009，頁149-222；林香琴.〈1950-1970年代省展畫部「正統國畫之爭」論析〉，《臺灣美術》，96（2014.4），頁48-83。

論,國家認同與文化諸多想像,透過文化政治學的微觀操作而展現」的錯綜複雜歷史脈絡中(《藝術的張力》94)。在當時詭譎的時代氛圍下,這羣藝術家積極加入藝術改革的行列,向西方現代藝術取經,無異於選擇了一條孤寂的道路。1971年東方畫會在臺北凌雲畫廊舉辦了第15屆展覽後,終於宣告解散。這場1957-1971年間風起雲湧的繪畫革命運動,就此告終,不過已對臺灣藝壇造成不可磨滅的影響。

楊小萍在〈五月畫會和東方畫會聯展〉一文中曾經如此評述兩者的特色:「『五月』是具體地把現代思想與觀念表現在中國傳統的水墨畫上,而『東方』則是嘗試用現代的藝術形式來發揮中國人的思想」,目的都在希望「藉著創新、求進的做法」,「打破當時畫壇臨摹、抄襲與保守的風氣」。廖新田在〈劉國松抽象水墨論述中氣韻的邏輯〉一文中,則由文化離散的觀點,析論劉國松嘗試在中西傳統的辯證中走出創新的路,代表了這個時期許多藝術家面臨的掙扎:

> 戰後兩岸現代美術游移在傳統與現代、東方與西方之間,有著激烈的路線辯論。劉國松是這段藝術變遷的典型,除了藝術上的獨特風格與成就,1960年代劉國松的藝術論述觸及了上述論爭中的許多面向。他強調新傳統,反對舊傳統與僞傳統,也不贊成全盤西化;創作上他提倡抽象畫乃中西繪畫之合流所在。在破與立之間,似乎仍然秉持著「氣韻」的大纛來正當化其論述的理路。(1)

蕭瓊瑞表達了類似的觀察,認爲以東方和五月畫會爲代表的臺灣青年藝術家,在中國藝術傳統和西方現代主義之間,選擇了革命之路:

> 「新美術運動」中的臺灣畫家們,在面對「學習新法」與「汲古

潤今」的選擇時，顯然是完全拋開了傳統文化的羈絆，毅然投入「學習新法」的路徑，終生在新興藝術的素材與技法中，進行毫不猶豫、永無止息的鑽研……（21，引自廖）

廖新田用「既**動態**又**辯證**的交互狀態」（〈劉國松抽象水墨論述中氣韻的邏輯〉3；黑體字為作者所加）來描述這種探索和演化，很精確地捕捉了戰後臺灣藝術家在兩種風格的間隙中尋求自由和解放的熱切渴望。這股風潮造成了廣泛的影響，許多懷抱理想的青年藝術家冀望在改革和傳統的衝撞中尋求創意。許多人（例如早期的五月畫會成員）後來成為離散藝術家，離鄉去國，在異鄉汲取創作養分。不論定居海外或回返故鄉，借用法國哲學家馬拉布（Catherine Malabou）的辭彙來說，他們的創作路徑都留下了「塑形——爆破——癒合」的動態辯證痕跡。鄉村青年林莎從宜蘭到臺北師範學院藝術系求學，再到臺灣師範大學美術系進修，沈默而熱情地加入了這場風起雲湧的改革運動。如果以法國哲學家德勒茲（Gille Deleuze）「小文學」（minor literature）的概念來描述，那麼來自宜蘭的林莎處於此縫隙，或可被視為臺灣現代繪畫運動此「小傳統」中的更少數，因他的畫作總是帶著略異於這批改革者畫作的色彩。

　　林莎的背景在臺灣畫家中實不多見，除了繪畫、中醫，還繼承了三代家傳的武術。根據林莎自述：「幾代中醫抄藥譜、看病問診、開藥方，都是用毛筆，因此我對懷素的草書做過很深入的研究。懷素草書的氣脈運動，跟中醫裡面打脈的脈的啟動、氣的運轉息息相關」；在筆法上，他試圖運筆「把中國氣功行氣的用法表現出來」（林莎，〈林莎創作自述〉223）。童年時期，他即遵從父命繪製人體穴位圖和武術圖譜，同步開始了繪畫創作。[14] 根據楊金普（林莎父親

---

[14] 請參見曾長生在《華人美術選集：林莎》所收錄的林莎童年作品（1952-1958）

的門徒）之子楊錦添口述,[15] 林莎的祖父林玉里是清末漳浦來臺的武術家和中醫師,擅長少林拳、八卦掌、長短兵器、春秋大刀、輕功、氣功、點穴等傳統武術,精於傷科、內科。[16] 林莎之父「玉里溪」承襲了林玉里的醫術和武術,擅長柳枝接骨法,[17] 時常被延請到當時的宜蘭醫院（現國立陽明交通大學附設醫院）骨科,以中醫和中藥協助骨折患者,聲名卓著,他更承襲了精妙的脈診法和藥材炮製法,湯膏丹丸散俱精。日本殖民時期,「玉里溪」吸引無數中外官方和民間人士造訪,欲取得其武術和醫術,均為所拒。最後日人逮捕了「玉里溪」,並嚴刑拷打。被釋放後,「玉里溪」深居簡出,告誡子孫低調行事。[18] 在時空環境上,1896 年頒發的〈臺灣醫業規則〉和 1901 年頒發的〈臺灣醫生免許規則〉,對於日治時期的「本土漢醫」產生極大衝擊,嚴苛的執照核發制度限縮了執業漢醫的生存空間（陳昭宏 26-28）。「玉里溪」行醫正處於此時代轉折時,由於無法取得許可,一度淪落至賣紅豆餅維生。「玉里溪」的遭遇使林莎牢記教誨,行事內斂低調,鮮少透露身世。定居紐約後,林莎在法拉盛（Flushing）寓所白天問診,夜間創作。他不但醫術高明,而且是一位濟世的仁醫:「林莎夫婦均是紐約濟世為懷的中醫,遇到貧困的病人不收費」,在林莎逝世後為他舉辦回顧展的周龍章先生（美

圖 1 到圖 5,頁 33-37,以及他所收錄的〈林莎創作自述〉所提供的林莎 1953 年畫作〈拉二胡〉,頁 218。圖 2〈天黑黑〉和圖 3〈藍色海邊〉。頁 34, 35。

[15] 楊錦添於 2020 年 8 月 14 日口述,筆者記錄。

[16] 楊錦添於 2020 年 8 月 14 日口述,筆者記錄。

[17] 楊錦添於 2020 年 8 月 14 日口述,筆者記錄。清錢秀昌著《傷科補要》（1818 年）序文載有柳枝接骨法,敘明各種創傷的預後;現今因西方醫療科技進步,此法幾已失傳,不再被現代中醫採用。有關中醫古代的正骨科術和器具,請參考傅維康等編著。《圖說醫藥史話》。頁 224-27。

[18] 以上事蹟為楊錦添於 2020 年 8 月 14 日口述,筆者記錄。

華藝術協會行政總監）這麼說。王靖雯對這個回顧展的報導，〈中醫林莎回顧展：賣畫濟病患〉，把林莎醫畫合一的俠義風範充份展現在世人面前。而這個回顧展的目的之一，根據周龍章先生的說法，便是持續與發揚林莎的醫者父母心：「我們456畫廊大多數的展覽是在世的藝術家的作品，不過這次為了林莎破例，同時罕有地為他的作品進行展銷，希望把賣畫籌得的善款交到他們的基金會，幫助有需要的貧困病人治病。」[19]。

林莎一生漂泊離散，早年即離臺赴歐，對於臺灣繪畫的未來卻始終關注。在〈開啟的一扇門〉中林莎提到了自己的身世，表達了身處文化夾縫的悲情，和亟欲突破中國繪畫傳統的抱負：

> 我生於四〇年代的臺灣，正是臺灣光復前後，喪失民族意識的遺漏年代，讓我深臨被壓抑民族的遺性〔原文如此〕，中華民族在壓抑下的痛苦，吶喊和掙扎，以及在無奈下，對上蒼的祈求，都深深地印烙在我幼小的心靈上。這些年在我日後的一些作品上，都淋漓盡致的表現出來。在傳統中醫世家的薰陶下，我從小就開始研磨筆墨，繪製醫學上人體穴位圖，因此，引發了我對繪畫的鑽研興趣。雖然在北師、師大主修西畫，但我從十歲就開始學習中國繪畫。十多年來，曾先後師承著名畫家：吳承硯、溥心畬、楊乾鐘、王攀元、廖繼春等，這使我有條件跨躍在中西繪畫之間。歐遊西班牙、法國、義大利之後，旅居美國深入探討，精研現代藝術多年，在我心中始終存在一個不平衡——是在西洋繪畫史上的前衛性快跑，和在中國繪畫

---

[19] 請參考王靜雯報導。〈中醫林莎回顧展：賣畫濟病患〉。http://www.caacarts.org/dp/zh-hant/node/21&px_page=&px_page=2&px_page=2&px_page=2&px_page=2&px_page=&px_page=2&px_page=2&px_page=2?px_page=15 。2022/20/20 瀏覽。

> 史上的傳統式漫步;西洋繪畫從文藝復興到抽象表現、普普、歐普、最低限藝術等等,都有其各時代性的前衛飛躍,而中國繪畫沒有文藝復興,沒有印象派,沒有現代主義等流派,都一直浸潤在花鳥、山水、書法等傳統筆墨形式上,那麼現代中國繪畫應何去何從呢?是繼續在山水的傳統上作沒有暢通血液的藝術上打滾;還是繼續在文人畫上耗墨;何時才能開啓一個前衛性的中國現代繪畫之門呢?這大概就是歷史賦予我們當代畫家的使命吧!(76)

從上述引文,可以歸納出幾個方向以瞭解林莎的時代背景和思維:1)他經歷了殖民、解殖民和威權統治的轉折,對於民族苦難的記憶和情感既沈痛又深刻,這樣的情感持續表現在旅居海外漂泊離散的創作中;2)他師承名家,具有紮實的中西繪畫基礎,頗具自信,嘗試從各種實驗中追求創新的繪畫語言;3)他的中醫和藝術理念相互融合(「暢通血液的藝術」),成就了獨特的表現方式;4)他和臺灣現代繪畫運動的其他先驅者有志一同,企圖在西方現代繪畫潮流和中國繪畫傳統的衝突辯證中,打開一扇門;5)他具有強烈的歷史意識、使命感和創作熱情。

對照楊錦添的口述歷史,可知殖民歷史和思鄉之情,深深地沈澱於林莎的記憶底層,成爲其畫作的抒情基調。在求學過程中,來自偏鄉底層的他考進師大美術系,再考入師大取得數學碩士(曾長生,〈東方的煉丹師〉14),跨域於數理和藝術之間,實爲藝術家中的罕例。繪畫之外,他更具有詩人的熱情和語言天賦,能以視覺藝術和語言抒發哲思和熱情,雖然行事低調,同行多視其爲跨領域「高人」。[20]

---

[20] 劉永仁在〈林莎──藝生易時的詩篇〉中曾提到:「林莎是策展人劉永仁多年以

林莎被收錄和評析的畫作，以旅居海外之後的創作居多。其中曾長生的《華人美術選集：林莎》收錄較完整，此選集除了將畫作分期外，並附長篇藝評。其他有關林莎畫作的評論或自述，散見於《藝術家》、《雄師美術》，以及林莎個展出版的藝評和畫冊。以下對林莎作品的分期和評述參考了曾長生、林莎自述、林莎官網，和《非池中》網頁所提供的參考資料。從林莎官網作品選錄、曾長生畫冊，和林莎1988-1993年間出版的畫冊來看，他在創作初期受東方畫會和五月畫會的影響甚爲明顯——雖然他並非成員，但是畫會成員多半是他的學長或好友，臺灣繪畫現代化運動和其藝術理念交錯的痕跡清晰可見。旅歐時期，他的畫作展現出吸收、擬仿、掙脫達利、米羅、畢卡索等後現代大師影響的搏鬥軌跡，具有超寫實主義、立體主義，和抽象表現主義風格。秦松在〈衝突和和諧的秩序〉中指出，林莎的畫作在「八零年以後，抒情性減少，對生命本質要求更多的表現，帶有抽象表現主義的傾向，技法有所突破，物質材料增加，運用拼貼以民間朱紅水印金箔等實物，成爲繪畫語言的一部份，從視覺上而觸動內在思維」（207），非常精確地剖析並勾勒了畫家的實驗軌跡和轉變。第二次世界大戰後，抽象表現主義以紐約爲中心盛行二十年，透過形狀和顏色，以主觀方式表達而不直接描繪自然世界。這樣的抽象表現主義也影響了初抵紐約的林莎，他試圖結合民族傳統但將內在思維／情感抽象化；定居紐約後，歷經沈澱、內省，和轉變，逐漸發展出以醫道、易道、拳理探索內心世界的獨特生命哲學。這些從他發表於《雄師美術》的自述中可窺知一二：

前，從藝術家雜誌發行人何政廣先生談話中聽聞到的高人，醫術與藝術兼長，可惜當年無緣得識，藉由此次策劃的展覽機緣，以表達對林莎的致敬」。請參考該文。

佛家有去苦界主極樂的思想，所謂：養刑之極，則人有好奇者專養神魂，以去輪廻，而游無極：至於不生、不滅、不增、不減焉？人世不離生死病痛，對未來預知曖昧嚮往，也就理所當然。這個理念造化我進入佛家圓成實性的世界，圓成實性也就成了我被造化後的語言形式。……打開藝術大門，後面有無數路要走，這次的畫展就算我開啓了一扇門，無數的門在等待著被開啓，這就是歷史賦予我們當代藝術家的使命。（〈開啓的一扇門〉77）

縱觀林莎畫作，可看出他一生致力於藝術實驗並歷經多次蛻變。林莎於 1994 福華沙龍個展所出版的畫冊，曾將自己的畫作分為四期，分別是：1)（1961-69）——人間生命的悲憫；2)（1970-79）——殘者的呼喚；3)（1980-85）——生命原點的刻畫和剖析；4)（1986-93）——塑造國際舞臺的造型語言。[21] 林莎過世後，由劉永仁策展，大象藝術空間館舉辦的林莎紀念展，在〈林莎——藝生易時的詩篇〉一文中，也為林莎的創作分期：

> ……林莎的創作歷程演進約略分為數個階段包括：記憶底層圖像追尋（在臺灣創作水墨時期）、陽光躍起蓄積生命（西班牙、法國、義大利時期）、履冰復甦覺醒其中（至紐約以凍、動、生轉化啓發）、時刻機轉瞬間流變（行醫接觸生死病痛）、生生之易取象成藝（易醫五行取象裝置環境突破）、愛與死幻化綿延（隱修與神修至生命離世）。

前述曾長生出版的林莎畫冊，涵蓋的時間最長，起自林莎年少歲

---

[21] 請參見林莎著。《林莎 Sha Lin：1988-1993》。頁 78。

月，迄於生前最新創作，有些童年作品更不曾在其他展覽出現過，因此以下對林莎創作萌芽、蛻變，和成長的分期和評述，以曾版做為參酌的主要依據。

曾長生將林莎的少年創作列為第一期，標題是「星月童年」（1952-1958 年）。這時期收錄了六幅畫作：《星星月月》（1952 年）、《天黑黑》（1953 年）、《藍色海邊》（1953 年）、《喇叭花》（1953 年）、《少女》（1954 年）（33-35），和《拉二胡》（1953 年），主要媒材是蠟筆、鉛筆、水彩、墨、毛筆、紙（218）。12 歲的林莎偏好抽象的表現形式，畫作多以線條或鮮明色塊表現情感。例如《藍色海邊》用線條勾勒紅藍互補的色塊，無論造型、構圖、色塊，或是線條布置，都有米羅的影子（例如《藍星》（*Etoile Bleue*，1927）、《無題》（*Untitled*，1939）等）；[22] 不同於米羅的是，他用線條和色塊表現臺灣農村的鄉土風情和懷舊感：「沒有被水沖走的『斗笠』與『樹根』、『雜罐』，都入我的畫」（35）。那種寧靜、單純而略帶苦澀的畫面，有王攀元的味道。《拉二胡》在朦朧的綠色背景中呈現白色人形律動的恍惚光影，人物和朦朧平面的關係，微妙地呼應了培根（Francis Bacon）1952 年的習作《風景中的人物研究》（*Étudier pour un la Figure dans Paysage* 1952）。就像德勒茲在《法蘭西斯‧培根：感官感覺的邏輯》（*Francis Bacon: the Logic of Sensation*）中所觀察的：如果畫中的朦朧區域發揮了背景的作用，那是因為這些區域和畫中形體間有準確的關聯，也就是「位於同一平面上的兩個區域的視線距離相等，彼此沒有景深或遠近關係」（*It is the correlation of two sectors on a single plane, equally close.*）；易言之，這些背景般

---

[22] 《藍星》的原作材質是油彩、畫布，《無題》的原作材質是水粉、紙（Gouache on paper），請參考〈名畫檔案〉https://www.ss.net.tw/paint-165_93-9527.html 和 https://www.ss.net.tw/paint-165_93-5217.html。2022/2/20 瀏覽。

的平面並不在形體的下面、後面,或離形體更遠之外的地方,而是在它旁邊,環繞著它,「被一種近距離的、『觸感』的視線所捕捉,就和形體本身一樣」(Deleuze 5)。[23] 在這幅印象／表現主義風格的畫中,林莎揚棄了景深和形體,捕捉到形體和背景間的微妙關係,抓住拉二胡的速度和律動感,以及父親拉二胡的神韻,早慧的繪畫天賦可見一斑。

曾版將林莎十九到二十九歲這十年列為第二期,標題是「懷鄉心曲」(1959-1969年)。此時林莎開始水墨實驗,主要媒材是水彩、蠟筆、金銀紙、水墨、毛筆、紙。這時期的畫作在達利超現實主義和懷素的狂草間拔河,企圖在中西藝術傳統的辯證中爆破出新意。林莎以毛筆勾勒的素描混合水墨、彩墨暈染,以書法流動的氣韻表現內蘊情感、以金銀紙拼貼象徵臺灣文化的在場。曾長生記錄了他的自述:「故鄉海邊的風浪、雲起是我當時關懷的對象⋯⋯金紙燒的紙錢補貼我造型語言的需要。田間小徑,山邊溪水峭壁,河山,國色的變化,都讓我感觸,我用心靈空間描繪水墨的靈視風景」(38)。在這些畫作中,他追求形體的超越,摒棄了傳統的美醜判斷,以水墨線條和暈染「書寫」靈視,將所師法的中西藝術技法、元素融入創作。

第三期的標題是「西班牙三大師的嚮往」(1970-1979年)。林莎因心儀達利、米羅、畢卡索等畫家,三十歲時前往西班牙習畫。此時作品以毛筆素描加上水墨和彩墨暈染。根據林莎自述,這些畫作是「對三大師的探討、顛覆、表現,對生、死、病、痛的生命原處的折磨,人體內器官的剖析、性提昇的狂言」(曾長生58)。許多畫作充滿中西傳統的辯證、爆破,和螫合。這些辯證性實驗的新意,

---

[23] 引文為筆者自譯,部分概念參考陳蕉譯的《法蘭西斯・培根:感官感覺的邏輯》,頁6。

在於他既用毛筆的柔和筆觸白描精氣神的運行，也用西方透視法構圖；既以抽象性線條剖呈人體病痛，也用毛筆描繪愛欲。此時的林莎致力於研究、探索、爆破傳統，思索生命的奧秘。

第四期的標題是「法國香水與花香」（1980-1987年）。林莎輾轉由西班牙前往巴黎習畫，開始用「油彩及多媒體涮新超墨跡的顫味」，表現出「以墨與黑融化彩色脫化而生的新境界」（曾長生88）。此時的畫作反映了巴黎的自由開放，風格前衛，色彩鮮麗，畫中的形體已經消融，自信而流暢的油、墨、水、多媒材奔瀉合舞，交織成絢爛的彩墨實驗。畫家從胸臆噴濺出情、思、欲，大膽嘗試各種題材：東方的──例如《現代達摩》（曾長生109），彷彿擬仿宋代梁楷的《潑墨仙人》，不但全然擺脫形體束縛，更強調血脈流動和熱情賁張。又如《初雪》（曾長生130），這幅畫的墨痕直刷而下，展現筆力的遒勁，結合噴濺暈開的墨黑、融雪流動的灰白、靜寞冷寂的灰藍，傳遞出大地的冰寒和心靈的孤寂。在水墨抒情的意境中，開闢了獨特的西方前衛性。透過交融流動的油墨，林莎回應了對抽象表現主義的體會和轉化。

第五期的標題是「紐約國際熔爐的藝術舞臺」（1988-2010年）。此時他的畫技正要攀升另一高峰。他「書寫」醫理和哲思，追求「生生之謂易，日新之謂盛德」的境界，並嘗試裝置藝術，不料卻在2010年驟然離世，使支持他的藝術同行和病患扼腕不已。曾長生依其自述，將此時期作品分為四個主題：1）凍──動──生（1988-1993）：「凍、動、生是三種呈現形式。對生命的看法，以佛家或禪意的本質，從『凍』開始代替了死亡，是一種生的暫休，而非中止。對生命的輪迴歸入，對生的形式作一個轉換的形式」；2）紅塵內外（1993-1996）：從「傳統中醫的醫理哲理，從宇宙觀而人生哲學到醫病，一線相連，關心人間事事，回應現實的種種」；3）祈福跨世紀的來臨（1997-2000）：將「《易經》」、醫學、勘輿學，用新的藝術形

式,以平面或裝置藝術表現出來,叛離了水墨傳統的創新形式,在光影的表現中,以抽象的手法,透過視覺轉化,並結合中國草藥的味覺,把人的靈視空間與味覺空間結合了人的脈動」;4)隱修與神修(2001-2010):「……神修妙靈於人體內臟,使內臟得金、木、水、火、土於相生。用我獨特的醫學經驗,結合易學、氣功學,呈現在藝術形式的作品上」(曾長生 138)。此時林莎因結婚而定居法拉盛,開始將醫療理念融入創作,逐漸脫離了中西傳統辯證的掙扎,大量地將醫理和東方哲學轉化為繪畫,朝「醫畫合一」的理想邁進。其遺孀林暉在〈中醫林莎回顧展:賣畫濟病患〉中曾解釋,林莎試圖以中醫哲學結合藝術:「就以裝置作品『五行月』為例,他把五行和心、胃、肺、腎、肝經概念結合,以中藥和顏色傳達每月時序與臟腑經絡的運行法則」。不過,這樣以「藝/意/易」書寫醫理藝念,以抽象語言表現生命經驗和醫學哲理的創作手法,對一般觀者而言,恐怕過於玄奧,就連他的藝術同行,也未必能全然領會。他結合傳統與前衛技法,以抽象語言書寫中醫、易經、五行理論、佛家輪迴概念、武術思維等,既大膽地昂首闊步在時代尖端,又顫巍巍地孤立在傳統邊緣,確實不易贏得青睞。

　　林莎遺作數量可觀,限於篇幅,本文將先針對其第三、四時期,選擇具代表性的作品作為分析案例,未來再另文析論其第五期作品。在下一節中,筆者擬以法國哲學家馬拉布的「可塑性」(法文 *plasticité*; 英譯 plasticity)概念,解讀林莎創作過程的演化。

三、融形——爆破——治癒:
從馬拉布的可塑性閱讀林莎的藝術實驗

　　林莎具有獨特的創作理念和生命哲學,這使他能鎔鑄生命體悟、疾病治療與繪畫技巧於一爐,以「凍、動、生」作為觀察生命

之蟄伏、萌發、受損、修復、再生的循環。本節試圖以馬拉布的神經可塑性,作為解讀其創作理念的分析基礎。筆者試以「可塑性」切入其藝術實驗,亦即借用動態辯證／可塑性的概念,詮釋林莎在隙縫中尋求創作自由和改革的精神。首先析論馬拉布對黑格爾「可塑性」概念的重新解讀與其創見。

馬拉布是法國哲學界繼西蒙波娃（Simone de Beauvoir）、克麗斯緹娃（Julia Kristeva）後最具原創性和影響力的當代哲學家。她以「可塑性」（plasticity）重新詮釋辯證法,對於從間隙中創造自由,以及反抗資本主義箝制自我意識,尤具啟發性。她在《我們該用大腦來做什麼？》（*What Should We Do with Our Brain?*）（2008）一書中檢視當代腦神經科學的學門性質,以此切入黑格爾在《精神現象學》（*Phenomenology of Spirit*）中對心靈的解讀,認為可塑性乃是辯證法的本質,提出「大腦可塑性」（brain plasticity）[24]的概念,推翻了大腦作為意識控制中心的主流論述,藉而拋出全新的議題:「大腦的可塑性是否為自由的模式,亦即大腦是否具有形成新神經元連接的能力,最終可為他人帶來『變革性的影響』？」（Malabou, *What* 31）。這就是作者以《我們該用大腦來做什麼？》做為書名,回應盧梭著名提問的用意:「既然大腦是可塑〔且〕自由的,為何我們卻還總是處於『枷鎖』之中？」（Malabou, *What* 11）。事實上她提出的是以下質問:「我們又該如何以大腦可塑性,掙脫資本主義架設的意識形態枷鎖？」。

馬拉布首先指出「可塑性」的希臘字源 *plassein*「塑造；鑄造」

---

[24] 大腦可塑性的概念源自於當代腦神經科學對神經可塑性（Neuro-plasticity）的研究。大衛生（Richard J. Davidson）曾推廣神經可塑性概念,研究冥想（meditation）和以重複性經驗改變大腦結構。請參見 Davidson, Richard J. & Antoine Lutz. "Buddha's Brain: Neuroplasticity and Meditation [In the Spotlight]." *IEEE Signal Processing Magazine* 25.1 (2008): 176-74.

(to mold)有兩層意義:第一,指具有接受塑形的能力(例如黏土是「可塑的」);第二,指具有賦形的能力(例如造形藝術或整形手術);此外,法文的 plastique 亦指「由硝化甘油和硝化纖維構成的爆炸物」(Malabou, What 5)。這三層意義構成了馬拉布詮釋、挪用可塑性概念的基礎,亦即可塑性具有接受、賦予和爆破形式的能力。評論家史密斯(Daniel W. Smith)在評述馬拉布著作時指出,她的大腦可塑性概念近似於德勒茲的理念;史密斯認為德勒茲所有關於電影的著作都以神經科學為基礎,並認為「大腦可塑性」近似於柏格森(Henri Bergson)的觀點:「大腦只是刺激和反應、感知和行動間打開的間隔或裂隙」(Smith 32)。而馬拉布所主張的「大腦可塑性」,若從德勒茲電影書的角度加以解讀,例如感知─圖像、行動─圖像、影像─圖像、時間─圖像、記憶─圖像等,那麼大腦可塑性,以及它接受刺激所產生的各種圖像,就是「世界的真正圖像」。因為大腦的電路和連接,在「刺激／反應」、「感知／行動」之間可以打開裂隙(gap),使思考和記憶介入反應。這些並非事先命定,必須從中被描繪出來。這個過程包含了新事物和異質性產生的條件,以及差異性的創造。正是這些裂隙使主體得以抵抗資本主義組織要求其順應〔flexibility〕[25]的壓力(Smith 32),自由意志或可因此產生。這是史密斯認為馬拉布將神經科學處理得最出色之處(Smith 32)。馬拉布也據此顛覆了大腦作為中央權力控制中心的傳統理念。

由上可見,馬拉布從腦神經科學領域出發,目的在於思考**自由**的問題(黑體字為作者所加)。首先她提到腦神經科學告訴我們,神經系統的可塑性是指「由發育、經驗或損傷帶來的結構或功能的改變」(Malabou, What 5)。由此,她描述了大腦中可塑性發揮基本作

---

[25] 馬拉布書中的 flexibility 具有負面含意,故本文根據行文的文脈,分別譯為「順應」或「靈活」。

用的三個「行動領域」（fields of action）。第一種行動領域稱為「發育可塑性」（developmental plasticity）：指大腦神經在發育過程具有發展特殊功能的可塑性。也就是說，儘管「所有人類的大腦都相似」，「在〔神經〕連接量不斷增長的情況下，個體的身分會開始被勾勒出來」，因此仍具有「遺傳程序執行過程中的某種可塑性」，例如「嬰兒大腦的『地形網絡』（topographic network）即是通過某些神經細胞的死亡和無用連結的消除〔筆者按：揚棄〕而建立的」（Malabou, *What* 18, 20）。

第二種行動領域稱為「調節可塑性」（modulational plasticity）：在這個階段，表觀遺傳的塑造（epigenetic sculpting）逐漸讓位給與大腦外部環境有關的「突觸效率的調節」（the modulation of synaptic efficiency）（Malabou, *What* 21）。簡言之，調節可塑性就是大腦內新神經元連接的形成，與外部環境有關（Smith 25），例如教育、文化、社會經濟網絡等。

第三種行動領域稱為「修復可塑性」（reparative plasticity）：不僅包括「大腦對病變造成的損失進行補償的能力」，更包括「神經元更新」（neuronal renewal）或「繼發性神經發生」（secondary neurogenesis）。這意味了「對學習過程重要的區域的某些神經元會不斷自我更新」，如此便構成了「一種額外的個性化機制」（Malabou, *What* 25, 27），意指大腦神經元的修復、補償能力。

綜合以上三種大腦的可塑性，馬拉布延伸出對新自由主義支配下資本主義社會經濟結構的批判和抵抗。馬拉布的原創性在於她以「神經元組織」的功能（neuronal organization）類比「經濟組織」（economical organization）（Malabou, *What* 41）。她引述了鮑坦斯基（Luc Boltanski）和齊雅珮蘿（Eva Chiapello）合著的《資本主義新精神》（*The New Spirit of Capitalism*），指出「網絡」（network）成為資本主義運作模式的主要詞彙（Malabou, *What* 41；斜體字為原文

所加）。鮑坦斯基和齊雅珮蘿認為資本主義在當代運作的新模式是標舉「創意、反應性、靈活」（creativity, reactivity, flexibility）這些有助於提高生產力、驅動勞工適應經濟生產結構的漂亮口號（Boltanski 90）。而「新組織的出現爆破了官僚的禁錮，人們可以和世界另一端的他人、不同公司、其他文化共事」（With new organizations, the bureaucratic prison explodes; one works with people at the other end of the world, different firms, other cultures.），「層級原則被廢除，組織變得**靈活**、**創新**、具高度**效能**」（hierarchical principle is demolished and organizations become *flexible*, *innovative*, and highly *proficient*）（Boltanski 75；斜體字為原文所加）。馬拉布從這個角度去理解神經學和當今的電腦科學（Malabou, *What* 41），認為學界對大腦的理解必須和當下經濟、社會環境的改變同步，因而主張從「蘇維埃式」（"soviet"）（僵硬、預定、由上而下）的大腦觀，轉向「自由」（"liberal"）（柔軟、可適應、可塑性）的大腦觀。（Malabou, *What* xiii）。就此，馬拉布以阿茲海默症患者作為不具備順應性的範例：他們喪失了大腦網絡核心的連接，而這損失無法修復；這意味了他們將明確地與社會網絡斷絕聯繫（Malabou, *What* xiii）。這些人因而「誤入歧途，不歸屬於社會，更無追索權」（Malabou, *What* 52）。假若我們回味「經濟組織」和「神經元組織」的類似性，就不難理解為何馬拉布要據此質問：那些即將被踢出救濟金發放資格的失業者，和阿茲海默症患者在社會形象上真的有巨大差別嗎？（Malabou, *What* 10）。然而，大腦的可塑性抵制得了資本主義要求主體順應的壓力嗎？對於這個質問，馬拉布如此回應：大腦具有多種可塑性，至於如何運作，就其本質而言，取決於我們用它來做什麼（Malabou, *What* 30）。雖然她並未具體說明如何實踐這種多元可塑性，不過卻大膽提出以下假設：「大腦的可塑性能作為一種模式，讓我們思考多元互動的方式，在此互動中，參與者透過要求承認（recognition）、

不受支配（non-domination），和自由，對彼此產生變革性的影響」（Malabou, *What* 31）。簡言之，她提出一個激進的論點：大腦的可塑性既反映了資本主義的結構，又為新事物、新概念的產生指明了方向，套用德勒茲的說法，就是不斷進行解疆域（de-territorialization）和重組疆域（re-territorialization）。

這樣的批判性理想，使馬拉布提出了第四種大腦可塑性：即位於「元自我」（the proto-self）和「有意識的自我」（the conscious self）之間的「中介性可塑性」（intermediate plasticity）（Malabou, *What* 69）。馬拉布冀望賦予可塑性一種抵抗力，而她的路徑是從黑格爾和辯證法的性質中尋求出路。她在《黑格爾的未來》（*The Future of Hegel: Plasticity, Temporality and Dialectic*）中勾勒出獨特的觀察，即在《精神現象學》中，黑格爾並沒有用神經元和精神方面的術語表達他對精神的見解，而是專注於心靈的自然存在（mind's natural existence）對歷史性和思辨性事物所產生的轉變（馬拉布認為黑格爾將大腦稱為「自然靈魂」）。她認為這種思辨性轉變，「就是辯證法本身」，「如果自然〔存在〕可以過渡為思想，這是因為思想的本質就在於不斷地自相矛盾，所以由一純粹生物實體過渡為精神實體，是在兩者的爭鬥中進行的，它們彼此間的真實關係也從而產生。因此，思想就是自然，但是一種被否定的自然，以自身的差異被標示出來（Malabou, *What* 81）。馬拉布認為這就是黑格爾和辯證法的特質，而她用可塑性來描繪這種「正─反─合」不斷鬥爭的特性。簡單地說，就是她將可塑性詮釋為「充滿活力的釋放，創造性的爆發，逐漸將自然轉化為自由」，並希望以這種「本體論的爆炸」，「創造對神經元意識形態的抵抗」（Malabou, *What* 72, 74）。也就是不讓大腦的可塑性僅僅「簡單地複製當前經濟對順應性的需求」，使主體淪為新自由主義主導的資本主義經濟機制下被意識形態操控的小齒輪。相反地，大腦的可塑性應該具有爆破的能力，在

辯證過程中使新事物、新概念產生。

她並呼籲讀者「喚醒大腦的意識」：「大腦取決於我們的運作，我們卻不瞭解它」（Malabou, *What* 66）。她所提到的「由大腦完成的工作」，就是以第四種可塑性激發新事物的產生和構成。藉著回到黑格爾和辯證法，馬拉布希望透過可塑性，以後設神經生物學（meta-neurobiology）溝通自然和思想之間的間隙，以追求自由（Malabou, *What* 81）。書末，她更以德希達的口吻，告誡讀者以此理念建構與大腦的關係，作為「未來世界的圖像」（Malabou, *What* 82）。

馬拉布進一步在《改變差異》（*Changing Difference*）（2009）一書的〈鳳凰[26]、蜘蛛、蠑螈〉（"The Phoenix, the Spider, and the Salamander"）篇中，取法細胞生物學和再生醫學對於生物分化轉移[27]（trans-differentiation）修復和再生的實驗結果，重新檢視可塑性的三層意義──塑形（forming）、爆破（explosion）和治癒（healing）；並以鳳凰、蜘蛛和蠑螈三種生物的復原模式作為隱喻，重讀黑格爾和德希達，更具體地說明了辯證法的可塑性、黑格爾以來的唯心論和自然實體之間的分裂，以及她所區分的三個哲學史發展階段，藉以表述她所主張的「沒有揚棄的再生」（regeneration without sublation）和「沒有疤痕的差異」（a difference without scar）的後解構主義哲學（88-89），精神上更趨近於德勒茲，方法學上企圖以多元重組取代二元對立。

在〈鳳凰、蜘蛛、蠑螈〉中，馬拉布擷取了黑格爾《精神現象學》中的名句，做為演繹「可塑性」概念的基礎：「精神[28]的

---

[26] Phoenix 或譯為不死鳥。

[27] trans-differentiation 或譯為超差異化。請參見 https://philo.nju.edu.cn/f3/4e/c4708a127822/page.htm。2022/2/20 瀏覽。

[28] Spirit 或譯為聖靈。

創傷會癒合,不留疤痕」("The wounds of the Spirit heal, and leave no scars behind.")(Hegel 407)。馬拉布認為,黑格爾在此處談及了靈魂(或精神)具有原有、療養的能力,並以皮膚受傷後的「回復」(recovery),治癒(healing)、回返原初(return),和皮膚受傷後的重組復原(the reconstitution of the skin after a wound)比喻之(Malabou, Changing 73)。因此她認為黑格爾的辯證法是一種具有可塑性的辯證,也就是在一個論點(thesis)和其反面的論點(antithesis)持續的對立和運動中,產生矛盾,最後產生綜合(synthesis),然後再揚棄,成為下一個階段的新存在。這樣不斷進行的辯證一揚棄 dialectic sublation(Aufhebung)會持續循環,使存在繼續發展,也就是以可塑性描繪了存在演化的過程。她以生物性隱喻超越語言的象徵性,提出三種範例:鳳凰,其再生必須歷經火焚／揚棄(燒成灰燼／揚棄,然後回返);蜘蛛,其吐絲結網留下的痕跡／差異即存在;蠑螈,其再生不需要揚棄(斷尾後再生的是全新的尾巴,並非差異的自我,亦無差異的痕跡)。據此,她展現了重新解構德希達的雄心壯志,企圖使哲學論述走出強調書寫文本卻忽視自然存在的狹路。

若說《我們該用大腦來做什麼?》以大腦的多元可塑性爆破資本主義結構對主體的操控以尋求自由解放,是受到神經可塑性的啟發,那麼〈鳳凰、蜘蛛、蠑螈〉則企圖結合生物學和哲學,以生物譬喻解讀、詮釋黑格爾,藉以重劃近代哲學史:以辯證式閱讀(a dialectical reading)、解構式閱讀(a deconstructive reading)、後解構式閱讀(a post-deconstructive reading)將哲學史區分為黑格爾主義(Hegelianism)(鳳凰),解構主義(deconstruction)(蜘蛛),和後解構主義(post-deconstruction)(蠑螈)。而馬拉布將重點聚焦在恢復(recovery)、治癒(healing)、重組(reconstitution)、回返(return)、再生(regeneration)這些主題上(Malabou, "Catherine

Malabou on Plasticity"），明顯可見德勒茲的影子。她在〈我們應該如何處理可塑性？〉（"What Should We Do with Plasticity?"）這篇訪談中，強調表觀遺傳學（epigenetics）對她的啟發，認為有機（the organic）和象徵（the symbolic）並不是分裂的（There is no such thing as a split between the organic and the symbolic.），並肯定了德勒茲將生物學帶入哲學的貢獻，但是認為他將身體分為生物身體（biological body）和「無器官身體」（"a Body without Organs"）的做法需要被「塑造」（plasticized）；也就是以表觀遺傳學的觀點解讀演化，能使學界以不同方式轉譯DNA編碼，將生物學演化視為一種解構式的演化，生物學和象徵之間的界限也因此變得多孔而可相互滲透（porous）；她更認為表觀遺傳學的機制和環境、教育、習癖有密切關連，生物和文化在形塑這些表型（phenotypes）的過程中，各自扮演何種角色尚待研究（Dalton, 241-42）。她所提出的三種復原範例（鳳凰、蜘蛛、蠑螈），則分別象徵了可塑性的三個中心理念：形塑（forming）、爆破（explosion）、康復（healing），三者緊密連結、環環相扣（Malabou, "Catherine Malabou on Plasticity"），一方面彌合了唯心／唯物、心靈／身體的鴻溝，同時也解構了辯證法二元對立的傳統原則——也就是蠑螈的「不需揚棄」、「沒有回返」。以此範例，馬拉布連結了有機和象徵，使之沒有所謂的分裂，而以「形塑、爆破、康復」相互連結，非絕對依循「正—反—揚棄—合」的法則。

腦神經學者史密斯讚賞可塑性的創意[29]；他更進一步指出，馬拉布並非想改寫黑格爾，而意在批判資本主義包裝後的「自由」，

---

[29] 史密斯認為馬拉布最大的創意在於主張「神經元和經濟組織運作的相似性」（"a similarity of functioning between...economic organization and neuronal organization"）（26-27）。

企圖藉可塑性爆破意識形態的桎梏，以創造新意（Smith 32-33）。這恰可作為隱喻以解析林莎突破傳統的嘗試。

誠如第二節所述，林莎生於二戰爆發前一年（1940），正逢歷史動盪轉折的年代，此時東西冷戰、反共抗俄的政治氛圍籠罩一切、無孔不入，年輕世代在分離與回歸、抗拒與順應，認同與身份的調適間掙扎。他以第一名保送臺北師範學院（今國立臺北教育大學）主修西畫，正好趕上臺灣現代繪畫運動（1945-1970）。當時這個運動雖然受到正統中國繪畫的排斥，卻形成一股激盪的風潮，在青年畫家們的作品中留下深刻的軌跡。許多畫家試圖吸納當時西方藝術界的改革思想，因此在創作技法上出現模仿、實驗的嘗試。既有實驗，就有文化的衝撞、裂隙，和縫合。在林莎創作的第三、四期間，這樣的痕跡最為明顯。本節試圖以馬拉布的可塑性，析論其藝術實驗的辯證過程，並論證林莎的藝術實驗在二元辯證中，逐漸因其行醫和生命經驗的體悟，脫離了衝突爆破的困境，走向以三元輪迴取代中西藝術傳統衝突的無盡爭鬥。

馬拉布提出「形塑、爆破、康復」，以解構辯證法二元對立的本質，主要目的在於以大腦可塑性「充滿活力的釋放，創造性的爆發，逐漸將自然轉化為自由」，以「本體論的爆炸」，「創造對神經元意識形態的抵抗」（Malabou, *What* 72, 74）。簡單地說，就是創造抵抗意識形態箝制的動能，使大腦電路和連接在「刺激／反應」、「感知／行動」間打開裂隙，讓新意、新概念在爆破、解放的瞬間誕生。這適切地詮釋了臺灣藝術現代化運動先驅們實驗性創作的革命行動，特別是具有中醫背景、富有改革中國水墨傳統的使命感和歷史意識的林莎。

林莎對於傳統水墨始終「浸潤在花鳥、山水、書法等傳統筆墨形式」感到窒悶，就像他那一代的青年畫家無法忍受現況而憧憬創新的未來。他們反對傳統以巨大的權威守護一成不變的模擬，將藝

術家的創造力和自由消磨殆盡。面對西方藝術前衛流派的興起，他和東方畫會的劉國松一樣自問：「那麼現代中國繪畫應何去何從呢？是繼續在山水的傳統上作沒有暢通血液的藝術上打滾；還是繼續在文人畫上耗墨；何時才能開啓一個前衛性的中國現代繪畫之門呢？」（〈開啓的一扇門〉76）。因此，在傳統水墨畫和西方現代繪畫中打開創造的間隙，是林莎認爲「歷史賦予我們當代畫家的使命」。這份使命感驅使他前往西班牙、義大利，和法國朝聖。這份對西方現代主義繪畫潮流的嚮往，和對中西繪畫技法的探索、實驗，表現在第三時期「西班牙三大師的嚮往」（1970-1979 年），與第四時期「法國香水與花香」（1980-1987 年）特別明顯。曾長生注意到林莎在 1970 年前往西班牙遊學，但卻有來自中醫師觀點的不同見解：他「看見〔達利〕作品的『經絡』、『命脈』，有些許《易經》的氣味」（27），但從中醫的角度來看，卻「還不到位」；而畢卡索的作品，「沒有畫出命脈、點穴的交界」（27）。這些獨特觀點，使他用墨、綜合媒材在紙上完成近千張不曾發表的「女人與藝術家」系列（27）。他刻意「先畫得有點畢卡索的味道」，再用毛筆以「鉛筆素描的方式」表現女性的柔和特質，以補畢卡索的不足（林莎，〈林莎創作自述〉219）。曾長生選集收錄了少量這些尚未發表的實驗畫作，將其歸類在第三時期。舉例來說，《藏婦》（水墨紙上，1971）（62）、《蕩聚砂格》（水墨紙上，1973）（69）、《簾下情》（水墨紙上，1979）（83）等畫作，不論在氣韻、血脈、筆意、水墨暈染、線條力度、毛筆畫成的鉛筆筆觸，和色彩運用方面，都顯現出西方風格和中國水墨技法間微妙的正—反—合辯證痕跡：纖細柔和的素描筆觸、薄塗或渲染的氤氳水墨、以線條快速勾勒的抽象性人體或器官、鮮麗明媚的彩墨設色，反襯毫無猶豫的毛筆刷痕、老練細膩的點皴法，讓觀者在超寫實／立體派的構圖、主題下，感受到飽含體感／觸感的「水／墨／氣／血／脈」的「流動／搏動」，那是一種前所未見的動

態——由衝突、辯證、拮抗，逐漸趨向詭奇、變易的和諧。

「法國香水與花香」（1980-1987年）時期，林莎揚棄形體，逐漸由水墨素描轉向以鮮明色塊表現，加入油彩、壓克力等多元媒材，抽象表現主義味道濃厚。他以易經、中醫五行五色概念入畫，追求的並非美感，而是脈搏、血液流動和氣在體內運行的表現。此時西方風格的色塊和東方水墨線條、中醫易經理念呈現詭奇的拮抗，畫家似乎仍在兩種表現法則的間隙中尋求出路。有別於當時水墨畫臨摹名家之作的傳統，林莎以抽象表現主義為手段，將《黃帝內經》五色對應五行（蒼〔木〕、赤〔火〕、黃〔土〕、白〔金〕、黑〔水〕）的概念融入創作。以下舉曾長生選集收錄的五幅畫為例。

（一）、《春》（混和媒材紙上，1985）（曾長生，《華人美術選集：林莎》114）（請見圖一）：這幅畫描繪人體氣脈的流動和生命力的顫發。畫面上除了水墨暈染和按捺墨塊，更有血液般殷紅顏料揮灑洒刷的滴痕和奔流線條。畫家採取了醫生視角，呈現人體內氣流動的透視圖，[30] 在精神上深蘊東方文化，在形式上召喚表現主義。在用色上，以墨黑、五行對應色（綠、紅、白）和藍為主色，以紅、綠、藍三原色，象徵生命萌發的起點（春）。（二）、《滴血江湖》（混和媒材紙上，1986）（曾長生，《華人美術選集：林莎》127）（請見圖二）：這幅畫以醫療經驗為基礎，表現傷病，風格看似前衛，卻採取中式立軸的構圖。畫作上方橫刷的半乾墨痕、底部左右兩側直刷、中間

---

30 林莎幼年習武，其畫作的構圖、運墨、和筆意隱約透露傳統武術講求內氣運行的理念。有關氣的運行，請參考游添燈（Yu, Tien-Deng）著。〈太極拳與《內經圖》〉"Taijiquan yu Neijingtu" [Tai-Chi Chuan and the Illustration of the Inner Path]。《體育學報》 *Physical Education Journal*, 39.2 (2006): 135-148；游添燈（Yu, Tien-Deng）著。〈太極拳與《修真圖》〉"Taijiquan yu *Xiuzhentu*" [Tai-Chi Chuan and the Illustration of the Practice of Truth]。《臺大體育學報》 *NTU Journal of Physical Education*, 8 (2006): 69-94。

大塊噴迸而上的赤褐色墨塊（包含了暈染、壓印、涮刷、灑落的滴痕等），以及畫面上方的大片留白，塑造了畫面的穩定感，同時暗示了畫作的天地。右下方的落款用印，召喚了傳統水墨畫的形式。畫面上半左右兩側橫向流濃的血紅顏料令人觸目驚心，彷彿在提示觀者病患傷處迸出的血液、半乾血痕，和潑灑出來的湯藥，這些在畫中融為一體。畫家捨棄了傳統水墨畫的題材和筆法，讓媒材和嶄新的筆意述說傷痛和生老病死等「原初場景」的感受。（三）、《初雪》（混和媒材紙上，1987）（曾長生，《華人美術選集：林莎》130、《柏林地標》（混和媒材紙上，1987）（曾長生，《華人美術選集：林莎》131）：前者採取立軸形式、後者採取水平構圖，訴說的都是冷寂的心情。《初雪》以書法般遒勁的墨黑線條直刷，用墨黑、白、不同層次的墨藍，畫出向右潑落的墨痕、周邊的暈染，和充滿反叛力的噴濺細點，表現初雪的冰寒和漂泊異鄉的孤寂。《柏林地標》的構圖和風格則全然屬於西方，畫家以殷紅和赤褐的橫刷色塊暗示柏林圍牆，襯以飾滿細小赤褐曲線的灰藍背景，表達了畫家追尋民主自由的渴望和臺人漂泊異鄉的喟嘆。從這兩幅同年完成的作品所展現的形式，可窺知畫家仍游移於中西表現形式之間。（四）、《枇杷葉》（混和媒材紙上，1987）（曾長生，《華人美術選集：林莎》132）：這幅畫以中藥材（枇杷葉）作為主題，用畫筆直刷而下，做為構圖的主軸，在畫面右半邊則快速刷出葉脈。值得注意的是畫家的用色：襯在墨色線條下流動暈開的，並非前幾幅畫中半凝固的褐紅，而是明媚流暢的莓紅，巧妙地扣合了《本草綱目》中記載枇杷葉可「和胃降氣，清熱解暑毒」[31]，治肺熱痰嗽、咳血、衄血的涼血療效。林莎曾說明這幅畫的醫療見解：枇杷葉的香味「具驅邪的作用」，對於「呼吸系統的治理」發揮很大作用（〈林莎創作自述〉，

---

[31] 請參見 https://yibian.hopto.org/db/?yno=318。2023/4/21 瀏覽。

221）。這個獨特的象徵既反映了藥理，也為傳統水墨畫的主題開闢新領域，在一般畫家的作品中很難見到。

四、林莎的生命哲學：抒情、寫意、仁心

林莎定居紐約後作品漸趨成熟，逐漸遠離對西方大師的擬仿，此時他醫畫並行，漸能揮灑醫理和生命哲學於創作，這可從他的第五期作品看到蛛絲馬跡。1988-1993 年間，林莎初到紐約，對生命產生不同以往的體悟。他揚棄了中西技法的辯證式實驗，以醫療經驗和哲學「書寫」生命，並以研發的技法進行別具一格的創作：

> 我的用筆方面，已經和傳統的用筆有很截然的不同，也就是把中國氣功行氣的用法表現出來。至於我的創新皴法，也和中醫診斷有關，我將現代工業顏料、壓克力顏料混合，畫的時候呈現出水、油脂組合以後的分裂，而這種分裂以後的皴法，可以很明顯地看到，和中醫的診斷人身體病狀時血的流動、細胞的分化、人皮膚肌理血脈的乾濕變化，也有密切關聯，這也反映在我所創新的皴法上面。（〈林莎創作自述〉，223）

在「凍、動、生」系列中，林莎在冰雪中體會萬物由靜而動而生的過程，嘗試打破二元對立，以「三種呈現形式」，表達對生命的看法，以「『凍』開始代替了死亡」，認為宇宙萬物起自無極，由無極而至太極，本是無死無滅，只有生命的暫休而並無終止，因此冰雪的封凍，代表暫停、中止，經過驅動，而有生機（曾長生，《華人美術選集：林莎》138），以此輪迴，既無終止亦無起點。這種生命觀和馬拉布企圖以「形塑、爆破、康復」三元論打破二元對立的辯證有異曲同工之妙，雖然兩者的論述脈絡不同。在此時期，林莎逐漸

發展出獨特技法，水墨線條、暈染、油彩、壓克力、或其他多元媒材，都只是抒情寫意的語言，用以表述漂泊離散的心境、行醫的醫理，和「隱修與神修」的生命哲學（曾長生，《華人美術選集：林莎》138）。不過中醫醫理、易經五行本就不易理解，即便林莎獲得同儕讚賞，其作品始終未受到主流論述的重視。

亞億藝術空間（AHM Gallery）於 2019 年 10 月 10 日到 27 日所舉辦的〈一切萬悟：林莎個展〉（"Realize – Lin Sha Solo Exhibition"）如此評述林莎：

> 他深受西方藝術的吸引而前往〔歐洲和美國〕，如同許多藝術家一樣在接觸到西方文化的衝擊下，漸漸反更深入的去探索自己東方精神的本質，生命的張力不斷的循環著，生命的延續不斷的輪迴著。創作上特別的是他永不忘本，將自己所學的中國藥材大膽地滲入於畫布而形成特殊的複合媒材，將自己的氣與脈導入成創新的水墨皴法。透徹的宇宙觀與生命觀屬於它的獨特之道，行畫流水之間，萬物於此悟出。[32]

2014 年 11 月 22 日到 12 月 8 日在臺北國父紀念館舉辦的〈林莎紀念回顧展〉，則如此評述其創作歷程：

> 〔林莎〕在臺灣求學時期接受學院式的素描訓練，受西畫老師孫立群影響，畫風印象派注重光影表現，更自此承襲國畫老師吳承硯的藝術觀，認為藝術創作與人格修成為一體兩面。1970 年前往西班牙留學，1980 年前往法國巴黎，繪畫風格主題不斷因

---

[32] 請參見《非池中》（*Art Emperor*）。https://artemperor.tw/tidbits/9226。2022/12/20 瀏覽。

環境影響變化，1988 年定居美國後，白天行中醫看診，晚上畫畫，創作和中醫淵源密不可分，除了在色料和墨中，融入煎煮過的中藥材，在望、聞、問、切中看見生老病死的課題，創作思維充滿東方的宇宙觀、生命觀，易經、命理星象、卜卦、風水、五行，林莎將其人生體悟的感動轉化成一幅幅具符號元素意義的創作，在畫作中傳遞出生命關懷，宇宙世界運行永恆不變之理。[33]

大象空間藝術館在 2018 年 8 月 30 日所舉辦的林莎作品回顧展：〈林莎 —— 藝生易時的詩篇〉（Lin Sha: The Poetry of a Creative Life and Temporal Changes）則以「藝生易時」[34] 作為林莎一生的寫照，策展人劉永仁如此評述：

> 「藝生」是藝術生生不息的創造力，而「易時」指的是時機流變的無限可能性，易之一字，可詳細分析有：簡易、變易、不易，三種意思，宇宙萬物有的時時在變，有的恆久不變，只要跟著宇宙運行自強不息作為基調，生命中大風大浪之驚險也易於自處，因而「藝生易時」作為林莎創作生涯的詮釋與寫照，恰如其分，而他深入體會與自己生命結合化為筆下作品，這些精采的作品形成瑰麗的詩篇。[35]

此次展覽詳細介紹了林莎第五期畫作的生命哲學和醫理：

---

[33] 請參見《非池中》。https://artemperor.tw/tidbits/1442。2022/12/20 瀏覽。

[34] 或許用「時易藝生」（Gaps between the systolic and diastolic moments of time are generative of art.）會比原展覽中英文名稱更貼近林莎的創作歷程。註腳內的中文名稱和英譯由林耀福老師提供，筆者特別感謝林老師惠賜的精闢見解。

[35] 請參見《非池中》https://artemperor.tw/myfeed/745。2022/10/23 瀏覽。

林莎曾表示，以佛家或禪意的本質看待生命，從「凍」開始代替了死亡，是一種生的暫休，而非中止，會再動起來，再靜的循環，是生命的輪迴。在《凍、動、生》(1988-1993)系列作品裡，黑墨搭配水彩、壓克力顏料塗抹、潑灑、暈染，造成色澤多變的視覺效果，裡面有沈穩的構圖，也有行進間流動的動勢，彷彿凝聚能量於其中。

　　林莎的繪畫筆法和中醫淵源很深……他深入研究懷素草書的氣脈運動，猶如中醫講究打通氣脈、氣的運轉息息相關。他對傳統水墨皴法進行探討，把現代工業顏料、壓克力顏料混合，呈現出水、油脂組合以後的各種蛻變，逐漸形成其視覺語言。這種看似自然形成的肌理，很明顯地和中醫在診斷人身體病狀時血的流動、細胞的分化、氣脈的運行、人的皮膚肌理血脈的乾濕變化……有密切關連，這些都反映在他的抽象繪畫之中。而他的水墨創作也曾加入煎煮後的藥水、藥渣，使得畫面上充滿質感視覺與味覺浮現，是相當新穎另類的畫作。

　　九〇年代在紐約時期，林莎……從藝術家自身的文化背景取材，順勢反映了對臺灣土地的眷戀。醫療用品繃帶則隱含了人身心所遭受的痛苦、感傷離別，繃帶似乎隱喻療癒之方，能夠緩解生命中無可避免傷痛之情感。相較於也是學醫背景的義大利藝術家布里（Alberto Burri 1915-1995）的作品……在戰後「受傷的藝術」，反映戰爭中百姓所遭受的痛苦貧困以及國家的創傷引起強烈的共鳴。……東西方文化背景雖相異，然而林莎與布里在藝術上的表現卻殊途同歸，遙相呼應。[36]

---

[36] 請參見《非池中》https://artemperor.tw/myfeed/745。2022/10/23 瀏覽。

筆者引述以上評述，是因為這是少數深入評介林莎畫作中醫療元素的藝評，評介者更將他與同具醫學背景的義大利藝術家布里並比，肯定了林莎以藝術療癒傷病的貢獻。他在畫作中傳遞《黃帝內經》的治則所述之「治未病、治病求本、辨證論治、三因制宜」（68）[37]等「預防疾病、防病傳變」的思想，以生命哲學激發觀者的生命力和抵抗逆境的韌性，這些都是藝術為醫療／健康人文提供「創新的文化照護」的有效策略和創造性療方。

林莎晚期的畫作多以自創技法進行中醫醫理、氣功、太極、易經、五行等概念的視覺表述。有些非常抽象，例如以水墨渲染表達生命不可承受的重，和宇宙創造的原初。黃文叡曾評述他 2000 年的裝置藝術和畫作如下：

> 如果說生命是種不能承受的輕，那林莎的作品中所透露出的人文關懷及對生命的執著，卻是一種無法承受的重。林莎廿世紀末葉的作品，試從易經、八卦、中醫及傳統哲學的交互論證中，尋找宇宙萬物原始的生命訊息，而這股訊息，透過林莎細膩的筆觸及對生命的獨特體驗，呈現在藝術作品上的，不啻為生命中那股沈重的最佳詮釋。[38]

這說明了林莎晚期的創作重心在於生命哲學。由於其遺作有部分已被收藏，限於篇幅以及取得的限制，茲舉以下兩幅作品加以分析：（一）、《周子太極變萬生》（水墨紙上，1998）（曾長生，《華人美術

---

[37] 有關《黃帝內經》的組成內容，請參考傅維康等編著的《圖說醫藥史話》，頁 8-14。

[38] 引自蕭瑞瓊，〈林莎──易念・藝念〉，《臺灣現代美術大系・水墨類：抽象抒情水墨》，頁 144。原文請參考黃文叡．〈易念、意念與藝念的結合〉，《60・64・2000──祈福跨世紀的來臨》，國美館，2000。

選集：林莎》174）（請見圖三）。由這幅作品的題目可知，畫家是以水墨寫意，表現周敦頤《太極圖說》的宇宙觀：「無極而生太極，太極而生陽，動極而靜。靜極復動，一動一靜，互為其根；分陰分陽，兩儀立焉」。這是指宇宙從無至有的形成，乃是在能量有無的對轉中，經由離心力與向心力的迴繞與平衡，奠定了時間與空間的系統。[39] 林莎採取橫式構圖，用黑色代表五行中水行的寒氣，用土黃代表土行的濕氣，呈現宇宙原初的一片渾沌和萬物的萌發，墨黃水墨線條的迸發，正如畫面所示，是由一生二，而變萬生，陰陽相生，互為轉化。不過這樣的哲理，的確不易為一般大眾所理解，觀者往往視為抽象畫，不得其門而入。（二）、《陰土在陽》（混和媒材紙上，2007）（曾長生，《華人美術選集：林莎》208）（請見圖四）。這幅畫採取立軸的構圖，畫面由一個長方形濡濕的赭黃色塊構成，在上方橫疊著墨黑的長方形框，像是浸泡了活血化瘀的大黃的紗布片，而交疊其上的黑色框框，則像略帶污漬的固定繃帶。這幅畫的表面意涵像是在展示醫療現場，油墨的涮刷渲染營造了藥水滲透流動的觸感和味覺聯想。然而林莎同時也將陰陽五行的概念隱藏其中，例如黃色代表土行，畫題名為《陰土在陽》似乎暗示了陰陽消長，互生互剋的動態過程。根據《黃帝內經》《素問·陰陽應象大論》：「陰陽者，天地之道也，萬物之綱紀，變化之父母，生殺之本始，神明之府也，治病必求於本。故積陽為天，積陰為地。陰靜陽躁，陽生陰長，陽殺陰藏。陽化氣，陰成形。寒極生熱，熱極生寒。寒氣生濁，熱氣生清。清氣在下，則生飧泄，濁氣在上，則生䐜脹。此陰陽反作，病之逆從也。」[40] 林莎似乎以繪畫書寫其診斷，或對生

---

[39] 請參見周敦頤，《太極圖說》。中國哲學書電子化計劃。https://ctext.org/wiki.pl?if=gb&res=133698。2023/4/20 瀏覽。

[40] 請參見《黃帝內經》《素問·陰陽應象大論》。中國哲學書電子化計劃。https://ctext.org/huangdi-neijing/yin-yang-ying-xiang-da-lun/zh。2023/4/20 瀏覽。

命變化的體悟。由於土在五行中具有中和包容、生化萬物的特性，陽則代表外向、明朗、積極、生發。陰土在陽，表現了陰陽既對立統一，又同時存在的現象，似乎暗喻病勢／生命朝積極明朗的方向變化。綜合以上，可發現林莎的第五期的畫作大多以醫理、哲學統攝媒材，藉此表達醫理、診斷、和治療，解讀起來相當不易。此時他以東方生命哲學打破技法實驗的辯證，以寫意的藝術語言展現生命韌性和自癒能力。

五、結語：林莎畫作的時代意義

雖然林莎的畫作在一般觀者眼中顯得深奧難解，但他在臺灣藝術史上卻有不可抹滅的時代意義，對晚進興起的健康人文研究也深具啟示。

藝壇先進何肇衢、李錫奇、顧重光等人曾於 2014 年 10 月 17 日到 11 月 16 日共同策劃〈臺灣 50 現代繪畫・水墨〉畫展，展出「已故大師楊英風、江漢東、秦松、林莎……廖修平、李錫奇……等 34 人」的 40 幅畫作，主旨在於「讓下一代看到過去 50 年畫家眼中的臺灣景致，也看見這群藝術家在風起雲湧的年代戮力奮鬥的軌跡」，這些以「臺灣」為主題的「現代 (西) 畫」及「現代水墨」系列展覽，總共邀請了 87 位具有代表性的藝術家參展。[41] 當時已故的林莎躋身其中，足見在臺灣藝壇佔有一席之地。他和其他臺灣現代藝術運動的前驅各自以不同的角度，在畫作中捕捉、紀錄了「時代風貌的流行、集體回憶」，反映了「時代性」，「透過個人的詮釋與轉化，將大時代的共感具體化，以獨特的繪畫語彙傳達給觀

---

[41] 以上資料請參見〈臺灣 50 現代繪畫・水墨〉。臺灣土地開發公司典藏展。https://artemperor.tw/tidbits/997。2023/02/20 瀏覽。

者」。[42] 難得的是，他醫畫合一的視角別具一格，其以醫理入畫寫意的實驗／實踐精神，值得作為醫療教育的典範。本文以傅柯式（Michel Foucault）系譜學歷史（genealogical history）的精神重構林莎隱佚的醫畫生涯，一方面企圖書寫臺灣醫療／藝術史上的小寫歷史，另一方面更希望藉由引介其畫作，開發醫療／健康人文研究的新面向。

范卡特杉（Sathyaraj Venkatesan）曾在 2021 年《媒體觀察》（*Media Watch*）期刊的健康人文專輯緒言〈場域、脈絡，和其他：擘畫健康人文學科〉（"Sites, Contexts and Beyond: Mapping Health Humanities"）中，提到了健康人文能「在醫學中陳列展示當前整合的人文和藝術研究方法」，並可呈現健康、疾病、人類福祉等議題間相互糾葛的複雜性，是「後千禧年時代重要的文化論述」（3）。藉由引進藝術創作，健康人文研究企圖從談論疾病而至於「解魅」（demystify）疾病；健康人文研究同時也批判當今醫療運作犧牲人類「共情」（empathy）而過度依賴科技的作法。這些討論涉及了「疾病的社會性決定因素、健康正義、藝術創作的運用、醫療照護的文化脈絡、全球差異、醫學倫理的挑戰」等複雜變數（Venkatesan 3）。當二十世紀末所標舉的新自由主義資本主義隨著全球化播散後，「生命政治學」和「生物經濟學」同時既是顯學，也是批判性醫療／健康人文論述批判的對象；二戰後菁英政治（meritocracy）教育體系培養了大量的專業技術人士，而瞭解被統御客體和統御原則者的真知灼見，卻湮沒不彰。這種知識體系的形成助長了「生命政治學」和「生物經濟學」向新自由主義的資本主義端傾斜的現象，這也正是傅柯、伊斯頗希托（Roberto Esposito）、羅斯（Nikolas

---

[42] 以上資料請參見〈臺灣 50 現代繪畫・水墨〉。臺灣土地開發公司典藏展。https://artemperor.tw/tidbits/997。2023/02/20 瀏覽。

Rose)等人所暗示的:「政治理性、生命管理和生物經濟學意味著個人生命在資本主義治理下的商業化／貨幣化(commercialization/monetization of individual life within capitalist governmentality)」,「生命政治學和生物經濟學的方法學將生命和身體視為商品和行政實體(an administrative entity)」(Venkatesan 5)。個人成為商品主義和官僚體系下的阿岡本式(Giorgio Agamben)「裸命」(bare life)。有鑒於此,健康人文強調應用藝術和人文學以增進彼此恢復(mutual recovery),批判醫學生物技術資本主義化,呼籲以藝術的創意改革醫學教育課程,教育醫學系學生關照病人端的需要,並以創造性方法提升公共衛生、人類健康、和福祉的研究走向,在千禧世紀的後疫情時代,就顯得迫切而必要。

從宜蘭到臺北,從臺北到西班牙、義大利、法國,再到紐約,林莎的創作歷經馬拉布式的辯證可塑性,不屈從於傳統國畫的固定框架,以「形塑－爆破－康復」,致力為水墨創作爆破出新間隙,再到「凍－動－生」三元循環論,強調輪迴循環無死不滅的宇宙生命,到隱遁神修時期對易經陰陽五行醫理的參悟。他走過一段漫長的實驗、辯證、領悟的改革傳統之路。漂泊海外的他,曾自述創作理念,並寫下一首熱情洋溢的詩,將他對家鄉滿腔的思念、仁厚的醫心、生命的感悟,以及藝術的使命,獻給故鄉:

> 用我最新的筆墨形式,呈現我多年來,隱藏於內心深處,對故鄉的情懷,也呈現了天人合一的哲學思想以及佛家的生、滅、輪迴的實性。這個昇華的造形語言,是我在一九八八年十二月的《畫語隨筆》裡,第一次揮灑出天窗的熱血,在我愛的鄉土上,開啟了第一個藝術使命的序幕:
>
> 藝術與生命的天梯上

留下了我三十多年的汗水
未曾開啓的天窗內
鎖住了我熱情跳躍的心
多年的汗水
終於化作天泉
沸騰
熱血翻滾
溶成濃濃的朱墨
崩濺在紙上
奔騰在故鄉的原野上

豔陽天熱醒了
天鳥起飛了
衝破緊鎖的天窗
穿越歷史的痕跡
架起了通向故鄉的航線
發出了一聲長鳴的吶喊

在故鄉的天空中蕩漾
故鄉啊！
請聆聽這海外遊子的吶喊
請接受海外遊子的熱血吧！（〈開啓的一扇門〉77）

在後疫情時代重新書寫林莎，感受殊深。冀望能考掘歷史幽微，拋磚引玉，使臺灣藝壇先驅在醫療／藝術創作上篳路藍縷的實驗、改革，和奮鬥受到應有的評價和重視，並希望此案例能爲當代醫療／健康人文教育提供參照的新頁。

引用書目

【中文】

王哲雄（Wang, Che-Hisung）。〈米羅的夢幻世界〉"Miluo de menghuan shijie"〔Milo's Dream World〕。《美育月刊》 Journal of Aesthetic Education，65 (1995): 19-30。

王靖雯（Wang, Jing-Wen）。〈中醫林莎回顧展：賣畫濟病患〉"Zhongyi linsha huiguzhan maihua ji binghuan"〔Retrospective Exhibition of Chinese Medicine Practitioner Sha Lin: Selling Paintings to Help Patients〕。《世界新聞網》 Shijie xinwenwang〔World Journal〕，2017 年 5 月 10 日。CAAC Gallery 456。http://www.caacarts.org/dp/zh-hant/node/21&px_page=&px_page=2&px_page=2&px_page=2&px_page=2&px_page=&px_page=2&px_page=2&px_page=2?px_page=15，2022 年 12 月 20 日瀏覽。

林莎（Lin, Sha）。〈開啟的一扇門〉"Kaiqi de yishanmen"〔A Door Opened〕。《雄獅美術》 Lionart Magazine，258 (1992): 76-77。

＿＿。《林莎 Sha Lin：1988-1993》 Lin Sha:1988-1993〔Sha Lin: 1988-1993〕。臺北：福華沙龍〔Taipei: Fuhua Shalong〕。1994。

＿＿。〈林莎創作自述〉。曾長生（Zeng, Chang-Sheng）編。《華人美術選集：林莎》。 Huaren meishu xuanji linsha〔Chinese Fine Art Series: Sha Lin〕。臺北：藝術家〔Taipei: Yishujia〕，2011，頁 218-23。

＿＿。「一切萬悟：林莎個展」 Yiqie wanwu: Linsha gezhan〔Realize: Lin Sha Solo Exhibition〕。臺北：亞億藝術空間〔Taipei: AHM Gallery〕。2019 年 10 月 10 日 到 10 月 27 日。https://artemperor.tw/tidbits/9226，2022 年 12 月 20 日瀏覽。

〈林莎〉"Lin Sha"〔Sha Lin 1940-2010〕。《非池中》 Feichizhong〔Art Emperor〕，https://artemperor.tw/artist/3241，2022 年 12 月 6 日瀏覽。

〈林莎紀念回顧展〉"linsha jinian huigu zhan"〔Sha Lin: A Retrospective〕。臺北：國父紀念館三樓逸仙藝廊〔Taipei: Yat-sen Gallery of National

Dr. Sun Yat-sen Memorial Hall〕。2014 年 11 月 22 日 到 12 月 8 日。《非池中》, https://artemperor.tw/tidbits/1432 和 https://artemperor.tw/tidbits/1442,2022 年 12 月 20 日瀏覽。

〈林莎──藝生易時的詩篇〉"Linsha: Yishengyishi de shipian"〔Lin Sha: The Poetry of a Creative Life and Temporal Changes〕。大象藝術空間館〔Da Xiang Art Space〕。2018 年 9 月 8 日到 2018 年 10 月 14 日。《非池中》 *Feichizhong*〔Art Emperor〕, https://artemperor.tw/tidbits/7789。2022 年 12 月 20 日瀏覽。

林香琴(Lin, Xiang-Qin)。〈1950–1970 年代省展國畫部「正統國畫之爭」論析〉"1950-1970 niandai shengzhan guohuabu 'zhengtong guohua zhi zheng' lunxi"〔Analysis on the "Controversy of Orthodox Chinese Painting" in the Chinese Painting Department of Provincial Exhibitions during 1950s-1970s〕。《臺灣美術》*Journal of National Taiwan Museum of Fine Arts*, 96 (2014): 48–83。

周東曉(Zhou, Dong-Xiao)。〈神凝觀心、逍遙自在 ── 林莎藝術展〉"Shenningguanxin xiaoyaozizai linsha yishuzhan"〔Concentration on the Mind and Feel at Ease–Sha Lin Art Exhibition〕。《臺灣海外網》*Taiwanus.net*, http://www.taiwanus.net/news/press/2017/201705060124261271.htm,2021 年 10 月 24 日瀏覽。

周敦頤(Zhou Dunyi)。《太極圖說》*Taiji tushuo*〔The Diagram of the Supreme Ultimate〕。中國哲學書電子化計劃 Zhongguo zhexueshu dianzihua jihua〔Chinese Text Project〕。https://ctext.org/wiki.pl?if=gb&res=133698。2023 年 4 月 20 日瀏覽。

秦松(Chin, Song)。〈衝突與和諧的秩序──談林莎繪畫的發展〉"Chongtu yu hexie de zhixu tan linsha huihua de fazhan"〔The Order of Conflict and Harmony–on the Development of Sha Lin's Paintings〕。《雄獅美術》*Lionart Magazine*,244 (1991): 206-08。

_____。〈原黑之白——題林莎近作畫意〉"Yuan hei zhi bai ti linsha jinzuo huayi"〔White out of the Origin of Black-On Lin Sha's Recent Works〕。《雄獅美術》*Lionart Magazine*，277 (1994): 103。

〈素問・陰陽應象大論〉*Suwen yinyang yingxiang dalun*〔Suwen・the Theory of Yin and Yan Corresponding Symbols〕。《黃帝內經》*Huangdi Neijing*〔Yellow Emperor's Canon of Medicine〕。中國哲學書電子化計劃 Zhongguo zhexueshu dianzihua jihua〔Chinese Text Project〕。https://ctext.org/huangdi-neijing/yin-yang-ying-xiang-da-lun/zh。2023年4月20日瀏覽。

陳昭宏（Chen, Zhao-Hong）。〈日治時期臺灣皇漢醫道復活運動〉"Rizhi shiqi taiwan huanghanyidao fuhuo yundong"〔The Revival Movement of Imperial and Han Medical Ethics in Taiwan during the Japanese Colonial Period〕。碩士論文〔MA Thesis〕。國立政治大學〔National Chengchi U〕。2015。

程延平（Cheng, Yan-Ping）。〈通過東方、五月的足跡——重看中國現代繪畫的幾個問題〉"Tongguo dongfang, wuyue de zuji chongkan zhongguo xiandai huihua de jige wenti"〔Re-examining Several Issues in Modern Chinese Painting in the Wake of Ton Fan Group and Fifth Moon Art Group〕。《臺灣當代繪畫文選 1945-1990》*Taiwan dangdai huihua wenxuan 1945-1990*〔Anthology of Taiwan Contemporary Painting 1945-1990〕。郭繼生編〔Edited by Ji-Sheng Guo〕，臺北：雄獅圖書公司〔Taipei: Xiongshi tushu gongsi〕，1991，頁 263-64。

馮品佳、蔡振興（Feng, Pin-Chia and Chen-Hsing Tsai）。〈緒論〉"xu lun"〔Introduction〕。《文學、視覺文化與醫學：醫療人文研究論文集》*Wenxue shijuewenhua yu yixue: Yiliao renwen yanjiu lunwenji*〔Literature, Visual Culture and Medicine: Collected Essays on Medical Humanities〕，馮品佳主編〔Edited by Pin-Chia Feng〕，臺北：書林〔Taipei: Bookman〕，2020，頁 1-6。

馮品佳（Feng, Pin-Chia）。〈醫者仁心：《最後期末考》的華裔美國敘事醫學〉Yizherenxin: *Zuihouqimokao de huayi meiguo xushi yixue*〔The Benevolence of Doctors: Chinese American Narrative Medicine in *Final Exam: A Surgeon's Reflections on Mortality*〕。《文學、視覺文化與醫學：醫療人文研究論文集》Wenxue shijuewenhua yu yixue: Yiliao renwen yanjiu lunwenji〔Literature, Visual Culture and Medicine: Collected Essays on Medical Humanities〕，馮品佳主編〔Edited by Pin-Chia Feng〕，臺北：書林〔Taipei: Bookman〕，2020，頁 265-67。

馮品佳主編（Feng, Pin-Chia, editor）。《文學、視覺文化與醫學：醫療人文研究論文集》*Wenxue shijuewenhua yu yixue: Yiliao renwen yanjiu lunwenji*〔Literature, Visual Culture and Medicine: Collected Essays on Medical Humanities〕。臺北：書林〔Taipei: Bookman〕，2020。

傅維康等編著（Fu, Wei-Kang et al., editors）。《圖說醫藥史話》*Tushuo yiyao shihua*〔Illustrated History of Chinese Medicine〕。臺北：知音出版社〔Taipei: Zhiyin chubanshe〕。2005。

游添燈（Yu, Tien-Deng）。〈太極拳與《內經圖》〉"Taijiquan yu *Neijingtu*"〔Tai-Chi Chuan and the Illustration of the Inner Path〕。《體育學報》*Physical Education Journal*, 39.2 (2006): 135-148。

游添燈（Yu, Tien-Deng）。〈太極拳與《修真圖》〉"Taijiquan yu *Xiuzhentu*"〔Tai-Chi Chuan and the Illustration of the Practice Truth〕。《臺大體育學報》*NTU Journal of Physical Education*, 8 (2006): 69-94。

曾長生（Zeng, Chang-Sheng）。《華人美術選集：林莎》。*Huaren meishu xuanji linsha*〔Chinese Fine Art Series: Sha Lin〕。臺北：藝術家〔Taipei: Yishujia〕。2011。

_____。〈東方的煉丹師：林莎的新人文主義藝術〉"Dongfang de liandanshi: Linsha de xinrenwenzhuyi yishu"〔The Alchemist of the East: Sha Lin's Humanist Art〕。《華人美術選集：林莎》。*Huaren meishu xuanji linsha*〔Chinese Fine Art Series: Sha Lin〕。臺北：藝術家〔Taipei: Yishujia〕，2011，頁 13-14。

楊小萍(Yang, Xiao-Ping)。〈五月畫會和東方畫會聯展〉"Wuyuehuahui he dongfanghuahui lianzhan"〔The Joint Exhibition of Ton Fan Group and Fifth Moon Art Group〕。《臺灣光華雜誌》*Taiwan Panorama*。1981 年 7 月。https://www.taiwan-panorama.com/Articles/Details?Guid=bf8cbbce-8dfe-48f2-b170-c4050c6cc57a&CatId=8&postname=%E4%BA%94%E6%9C%88%E8%88%87%E6%9D%B1%E6%96%B9%E7%95%AB%E6%9C%83%E8%81%AF%E5%B1%95，2021 年 12 月 12 日瀏覽。

楊錦添(Yang, Jin-Tian)。〈林莎先祖事蹟口述〉"Linsha xianzu shiji koushu"〔Oral Narrative of Sha Lin's Ancestors' Deeds〕。蘇榕訪談〔Interviewed by Jung Su〕。2020 年 8 月 14 日。

廖新田(Liao, Hsin-Tien)。〈臺灣戰後初期「正統國畫論爭」中的命名邏輯及文化認同想像(1946-1959)：微觀的文化政治學探析〉"Taiwan zhanhou chuqi 'zhengtong guohua lunzheng' zhong de mingming luoji ji wenhua rentong xiangxiang (1946-1959): Weiguan de wenhua zhengzhixue tanxi"〔The Naming Logic and Imagined Cultural Identity in the "Controversy of Orthodox Guohua" during the Early Post-War Period in Taiwan (1946-1959)：a Micro-analysis of Cultural Politics〕。《美麗新世界—臺灣膠彩畫的歷史與時代意義 學術研討會論文集》*New Visions: Collected Papers on the Historical Significances of Taiwan's Gouache Paintings*。臺中：國立臺灣美術館〔Taichung: National Taiwan Museum of Fine Arts〕，2009，頁 149-222。

_____。《藝術的張力：臺灣美術與文化政治學》*Yishu de zhangli: Taiwan meishu yu wenhua zhengzhixue*〔*The Tension of Art: Taiwanese Art and Cultural Politics*〕。臺北：典藏藝術家庭〔Taipei: ARTouch〕。2010。

_____。〈劉國松抽象水墨論述中氣韻的邏輯〉"Liuguosong chouxiang shuimo lunshu zhong qiyun de luoji"〔The Logic of the Rhythm of Qi: in Liu Kuo-Sung's Discourse of Abstract Ink-wash Painting〕。《臺灣美術》*Journal of National Taiwan Museum of Fine Arts*，104 (2016): 34-55。

德勒茲（Deleuze, Gilles）。《法蘭西斯・培根：感官感覺的邏輯》 *Falanxisi peigen ganguan ganjue de luoji* 〔Francis Bacon: Logique de la Sensation〕。陳蕉譯〔Translated by Chiao Chen〕。臺北：國立編譯館〔Taipei: National Institute for Compilation and Translation〕。2009。

蕭瓊瑞（Hsiao, Chong-Ray）。〈中國美術現代化運動與臺灣地方性風格的形成──一個史的初步觀察〉 "Zhongguo meishu xiandaihua yundong yu taiwan difangxing fengge de xingcheng yige shi de chubu guancha"〔The Modernization Movement of Chinese Art and the Formation of Taiwan's Local Style–A Preliminary Observation of History〕，《探討我國近代美術演變及發展藝術研討會專輯》 *Tantao woguo jindai meishu yanbian ji fazhan yishu yantaohui zhuanji* 〔The Proceedings of Exploring the Transformation and Development of Modern Art in Taiwan Conference〕。澎湖：澎湖縣立文化中心〔Penghu: Penghu Hsien Cultural Center〕，1990，頁 26-28。

_____。《臺灣美術史研究論集》 *Taiwan meishushi yanjiu lunji* 〔A Collection of Articles on the History of Painting in Taiwan〕。臺中：伯亞出版公司。1991。

_____。〈林莎──易念・藝念〉（Linsha–Yinian・Yinian）〔Sha Lin–the Idea of Change, the Idea of Art〕，《臺灣現代美術大系・水墨類：抽象抒情水墨》 *Taiwan xiandai meishu daxi shuimolei: Chouxiang shuqing shuimo* 〔Taiwan Modern Art Series: Lyric Ink Painting〕。臺北：文建會〔Taipei: Council for Cultural Affairs〕，2004。頁 142-44。

_____。《五月與東方：中國美術現代化運動在戰後臺灣之發展（1945-1970）》 *Wuyue yu dongfang: Zhongguo meishu xiandaihua yundong zai zhanhou Taiwan zhi fazhan (1945-1970)* 〔Ton Fan Group and Fifth Moon Art Group: the Development of Chinese Art Modernization Movement in Postwar Taiwan (1945-1970)〕。臺北：三民〔Taipei: Sam Min〕。1991。

謝里法（Hsieh, Li Fa）。〈林莎──性與器官的狂言〉"Linsha xing yu qiguan de kuangyan"〔Sha Lin–Ardors of Sex and Organs〕。《雄獅美術》*Lionart Magazine*，258 (1992): 210。

【英文】

Bates, Victoria et al., editors. *Medicine, Health and the Arts: Approaches to the Medical Humanities*, Routledge, 2014.

Bleakley, Alan. "Introduction: The Medical Humanities – a Mixed Weather Front on a Global Scale." *Routledge Handbook of the Medical Humanities*, edited by Alan Bleakley, Routledge, 2020, pp. 1-28.

Bleakley, Alan, editor. *Routledge Handbook of the Medical Humanities*, Routledge, 2020.

Bolaki, Stella. "A Manifesto for Artists' Books & the Medical Humanities." *Routledge Handbook of the Medical Humanities*, edited by Alan Bleakley, Routledge, 2020, pp. 220-33.

Boltanski, Luc and Eva Chiapelle. *The New Spirit of Capitalism*, translated by Gregory Elliot, Verso, 2005.

Crawford, Paul. "Introduction: Global Health Humanities and the Rise of Creative Public Health." *Routledge Companion to Health Humanities*, edited by Paul Crawford et al., Routledge, 2020, pp. 1-7.

Crawford, Paul, and Brian Brown. "Health Humanities: A Democratising Future beyond Medical Humanities." *Routledge Companion to Health Humanities*, edited by Paul Crawford, Routledge, 2020, pp. 401-09.

Crawford, Paul et al., editors. *Routledge Companion to Health Humanities*, Routledge, 2020.

Dalton, Benjamin. "What Should We Do with Plasticity? An Interview with Catherine Malabou." *Paragraph*, vol. 42, no. 2, 2019, pp. 238-54.

Deleuze, Gilles. *Francis Bacon: the Logic of Sensation*. 1981. Translated by Daniel W. Smith. Continuum, 2003.

Hegel, F.W.F. *The Phenomenology of Spirit*, translated by A. V. Miller, Oxford UP, 1977.

Hooker, Claire, and James Dalton. "The Performing Arts in Medicine and Medical Education." *Routledge Handbook of the Medical Humanities*, edited by Bleakley Alan, Routledge, 2020, pp. 205-19.

Malabou, Catherine. *What Should We Do with Our Brain?* Translated by Sebastian Rand, Fordham UP, 2008.

─────. *Changing Difference*. Translated by Carolyn Shread, Polity Press, 2011.

─────. "Catherine Malabou on Plasticity: The Phoenix, The Spider and The Salamander." *Forart Lecture* 2014, https://forart.no/lectures/catherine-malabou-plasticity-phoenix-spider-salamander/. Accessed 2 Dec. 2022.

─────. *Plasticity: The Promise of Explosion*. Edinburgh UP, 2022.

Michel Foucault, *The Archeology of Knowledge and the Discourse of Language*. 1971. Translated by A. M. Sheridan Smith, Pantheon, 1972.

Smith, Daniel W. "What Should We Do with Our Brain? A Review Essay." *Theory@Buffalo*, vol. 16, 2012, pp. 23-36.

Snow, Charles Percy. *The Two Cultures*. 1959. Cambridge UP, 2001.

Venkatesan, Sathyaraj. "Sites, Contexts and Beyond: Mapping Health Humanities." *Media Watch*, vol. 12, no. 1, 2021, pp. 3-6. DOI:10.15655/mw/2021/v12i1/205453.

Younie, Louise. "Art in Medical Education: Practice and Dialogue." *Medicine, Health and the Arts: Approaches to the Medical Humanities*, edited by Victoria Bates et al., Routledge, 2014, pp. 85-103.

馮品佳 ■ 歸零 ■ 289

▲圖一。《春》（混和媒材紙上，1985）（曾長生，《華人美術選集：林莎》114）

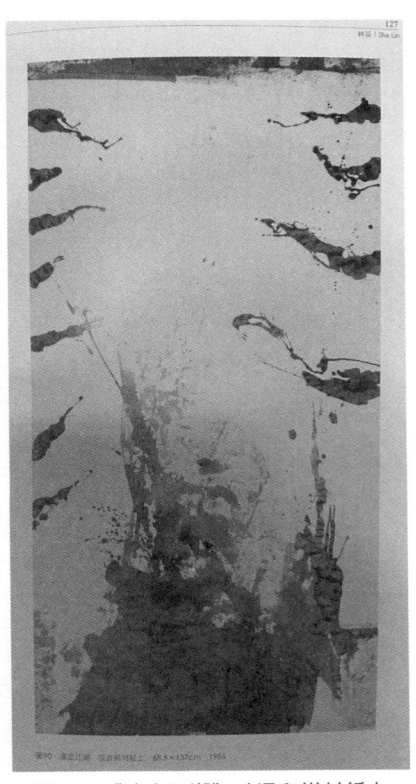

▲圖二。《滴血江湖》（混和媒材紙上，1986）（曾長生，《華人美術選集：林莎》127）

▲圖三。《周子太極變萬生》（水墨紙上，1998）（曾長生，《華人美術選集：林莎》174）

▶圖四。《陰土在陽》（混和媒材紙上，2007）（曾長生，《華人美術選集：林莎》208）

■ 10 ■

文化水土：
再看一眼梭羅與米克

林耀福

一

　　生態批評什麼時候引進中國，我並沒有確實的信息，粗淺的推測，應該超過三十年了。這個生態危機引發的文學研究話語，雖然興起於西方，卻是有著清楚明白的全球性，普世性，因為"我們只有一個地球"，我們都是地球上的居民。不過這並不表示，它就因而沒有發源地的水土性，地域性，甚至國族性格。譬如說，美國自然文學在大陸生態批評界（曾經）盛極一時，只是我們在熱切引介與讚賞西方前沿理論的時候，可能沒有注意到，它其實和美國的國族論述頗有淵源。美國思想史大師米勒（Perry Miller）1967 的一本文集取名《自然之國》(*Nature's Nation*)，這其實就是傑佛遜建國方略（《維吉尼亞州誌》，*Notes on the State of Virginia*, 1785）的目標，而它跟美國自清教徒〈山上佳城〉("city upon a hill") 的期許演化出來的「例外主義」（American exceptionalism），即美國霸權的思想源頭，可能也有著千絲萬縷的關係。我們今天還在研讀的一本生態批評的經典著作，馬可思（Leo Marx）的《田園裡的機器》(*The Machine in the Garden*)，便是從〈自然的國度〉這個基礎出發，去探究伊甸園與撒旦的鬥爭、田園理想與工業化的矛盾所形塑出來的

美國。「從傑弗遜的時代起,美國夢想的關鍵圖像便是鄉村景象,一片井然有序的綠色田園綿延全境」,[1] 只可惜因為外敵入侵(譬如「1812 年戰爭」:這也是機器之外的另一種撒旦蛇妖吧),為了自衛而被迫引入機器,進行工業化,因而「把我們從一個平靜的,農業的國度變成了軍事與工業國。」[2]

因為「外敵入侵」,也就是他力的干擾,而使得原本的直線路徑被迫改變,正是生物險境中求「生存」的自衛本能,是生物演化最基礎的生態現象,是點與線曲曲折折的纏繞而構成的生存面貌。「生存」:這正是米克(Joseph Meeker)在《生存的喜劇》(*The Comedy of Survival*, 1974, 1980, 1997)一書裡心心念念的中心議題。不過「生存」這個符號,不僅適用於生物,適用於個體和種群,同樣適用於人力建構出來的實體和機構,譬如國家。而建構出來的實體的生存競爭,又和生物和種群的生存糾葛纏繞(譬如日本向公海排放核污水引發的巨大爭議),形成另一個生態現象,往往使得生存的環境進一步惡化。的確,今天(人類)生存的戲劇,不管是喜劇還是悲劇,並不是在荒野中上演,而是在大國競爭與地緣政治無比險惡的歷史和文明的舞台上展開的。而「外敵」的含義,也就直指互相敵對的不友善國家了。2016 美國川普上台以及 2020 新冠肺炎大流行之後的世界局面,對世界生態環境和地球暖化的的治理,更加不利。川普高舉美國例外主義的霸權大旗,追求美國的「再度偉

---

[1] Leo Marx, *The Machine in the Garden: Technology and the Pastoral Ideal in America* (New York: Oxford University Press, 1964), 141. Quoted in Joseph Meeker, *The Comedy of Survival: Literary Ecology and a Play Ethic*, 3rd ed. (Tucson: The University of Arizona Press, 1997), 56.

[2] Jefferson's letter to William Short, Nov. 28, 1814. Quoted in Leo Marx, *The Machine in the Garden* (1964), 144: "from a peaceable and agricultural nation, he [our enemy] makes us a military and manufacturing one."

大」，不但否認地球暖化的事實，更發動對中國的貿易戰爭，不許中國崛起，而拜登上台之後，更是變本加厲的擴大制裁，還積極拉幫結派進行圍堵，發動二次冷戰之外，也鼓動了俄烏戰爭，阻絕了大國聯手合作以應對暖化的道路。2023 年 8 月兩件生態浩劫，更進一步的舉證了霸權政治與生態的糾葛。8 月 8 日一向悶熱潮濕的太平洋島嶼，竟然在異常乾旱的狀況下發生了前所未有的毀滅性火災。這當然跟全球氣候變遷的關係十分密切，而氣候變遷已經不是單純的地球暖化，也變成了一場「文化戰爭」，牽扯了政治。[3] 但如果夏威夷大火是個「天災」，那麼 8 月 24 日起，日本不顧中國等太平洋沿岸國家的強烈反對，執意開始向太平洋排放核污水，那就是全然的人禍了。向太平洋排放核污水，當然是以鄰為壑的惡行，但是生態批評發源地的美國及西方先進國家竟然給予支持，反而從地緣政治的立場出發去批判中國的反對，[4] 而他們的環保和學術團體，也不見發出一聲抗議！就連國際原子能委員會（IAEA）也成為日本引用的護身符，自失立場。水是越來越稀缺的寶貴的生存資源，如果經過所謂 ALPS 處理過的核廢水是安全的，怎會不留下來好好利用，而要丟進海裡？核污水的排放事件，讓我們看到政治，國際與地緣政治，如何赤裸裸的挪用生態科學和話語，為霸權支配型的「生存」服務。這不禁令人感嘆，生態批評的研究，如果不考慮國際和地緣政治的因素，恐怕會流於象牙塔裡的自說自話。

---

[3] 見 Paul Krugman, "Climate Is Now a Culture War Issue," *New York Times*, Aug. 7, 2023。克魯格曼認為，氣候變遷已經演變成美國民主共和兩黨的「文化戰爭」了，換句話說，就是政治和意識形態的問題了。

[4] 紐約時報上的兩篇報導，"Seafood Is Safe After Fukushima Water Dump, but Some Won't Eat It" (Aug. 25, BBC2023), "China's Disinformation Fuels Anger over Fukushima Release" (Aug. 31, 2023)，以及 BBC 的 "Fukushima: China's Anger at Japan Is Fuelled by Disinformation" (September 2,2023) 便是充滿陣營立場和冷戰思維的洗白。

相較於日本排放核污水的生態災難，充滿驚恐畫面的夏威夷毛伊島的毀滅性大火，可能是比較局部性的小巫，但是對於曾飽受「外敵入侵」的國家而言，它卻具有一層格外重要的符號意義，醍醐灌頂的即時提醒了我們，「外來物種」入侵在「生存」和「生態」意義上的交會。八月十三日紐約時報的一篇報導，便單刀直入的叫〈入侵植物如何引起毛伊大火熊熊肆虐〉("How Invasive Plants Caused the Maui Fires to Rage")。文中提到，夏威夷廢棄的農園被天竺草，蜜糖草和狼尾草等外來的野草入侵，已達全境四分之一的面積，這些抗旱性強的外來物種，遇火助燃，一發不可收拾。如果我們加上一粒「中國鹽巴」調味來理解「外來物種」對「生存」的威脅，那麼中國因「外敵入侵」而掙扎求存的百年經驗，恐怕提供了比米克書中分析的文本豐富千千萬萬倍的實體資料，值得有志者將這齣「外來物種」入侵的史詩轉化成劇力萬鈞的生存戲劇，震醒沈睡的人們。

美聯社記者安東尼（Ted Anthony）在二十年前的一篇報導裡（"English, 1 Language of the World"），曾經得意洋洋的引用了萬來克（Max Weinreich, 1894-1969）的一句名言，來表達英語霸權地位的由來：「所謂語言，就是帶著個陸軍和海軍的方言」（A language is a dialect with an army and a navy）。萬來克的原意多少有點打趣的味道，但是就英語霸權的興起而言，這句話卻是事實的描述：盎格魯薩克遜民族以武力四處入侵征服殖民，成就了英語的「日不落」地位。而英語霸權又撐起了盎薩民族的話語和詮釋霸權，在文化政經學術——當然也包括生態批評——各個領域裡，獨領風騷，揚盎美之聲威，至今我們仍在景仰膜拜——真個是「山上佳城，舉世瞻望」（"A city upon a hill–the eyes of all people are upon us."）。我們醉心於梭羅和美國自然文學之餘，何曾夢想到，在新冷戰的地緣政治鬥爭環境中，生態話語，就跟其他文化和學術話語一樣，甚至於科學，

可以操弄成為權力論述，服務外在的目的，成為助燃霸權烈火的薰風。

薰風！這正是話語詮釋霸權吹得遊人醉的迷人特性，潛移默化，溫水青蛙，對生存的威脅卻是更難防範。偶然看到新清史的爭論，驚為學術薰風入侵的範例。[5] 1996 年由時任美國歷史學會主席的日裔美國教授羅友枝（Evelyn S. Rawski）批判何炳棣教授 1960 年代發表的清史觀點引發的新清史爭論，綿延數十年，雖然跟生態批評沒有直接的關係，卻是跟生存息息相關。它令人體認到，在霸權的手中，學術，正如單純的環保議題一樣，可以被轉化成征服與裂解的武器，只是它的手法更加細膩深沉，更加的「生態」：你看看那美麗的概念，「和平演變」（peaceful evolution），跟米克喜愛的詞語「生態演化過程」（"evolutionary processes"）一摸一樣，但目的卻是不折不扣的「推翻政權」（regime change），「建立傀儡國」（nation building）以達到宰制的目的。這確實關係到「生存」：個體是生存，種群是生存，家國也是生存。的確，如果一個國家，他的歷必須由外人來詮釋，他的故事必須由別人來述說，那麼他就不是個獨立自主的國家，而只是個孫中山先生口中的次殖民地。

看起來，生存是需要建立話語權的，需要建立一套自己的論述來防衛固守生存的鄉土田園，以不受外來物種的入侵和殖民。在蔣家統治時期的台灣，差不多每個人都會背誦孫中山先生的遺囑，「革命尚未成功，同志仍須努力」。如果我們建立自己生態批評話語的事業尚未完全成功，那就繼續「努力」吧。在這個理解下，文化水土與撒旦蛇妖的鬥爭，可能是個具有生態意義的喻義，幫助我們檢視和反省，在接觸西方前沿論述和話語時，能夠進行批判性的閱讀、

5　見徐泓，〈"新清史"爭論：從何炳棣、羅友枝論戰說起〉，《首都師範大學學報》，社會科學版，2016 年第 1 期（總第 228 期）。

理解與吸收,才能有效的借他山之石,攻我之玉。

二

梭羅在美國文學中的地位本來就非常崇高,1996 年布伊爾（Lawrence Buell）的生態批評巨著,《環境想像:梭羅,自然書寫與美國文化的形成》（*The Environmental Imagination: Thoreau, Nature Writing and the Formation of American Culture*）,更把他的地位推到最高點,成為「自然之國」在生態時代裡的文化英雄,在強勢話語與活動的推波助瀾下,更登上了世界文學的頂峰。中國人對梭羅的喜愛,接納,崇拜,光看那數也數不清的《湖濱散記》（*Walden*）中譯本便可見一斑。中國學者把他跟中國緊密連結,林語堂先生便在《生活的藝術》裡說過,「梭羅的人生觀在所有的美國人中最富有中國人的色彩,作為中國人,我感到與梭羅心心相通。如果把梭羅的文章翻譯成中文說是中國人寫的,一定不會有人懷疑」（《生活的藝術》趙裔漢譯,西安:陝西師範大學出版社,2008:139）。的確,我們喜愛梭羅一個重要的原因是,在他身上看到中國,看到道家,看到儒家,有點借梭羅推廣中國的味道。[6]

梭羅確實是個值得崇敬的典範人物。在十九世紀二、三十年代超越主義運動興起時,它其實是個負面的詞語,愛倫坡和霍桑都對它冷嘲熱諷過,[7] 而且它跟印度哲學的關係只怕比跟中國的更深

---

[6] 曾經看到研究索羅與中國的學者和有些《湖濱散記》的譯本,把關鍵的第二章理解成類似〈我住在什麼地方,以什麼為生〉的含義,應該是個誤解。

[7] 見愛倫坡的短篇小說〈別跟魔鬼賭你的頭顱〉（"Never Bet the Devil Your Head"）,詩論〈寫作的哲學〉（"The Philosophy of Composition"）,霍桑的小說《快樂谷傳奇》（*The Blithedale Romance*）。至於麥維爾的短篇小說〈公雞喔喔啼〉（"Cock-A-Doodle-Doo!"）是否諷刺超越主義,尤其是梭羅,則正反二說都有。

刻（《湖濱散記》第一章便提到《薄伽梵歌》，第十六章更提到他晨起閱讀該書，把臥敦湖跟恆河精神連結）。但是梭羅卻勇敢的宣稱自己是個超越主義者，而且身體力行，很接地氣。他主張簡樸生活（"Simplicity, simplicity, simplicity! ... Simplify, simplify."《湖濱散記》第二章），荷鋤種豆，「晴耕雨讀」，日新又新，安貧樂道，確實有陶淵明的影子；他維護正義，挺身反對奴隸制度（"Slavery in Massachusetts," "Civil Disobedience"），反抗惡法暴政，譴責侵略，大義凜然（"Civil Disobedience"），替揭竿反奴的布朗請命（"A Plea for Capitan John Brown," "The Last Days of Capitan John Brown"），更有梁山好漢替天行道的江湖豪氣；他愛護並歌頌山林原野（"Walking"），痛恨商業破壞（"Life without Principle"），實在是自然環境保護的先驅；而當學者逐漸深入研究他的日記（Journals）時，他在現代意義上的文學生態學家的地位，也將得到新的評價。中國人林語堂先生跟他「心心相印」，也是可以理解的。更值得玩味的是，這些認同稱頌的話出現在《生活的藝術》裏頭，因為梭羅最重要的著作《湖濱散記》，基本上也是一本講生活藝術的書——超越主義者的生活手冊，生活指南。

　　超越主義者的一個基本信仰是，人皆具有神性，這個生活指南的目的，顯然就是要喚醒這個沉睡的神性，就如愛默生在〈美國學人〉（"The American Scholar"）裡期盼的，是要培育完整的人格，建立一個史無前例的完人之國——「全國皆人」（這是不是有點兒美國國族論述的味道？）。但是梭羅在《湖濱散記》第一章裡看到的現實風景卻是這樣的：「說什麼人具有神性！你看看馬路上那個車伕，日以繼夜的趕往市場，他身上有一絲絲神性嗎？他的天職是餵馬吃草喝水！和運輸業者的利益比起來，他的命運算得了什麼？」商業的蛇妖顯然已經入侵田園了。《湖濱散記》卷頭有一句話，清楚說明了梭羅寫這本書的目的：「我意不在寫一首喪氣頌歌，而是要像晨雞一

樣，挺立雞廬盡情啼叫，只要能叫醒鄰居」。做為清醒的先知先覺，梭羅看到他的新英格蘭「鄰居」渾渾噩噩，垂頭喪氣的過著「萎靡絕望的生活」，浪費生命，不免提筆急書，以己為範，指出明路，希望他們也能清醒的生活。這個明路不是「要致富，先修路」而是「要醒悟，先棄富」，丟棄一切有形無形的財物和累贅，簡樸自在，無負無擔，追求心靈的澄明清醒。醒，心中有黎明，這正是全書的宗旨。這句卷頭語不但在第二章（〈我生活在何處，為何而生活〉）出現並進一步獲得闡釋，把「活」與「醒」劃上等號（「醒著就是活著」），並給「晨」與「醒」做出與時間無關的定義：不管時鐘指向幾點，「早晨就是我醒時心中有黎明」，而這個主題，這個定義，在全書〈結論〉的最後一段，又再出現：「我並不是說張三李四都懂得這個道理；但是那樣的早晨僅靠時間的消逝是來不了的……只有我們清醒的那一天才見黎明」。心靈的黎明是自力更生的「真人」——遵循「更高律法」（the higher law）的超越主義英雄——的必要條件。

　　道理雖然如此，但是張三李四卻不一定懂得，所以梭羅的雞鳴未必能叫醒他的「鄰居」。看他在〈不服從論〉（"Civil Disobedience"）裡的不屑口吻（應該說是破口大罵了！），多半是不能的：「絕大多數的人是這樣拿他們的軀體替國家做事的，是機器而不是人……大部分情況下不見絲毫自由判斷或道德意識；他們把自己拉低到木頭、塵土、石塊的層次……你對他們不可能有比對稻草人或泥塊更大的敬意。他們只有馬和狗的價值。」自然之國變成了蓄奴之國，神聖的靈魂落得與草木同朽，真是情何以堪！期盼與現實的距離不可謂不大。個人獨立，自力更生原就是超越主義者，尤其是愛默生，藉自然之助培育完人（「真人」）以建構美國文化獨立、擺脫歐洲文化殖民的策略，而以梭羅對自然遠為深入的沈浸，他對這個策略的體會只怕比愛默生更為深刻。《湖濱散記》除了是黎明的一聲雞啼，也是梭羅的獨立宣言：他不是選在美國獨立紀念日搬進

雙手親自建造的小屋麼！而雞鳴的目的，跟愛默生在《自然》、〈美國學人〉、〈自力更生〉裏頭對自然的闡述，其用意是一致的。你看看這兩個人多有默契：愛默生在〈美國學人〉裏說一百年、一千年裡也不過只出現了一兩個人，梭羅便在〈不服從論〉裡說一千平方哩內簡直普查不到一個人。放眼望處盡豬狗，這顯然不是他所認同的社會，所以他一再地宣稱退出，劃清界線，「脫鉤斷鏈」：「根據本文件，特此宣布，本人亨利梭羅，不願被視為本人未曾加入的任何法人團體的成員」（〈不服從論〉）。把個人視為比國家位階「更高的獨立權力實體」，在不能如願的情況下退出「法人團體」，隨著自己鼓聲的節奏踏步前行，追尋獨立自主的生活，這是不食人間煙火的極端個人主義的「悲劇英雄」想像。只是，你真能退出？超越主義以人為本/民為邦本的立場，在美國建國未滿百年的水土裡，不免混雜著「外力」和「國族」的危機意識，個人至高無上的主張容易造成國家和人民競逐權力的局勢，倒不如民為貴君為輕的「愛民如子」想像，更有可能產生父子倫理關係下的有機融合。不過這個超越主義的英雄雖然孤高自傲，卻是充滿陽光，與拜倫式英雄的陰暗形成強烈的對照。只是他的極端個人主義，只怕跟中國的傳統有些格格不入。

三

米克（Joseph Meeker, 1932-）是文學生態學的重要開創者，他的《生存的喜劇》是舉足輕重的開山之作。這本書一共有三個版本（用米克自己的話說，是「生涯」），各有不同的副標題：1. *The Comedy of Survival: Studies in Literary Ecology* (New York: Charles Scribner's Sons, 1974); 2. *The Comedy of Survival: In Search of an Environmental Ethic* (Los Angeles: Guild of Tutors Press, 1980); 3. *The*

Comedy of Survival: Literary Ecology and a Play Ethic (Tucson: The University of Arizona Press, 1997)。第一和第二個版本的差別並不大,除了一些比較枝節的地方,文字內容不見有什麼修訂,但是第三版修訂的幅度就相當大了。第二版和第一版有相同的九章,但除了保留第一版的序和諾貝爾獎得主勞倫茲(Konrad Lorenz)的導論之外,另加了一個相當重要的序言、謝巴德(Paul Shepard)的導論和貝里(William Berry)的插圖。第三版除了一篇新的序言之外,前兩版的序言和導論都刪除了,內容也縮短為八章,去掉了原第六章〈生態美學〉("Ecological Aesthetics")和第七章〈環境倫理的成分〉("Ingredients for an Environmental Ethic"),濃縮成新的第六章,改名為〈新的故事〉("The New Stories"),原來討論但丁的第八章則成為第七章,而原來的結論章,第九章〈地裡天空〉("The Sky Within the Earth"),則改為〈把玩遊戲倫理〉("Toying with a Play Ethic"),成為最後一章,其他幾章篇名文字略有修改,而全書大量重新撰寫,更凸顯遊戲與喜劇模式的關聯及其普世性,文字更為精簡,洗煉,流暢幽默,更能代表他最後的觀點。

　　生存是終極而現實的問題,與死亡四眼對望。這可能是《生存的喜劇》與《湖濱散記》最大的不同:梭羅沒有生命存亡的危機,只有品質不能提昇的憤怒,但是米克面對的是環境危機及其後果對生存的重大威脅。米克受過野生動物生態學的專業訓練,擔任過阿拉斯加國家公園的巡守員(park ranger),博士研究轉向比較文學,而博士後,尤其是在撰寫《生存的喜劇》期間到歐洲從事田野研究,與動物行為學和深層生態學的頂尖權威,如勞倫茲(Konrad Lorenz)和聶斯(Arne Naess)相過從。這些訓練和經驗使得他能夠跨越生態科學和文學/人文學的鴻溝,提出整合性的見解。不過野生動物生態學的訓練,也使得他優先考慮生存的問題,其次才是生活的層次和品質,頗有點兒衣食足而後知禮義的味道。在三個版本的三個序

裡頭，尤其是第二版的序，米克對於自然環境遭受人為破壞帶來的生存危機意識，充分的攤露在我們眼前。他反人文主義人類中心意識的立場，清楚明白。

　　第二版的序裡頭米克的憂慮更多了一份濃厚的緊迫感，緊迫到顧不了善惡的地步！1980 之前的幾十年裡，對米克而言是充滿災禍的年代，環境危機惡化，而各種改善的努力都不見成效。尤其是六十年代以來，越戰，民權運動，尼克松水門案等等，層出不窮，美國社會——對，美國社會，這是孕育米克觀點的文化水土——紛紛擾擾，爭論不休，各說己是各罵人非，但是天地不仁，管你誰是誰非，誰是英雄誰是惡棍，道德上的善惡之分、好壞之辨，在生存的大戲裡，都沒有意義。於是他就更堅定的相信，喜劇模式乃是救世的良方：「傾聽喜劇的良言，現在可能是比十年前更為成熟的時機」（二版，9）。十七年後，他「已不再是開始做這個研究時的那個人了」，不再有「學院派的野心了」，但更能無拘無束的發言，更能體會「遊戲」的深意，更確定「我們已成熟到可以嚴肅對待喜劇的地步了」（三版，X）。

　　在環境危機促使人們重新探討「人類文化與自然運行的關係」（一版，xix）之時，米克的文學訓練把他引向西方文學裡去尋找病因，並尋求解方。他綜覽自希臘悲劇至二十世紀的西方文學，分析了多部代表作品，包括索弗克里斯（Sophocles），艾斯奇勒斯（Aeschylus），亞里斯多分尼斯（Aristophanes），但丁，莎士比亞，曼安（Thomas Mann），黑勒（Joseph Heller）等名家的作品，整理出悲劇和喜劇這兩個西方文化裡對立的傳統和生存模式，並進一步從他的另一個專業——生物學與生態學——的觀點作出顛覆傳統的詮釋。米克認為，悲劇人生觀是西方文化的產物，是其他文化所無的，而悲劇文學則是希臘獨創的藝術形式，而且文藝復興之後便逐漸式微（在他的解讀裡，《哈姆雷特》不是純粹的悲劇，而是

掺雜了喜劇的元素），到了二十世紀已全面沒落。雖然如此，它的遺毒卻是既深且廣（三版，34-35），是破壞生態環境的罪魁禍首：「悲劇文學引以為傲的理想，帶來的不是超越，而是生態浩劫」（一版，57）。米克對生態危機的詮釋，令人想起更早之前的懷特（Lynn White, Jr.）的理論，[8] 但是兼有野生動物行為專業訓練的他，把田園思想和悲劇意識貫串成一個歸咎的傳統，觀點的震撼性更為強大，我們對他的思路必須多一點了解。

對米克而言，「悲劇是文化的創造，不是演化史的產品」（三版，24），在希臘悲劇裡頭──他一再引用索弗克里斯的悲劇《安媞歌妮》裡的「合唱頌」（choral ode），批判它歌頌自然為人所用的人類中心意識──展現了三個主要的信念：人類的地位高於自然（自然為人類的福利而存在），道德秩序高於自然秩序（人類遵循的更高道德法則超越自然的限制），個人獨特的性格至高無上（悲劇英雄獨特的崇高性）（一版，52；三版，24）。具有獨特性格的悲劇英雄，簡直是個極端個人主義的「超越主義者」，為了成就個人的偉大超越，體現道德秩序，固執的勇往直前，不惜任何代價，毀天滅地。悲劇是以道德秩序和個人成就為核心的藝術，十分「形而上」，對於形而下的「生物層次的生存和福利的問題，並不關心」，悲劇的人生觀「驕傲於自己的不自然」（一版，51, 52）。以悲劇崇高的文化地位，這三個信念在基督教這個「世界上最人類中心的宗教」（"Christianity is the most anthropocentric religion the world has seen."）（Lynn White，"The Historical Roots of Our Ecologic Crisis，" 1967）

---

[8] 懷特（Lynn White, Jr.）的 "The Historical Roots of Our Ecologic Crisis"（*Science*, March,1967）把生態危機歸咎於基督教極端的人類中心意識，是類似的努力，懷特主張以聖方濟（St. Francis）這位富有生態中心意識的基督教異類作為守護神（patron saint）。

的社會裡普遍深入人心,也難怪深信文化和文學藝術能塑造人類自然觀的米克要那麼不安了。野生動物生態學家米克的自然,充滿著血肉的物質性和軀體性,它是不接受任何外加的、抽象的道德法則(moral laws)和價值的,一切都來自生物演化的自然運行、自然法則(natural laws),而其最終目的只有一個,生存:「演化眞是齣沒有羞恥心的、沒有原則的、機會主義的喜劇,它的目的似乎只是盡可能地多繁衍和保存各種各樣的生命,那管別人的啥嘮什子道德觀念」(一版,35)。希臘悲劇所宣揚的人類至上的意識形態,它所服膺的超越自然的道德法則,都是不利於生存的,是米克眼中的惡。喜劇的自然法則與悲劇的道德法則——米克稱它爲「不自然的道德」(unnatural morality,三版,26)——是不共戴天的。

　　從另一個角度看,悲劇英雄的不幸,在於身處亂世卻不知自保,一心想去把世界扭轉過來滿足自己的理想。只是一路走下去不但不能實現理想,不見超越,反而遇見死亡。這是何其「悲劇」!但是如果你不學悲劇英雄,只做個「避秦時亂」躲進「桃花源」的避難者——用現在西方批評的的潮語說,「迪亞斯缽力客」(diasporic),還不是米克的「皮卡羅」(picaro)——那麼是不是便能成就環境保護的目的?米克對田園思想的詮釋,可能比他對悲劇的看法更具創見與顛覆性。對於熟讀陶淵明「田園將蕪胡不歸、採菊東籬下,悠然見南山」的中國讀者,震撼更是強烈!在他的分析裡頭,悲劇—田園思想—人文主義連線一體,都高舉著人本中心的大旗,是生態危機的禍源。人類學上的田園時期,大約是公元前8500-6500這段期間,乃是遊牧時期結束而農業時期即將到來的中間期,不是西方田園文學上的「詩情畫意時代」(poetic age)。不過遊牧時代的結束主因是人類已經學會了豢養動物,種植植物,維生的資源比較穩定,開始定居,發展文明,但也因而比較大規模的改變荒野環境,帶來了第一波的生態浩劫。很顯然的,人類學對田園和

農業的理解，跟田園文學的詩意想像，大相逕庭。

田園的詩意想像，古已有之。在古羅馬詩人維吉爾（Virgil, 70-21 BC）的《詩選》（*The Eclogues*）給田園詩奠定風格之前（一版，81），古希臘與荷馬同時代的黑席歐（Hesiod，約 750-650 BC）的《勞動與時光》（*Works and Days*）和晚些的希俄克里德斯（Theocritus, 70-19 BC）的《小調》（*The Idylls*）都是田園牧歌的經典先河。黑席歐把人類的歷史分為五個時期，從天堂似的黃金時代到他身處的墮落黑暗的鐵器時代，但在緬懷已經逝去的黃金時代之餘，他提倡勤勞守份的農耕田園生活，期待美好時光的復返。這個田園模式的勤勞精神，跟韋伯（Max Weber, 1864-1920）所說的清教徒的工作倫理都是屬於同一個傳統。不過希俄克里德斯的影響可能更大，他的作品給維吉爾提供了藍本，阿卡迪亞（Arcadia）這個牧神潘安（Pan）和田園牧歌的原鄉，也成了維吉爾的「故鄉」了。田園想像的迷人，看看今天有多少西方小鎮都以阿卡迪亞為名，便可見一斑。我們也不能忘了聖經裡的伊甸園，它雖然只是亞當與夏娃的小庭小院，卻提供了傑弗遜建構美國大陸田園的藍本，是惠特曼歌頌的「亞當之子」純潔無邪的家園。公元前 44-38 的羅馬，當然也是黑席歐所說的黑暗的鐵器時代，因凱撒被暗殺而引起的動亂，使維吉爾把政治和社會因素帶入了他正在寫作中的牧歌，給這個文類定下了調子，而這個因素顯然影響了米克對田園文學的詮釋，從貴族們逃離城市（羅馬），跑到鄉村（阿卡迪亞）去尋求自然的療癒這個戲碼中，整理出與悲劇相似的意識形態。

「田園思想盛行於都市發生危機的時候」，米克這樣說（一版，85）。在動亂的時代，逃難逃的往往是人禍，所以避難的主要模式就是逃離人群聚居的城市和文明，躲入沒有人煙的自然或者人煙稀少的鄉村，因為自然豐饒美好，和諧平靜，純潔而療癒，滿足了田園主義者的烏托幻想（pastoral fantasy，一版，81）。但是田園田園，不

管是田（farm）或是園（garden），這個迥異於狩獵的農業經濟模式，並不是原始的自然面貌，並不是原生態，都是經過人工整容過的世界。在給自然整容的過程中，工具——或者叫它機器，這個入侵並毀掉伊甸園的蛇妖——的使用是必須的，因為機器給予人類「教化自然的力量」：野草毒草必須清除，危險的動物必須射殺或驅趕，土地必須耕耘播種，牧地必須餵養牛羊馬群，灌溉系統必須架設，等等。所以「田園不是自然的真面目，而是人類整理過的自然」（一版，89；三版，57）。類似的話語米克一再的重複，似乎是怕讀者沒看明白他的立場：「田園交響曲是一首徹底被馴服了的音樂，完全環繞著人的主題而鋪陳。它的中心意象——農田，園圃，牧地——揭露了自然是在為人，農人與耕夫，而服務……田園價值觀所榮耀的是人類中心的農業，除了人類強施於它的屬性之外，還死硬的排拒了自然有任何獨立品格的可能性」（一版，90-91；三版，57-58）。

　　米克對悲劇和田園文學的詮釋可能是生態專業的立場多於文學研究的訓練。悲劇的超越道德觀和田園文學「整容」整出來的人與自然的和諧，都是主宰性的人類中心主義，終究成為自然的大患，導致了今天的生態危機（和已經降臨的地球暖化）。要扭轉這個危機，要拯救地球——記住，這是個目的性強大的使命——米克轉向了價值完全對立的另一個傳統，不講求目的與道德的喜劇浪人傳統（the comic-picaresque），滿懷傳道的熱誠推廣他的「遊戲倫理」。

　　對於浪漢（the picaro）而言，對於身處生態危機中的米克而言，這個世界永遠屬於鐵器時代。迥異於出身高貴的田園詩主角，浪漢小說（the picaresque fiction）裡的主角浪漢，他的出身卑微，一生貧困，孤獨無助，必須憑藉自己的能力以求活命，不斷的為生存而奮鬥，渡過一關又一關，沒完沒了。他類似金庸筆下的韋小寶而不是喬峰或郭靜，沒有理想，沒有目的，不講道德義氣，當然也不講究愛不愛國——何勒（Joseph Heller）的二戰小說《左右為難》

(*Catch-22*)裡的主角,飛行員尤薩里安(Yossarian),他最在行的就是逃避責任以求活命,「所謂敵人⋯⋯就是任何會讓你喪命的人,管他是哪一國的⋯⋯對與錯,善與惡,朋友或敵人,在活命艱難的戰爭裡頭,都成爲沒意義的命題」(三版,63)。悲劇和田園英雄講求道德,但是浪漢講求不起。道德是危險的,是礙手礙腳的,「因爲它限制了他的彈性」,他唯一的目的,唯一的道德就是生存:「如果生存是個道德原則,那他熱烈的擁抱它」(一版,113;三版,70)。

儘管如此,米克終究是把浪漢刻畫成喜劇之道的聖人。不管是悲劇英雄,田園貴族或者喜劇浪漢,都活在同一個世界,面對同一個環境,但是態度絕然不同:悲劇派不接受這個世界,不是想超越就是想逃避,結果不是一將功成萬骨枯便是陷入沮喪絕望、自怨自艾的境地,但是喜劇浪漢不逃不避、不怨天不尤人,而是接受它面對它,設法改變自己去適應現實環境,而不是強要環境來適應他。米克反覆強調浪漢克魯爾(Felix Krull)的座右銘,「眞正愛這個世界的人改變自己來討好它」,而這個世界,包括「人類和自然」(三版,66,69)。在他討論的另外兩部浪漢小說裡,十七世紀格里馬斯豪森(Grimmelshausen)的《天眞的純童》(*Simplicius Simplicissimus*)和二十世紀湯瑪斯曼恩的《騙子費里克斯・克魯爾懺悔錄》(*Confessions of Felix Krull, Confidence Man*),浪漢和動物的關係十分親和。純童爲了求生曾經僞裝成鵝和小牛,他的親和感來自觀察和體驗,他讚美「牠們有人所缺乏的溫和,環境責任,跟平和⋯⋯因爲跟他一樣,牠們活在當下,沒有自我欺騙的幻想」(三版,62)。而克魯爾的認同則來自演化的科學證據,參觀里斯本自然博物館使他充分的認識到,生物的演化,從原始的頭足類動物到人類,是一體連貫的,「人類來自於動物,就如有機物來自於無機物。當中加了點東西」(三版,69)。這一點多出來的東西就是人類更高的智力,但是這個智力並不能使人類脫離動物性,只能讓他成爲比

較好的動物（三版，62）。浪漢小說裡一再的把主角和動物相提並論，要強調的便是浪漢接受「生物性限制」這個生命的本質，表達的不是生命的卑賤，而是「妥當的行為模式」，頗有一點兒以動物為師的味道（三版，68）。永遠困居於鐵器時代的人類，文化上的止殺戒律阻止不了同類相殘，燒殺擄掠，然而動物，尤其是具有尖牙利爪致命性武器的兇猛動物，在與同類相鬥時，卻具有演化所賦予的「轉移敵意標的」（redirection of aggression）本能，點到即止，避免傷害同類性命（一版，64-67，142-144；三版，40-43）。此外，純童和克魯爾為了求生而不斷變換角色——弄臣，牧師，士兵，醫生，動物；電梯伺童，餐廳跑堂，皮條客，貴族（三版，61，67）——正表達了浪漢的生命演員本色，「他是個演員，扮演眼前情境下妥適的角色」（三版，67），帶出了永恆遊戲的喜劇「浪義」：浪漢人生是個「持續的過程，或許沒有意義，卻是萬分有趣」（三版，71），「是一齣永恆的戲，沒什麼贏的希望，但卻充滿著讓戲持續演下去的熱情」（三版，73）。

　　大不同於人生如戲的消極虛無，這個為戲而戲的喜劇人生所鋪陳的宇宙「新故事」卻是，借用一句中國成語，「天人合一」的至高境界。在三版第六章〈新的故事〉裡，米克總覽了當時演化心理學、認知動物行為學和其他相關的生物科學的前沿研究，基本上肯定了動物具有心智、語言和思考等原本以為只屬於人的能力，打通了人與獸的界線，呈現了萬物一體的宇宙秩序，而其關鍵的因素便是生物演化過程中自然產生的，也是但丁的天堂導師碧翠絲（Beatrice）所說的，本能：「尋求秩序是宇宙萬物內生的本能」，它把「大地連成一體」（三版，98）。對於米克而言，這個內生的本能當中最為關鍵的，乃是生物的喜劇和遊戲本能，它是連結地球的共通語言：「然而在我情感和心靈的深處我知道，要在這個星球上做個自由的動物，遊戲和喜劇佔據著接近核心的位置，我知道遊戲把人類和許多

別的物種連結了起來，而這些現象已經存在幾百萬年了。喜劇和遊戲乃是地球共同語言的重要成份」（三版，82）。這個共通的語言，把人類從但丁《喜劇》（Comedy）裡的地獄而煉獄，提升到了天堂。從悲劇—田園模式的地獄到浪漢—喜劇的天堂，這個距離超過天與地之別，但是米克跟但丁一起完成了這個旅程——但丁之於米克，有如維吉爾和碧翠絲之於但丁了。但丁的《喜劇》，十六世紀被改名為《神聖喜劇》（Divine Comedy，中文通稱《神曲》），從此這個名稱流行於世（三版，88）。[9] 米克的言下之意，似乎冠上「神聖」的形容詞便會影響它的喜劇性質。這確實是個可以進一步討論的問題。米克書中討論的悲劇，如索弗克里斯的《安媞葛妮》和莎士比亞的《哈姆雷特》都是戲劇（drama, play），但是他討論的喜劇，卻主要是小說（fiction），就是他最推崇的但丁的傑作也不是以戲劇的形式出現。那麼我們是不是可以這麼理解，他所謂的喜劇是重其神而輕其形？的確，不管悲劇還是喜劇，英文都叫"play"，都是「戲」。米克一再的強調，浪漢是孤獨無助的，不講道德義氣的，他的聰明才智是用來編織騙局以渡過一個個難關、保住生命的，哪顧得到什麼理想不理想，道德不道德。不過在真實的世界裡——不是娛樂世界——不停的絞盡腦汁、使盡渾身解數只求能保住性命，真的是「萬分有趣」？真的是鼓舞了他的熱情，要讓這齣悲慘的喜劇「持續演下去」？這麼一個浪漢，如何使得生態危機中瀕臨滅亡的世界獲得救贖？我們很難想像，有維吉爾（別忘了他是田園詩的集大成者）和聖潔美女碧翠絲為導師神遊地府和天堂的但丁，是個孤獨無助的浪漢，是另一個克魯爾，尤薩里安或純童。天堂確實是個遊戲的「天堂」，是個最好的喜劇舞台，讓但丁們為演戲而演戲——那是米克

---

[9] 關於《神曲》名稱的討論，可參考 https://literature.stackexchange.com/questions/22787/why-is-dantes-magnum-opus-called-a-divine-comedy (Retrieved 9/20/2023).

眼中演化的最高道德原則——把生命過成無盡的遊戲。只是舞臺上我們似乎看不到克魯爾，尤薩里安和純童。看樣子浪漢是進不了天堂的，在但丁和他們之間有著一道跨不過的、和地獄-天堂等寬的鴻溝。我們自然也就無法指望浪漢能憑著永恆的遊戲引導苦難的眾生進入天堂了。

四

梭羅為了做一隻公雞吵醒他的鄰居而寫了一本書，一本教人如何在自然中簡樸生活的超越主義生活手冊，被身處生態危機中的後人視為聖人，而中國讀者在崇拜之於，更感到無比的親切，認為他的思想跟道家精神一致。清醒，而不是生存，更不是動物層次的生存，是他思想的核心概念，因為不清醒等於死亡，所謂道德革新就是要甩掉睡眠。所以他的清醒是道德意義上的，不是生物意義上的，是修煉得來的，不是演化的自然產品。梭羅雖然勤於觀察和紀錄自然現象，接近現代意義的生態學家了，但是他的「自然事實」（natural facts）不是最終的意義和價值，而是對應愛默生更高層次的「精神事實」（spiritual facts），是要「開出真理之花」（"to flower in a truth"）的（"Natural History of Massachusetts"）。看樣子，崇尚個人至上的梭羅是站隊到悲劇—田園派那一邊的，怪不得米克在他的喜劇裡頭不給他任何角色，在《生存的喜劇》裡梭羅的名字一次都沒有出現，提都不提。

同樣的，米克寫書也是有動機的。因為關心生態環境的惡化，所以他寫書闡述喜劇的遊戲倫理以期拯救世界。米克的遊戲倫理是從生物演化的角度演化出來的環境倫理——叫它生態美學也行——跟悲劇-田園模式的工作倫理一樣，是一種意識形態，一種人生觀，更是一種信仰。作為一個達爾文主義者，他接受演化與基因在

建立生物界秩序的關鍵地位,而引導演化行為和方向的是無心無腦的基因的盲目遊戲本能,不是人文主義者引以為傲的什麼自由意志及其道德原則(三版,78)。生態演化的隨機性和漫無目的,讓米克特別感到欣慰:「我特別欣慰地注意到,演化不依目標目的而進行。生態演化和天然選擇都是無目的的過程,很機會主義的、很有創意的以當下的狀況和形式,創造出能妥善適應特定時地的新生命形式。它們跟遊戲一樣沒有目的而且自然」(三版,107)這個在生態演化過程中「遊戲」出來的秩序,內生、自然、自主、和諧,在米克的詮釋下,成為但丁《喜劇》中物我一體的天堂,被生態主義者奉為最高的價值。米克的遊戲主義是他對生態中心意識的闡釋,物我一體,以獸為師,以野為美,但是不管如何「本能」,既云「倫理」,已落言詮,開啟了文化價值生產的序幕。他在第三版第二章一開始(頁12-15)舉了一個親身的經歷來說明喜劇之道。在阿拉斯加當國家公園巡守員時,他觀察到一隻北美馴鹿剛產下的小鹿被大灰熊吃掉了,然而這個動物母親並沒有跟灰熊拼命(因為牠拼下去只是陪了自己的性命),在短暫的悲傷激憤行為之後便趕回牠因生產而暫時離開的鹿群,若無其事的繼續牠的遷移行程。這個小故事,不見於第一、二版,但前兩版一樣強調喜劇的「生物性」和生物的「喜劇性」,強調喜劇和生物的相通,以存活為最高的道德:「對演化和喜劇而言,沒有比生命更神聖的東西」(一版,34;二版,46)。而在第三章討論「不道德的自然」時,他更進一步的說,如果伊底帕斯是一條狗,又或者如果他不硬去找出真相,那麼便不會有悲劇(一版,46;三版,27)。這兩個故事想表達的,不就是喜劇生物性的以獸為師?然而這個動物行為的普遍性,卻不是沒有例外的,是可以質疑的。元好問〈雁丘詞〉所記的秋雁殉情,「問世間情是何物,直教生死相許?」不正是完全相反的、非喜劇的行為?同樣的,他的喜劇的生物價值,跟儒家以「仁義」這個「不自然的道德」

區分人獸,也是兩個完全對立的體系。米克視為不自然的道德,在儒家的體系裡卻是再自然不過的:「人之所以異于禽兽者幾希,庶民去之,君子存之。舜明于庶物,察于人倫,由仁義行,非行仁義也」(孟子,离娄下)。仁義是自動自然的施行,不是被動的由人去勉強推行的。仁義道德倒更像是中國的「遊戲倫理」。所以我們看到了文天祥〈正氣歌〉的「當其貫日月,生死安足論……鼎鑊甘如飴,求之不可得」:這個不自然的、文化的道德,只怕比以維護自身生存為最高道德的、自然的浪漢遊戲倫理,更有助於捍衛族群的生存。

不但如此,在賣力地邁向天堂的詮釋過程中,過度的「管理」卻反而讓人——至少讓我這個多半懷有偏見的讀者[10]——看到他的世界裡充滿了二元對立與抗衡,基因與道德的戰爭,演化與文化的對峙,喜劇與悲劇的相殘。遊戲主義者本能性的動物崇敬(以獸為師),跟田園主義者對「高貴的野蠻人」的浪漫想像,都是同一個心態的投射,並沒有認真的理解獸與「野蠻人」真實的生存戲劇。其實米克對田園的負面詮釋,也不是沒有可商榷之處。如果秩序是一種喜劇的遊戲本能,那麼田園的井然有序不正表現了人類追求秩序的本性?田園居於原始自然和文明之間,你說它是上不著天下不著地的虛懸、退落,但何嘗不也可說它是人類生產文明過程中——人類演化過程中生產文明,就如婦女產子,也是生存本能的展現,是真正的生存喜劇——必要的和合,一方面是對根的戀眷,展現了不忘本的初衷,一方面是繼續生活,表達了前行的必要。史迪文斯(Wallace Stevens)在〈瓶子的故事〉("Anecdote of the Jar")和〈基微思序〉("Idea of Order at Key West")等詩裡頭對自然,文明,秩序的詮釋,不是沒有見地的。[11]的確,我們很難想像,連陶淵明的

---

[10] 令我感到訝異的是,二十年多前初讀米克時對他的觀點是讚賞的,今日再讀,竟是如此不同。時也,境也,心也?

東籬採菊、悠然南山的田園自然意境，都要被視爲生態環境危機的根源。文化的形成不是一朝一夕的事，它一樣也須要漫長的演化過程，雖然在時間上不如生物演化的「幽深」（deep time）漫長，但它的目的卻更具多樣性，除了生存之外，還有德、美、眞、善等等「不自然的道德」和價值。換句話說，「不自然的道德」是文化／文明演化過程中的「內生」產物，提供了行爲的指針。

梭羅兩年多的湖濱簡樸生活，映照出儒家知識分子窮則獨善其身、悠遊林下的夢想——只不過，他的高傲精神貴族傾向，他的極端個人主義信仰，缺乏儒家達則兼善天下的志趣，在大爭之世的情勢下，只怕不利於種群的生存，更別說其他。米克強烈的生態危機意識讓他挺身而出，批判悲劇—田園價值，但卻把浪漢的悽悽惶惶浪漫化成天堂的遊戲倫理、種群存活的利器，忘卻了他自己建立的浪漢與「鐵器時代」的共生關聯。永恆的「鐵器時代」產生了「黃金時代」的夢想，但卻無補於生存的追求。遊戲倫理做爲天堂居民修心養性的個人生活指導，自然妙用無窮。問題是，我們都不在天堂，我們都還在爲溫飽，爲活命掙扎。米克自己也意識到這一點，所以他給遊戲倫理訂了先決條件：「遊戲必須的先決條件是，任何一個系統，不管是人類的還是自然的，都得有一定程度的健康。必須有足夠食物和力氣能源，除了維持活命的最低需要之外，能撥出一部分做其他使用」（三版，115）。原來遊戲是要建築在活命的基礎上面的，而不是能夠幫我們活命的法寶。但是活命的先決條件如何產生？是自然演化而來，還是——在人類社會裡頭——得依賴「不自然」的人爲的文化政治經濟行爲去創造？如果是後者，那麼米克

---

11 請參見林耀福，〈生態深深深幾許？漫思所謂「生態詩」與生態意識〉，梁一平主編，《生態深深深幾許：人類世中的文學想像與生態批評》（台北：書林出版有限公司，2023），31-57。

的這句話就更加讓人徬徨了:「我們哺乳動物,跟鳥類一樣,過著遊戲和喜劇的生活已經差不多兩億年了。沒有必要去學習怎麼遊戲,因為這個知識已經深入我們的骨髓和基因裡了」(三版,104)。所以,遊戲倫理是躺平哲學嗎?既然是已經深入骨髓的本能,不必刻意學習,為什麼還費心費力的寫書,苦口婆心的要「鐵器時代」的「浪漢」眾生引為求生的守則,當做進入天堂的敲門磚?今天的「鐵器」鏽味更濃,流氣更重,就因為有人以獨霸天下為最高的道德,肆無忌憚,無所不用其極,嚴厲的威脅了我們的生存。如果把米克的喜劇遊戲倫理奉為生存的圭臬,只怕適得其反,更容易引來蛇妖的入侵,比悲劇英雄更容易遇見死亡 —— 整個種群一起被消滅的亡國滅種。在這個語境下,尤其是在英語話語霸權壟斷各個領域的現況下,引進他山之石更必須考慮到我們自己文化水土的健康。我們需要的不是象牙塔裡的白日夢,而是現實主義的生態批評。

作者簡介
（依文章順序）

馮品佳

　　美國威斯康辛大學麥迪生校區英美文學博士，陽明交通大學外文系暨外國文學與語言學研究所終身講座教授，亞裔美國研究中心主任以及醫療人文跨領域研究中心主任。曾任教育部國家講座主持人，交通大學教務長，交通大學副教務長，外文系系主任，交大電影研究中心主任，美國哈佛大學 Fulbright 訪問學者，中華民國比較文學學會理事長（2005-2008），中華民國英美文學學會理事長（2009-2011, 2014-2015），國科會外文學門召集人，史丹佛大學人文社會中心國際訪問學者，以及中央研究院歐美所合聘研究員（2011-2021）。曾獲得 2021 年第 26 屆斐陶斐榮譽學會傑出成就獎，2019 年獲得教育部國家講座，2015 年第 59 屆教育部學術獎，2007 年、2010 年與 2013 年國科會傑出研究獎，第一屆中央研究院人文及社會科學學術性專書獎。研究領域包括英美小說，女性書寫，離散文學，文化研究，少數族裔論述，醫療人文及電影研究。論文發表於《歐美研究》、《中外文學》、《英美文學評論》、*Asian Journal of Women's Studies*, *Contemporary Women's Writing*, *Feminist Studies in English Literature*, *Inter-Asia Cultural Studies*, *MELUS*, *Tamkang Review* 等國內外期刊。著有中外專書數本；譯著有 Love 以及《木魚歌》。

梁一萍

美國麻州大學安城分校美國研究博士,現為臺灣師範大學英語學系優聘教授,曾任中華民國文學與環境學會(ASLE-Taiwan)理事長。學術專長領域包括生態批評、美國文學、族裔研究、亞美文學、批判島嶼研究、原住民文學。著有專書《鬼舞:原住民誌異芻論》(*Ghost Dances: Toward a Native American Gothic*, 2006),編著《生態深深深幾許:人類世的生態批評與文學想像》(2023)、《蘑菇雲:軍事主義與東亞生態文學》(2021)、《亞/美之間:亞美文學在臺灣》(2013)等。另有中、英文論文四十餘篇等。

黃心雅

美國伊利諾大學比較文學博士,現任中山大學外文系特聘教授。曾任中華民國科技部科教發展及國際合作司司長、中山大學文學院院長、教務長、學務長,以及中華民國英美文學學會理事長。現為 *Journal of Transnational American Studies*(University of California, E-Scholarship)、*Verge: Studies in Global Asias*、Routledge Research in Transnational Indigenous Perspectives、Bloomsbury "Literatures as World Literature" Series(London)編輯顧問、Humanities for the Environment (*hfe*) Asia Pacific Observatory 召集人。研究涵蓋跨國主義、美國少數族裔文學、原住民文學、跨太平洋島嶼文學,以及環境人文等相關議題。

張雅蘭

淡江大學英文系博士,現任臺東大學英文系教授。曾任華梵大學英文系系主任。主要研究領域包括英美文學研究、批判植物研究、生態女性主義、自然療癒、醫療環境人文主義、物質生

態批評、環境正義和行動主義、以及批判動物研究。論文發表於 *Neohelicon*、*Humanities (MDPI)*、*SARE: Southeast Asian Review of English*、《中外文學》、《英美文學評論》。近期主要著作包括〈一個完美的死亡地點：論范桑（Gus Van Sant）《樹海》中的生態誌異、黑暗和甜蜜〉（SARE：東南亞英語評論，2022）、〈在新冠病毒時代「重構照護」：論兩位醫生農夫的視食物為藥物〉（Bloomsburry 醫學環境人文學手冊，2022）、〈「微非不足道」：論吉兒伯特《萬物印記》中的苔蘚、性別和墾殖世〉（《英美文學評論》，2023），以及〈享受飲食的樂趣：葉怡蘭與李子柒的另類享樂主義〉，《人類世的食物景觀》，2024 年，第 127-158 頁。

周序樺

美國南加州大學比較文學博士、美國紐約州立大學英美文學碩士，現任中央研究院歐美研究所副研究員。曾任中研院歐美所助研究員、中山大學外國語文學系副教授、助理教授以及環境與文學學會秘書長等職務。主要研究領域為美國環境文學與環境論述，近年學術志趣包含美國有機農業文學與文化、後殖民環境論述、亞裔美國環境書寫等。論文主要發表於 *Concentric*、*MELUS*、*Comparative Literature Studies*、《英美文學評論》等國內外學術期刊與專書。目前正撰寫英文專書 *Reworlding Transpacific Agriculture and Environmentalism*（書名暫定），本書主要探討美國二十世紀初起至今五個有機農業文學與文化重要的浪潮與方向，思考有機農業如何在反工業主義的過程中，結合生態學、土地倫理、嬉皮反文化運動、正念信仰、城市規劃、少數族裔抗爭等，成為氣候變遷與人類世之下的一種淑世倫理與方法。2019 年，與歐美所二十餘位同仁成立「種種看公民有機農場」。

吳保霖

國立彰化師範大學科技與兒少英語研究所專案助理教授,畢業於彰師大英語系、台大外文研究所碩士、美國威斯康辛大學麥迪遜校區英文系美國文學博士。研究領域為美國早期和十九世紀文學、美國超越主義、荒野與國家公園研究、美國環境史與環境正義、民權運動與美國多元種族環境研究,對於環境人文研究領域中的種族議題特別感到興趣。

許立欣

英國愛丁堡大學英美文學博士,現任政治大學英文系教授。學術專長以艾蜜莉・狄瑾蓀研究,浪漫主義研究,生態評論,十九世紀跨洋文學與文化研究,以及臺灣當代新詩研究為主,其著作發表於與艾蜜莉・狄瑾蓀以及浪漫主義研究之相關重要國際期刊。曾擔任其系上國際文學期刊「文山評論」主編,目前擔任政治大學外語學院「外國語文研究」期刊主編一職。目前參與臺灣環境與文學協會理事會,以及主持國科會資助之「台灣人類世讀書會」,積極推動環境與文學相關學術活動,並自 2018 年起,即加入美國國際艾蜜莉・狄瑾蓀理事會,目前主辦狄瑾蓀協會與政治大學英文系「啟蒙與浪漫主義」研究團隊於臺北聯合舉行之 2025 年狄瑾蓀暨文山國際會議,主題為「狄瑾蓀與生態」。

蔡振興

臺灣大學外文所比較文學博士。現任淡江大學英文系教授、中華民國文學與環境學會(ASLE-Taiwan)理事長。曾任淡江大學英文系系主任、中華民國比較文學學會理事長、中華民國英美文學學會理事長,以及 *Tamkang Review* 和《英美文學評論》主編。主要研究

領域為史耐德研究、全球暖化論述、生態論述與醫療人文研究等。論文發表於 *Comparative Literature Studies*、*Neohelicon*、《中外文學》、《英美文學評論》、《歐美研究》和《中山人文學報》等國內外期刊。主要著作有 *Gary Snyder, Nature and Ecological Communication*，以及《生態危機與文學研究》（榮獲第八屆中央研究院人文及社會科學學術性專書獎）。主編《生態文學概論》、*Key Readings in Ecocriticism*（合編），以及《文學薪傳：臺灣的英美文學研究（2001-2022）》等。

蘇榕

台灣師範大學英美文學博士，現任台灣師範大學英語系副教授。曾任《同心圓：文學與文化研究》主編、科技部人社中心訪問學者、美國加州大學洛杉磯校區訪問學者。研究領域包括後殖民研究、當代英語小說研究、城市文學、離散文學、亞美文學、醫療人文等。學術論文發表於《同心圓：文學與文化研究》、《英美文學評論》、《中外文學》、《台大文史哲學報》、《歐美研究》等刊物，以及收錄於國內外出版之中英文專書。

林耀福

美國明尼蘇達大學美國研究博士，專長為美國文學、英美詩歌，美國文藝復興、生態文學、生態批評等。曾任台大外文系系主任、台大文學院院長、淡江大學外語學院院長等職。曾於 1980 年代後期應江丙坤與王建煊先生之邀，開創並主持外貿協會在新竹的英語訓練營（俗稱「魔鬼訓練」），於 1990 年代擔任台大語言訓練測驗中心（LTTC）的「全民英檢」（GEPT）計畫召集人長達十年，並於台大文學院長任內收回台大校內的「史丹福中心」改設台大「國

際華語研習所」(International Chinese Language Program)。林教授早於 1980 年代便在台大外文系開設生態批評課程，1999 年接任淡江大學外語學院院長職務後，更著手規劃淡江大學英文系的生態批評課程，並於 2000 年創立「淡江國際生態論述會議」，2002 年創辦《生態人文主義》(*The Ecohumanist*) 期刊，復於 2010 年推動「海峽兩岸生態文學研討會」，並於同年創立中華民國文學與環境學會。林教授推動生態批評與生態文學在國內的研究教學，可謂不遺餘力，影響深遠。

索引

A

Adorno, Theodor 阿多諾 41
agency 動能 5, 6n, 8, 13, 17, 41, 45, 48, 62, 88, 123, 140, 267
agential cuts 動能事件 8
Alaimo, Stacy 阿萊默 94n, 95-96, 96n, 97, 102-06, 112, 116, 116n, 117, 119, 121, 123n, 124, 129, 235, 235n
　trans-corporeality 跨物質性 95-97, 102, 104, 116-17
alienation 異化 48, 75, 87, 100, 102, 187, 264n
android 仿生人 25, 32, 32n, 33, 36
Anthony, Ted 安東尼 294
Anthropocene 人類世 9, 14, 16-17, 27, 33, 39, 42n, 46n, 47n, 66-68, 75, 76n, 91, 95, 95n, 101, 126, 136n, 177, 179-83, 193-94, 196, 199-201, 207-09, 209n, 210, 210n, 211, 211n, 212-13, 213n, 214n, 215, 215n, 216-17, 217n, 218, 218n, 222-23, 223n, 234-39, 312n
apocalypse 末世 22, 40, 42, 42n, 43, 55, 66-68, 99, 101, 125, 182, 211, 213n, 217, 217n, 239
Atwood, Margaret 愛特伍 101-02, 125
　Oryx and Crake《末世男女》101, 125

B

Beauvoir, Simone de 西蒙波娃 259
Beck, Ulrich 貝克 96, 116n, 123
　risk society 風險社會 95-96, 100, 116, 116n, 122-23, 127
Blow, Peter 布洛 14, 39, 55
　Village of Widows《寡婦村》14, 39-41, 46, 49-51, 51n, 61, 64, 64n, 66
brain plasticity 大腦可塑性 259, 259n, 260, 263, 267
Buell, Lawrence 布伊爾 2, 98, 296
　Writing for an Endangered World《為瀕危的世界而寫》2, 4, 126
Butler, Judith 巴特勒 41, 60
　interdependency 相互依存 41, 60-62, 65

C

Camus, Albert 卡繆 219, 219n, 237
　La Peste《瘟疫》219
Caruth, Cathy 卡露絲 40

Chakrabarty, Dipesh 查克拉巴提 74, 181, 211-13, 213n, 214-15, 237
Changing Difference《改變差異》264, 288
"Christianity is themost anthropocentric religion the world has seen." 人類中心主義 3-4, 75, 116, 150, 183-84, 189, 193, 199, 302, 305
Chivers, Sally 琪佛絲 242
"city upon a hill"〈山上佳城〉3-4, 17, 150, 291, 294
"Civil Disobedience"〈不服從論〉137, 297-99
Clifford, James 克立佛 48
companion plants 好朋友作物 139
Critical Plant Studies 批判植物研究 84, 85n
Curtis, Mark 寇提斯 79, 79n
a cytokine storm 細胞激素風暴 230-32

D

Dalí, Salvador 達利 21-22, 27-31, 31n, 32-33, 33n, 34-35, 247, 253, 256, 268
deep stories 深層故事 53
DeLoughrey, Elizabeth 狄勞瑞 45-46, 46n, 47-48
Derrida, Jacques 德希達 43-45, 83, 264-65
　"No Apocalypse, Not Now"〈非末世，非當下〉43, 67

E

The Eclogues《詩選》304
EcoGothic 生態志異 180, 180n, 181-83, 189-90, 193, 196, 199-200, 204, 207-08,
ecopopulism 生態民粹主義 119
Eldorado 埃爾多拉多 50, 52, 57, 63
Emerson, Ralph Waldo 愛默生 147, 297-99, 309
entanglement and intra-action 纏合與內動 8
environmental justice 環境正義 45, 94n, 95, 105, 112, 126, 143,
ethico-onto-epistem-ology 倫理—本體—知識體系 6n, 8

F

First Nations 第一民族 39, 51, 55, 58n, 59, 62, 63n, 64-65
food movement 食物運動 135, 135n
food production 食物生產 133, 135, 138
Fort McMurray 麥克默里堡 52

G

Garrard, Greg 賈拉德 98
Ghosh, Amitav 戈許 106, 106n, 128
　The Hungry Tide《飢餓的海潮》106, 106n, 128
Glissant, Édouard 葛里桑 73
global obligations 全球義務 41, 60-61, 65

grievablility 可悲慟性 60
Grove, Richard 葛若夫 77

H

Haraway, Donna 哈洛威 73-4, 215n
Heise, Ursula K. 海瑟 96-97, 105, 106n, 217, 217n
"Heliotropes"〈太陽隱喻〉46, 67
Highway of the Atom《原子公路》51, 51n, 52-54, 68
Horkheimer, Max 霍克海默 41
　Dialectic of Enlightenment《啓蒙辯證》41

I

intertextuality 互文性 22, 32
Ishkawa, Noboru 石川登 75

K

Katz, Stephen 卡茲 242
Kristeva, Julia 克麗斯緹娃 259

L

Lowe, Lisa 駱里山 40, 40n
Los Alamos 洛拉漠 51

M

Mahbubani, Kishore 馬凱碩 11
The Man Died Zone 曼迪德特區 22, 27-28

Marder, Michael 摩德 85
Media Watch《媒體觀察》278, 288
Meeker, Joseph 米克 13, 291-92, 292n, 294-95, 299-311, 311n, 312-13
　Comedy of Survival《生存的喜劇》13, 292, 292n, 299-300, 309
Merchant, Carolyn 麥茜特 140, 158, 160
Miller, Perry 米勒 144, 291
Miyamoto, Yuki 宮本 43-44
　Beyond the Mushroom Cloud《蕈狀雲之外》43
Muir, John 約翰・繆爾 14, 16, 147-51, 153-154, 154n, 155-63, 163n, 164-66, 168-75
"The Myth of Isolates"〈阻隔的神話〉45, 67

N

nature's nation 自然的國度 3, 291
Needham, Joseph 李約瑟 179
Nixon, Rob 尼克森 47, 94, 94n, 106n, 107-08, 118, 122, 147, 168
　Slow Violence and the Environmentalism of the Poor《慢性暴力與窮人環境主義》47, 94n, 174
nuclear Pacific 核化太平洋 42-43, 45, 48, 67

O

organic farming; organic cultivation 有機農業 137-39, 140n
Orville Schell 謝偉 11

P

Parsons, Henry 亨利・帕森斯 222
permaculture 樸門 138
photosynthesis 光合作用 143
planetary thinking 星球思維 45
Plant Blindness 植物盲 85
The Plantationocene 墾殖世 14-15, 71, 74-76, 78-79, 88, 90
postcolonial ecocriticism 後殖民生態批評 88, 94n, 105, 106, 106n, 107, 127
primal scene 初始場景 242
the proto-self 元自我 263

R

radiation 輻射生態 14, 39-41, 46, 46n, 47, 47n, 48-49, 51, 55, 57, 60, 67
radiation ecology 輻射生態學 46-47
relation of intimacy 親密關係 40n, 41, 49, 61, 63, 87, 178-79, 200
rooftop farming 屋頂農場 138, 141
Roy, Arundhati 阿蘭達蒂・洛伊 143, 146
Ryan, John Charles 瑞恩 85-86, 90-91
  Southeast Asian Ecocriticism《東南亞生態批評》85, 90-91

S

Seminary 仙覓那里 17, 131-32, 141, 142, 142n, 144-45
sense of planet 全球視野 97, 127
sericulture 養蠶業 179, 201, 204, 206
settler colonialism 定居殖民主義 55, 58n, 64
Sinha, Indra 辛哈 14-15, 93, 94n, 97-102, 104, 104n, 108-16, 116n, 117-21, 123-25
  Animal's People《據說，我曾經是人類》14-15, 93, 94n, 97, 99, 101, 103, 104n, 107-09, 113, 123-25
Solnit, Rebecca 麗貝卡・索尼特 137, 165n, 170
Sontag, Susan 桑塔格 219-20, 220n
spiritual facts 精神事實 309
spirituality 靈性 136
Spivak, Gayatri Chakravorty 史畢娃克 45
State of Emergency《緊急狀態》14-15, 71, 73-74, 79-81, 83-84, 86, 88, 90-91
Stevens, Wallace 史迪文斯 311
  "Anecdote of the Jar"〈瓶子的故事〉311
Stroermer, Eugene F. 史多莫 209-10
  "The Anthropocene"〈人類世〉46n, 67, 76n, 91, 126, 136n, 181-82, 207-09, 209n, 210, 211n, 213, 213n, 214n, 215n, 217n, 218n, 223n, 237-39

sublime 雄渾 14, 16, 42, 42n, 69, 147-51, 151n, 152, 152n, 153-54, 154n, 155, 157-58, 159n, 168, 171-75

T

Thoreau, Henry D. 梭羅 131, 137, 144, 146-47, 164, 291, 294, 296, 296n, 297-300, 309, 312
　Walden《湖濱散記》131, 144, 146, 164, 296, 296n, 297-98, 300
Tiang, Jeremy 程異 15, 71, 73, 80-81, 83, 83n, 87
toxic colonialism 毒物殖民主義 109
Tsing, Anna L. 安娜清 73, 75-76
the Turing Test 圖靈測驗 33
the two cultures 兩種文化 243, 243n, 288
Tylor, M. W. 泰勒 225

U

Uranium Highway 鈾道 51, 67
urban farming 城市農業 136n, 138

V

Venkatesan, Sathyaraj 范卡特杉 278
Village of Widows《寡婦村》14, 39-41, 46, 49-51, 51n, 61, 64, 64n, 66

W

Weber, Max 韋伯 304

What Should We Do with Our Brain?《我們該用大腦來做什麼？》259, 265
White Jr., Lynn 懷特 3, 302, 302n
　"The Historical Roots of Our Ecologic Crisis"〈生態危機的歷史根源〉3, 302, 302n
Worster, Donald 沃司得 47
　Nature's Economy《自然經濟學》47
Wright, Lawrence 萊特 16, 209, 212, 218, 221-22, 222n, 223, 225-26, 228-29, 233, 235-36
　The End of October《十月底》16, 209, 212, 218, 221, 222, 222n, 223, 224n, 225, 225n, 226, 226n, 227n, 228, 228n, 229n, 230n, 231n, 232n, 233n, 234n, 235n, 236n, 239

Y

Yamashita, Karen Tei 山下凱倫 101
　Through the Arc of the Rainforest《熱帶雨林之虹》101, 129
Yoneyama, Lisa 米山 40, 64
　Hiroshima Traces: Time, Space and the Dialectics of Memory《廣島蹤跡》40
Yosemite《優勝美地》4, 16, 147-49, 154, 154n, 157-59, 161, 163, 163n, 164-65, 165n, 166-70, 170n, 171-74

《2069》16, 21-22, 22n, 25, 25n, 26-33, 33n, 34-36
干寶 16, 178-79, 183-85, 189-90, 193, 195-96, 199, 202-03
〈女化蠶〉16, 178-79, 183-84, 186-89, 191-95, 198-200, 202, 204-05
《幻艙》22, 25n, 28-29, 29n, 30, 31n, 36
文化戰爭 65, 293, 293n
王德威 22-23, 36
平等主義 60, 65
伊格言 22, 25-26, 32, 36
《零度分離》22, 36
危機論述 3
朱瑞瑛 23-24, 30
吳明益 25, 25n, 26, 32n
《複眼人》25, 25n, 26, 32n
宋澤萊 26
《廢墟台灣》26-27
杜光庭 16, 183, 185-86, 202-03
〈蠶女〉16, 183-88, 190-92, 192n, 193, 203
林莎 16, 241, 244, 244n, 245, 245n, 246, 249, 249n, 250, 250n, 251, 251n, 252, 252n, 253, 253n, 254, 254n, 255-59, 267-69, 269n, 270-73, 273n, 274-75, 275n, 276-87, 289-90
〈開啓的一扇門〉251, 254, 268, 280-81
法國香水與花香 257, 268-69

高翊峰 16, 21-22, 26-28, 30-31, 31n, 35-36
國家公園之父 148
悠托比亞 21-22, 27, 32
傅吉毅 24-25, 36
《臺灣科幻小說的文化考察 1968-2001》24, 36
超越主義 147, 164, 168, 296, 296n, 297-99, 302, 309
補天論述 3
《零地點》25, 25n, 26-27
電子智能人 21-22, 25, 28, 30, 32, 32n, 33, 35
慢性暴力 47, 47n, 94n
《噬夢人》26, 32-33, 36
墾殖園弧線 15, 73-74, 78, 88
蘇偉貞 25n, 80
《沉默之島》80
〈蠶女故事〉16